1.Auflage


Independently Published (kdp)
Lektorat: Zeilenkarussell-Lektorat, Sarah Kastens
Korrektorat: Lisi Hocke
Covergestaltung: Constanze Kramer, coverboutique.de
Bildnachweise: stock.adobe.com, shutterstock.com, depositphotos.de

Verlegt von:
Marlene Guggenberger
c/o autorenglück.de
Franz-Mehring-Str. 15
01237 Dresden

# SoulFire

*Broken*

Mae Fall

# Prolog

Mit einem erschreckend endgültigen Knall fiel die Tür hinter mir ins Schloss. Meine rechte Hand umklammerte fest den Griff des Koffers, den ich vor wenigen Augenblicken eilig gepackt hatte. Die Haare klebten mir schweißgetränkt und strähnig am Kopf und Tränen standen in meinen starr auf den Boden gehefteten Augen. War es das schlechte Gewissen dir gegenüber, das meinen Blick demütig nach unten drückte, oder die Angst vor der Freiheit, die mich nun auf dieser Seite der Tür erwartete?

Erschrocken über mein eigenes Handeln, stellte ich mir die alles entscheidende Frage: War ich wirklich mutig genug, die bekannte Hölle hinter mir zu lassen – oder vielmehr, hatte ich überhaupt noch die Kraft dazu? Und was, wenn mir in der vermeintlichen Freiheit ein neuer Dämon begegnete, der mein zerbrochenes Ich ein für alle Mal zerschmetterte?

*All die Jahre hast du mich an der kurzen Leine zurückgezerrt, sobald ich einen Versuch gewagt habe, auch nur die geringste Kleinigkeit allein zu bewerkstelligen. Die ganze Zeit über, in der uns andere als unschlagbares Traumpaar wahrgenommen haben, hast du mir kaum Luft zum Atmen gelassen. Du hast mich immer wieder zurückgehalten, mich kleingeredet und in mir diese Unsicherheit gepflanzt, die in den letzten Jahren unter deiner Hand ins Unermessliche gewachsen ist. Gibt es die unabhängige, lebensfrohe Frau eigentlich noch, die du mit aller Macht unterjocht und in die Knie gezwungen hast? Oder hat sie mich schon vor geraumer Zeit allein mit dir gelassen, als sie einsehen musste, dass sie mich nicht retten konnte?*

Jetzt stand ich hier. Vor unserer Tür. Auf mich gestellt und bereit dazu, selbst das Steuer über mein Leben in die Hand zu nehmen. Unsicher, voller Versagensangst – und dennoch, nach so vielen Jahren, endlich frei.

Frei von dir. Frei von deinen Launen. Frei von deiner ständigen Kontrolle. Frei von dem immerwährenden Vorwurf, nicht genug zu sein. Allerdings auch ohne doppelten Boden, ohne Stützräder, ohne jeglichen Rettungsanker. Konnte ich tatsächlich in dieser mir mittlerweile so fremd gewordenen Welt bestehen? Oder hatte ich gerade einen schrecklichen Fehler begangen, den ich niemals rückgängig machen könnte? Denn von nun an war ich auf mich selbst gestellt.

Ich atmete einmal tief durch, drängte die Tränen zurück, die mir in den Augen brannten, und sah nach vorn. Entschlossen verstärkte ich den Griff um den Henkel des Koffers und tat beherzt den ersten Schritt in ein neues Leben. Weg von dir und deinen Vorhaltungen. Weg von deinem quälenden Unmut und dem nagenden Gefühl, dir niemals genügen zu können.

Den ersten Schritt zurück zu mir selbst.

# 1

«Du siehst atemberaubend aus, Marley!», stieß Jamie begeistert aus, als ich mich im Wohnzimmer stolz um die eigene Achse drehte.

Das nagelneue dunkelrote Kleid flatterte um meine Beine und die enganliegende, zart bestickte Taille betonte, dass ich mich von mindestens fünf Kilo Schwungmasse getrennt hatte. Mit wochenlangem, mühseligem Training hatte ich mir diese Veränderung erkämpft und purer Stolz glomm in mir auf, als ich das Ergebnis nun bewunderte. Die Qualen täglichen Fitnesstrainings und der Verzicht auf meine heißgeliebten Twinkies hatten sich gelohnt. Jamie hatte vollkommen recht: Ich sah fantastisch aus.

«Dann wollen wir mal hoffen, dass Avery das genauso sieht», erwiderte ich lachend. Auch wenn ich nach außen locker und lustig wirken mochte, schwelte in meinem Inneren bereits die Angst, dass es auch diesmal nicht genug wäre. Avery war schon immer sehr anspruchsvoll gewesen und hatte bisher an jedem meiner Outfits etwas gefunden, das einen meiner unzähligen Makel betonte. Innerlich zitterte ich vor seinem vernichtenden Urteil. Doch das würde ich mir vor Jamie auf keinen Fall anmerken lassen.

«Ach, komm schon!», rief mein bester Freund mit einem breiten Grinsen aus und legte die Hand auf meine Schulter. «Avery ist ja wohl nicht blind und Sinn für Stil hat er auch. Er wird völlig aus dem Häuschen sein vor Begeisterung, wenn er dich in diesem feuerroten Traum zu Gesicht bekommt.»

«Vermutlich hast du recht», stimmte ich mit einem wackligen Lächeln zu und warf einen unsicheren Blick in den

Spiegel.

«Ich weiß wirklich nicht, woher plötzlich diese Selbstzweifel kommen, Marley», meinte Jamie. Er musterte mich besorgt. «Du stellst dein Licht doch sonst nicht unter den Scheffel – und das hast du auch gar nicht nötig, Schätzchen.» Er zwinkerte mir vielsagend zu.

«Keine Ahnung. Lass uns das einfach vergessen.» Um Jamies prüfenden Blicken zu entfliehen, eilte ich in die Küche. «Ich mache uns jetzt erst einmal einen vollmundigen Barolo auf und dann sieht die Welt wieder ganz anders aus», rief ich ihm zu, während ich nach der Rotweinflasche und dem Korkenzieher griff.

«Das ist mein Mädchen», gab er lachend zur Antwort und trat wenig später zu mir in die Küche.

Mittlerweile hatte ich genügend Zeit gehabt, meine Zweifel und Ängste wieder in meinem tiefsten Inneren zu verstecken und ein breites Lächeln auf mein Gesicht zu zaubern.

«Siehst du, da ist es ja wieder.»

«Was meinst du?» Verwundert sah ich von der Weinflasche auf.

«Dein unvergleichliches Strahlen. Für einen Augenblick hatte ich mir ernsthaft Sorgen um dich gemacht, Süße.»

«Völlig umsonst, wie du ja selbst siehst.» Ich zog den Korken aus der Flasche und nutzte so die Gelegenheit, Jamies Blick auszuweichen. «Mir geht es fantastisch – und das Kleid ist der absolute Hammer! Ich liebe es!»

«Es ist ja auch wie für dich gemacht», erwiderte er mit einem frechen Grinsen.

«Streich das wie in deinem Satz und wir sind uns einig. Es ist wirklich großartig!»

Zärtlich fuhr ich mit den Fingern über den Stoff. Jamie hatte diesen roten Traum eines Kleides eigens für mich entworfen und mir in seinem Atelier auf den Leib geschneidert. Mein bester Freund war ein absolutes Modegenie und dazu noch ein begnadeter Schneider.

«Ach, halt die Klappe, Marley! Sonst behalte ich es am Ende noch selbst.» Seine Augen funkelten diabolisch und für einen Moment stand mir die einzigartige Rowena Diamond an Jamies Stelle gegenüber – sein Drag Alter Ego.

«Das kannst du vergessen, mein Schatz!», erwiderte ich in aufgesetzt schnippischem Ton. «Geschenkt ist geschenkt und wiederholen ist gestohlen.»

«Es gefällt dir also wirklich?»

«Natürlich! Ich würde das Kleid heiraten, wenn ich könnte.»

«Wir finden sicher einen Staat, in dem das erlaubt ist, Liebes», gab er lachend zur Antwort und reichte mir die Weingläser. «Allerdings erhebe ich Anspruch auf Avery, wenn du mit deinem Kleid durchbrennst.»

Mit erhobenem Finger drehte ich mich zu ihm um. «Aha! Das war also von Anfang an dein Plan. Du wolltest mich aus dem Weg schaffen, um dich an meinen Kerl ranzumachen. Ich habe es immer gewusst.» Ich fasste mir theatralisch ans Herz. «Du hast Glück, dass dieses Kleid so unsagbar schön ist, sonst wärst du die längste Zeit mein bester Freund gewesen – jetzt, da ich dein wahres Ziel kenne und deine fiesen Machenschaften durchschaue.»

«An dir ist die Hauptdarstellerin einer Seifenoper verloren gegangen», brachte Jamie glucksend hervor.

«Und darüber hinaus eine herausragende Sängerin.» Ich goss den Wein ein und holte tief Luft.

«Bitte! Gnade!» Jamie fuchtelte wild mit beiden Armen vor meinem Gesicht herum, die Augen weit aufgerissen und mit flehentlichem Tonfall in der Stimme. «Fang jetzt bloß nicht an zu singen. Verschone mich, ich gelobe Besserung! Ich bin geläutert. Nur nicht singen.»

«Jetzt übertreibst du aber, Jamie.» Ich stemmte die Hände in die Hüften. «So schlecht singe ich nun auch wieder nicht, dass du gleich um dein Leben betteln musst.»

«Du hast ja keine Ahnung, Liebes», meinte er mit leidender Miene. «Das Jaulen des räudigen Katers vor meiner Wohnungstür ist nichts gegen den Schrecken deiner Stimme, wenn du deine Version von *I will always love you* zum Besten gibst.»

Schmollend nahm ich einen Schluck Barolo. Mir war durchaus bewusst, dass ich mit meiner Stimme keinen Gesangswettbewerb für mich entscheiden konnte, aber mich mit dem krächzenden Maunzen dieses verstrubbelten, roten Katers zu vergleichen, war wirklich eine Nummer zu hart. Ich sang vielleicht nicht gerade wie ein Engel, aber ich traf durchaus den einen oder anderen Ton. Zumindest hatte ich schon einige Karaokeabende erfolgreich bestritten, ohne dass irgendeinem der Anwesenden die Ohren danach geblutet hatten.

«Einigen wir uns darauf, dass du nicht die nächste Whitney Houston bist», schlug Jamie vor.

«Aber besser als der räudige Kater singe ich allemal», meinte ich mit verschränkten Armen und schob die Unterlippe vor.

«Da hast du recht», lenkte er ein. «Wenn du dich nicht mit den größten Stimmen der Welt messen willst, klingst du sogar ziemlich gut.»

«Damit kann ich leben.» Ich hielt mein Glas in die Höhe und er ließ seines klirrend dagegen schlagen.

Zwei Tage später war es endlich so weit und ich holte das grandiose rote Kleid aus dem Schrank. Wir würden den heutigen Weihnachtstag mittags bei meiner Familie und abends bei Averys Eltern verbringen. Voller Vorfreude schlüpfte ich in die schwarzen, blickdichten Strümpfe, die ich gekonnt mit Strapsen am Spitzentanga befestigte. Avery würde Augen machen, wenn er mir nachts half, das Kleid abzustreifen. Ich fühlte mich sexy und begehrenswert und genoss das Wissen darum, dass ich den ganzen Tag in diesen aufreizenden Dessous herumlaufen würde, ohne dass jemand etwas davon ahnte. Es würde mir schwerfallen, bis spätabends zu warten, um Avery den besonderen Leckerbissen zu servieren, der nicht unter dem Baum, sondern in seinem Bett auf ihn wartete. Mit einem breiten Lächeln auf den Lippen streifte ich Jamies Kleid über und zupfte es zurecht, bis es wie angegossen an meinem Körper anlag. Die schlankere Taille fühlte sich gut an und natürlich würde ich sie Averys Trainings- und Essensplan zuschreiben, wenn er bewundernd seine warmen Hände darüberstreichen ließ. Auch wenn ich in Wirklichkeit etwas gemogelt und mich hinter seinem Rücken bei einer Onlineplattform zum Abnehmen angemeldet hatte, um diese Erfolge zu erzielen. Denn seine Pläne hatten allesamt keine Wirkung gezeigt.

Fröhlich eine Weihnachtsmelodie vor mich hin summend setzte ich mich an den kleinen Schminktisch im Schlafzimmer und machte mich daran, das aufwendige Make-up aufzutragen, das ich mir bereits vor Wochen herausgesucht hatte. Eine gute Stunde später glänzten meine Lippen in einem verführerisch satten Rot, meine rostbraunen Augen strahlten durch den dunklen Smokey Eye Look, den ich sorgfältig auf meine Lider gepinselt hatte, und falsche Wimpern betonten meinen Augenaufschlag.

«Kommst du endlich, Marley?», dröhnte Averys Stimme

zu mir ins Bad. «Wir sind spät dran.»

Verdammt! Er klang ungeduldig. Mein Blick zuckte zur Uhr auf der Kommode, während ich die schweren Swarovski-Ohrringe anlegte. War es wirklich so spät?

«Ich bin schon unterwegs», rief ich nach unten. Mit flinken Fingern steckte ich meine Haare zu einem lockeren Chignon zusammen, schnappte mir die roten Samtpumps vom Schlafzimmerboden und eilte zur Treppe.

«Marley!», ertönte Averys Stimme ungehalten.

«Bin schon da!», erwiderte ich. Gehetzt stolperte ich die Stufen hinunter in Richtung Wohnzimmer, wobei ich versuchte, in die Pumps zu schlüpfen.

«Das hat ja ewig gedauert», beschwerte er sich.

«Du weißt ja, Perfektion braucht seine Zeit», gab ich mit einem Lächeln zurück.

Er ließ seine Augen über mein Outfit gleiten. Mein Herz schlug mir bis zum Hals unter seinem prüfenden Blick. Gleich würde er sich nicht mehr beherrschen können und mich fest an sich drücken. Er würde mir die Worte «Du siehst unglaublich aus» ins Ohr raunen und mich küssen, als gäbe es kein Morgen.

«Und warum hast du dann so lange dafür gebraucht?», fragte er abschätzig.

Mein Herzschlag stockte. Kraftlos und enttäuscht sank ich in mich zusammen und schlich wie ein geprügelter Hund an ihm vorbei zur Tür.

«Na ja, für deine Familie wird es schon reichen», brummte er in meinem Rücken. «Und bevor wir zu meinen Eltern weiterfahren, können wir dich irgendwo zurechtmachen lassen.»

Ich nickte wortlos.

«Ich kann nicht glauben, dass du allen Ernstes in diesem Aufzug zu unserem Anwesen fahren wolltest», schimpfte

Avery wenige Minuten später im Auto auf mich ein. «Was hast du dir nur dabei gedacht?»

Ich blickte stumm hinaus in das Schneetreiben und versuchte, die Worte mit aller Macht zu ignorieren.

«Ich habe dich etwas gefragt, Marley», knurrte er und seine stählernen, blauen Augen taxierten mich.

«Ich weiß es nicht», wimmerte ich. Tränen stiegen auf und ich versuchte sie wegzublinzeln, ehe sie meinem mühsam aufgelegten Make-up etwas anhaben konnten.

«Hast du irgendwas in der Einladung missverstanden? Stand darin etwas davon, dass das diesjährige Motto *Billige Nutte aus dem Moulin Rouge* ist?»

«Nein», erwiderte ich kaum hörbar. Mehr brachte ich nicht hervor. In meiner Kehle hatte sich ein schmerzhafter Kloß gebildet, der mir kaum Luft zum Atmen ließ. Ich hatte ihn enttäuscht.

«Dann verstehe ich nicht, warum du dich so verschandelt hast. Manchmal frage ich mich ernsthaft, was in deinem Kopf vor sich geht.» Er schlug verärgert auf die Armatur des dunklen Audi A8, den er durch das dichte Schneetreiben lenkte.

«Es tut mir leid», raunte ich, ohne den Blick zu heben.

«Keine Sorge, ich bringe das rechtzeitig in Ordnung», meinte er nicht mehr ganz so wütend. «Deine Eltern erwarten sicher nichts anderes von dir oder halten es für einen schlechten Scherz.»

Ich nickte stumm und eine der Tränen schaffte es über den Lidrand hinaus. Sie lief langsam und mit einem willkommenen Brennen meine Wange hinab.

«Jetzt wein‘ doch nicht gleich. Das macht es nur schlimmer.»

«Entschuldige», presste ich gegen den schmerzenden Kloß hervor. Doch kurz darauf entfuhr mir ein ersticktes

Schluchzen.

«Marley! Jetzt reiß dich mal zusammen. Wer hat dir eigentlich dieses schreckliche Kleid verkauft, das jede deiner Speckrollen hervorhebt?»

«Jamie.»

«War ja klar, dass das nur von der Tunte kommen kann.» Er stöhnte frustriert und ich presste bei der abwertenden Bezeichnung für Jamie fest die Lippen aufeinander. «Ich bekomme dich schon wieder vorzeigbar, keine Sorge.»

Erneut nickte ich wortlos – auch wenn ich mir nicht sicher war, ob der letzte Satz tatsächlich mir gegolten hatte.

Den Rest der Fahrt schloss ich die Augen und stellte mich schlafend. Dabei versuchte ich krampfhaft, Bilder von den schönen Zeiten heraufzubeschwören. Ich würde mir weder bei meinen noch bei seinen Eltern einen Gefallen tun, wenn ich nicht in weihnachtlicher Stimmung und ein Herz und eine Seele mit dem Mann neben mir wäre. Ich konnte nur hoffen, dass er kein Wort mehr über meinen besten Freund verlieren würde. Denn die Beleidigungen, die er Jamie in meiner Gegenwart an den Kopf war, schmerzten mich mit Abstand am meisten.

*Denk zurück an die Zeit, als du ihn kennengelernt hast, Marley. Erinnere dich an den charmanten Typen mit dem wunderschönen, strahlenden Lächeln. Den aufgeschlossenen, entspannten Avery. Er sitzt direkt neben dir und meint es doch nur gut. Er hat dir doch schon unzählige Male erklärt, dass er dir nur helfen will, die beste Version deiner selbst zu werden. Sei nicht so verdammt undankbar!*

# 2

Erst kurz vor unserer Ankunft öffnete ich die Augen wieder und traf auf eisiges Schweigen. Avery machte keinen Hehl daraus, wie enttäuscht er von mir und meiner Outfitwahl war, und ich wagte es nicht, auch nur ein Wort zu sagen. Die Angst, ihn noch weiter zu verärgern war einfach zu groß. Er war mir gegenüber zwar nie gewalttätig geworden, doch seinen Zorn, der mir oft das Blut in den Adern gefrieren ließ, wollte ich trotzdem nicht weiter anfachen.

Seit er versuchte, sich selbständig zu machen, brannten ihm die Sicherungen deutlich schneller durch, als ich es je zuvor bei ihm beobachtet hatte. Manchmal konnte ich gar nicht fassen, dass der lockere, liebenswerte Fitnesstrainer, in den ich mich vor Jahren verliebt hatte, tatsächlich dieselbe Person war, wie der verschlossene, eiskalte Mann, der gerade neben mir saß und das Auto in die Einfahrt meines Elternhauses lenkte.

*Gott sei Dank! Wir waren da.*

Avery hatte noch nicht einmal den Motor abgestellt, da kam meine Mutter bereits zur Haustür hinausgelaufen. Ihre Haare hatte sie mit einer Klammer locker zusammengesteckt, um die rundlichen Hüften hatte sie eine Schürze gebunden, auf der in kräftigen Farben Rudolph, das Rentier mit der roten Nase, prangte, und ein einladendes Lächeln lag auf ihren Lippen.

«Da seid ihr ja!», rief sie uns entgegen, als wir aus dem Auto stiegen. «Ich hoffe, ihr habt eine gute Portion Hunger mitgebracht, meine Lieben.»

«Aber natürlich, Mama», gab ich zur Antwort und schlug

die Autotür hinter mir zu. «Ich freue mich schon seit Wochen auf deine berühmten Lachspasteten.»

Avery nuschelte irgendetwas Unverständliches, wobei sein Tonfall nicht gerade begeistert klang, und öffnete den Kofferraum. Meine Mutter trippelte die letzten Schritte in ihren offenen Hausschlappen durch den Schnee und schloss mich fest in ihre Arme. Ein wohliger Duft von Zimt, Nelken und Keksteig hüllte mich ein und ließ mich die Anspannung und den Streit mit Avery für einen Moment vergessen. Für diesen einen Atemzug gab es nur Wärme und Weihnachten um mich herum. Viel zu früh löste sich meine Mutter wieder von mir und schob mich ein paar Zentimeter von sich. Ihre leuchtenden Augen musterten mich neugierig. Dann zog sie mich erneut an ihre Brust und presste mich fest an sich.

«Du siehst wunderschön aus, Engelchen!»

«Karen», drang die Stimme meines Vaters zu uns durch und wir fuhren auseinander. «Komm sofort zurück ins Haus! Du holst dir noch den Tod, Schatz!»

«So schnell wirst du mich nicht los, Ben», erwiderte meine Mutter mit einem breiten Grinsen.

«Keine Sorge, wir kommen ja schon», setzte ich eilig hinzu, legte die Hand an ihren Rücken und schob sie liebevoll, aber bestimmt in Richtung Eingangstür.

Ein Blick über die Schulter verriet mir, dass Avery in der Zwischenzeit wortlos die beiden Geschenke aus dem Kofferraum nahm, die für meine Eltern bestimmt waren, und uns hinterher stapfte.

«Kommt rein in die gute Stube.» Mein Vater winkte uns ins Haus und nahm mir im Vorbeigehen galant den Mantel ab. «Avery, wie schön, dass wir euch mal wieder zu Gesicht bekommen.» Er schlug Avery liebevoll auf die Schulter.

«Hallo, Ben», erwiderte mein Freund distanziert. «Allzu lange können wir allerdings nicht bleiben. Wir haben heute ein straffes Programm.»

«Ja, ja. Schon gut. Jetzt komm erst mal rein, Junge.»

«Wollt ihr einen Glühwein oder eine heiße Schokolade zum Aufwärmen?», fragte meine Mutter, die bereits wieder in ihr Reich, die Küche, abgetaucht war. Sie liebte es, zu kochen und zu backen – und vor allem liebte sie die glückseligen Gesichter, die alle am Tisch machten, sobald die ersten Bissen im Mund gelandet waren und auf die Geschmacksknospen trafen.

«Ich nehme gern eine heiße Schokolade», gab ich zur Antwort und sah Avery erwartungsvoll an.

«Mit einem Schuss Rum, nehme ich an?» Sie streckte den Kopf ins Wohnzimmer und sah mich fragend an.

«Hat der Christbaum Nadeln? Aber natürlich mit einem Schuss Rum.» Ich lachte. Zum ersten Mal am heutigen Tag.

«Und Avery?»

Er schüttelte stumm den Kopf und ich verdrehte innerlich die Augen. Natürlich machte er selbst heute keine Ausnahme von seinem strikten Diätplan. Es genügte ja nicht, dass er morgens zwei Stunden trainiert hatte.

«Der möchte sich den Appetit nicht verderben», klärte ich meine Mutter auf.

«Jedem das seine», folgte zur Antwort.

«Dann setzt euch mal, ihr beiden», bat mein Vater, «und ich sehe zu, ob ich meiner Frau zur Hand gehen kann.»

«Wage es nicht, Benjamin Gerald Cedar! Wehe, du kommst in meine Küche gerannt, um alles durcheinanderzubringen und mir im Weg zu stehen!»

Mein Vater hob abwehrend beide Hände. «Ich bewege mich nicht von der Stelle, ehe meine holde Frau es mir erlaubt.»

«Gut so», erwiderte meine Mutter. «Genau das wollte ich von dir hören.» Mit einem wohlwollenden Lächeln und einer großen weißen Platte voll dampfender Lachspasteten kam sie an den Tisch getänzelt.

Sie stellte das Essen vor uns ab und ich konnte es kaum erwarten, mir die erste Pastete auf meinen Teller zu laden. Mir lief bereits beim Anblick dieser kleinen Kunstwerke das Wasser im Mund zusammen.

«Mama, da hast du dich mal wieder selbst übertroffen!», seufzte ich voller Vorfreude und bewunderte die Verzierungen der Pasteten. «Die duften schon so gut – und diese kleinen Röschen und Sternchen sind einfach zu schön.»

«Ach, das ist doch nicht der Rede wert», gab sie zur Antwort, während sie erneut in der Küche verschwand. «Ich hole nur noch schnell den Spinat, den Feta und die Rosmarinkartoffeln und dann kannst du auch schon zuschlagen.»

Wenige Minuten später erfüllten gefräßiges Schweigen und das Klicken von Averys Handykamera das Wohnzimmer. Denn während meine Eltern und ich uns das Essen auf der Zunge zergehen ließen, krümmte sich Avery in die seltsamsten Haltungen, um besonders Instagram-fähige Bilder für seinen Influencer Account zu schießen.

«Wie läuft es eigentlich mit deiner Selbständigkeit, Avery?», erkundigte sich mein Vater. «Bereust du es, den Job im Fitnesscenter gekündigt zu haben?»

«Kein bisschen», erwiderte Avery mit stolzgeschwellter Brust und setzte sich zu uns an den Tisch. «Es läuft zwar noch nicht so gut, wie anfangs erhofft, aber das wird sich schon bald ändern.» Ein selbstgefälliges Grinsen breitete sich auf seinem Gesicht aus. «Meine Eltern sind zum Glück ja nicht gerade arm und unterstützen mich in der Anfangsphase gern.»

Dass wir uns ohne die großzügige Finanzspritze seiner Eltern das kleine Häuschen am Stadtrand niemals hätten leisten können, ließ er dabei gekonnt unter den Tisch fallen. Denn bisher hatte er mit seinem Karriereplan nur mäßigen Erfolg und ich verdiente als Empfangssekretärin einer kleinen Immobilienberatung bei Weitem nicht genug, um unsere monatlichen Ausgaben allein zu stemmen.

«Ohne ihre Hilfe ...» Avery warf mir einen warnenden Blick zu und ich verstummte augenblicklich.

«Was wolltest du sagen?», hakte mein Vater nach. Die Gabel verharrte erwartungsvoll auf halbem Weg zu seinem Mund.

«Sie wollte sagen, dass ich es ohne die Hilfe meiner Eltern nicht so schnell geschafft hätte, mir etwas Eigenes aufzubauen und wir deshalb beschlossen haben, ihnen in naher Zukunft etwas zurückzugeben. Nicht wahr, Ley?»

Ich nickte artig, als sein Blick meinen traf, und schob mir eine weitere Gabel voll Essen in den Mund. Jetzt brauchte ich dringend etwas, auf dem ich herumkauen konnte.

«Wenn die Sponsorenverträge erst unterzeichnet sind, werden wir den beiden einen Urlaub auf den Bahamas spendieren», fuhr Avery großkotzig fort.

«Das freut uns sehr.» Meine Mutter strahlte über das ganze Gesicht und fasste Avery liebevoll an die Schulter. «Ich muss zugeben, dass wir uns Sorgen gemacht haben, als du Hals über Kopf deinen Job gekündigt hast. Das hätte auch schiefgehen können.»

Nur schwerlich verkniff ich mir den Kommentar, dass es längst nicht so rosig aussah, wie Avery es darstellte. Wir waren nach wie vor finanziell abhängig von seinen Eltern, nachdem er ohne Vorbereitung auf die Selbständigkeit seine Festanstellung hingeschmissen hatte. So unbedacht dieser

Entschluss gewesen war, so sehr bewunderte ich andererseits den Mut dahinter.

Wie oft hatte ich bereits mit dem Gedanken gespielt, etwas Neues zu versuchen und mir den langersehnten Traum vom Tanzen zu erfüllen. Doch am Ende war mir jedes Mal das Herz in die Hose gerutscht und die Unsicherheit hatte die Oberhand gewonnen.

«Wie geht es dir denn im Job, Engelchen?», fragte meine Mutter, um das Gespräch wieder in Gang zu bringen.

«Ganz gut.» Ich nickte übereifrig, als könnte ich mich so selbst davon überzeugen, dass ich zufrieden war. Natürlich bereute ich es nicht, im Job einige Stufen zurückgegangen zu sein, um Avery bei seinem Traum zu unterstützen. Aber es wäre auch gelogen zu behaupten, dass ich mich in meinem derzeitigen Arbeitsumfeld wohl fühlte.

«Hm», gab mein Vater zur Antwort. «Also immer noch so schlimm?»

«Nein, gar nicht.» Diesmal schüttelte ich heftig den Kopf. «Meine Kollegen sind alle supernett und auch der Chef ist mittlerweile aufgetaut und ein absoluter Schatz. Ich muss mich nur noch ein wenig an meine neuen Aufgaben gewöhnen. Das ist alles.»

«Du stempelst also weiterhin lediglich die Post, verteilst sie und wartest dann darauf, dass das Telefon klingelt, nehme ich an.» Mein Vater sah mich mitfühlend an. Verdammt! Warum hatte ich meinen Eltern überhaupt davon erzählt, dass mein neuer Job mich nicht auslastete und ich mich die meiste Zeit über fast zu Tode langweilte? Immerhin hatte ich ihnen recht wenig über die Arbeitsinhalte gesagt. Sonst würden sie vermutlich platzen vor Mitleid und Sorge. Das Unverständnis für meinen Wechsel schwebte ohnehin unausgesprochen zwischen uns, wenn wir uns sahen oder telefonierten.

«Ja, der Dezember war schon eher ruhig», gab ich zu. «Aber im Januar wird das sicher deutlich spannender. Da hat das neue Jahr dann gerade angefangen und die ganzen Kooperationspartner starten wieder voller Tatendrang richtig durch. Ich bin davon überzeugt, dass dann auch für mich inhaltlich mehr abfällt.» Ich nickte erneut und fixierte meinen Vater mit weit aufgerissenen Augen, als würde ich ihn hypnotisieren wollen.

«Ja, sicher», murmelte er verhalten. So viel zur Macht der positiven Suggestion.

«Na ja», ergriff Avery das Wort. «Marley hat keine Grundlagen, um einen interessanteren oder besser bezahlten Job zu ergreifen. Jeder muss sich eben seinen Qualifikationen entsprechend auf dem Arbeitsmarkt umsehen – und die sind bei ihr nicht allzu ausgeprägt. Da findet sich nicht zwingend eine Traumanstellung.» Er strich mir selbstgefällig über die Schulter und das ohnehin schon verkrampfte Lächeln auf meinen Lippen gefror. «Wer weiß, vielleicht ist es auch ganz gut so. Unter Umständen wäre sie mit einer verantwortungsvolleren Position völlig überfordert.»

Meine Mutter sprang von ihrem Stuhl auf und sah sich unschlüssig in der Runde um, als alle Augenpaare zu ihr zuckten.

«Möchte noch jemand etwas zu trinken?», fragte sie stotternd.

«Ja, bitte noch eine heiße Schokolade mit viel Rum», gab ich zur Antwort. «Die wärmt so schön.»

«Aber natürlich, mein Schatz. Sonst noch jemand?»

Mein Vater holte tief Luft, um zu meiner Verteidigung anzusetzen, doch die vernichtenden Blicke, die meine Mutter und ich ihm zuwarfen, ließen ihn stocken. Nach einer kurzen Pause senkte er den Kopf und nuschelte: «Ich hole mir einen Schnaps.»

«Ich bin mir nicht sicher, ob dafür noch Zeit ist», wandte Avery ein. Er warf mir einen vielsagenden Blick zu.

«Ach, so ein Tässchen Schokolade ist doch im Nu getrunken», wehrte meine Mutter seine Bedenken ab.

«Dann ein Wasser.»

«Gut, also ein Wasser und eine beschwipste Schokolade.» Sie nickte und eilte in die Küche.

Mein Vater war im Zimmer nebenan verschwunden, wo er seine Spirituosen in einem antiken Wandschrank aufbewahrte, sodass ich allein mit Avery am Tisch zurückblieb.

«Du solltest nicht so viel Alkohol trinken», raunte er mir zähneknirschend zu.

«Es ist Weihnachten», knurrte ich genervt zurück. Ich hatte die letzten Wochen so hart an mir gearbeitet und einige Kilo abgenommen. Doch von ihm kam kein einziges lobendes Wort oder auch nur ein Funken Anerkennung für meine Leistung. Da würde ich mir heute keine Vorhaltungen von ihm gefallen lassen. Vor allem nicht, nachdem er mich derart bloßgestellt hatte.

«Marley! Du weißt doch genau, dass es immer mit solchen Ausreden anfängt, und am Ende jagt eine Gelegenheit die nächste und man verwahrlost.» Vorwurfsvolle, stahlblaue Augen blitzten mir entgegen.

Genug war genug! Die ganze Zeit über hatte ich jede seiner Spitzen wortlos heruntergeschluckt. Aber dass er mich quasi *verwahrlost* nannte, brachte das Fass endgültig zum Überlaufen. Angriffslustig starrte ich ihm entgegen und fauchte: «Ach, hast du deswegen das liebevoll zubereitete Essen meiner Mutter verschmäht?»

«Ich habe doch was gegessen.»

«Ja, einen Klecks Spinat und ein winziges Stück Feta», fauchte ich. «Und dann hast du die kunstvoll angerichtete

Pastete massakriert und ein Fitzelchen Lachs herausgepult.»

«Du weißt genau, dass ich keinen Teig und keine Kartoffeln esse», zischte er zurück.

«Aber an Weihnachten kann man da ja wohl mal eine klitzekleine Ausnahme machen. Du bist echt sowas von verbissen, wenn es um deine Ernährung geht. Lass doch mal einmal nur ein bisschen locker. Du wirst schon nicht daran sterben.»

«Im Gegensatz zu dir liegt mir eben etwas an meinem Körper. Abgesehen davon gehört eine gesunde Optik in meinem Fall zu meinem Job und ist mein Kapital. Deine Mutter wusste genau, dass ich diese ungesunden Kalorienbomben nicht esse, und hat sie trotzdem aufgetischt. Eigentlich ist sie hier ja wohl diejenige, der du Vorwürfe machen solltest. Immerhin hat sie mich in eine wirklich unangenehme Situation gebracht.»

Gerade als ich etwas erwidern wollte, das ich später mit Sicherheit bereut hätte, kam meine Mutter zurück an den Tisch.

«Bitte sehr! Ein Wasser für den Herren und eine heiße Schokolade für mein Lieblingskind», säuselte sie, als wäre nichts vorgefallen. Hatte sie etwas von seiner scharfen Kritik gehört? Hitze stieg mir in die Wangen und ich senkte den Blick.

«Ich bin ja auch dein einziges Kind.» Ich nahm ihr mit einem halbherzigen Lachen die Tasse ab und nippte vorsichtig an dem dampfenden Getränk. Der Rum brannte auf meiner Zunge und ein warmes Gefühl breitete sich in meinem Brustkorb aus, als ich mit geschlossenen Augen die flüssige Wohltat schluckte. Das war genau das, was ich jetzt brauchte. Ich ließ die Anspannung, die sich in den letzten Minuten in mir angestaut hatte, mit einem tiefen Atemzug entweichen. *Besser. Viel besser.*

# 3

Viel zu schnell hatten wir uns von meinen Eltern verabschiedet. Mir war es schwergefallen, so früh aufzubrechen, doch Avery hatte sich nicht erweichen lassen, auch nur eine Minute länger zu bleiben.

«Du brauchst nicht zu schmollen, Ley», rügte er mich vom Fahrersitz aus. «Schließlich ist es im Grunde deine Schuld, dass wir nicht mehr Zeit bei deinen Eltern verbringen konnten. Hättest du dich nicht zurechtgemacht, als würdest du in einer billigen Strip Bar auftreten, wären wir länger geblieben.»

Ich nickte kurz, wandte den Blick ab und starrte aus dem Fenster der Beifahrerseite.

«Komm schon, Süße! Du kannst jetzt nicht allen Ernstes sauer sein, weil ich versuche, dich vor den Kommentaren meiner Eltern zu bewahren.»

Mit einem leisen Seufzen ließ ich die Schultern sinken. Er hatte ja recht. Im Grunde beschützte er mich nur vor den herablassenden Äußerungen der Flynns und ich verhielt mich kindisch und undankbar. Aber die Zeit mit meiner Familie war mir wichtig gewesen und es tat weh, dass wir so schnell wieder aufgebrochen waren. Ich brauchte diesen Moment des Eingeschnapptseins.

«Marley ...»

«Ist ja gut», knurrte ich, ohne den Blick von der Landschaft abzuwenden, die vor dem Beifahrerfenster an mir vorbeizog. «Gib mir ein paar Minuten.»

«Solange du bei meinen Eltern nicht so eine Show

abziehst, soll es mir recht sein.» Avery klang angefressen.

Ich wagte es, einen kurzen Blick aus dem Augenwinkel auf ihn zu werfen. Sein Gesicht war bis zum Hals hin knallrot angelaufen, sein Kiefer angespannt und die makellosen Zähne rieben knirschend aneinander. Die Knöchel an seinen Händen, mit denen er das Lenkrad des Wagens fest umklammert hielt, waren nahezu weiß vor Anspannung.

«Natürlich nicht», murmelte ich undeutlich.

«Du solltest dich zusammenreißen», schimpfte er. «Ich meine, ist es wirklich zu viel verlangt, etwas Dankbarkeit zu erwarten, wenn ich dir den Abend rette?»

«Du rettest mir also den Abend?», fragte ich und sah ihn jetzt doch direkt an. Meine Augen fixierten ihn ungläubig. Auch wenn ich gerade dabei gewesen war, mir genau das einzureden – aus seinem Mund klangen die Worte falsch.

«Natürlich. Ich bringe dich zu einer völlig überteuerten Stylistin, die mir noch einen Gefallen schuldet. Nur deshalb arbeitet sie heute um diese Zeit. Sie bringt dich auf Vordermann, damit du dir nicht den ganzen Abend lang die verärgerten Sticheleien meiner Mutter anhören musst. Ich finde, dass ich da ein kleines Wort des Dankes verdiene.» Er bedachte mich mit einem kurzen nachdrücklichen Blick und wandte seine Augen wieder der Straße zu.

«Danke, o großer Gott der Styling-Notfälle!», rief ich sarkastisch aus. Die Art und Weise, wie er sich selbst verherrlichte, provozierte die freche Amazone in mir. «Ich kann nicht fassen, dass du mich erhört hast und mir nun deine Gnade gewährst.»

«Du weißt, wie ich das meinte», fauchte er.

Breit grinsend gab ich zur Antwort: «Schon gut. Ich weiß, du willst nur vermeiden, dass deine Mutter zur Furie wird und dein Vater dir erneut vorwirft, dass ich weit unter deinem Niveau wäre und du verrückt bist, mit einer wie mir zusammen zu sein. Auch wenn ich bis heute nicht genau weiß, was das eigentlich heißen soll. Und ja, Avery, ich bin dir dankbar, dass du alles tust, um uns ein möglichst glimpfliches Weihnachtsfest mit deiner Familie zu bescheren. Ich weiß das zu schätzen. Auch wenn ich das im Augenblick nicht so zeigen kann.»

Die Ader, die eben noch an seinem Hals wild gepocht hatte, zog sich wieder zurück und auch sein Gesicht nahm wieder eine gesündere Farbe an.

«War das jetzt so schwer, Ley?»

Genervt verdrehte ich die Augen – allerdings achtete ich dabei darauf, dass Avery es nicht sah. Er war ohnehin schon extrem angespannt, da musste ich nicht noch Öl ins Feuer gießen. Dennoch strengte mich seine bevormundende Art an.

Eine gefühlte Ewigkeit später, die laut der Uhr auf der Armaturenanzeige etwa drei Minuten in der echten Welt dauerte, hielten wir vor einem mehrstöckigen Wohnhaus mitten in der Stadt.

«Da wären wir», kommentierte Avery überflüssigerweise und stoppte den Motor.

Er öffnete die Fahrertür, schwang sich von seinem Sitz und lief um den Wagen. Ich schnallte mich unterdessen langsam ab und wartete, bis er auf meiner Seite angekommen war und mir die Tür aufhielt. Mittlerweile hatte ich gelernt, wie wichtig ihm solche Kleinigkeiten waren, und ließ ihn gewähren. Keine Tür der Welt war den Streit wert, den Avery vom Zaun brechen würde, sollte ich es wagen, sie selbst zu öffnen. Vermutlich hatte ihn seine Mutter regelrecht darauf gedrillt und er war deshalb so erpicht darauf, jeder Maid in Not die Tür zur großen weiten Welt zu öffnen. Vielleicht hatte aber auch sein Vater ihn dazu erzogen – schließlich gehörte dieser mit Leib und Seele der alten Schule an.

«Kommst du?», fragte Avery ungeduldig.

«Entschuldige.» Ich nahm die Hand, die er mir entgegenhielt, und ließ mich von ihm vom Sitz ziehen. «Danke», sagte ich artig und schenkte ihm mein mädchenhaftestes Lächeln. Wenn ich ihn damit nicht versöhnlicher stimmen konnte, wusste ich auch nicht weiter.

«Sehr gern, die Dame», gab er grinsend zur Antwort und zwinkerte mir zu.

Mission geglückt. Avery wirkte um einiges gelassener als vor wenigen Augenblicken.

«Dann wollen wir mich mal vorzeigbar machen.» Ich wartete, bis er die Autotür hinter mir zugeschlagen hatte, und griff nach seinem Arm, um mich von ihm zu meinem Makeover führen zu lassen.

Keine zwei Minuten später zerrte eine Kardashian-Möchtegern-Version wild an meinen Haaren und ließ sich dabei lautstark darüber aus, dass ich aussah wie Kate Hudson in der Fabletics-Werbung.

Ich hatte nicht die geringste Ahnung, ob das nun einer Beleidigung oder einem Kompliment gleichkam. Denn ich für meinen Teil fand, dass Kate Hudson in ihrem Yoga-Outfit atemberaubend aussah. Außerdem war ich ein großer Fan der frechen Schauspielerin, die nicht auf den Mund gefallen war und für sich einzustehen wusste.

«Jetzt bestärke sie nicht noch», maulte Avery, der sich mit seinem Handy in eine ruhige Ecke zurückgezogen hatte.

«Wie soll das bitte jemanden in seinem Styling bestärken?», fragte Tara, die Stylistin, mit großen Augen.

«Sie mag die Frau.»

«O Gott!», quiekte Tara und schlug sich ungläubig die Hand vor den Mund. «Dann ist es ja kein Wunder, dass sie in dem Aufzug zu deinen Eltern wollte.»

«Ich kann euch übrigens hören», murmelte ich mehr zu mir selbst als zu den anderen beiden, die meine Worte ohnehin geflissentlich übergingen.

«Kleines, wir werden dir jetzt das Makeover deines Lebens verpassen», meinte Tara an mich gerichtet. «Du wirst dich selbst nicht wiedererkennen, glaub mir.»

Mit einer Sache hatte Tara recht behalten. Ich erkannte die Frau im Spiegel nicht, als die Stylistin endlich aufhörte, an mir herumzuzerren und zu zupfen.

«Und?» Sie sah mich mit glänzenden Augen und einem breiten Lächeln an.

«Ein wenig ungewohnt», erwiderte ich, während ich weiter das fremde Abbild von mir anstarrte. Ich trug eine Art Robe, die mich gut zehn Kilo mächtiger wirken ließ. Einerseits lag das daran, dass das Kleid sackartig jeglichen weiblichen Reiz verbarg. Andererseits trug auch der großflächige rotschwarze Zebraprint seinen Teil dazu bei. Die Haare hatte Tara mir zu einem unförmigen Nest zusammengesteckt, aus dem wahllos Strähnen herausstanden. Die Frisur verlieh meinen Wangen durch die eng gesteckten Haarnadeln ein mechanisches Lifting und ein völlig fremdes Gesicht mit aufgeplusterten Lippen und viel zu viel Textur blickte mir unglücklich entgegen.

«Tara, du hast dich wirklich selbst übertroffen», lobte Avery das Ergebnis und klatschte beeindruckt.

«Danke. Ich habe getan, was ich konnte.»

«Dann wollen wir mal los, meine Schöne» wandte er sich an mich.

Ich starrte immer noch ungläubig in den Spiegel. Es war wie bei einem Verkehrsunfall, ich konnte nicht wegsehen, wollte das Gesehene gleichzeitig augenblicklich vergessen. So etwas gefiel Avery also? Ein unförmiges Etwas, dessen

Gesicht in Kosmetikprodukten ertrank und nichts mehr mit der Person gemein hatte, die sich darunter verbarg? Das Herz sackte mir in die Magengrube und ich spürte ein unangenehmes Kribbeln auf der Haut. Wenigstens sah unter den vielen Make-up-Schichten keiner der beiden, wie mir jegliche Farbe aus dem Gesicht wich, und offenbar deuteten sie mein Schweigen völlig falsch.

«Ja, sieh dich nur an, mein Kunstwerk», betonte Tara mit selbstgefälligem Grinsen. «Du siehst atemberaubend aus. Ich wünsche euch beiden ein wundervolles Fest.»

«Danke», presste ich hervor. Selbst meine Stimme klang fremd und weit entfernt.

«Ich kann nicht fassen, wie schön sie jetzt aussieht. Du bist ein Engel, Tara. Meine Mutter wird begeistert sein – und selbst Marley ist offensichtlich sprachlos. Dir ist eine unfassbare Verwandlung gelungen. Vom Entlein zum Schwan.» Avery nickte Tara zum Abschied zu, packte mich am Arm und riss mich mit einem Ruck mit sich.

Wie eine willenlose Puppe ließ ich ihn gewähren und taumelte, immer noch völlig neben mir, hinter ihm her. Ich hatte mich noch nie so fremd in meinem eigenen Körper gefühlt. Die Schminke, das Haar, das Kleid – alles fühlte sich falsch an. Kein bisschen wie ich.

«Du siehst so wunderschön aus, Ley», hauchte Avery mir liebevoll ins Ohr, als wir wenig später im Auto saßen. Doch die Worte drangen kaum zu mir durch. Ich fühlte mich stumpf und leer. Die gesamte Autofahrt zog wie ein Film an mir vorüber und viel zu schnell stoppte er den Motor erneut.

Als ich aufsah, erkannte ich das Haus seiner Eltern, das in vollem Prunk vor uns aufragte. Der Begriff Haus war im Grunde völlig untertrieben, um das weitläufige, majestätische Anwesen der Flynns zu beschreiben. Averys Eltern badeten in Geld und waren in vielen Aspekten der Inbegriff des

Sprichworts «Geld verdirbt den Charakter».

«Da seid ihr ja endlich!», rief uns eine hysterisch schrille Stimme entgegen, als wir in den Salon kamen. «Wir haben uns schon Sorgen gemacht, dass ihr bei diesem Wetter der schrecklichen Verkehrslage zum Opfer gefallen seid.» Eine überschwänglich süße Parfümwolke hüllte mich ein und ich unterdrückte den Hustenreiz, der sich augenblicklich einstellte. Zwei dürre Arme packten mich an den Schultern und drei eilige Luftküsse folgten.

«Tut mir leid, Mutter», meldete sich Avery zu Wort. «Aber du weißt ja, wie lange Marley manchmal im Bad braucht.»

Wusste sie nicht. Konnte sie gar nicht wissen. Oder zumindest ich selbst wusste es nicht. Denn meistens benötigte ich gerade mal schlappe zwanzig Minuten, was ich nicht als übermäßig lang ansah.

«Ach ja, wir Frauen und die Schönheit.» Karla Flynn winkte ab. Täuschte ich mich oder hatte sie sich ein weiteres Mal die Lippen aufspritzen lassen? Auch ihr Dekolleté wirkte unnatürlich üppig.

«Aber sieht sie nicht fantastisch aus?», fragte Avery. «Da hat sich das lange Warten doch mehr als gelohnt, oder?»

«O ja. Sie sieht heute in der Tat erfrischend gut zurechtgemacht aus.» Sie tätschelte meine Hand. «Nichts für ungut, Liebes. Aber meist bist du doch eher ein wenig sportlich gekleidet.» Sie betonte das Wort, als wäre es eine Beleidigung.

«Ah, da seid ihr ja», brummte Averys Vater. Er trat mit einem Glas bernsteinfarbener Flüssigkeit zu uns in den Salon. «Wir dachten schon, ihr kommt nicht mehr.»

«Marley hat sich heute ganz besonders in Schale geworfen und deshalb länger gebraucht», klärte Karla ihren Mann auf. «Sieh nur, wie ausgesprochen geschmackvoll ihr Kleid ist.»

«Davon verstehe ich nichts, Schatz. Aber sie sieht in der

Tat verändert aus.» Dann wandte sich Arthur Flynn mir zu. «Du wirst doch nicht so etwas wie Stil entwickeln, hm?» Dabei stupste er mich verschwörerisch mit dem Ellbogen an.

Lächeln und nicken. Egal, was passiert. Egal, was sie sagen. Stur lächeln und nicken.

«Sag doch unserer lieben Hannah, dass sie das Lamm bereits auftragen kann», schlug Karla vor. «Wir nehmen den Digestif am Esstisch ein.»

Arthur nickte und verschwand ohne ein weiteres Wort in Richtung Küche.

Allein bei der Erwähnung der Haushaltskraft stieg Übelkeit in mir auf. Es widerte mich an, dass der Name wie ein Titel von Haushälterin an Haushälterin weitervererbt wurde, völlig gleich, wie diese tatsächlich hieß. Denn die Familie Flynn war offenbar nicht gewillt, sich umzustellen, und benannte deshalb jede Bedienstete schlichtweg nach der ersten Angestellten des Hauses.

# 4

Einige nervenaufreibende Stunden später stiegen wir endlich ins Auto. Die Flynns hatten angeboten, dass wir aufgrund der fortgeschrittenen Uhrzeit bei ihnen übernachten könnten, doch mich zog es nach Hause – und zu meinem Glück war Avery in dieser Angelegenheit ganz meiner Meinung. Vermutlich spielte für diese Entscheidung eine tragende Rolle, dass sein Vater ihn mit bohrenden Fragen zu seinem bisher wenig lukrativen Unternehmen bombardiert hatte. Mir hingegen war jeder Grund recht.

«Danke», raunte ich Avery zu, als er den Wagen startete.

«Wofür?» Er sah mich verwundert an.

«Dass wir nach Hause fahren. Ich hätte nicht auch noch ein Frühstück mit deinen Eltern durchgehalten, befürchte ich.»

«Du stellst sie geradezu so hin, als wären sie fürchterliche Unmenschen», knurrte er und steuerte den Wagen die lange Einfahrt entlang.

«So habe ich das nicht gemeint. Ich finde nur, dass sie heute ein wenig anspruchsvoll waren.» Vorsichtig sah ich zu ihm hinüber. Seine Hände hatten sich angespannt um das Lenkrad gekrallt und die Ader an seiner Stirn trat im Rhythmus seines Pulsschlages hervor. Die Zeit mit seinem Vater hatte ihm offenbar mehr abverlangt, als ich angenommen hatte.

«Vielleicht ein wenig», lenkte er kaum hörbar ein, den Blick konzentriert auf die Straße geheftet.

Sein Vater musste ihm in dem Vieraugengespräch, das ich nicht mitbekommen hatte, wirklich übel mitgespielt haben.

Sonst hätte er es mit Sicherheit nicht zugegeben. Normalerweise brach er bei solchen Gelegenheiten einen Streit mit mir vom Zaun, um die angestaute Wut wieder loszuwerden, die Gespräche mit seinem Vater unweigerlich mit sich brachten.

Er schaltete das Radio an, vermutlich um mir auszuweichen. Unaufdringliche Bluesmusik erfüllte das Auto mit ihren sanften Klängen und zog mich in ihre warme Geborgenheit. Ich ließ mich von der Melodie davontreiben und wiegte mich im Takt, während eine rauchige Stimme von ihren Sorgen und Nöten erzählte.

«Hast du schon wieder den Sender verstellt?», riss Averys Stimme mich in die Realität zurück.

«Hm?»

«Ob du den Sender verstellt hast, habe ich gefragt! Du weißt genau, wie schwer es ist, meinen Lieblingssender reinzubekommen. Da sollst du doch nicht ständig an dem Radio rumfummeln, wenn ich dir das Auto leihe.»

Die Leichtigkeit von eben war mit einem Mal weggespült und ich spürte, wie sich die Anspannung zurück in meinen Körper schlich. Augenblicklich spannten meine Schläfen.

«Entschuldige, Schatz. Aber ich habe deinen Sender extra vorher auf die Nummer eins einprogrammiert, damit du nicht suchen musst.»

Avery drückte auf die leuchtende Eins auf dem Radiodisplay. Von deutlichem Rauschen unterbrochene, harte EBM-Musik dröhnte aus den Boxen und verstärkte meine beginnenden Kopfschmerzen.

«Siehst du!», rief Avery ungehalten aus und schlug auf die Armatur. «Jetzt stört er wieder ununterbrochen.»

«Das tut mir leid.» Ich zog mich unwillkürlich ein Stück zurück und presste mich gegen die eiskalte Beifahrertür. «Ich dachte wirklich, ich hätte den Sender richtig abgespeichert.»

Anzumerken, dass der Empfang zu wünschen übrig ließ, weil wir außerhalb des Sendegebiets von Averys wertvollem Lieblingssender unterwegs waren, verkniff ich mir. Diese Diskussion hatten wir schon unzählige Male geführt und ich hatte dabei bisher immer den Kürzeren gezogen. Meine Erfahrung sagte mir, dass der Streit weniger heftig ausfiel, je schneller ich mich fügte und entschuldigte.

«Das hilft mir jetzt auch nicht weiter, Ley! Lass in Zukunft verdammt nochmal die Finger von meinem Radio! Ist das jetzt endgültig geklärt oder geht das nicht in dein Erbsenhirn rein?»

Seine Augen funkelten mir angriffslustig entgegen und die Ader an seiner Stirn pochte deutlich schneller als noch vor wenigen Minuten.

«Ich verstehe. Nie wieder fasse ich das Radio an, wenn ich in dein Auto steige.» Ich senkte den Blick demütig und schwieg. Alles in mir schrie danach, ihm an den Kopf zu werfen, dass ich mir sein Auto nicht leihen müsste, hätte er mich nicht gezwungen, mein eigenes zu verkaufen. Doch das wagte ich nicht. Nicht jetzt, wo er ohnehin schon derart aufgebracht war. Vielleicht würde sich zu einem anderen Zeitpunkt, wenn er in ruhigerer Verfassung wäre, die Möglichkeit ergeben, ihn darauf anzusprechen, ob ich mir nicht wieder ein eigenes Auto zulegen könnte. Im Moment war es allerdings das Beste, ihn nicht weiter zu verärgern. Avery zählte schon immer zum temperamentvollen Typ Mensch und in letzter Zeit hatten sich Impulsivität und Leidenschaft in Jähzorn verwandelt. Mir war klar, dass ein Großteil seiner Veränderung mit dem Druck der Selbständigkeit zu tun hatte – und vor allem mit der Tatsache, dass sein Business alles andere als gut anlief.

«Das will ich ja wohl hoffen. So schwer ist das nun wirklich nicht.»

Ich hätte gern erwidert, dass sein EBM-Gedröhne absolut nichts mit Musik zu tun hatte und es eine einzige Zumutung war, bei diesem Lärm mit ihm im Auto sitzen zu müssen. Doch auch hier biss ich mir fest auf die Zunge und schwieg. Nicht der richtige Zeitpunkt, Marley. Nicht der richtige Zeitpunkt.

Ein lauter Knall ertönte. Mein Herz setzte einen Schlag aus. Der Wagen geriet ins Schlingern. Ich krallte mich mit einem erschrockenen Aufschrei an Autotür und Gurt fest. Mein Blick zuckte nach links. Avery versuchte mit weit aufgerissenen Augen wieder Herr der Lage zu werden.

Mit einem dumpfen Aufprall kamen wir zum Stehen. Ich öffnete die Augen, die ich zuvor unbewusst zusammengepresst hatte, und sah nichts als Weiß vor der Windschutzscheibe. Averys Atem neben mir ging schnell und heftig und auch er starrte mit ungläubigem Blick auf die helle Fläche. Es dauerte ein paar Augenblicke, bis er die Fassung wiederfand und sich zu mir umdrehte.

«Geht es dir gut?», fragte ich heiser.

«Ja. Dir?» Besorgt musterte er mich.

«Mir auch. Ich bin nur wahnsinnig erschrocken. Was war das denn?» Der Puls raste durch meine Adern und das Atmen fiel mir schwer. Was zur Hölle war passiert?

«Ich weiß es nicht.» Zitternd nahm er die Hände vom Lenkrad. «Ich sehe mal nach.»

Unsicher sah ich ihn an. Die Schneemassen auf der Frontscheibe lösten Beklemmung in mir aus. Die irrationale Angst davor, lebendig begraben zu werden, schnürte mir die Kehle zu.

«Okay», brachte ich heiser hervor. «Aber sei vorsichtig.»

«Bin ich.»

Langsam schnallte Avery sich ab und öffnete mit immer noch heftig bebenden Fingern die Autotür.

Ich presste mich in den Sitz und wartete ab. Dabei wagte ich es kaum, zu atmen. Was war das für ein Knall gewesen und warum konnte ich außer dem grellen Weiß nichts erkennen?

Erschrocken fuhr ich zur Fahrertür herum, als ich einen lauten Knall hörte. Averys Gesicht war tiefrot angelaufen und nun pochte nicht nur die Ader an seiner Stirn wie wild, auch die Vene an seinem Hals war gefährlich weit hervorgetreten. Sie sprang mich geradezu mit jedem Schlag seines Herzens an.

«Der verfluchte Reifen ist geplatzt», fauchte er.

«Ach du Schande!», entfuhr es mir und ich schlug mir erschrocken die Hand vor den Mund.

«So eine Scheiße! Und das ausgerechnet jetzt, mitten in der Nacht!»

Ich wartete ein paar Sekunden, bevor ich leise fragte: «Soll ich dir helfen, den Ersatzreifen anzubringen?»

«Wie willst du mir dabei helfen?», herrschte er mich an und ließ die flache Hand erneut auf die B-Säule des Autos sausen. «So ein Mist! Hast du eine Ahnung, wie arschkalt es hier draußen ist?»

Weiter vor sich hin fluchend entfernte er sich mit schnellen Schritten von der Fahrertür. Kurz darauf sprang der Kofferraum auf und erneut traf ein heftiger Hieb den Wagen. Averys gellender Aufschrei fuhr mir durch Mark und Bein.

«Alles in Ordnung?», raunte ich besorgt.

«Nichts ist in Ordnung!», brüllte er außer sich. Ich hörte, wie er im Schnee umher trampelte. «Es gibt keinen Ersatzreifen bei diesem Doreckswagen!»

«Was? Gibt es denn ein Notfallsystem für einen geplatzten Reifen?»

«Das heißt Pannenset», fuhr er mich an.

«Und? Gibt es sowas?»

Stille.

Gerade, als ich mich aus meinem Sitz schälen wollte, um nachzusehen, ob es Avery gut ging, erfolgte ein neuerlicher Schlag auf den Kofferraum, der das Auto zum Beben brachte.

«So ein verfluchter Scheißdreck!»

Sofort poppte vor meinem inneren Auge ein Bild von *Captain America* auf, der Avery wegen seiner Kraftausdrücke rügte. Doch gleichzeitig war ich zu eingeschüchtert von der Situation, um mich ernsthaft darüber amüsieren zu können.

«Alles okay?»

«Frag doch nicht so dumm! Nichts ist okay. Der Schrott funktioniert nicht!»

Gerade noch rechtzeitig konnte ich mich zurückhalten, ehe ich fragte, ob er das denn könnte. Selbst wenn nicht, würde er das mir gegenüber niemals zugeben – geschweige denn, es sich selbst eingestehen. Schon gar nicht, nachdem sein Vater ihn stundenlang als unfähigen Stümper beschimpft hatte, der nichts aus eigener Kraft zuwege brachte.

«Soll ich nachsehen, ob in der Beschreibung etwas dazu steht, wenn das System ausfällt?»

«Nein. Ich rufe den Pannendienst.»

«In Ordnung.»

«Fuck!»

Ich wartete schweigend ab.

«Mein verdammtes Handy hat den Geist aufgegeben!»

Eilig kramte ich meines hervor und warf einen prüfenden Blick auf das Display. 34 Prozent.

«Meines geht noch», rief ich in die Kälte.

Wenig später tauchte Averys Gesicht wieder in der Fahrertür auf.

«Gib her!», knurrte er, während er mir das Handy unsanft aus der Hand riss.

Ich zuckte erschrocken zurück, ließ ihn allerdings gewähren.

*Wann hatte ich eigentlich angefangen, Angst vor ihm zu haben? Wie lange hatte ich bereits zugelassen, dass aus der selbstbewussten, kessen Frau, die ich einst war, dieses ängstliche, kleine Mädchen geworden war?*

«Sie kommen in zwanzig Minuten», ließ Avery mich unwirsch wissen und stieg wieder ins Auto. Mein Telefon warf er mir auf den Schoß, ohne mich auch nur eines Blickes zu würdigen. Er tat geradezu so, als wäre es meine Schuld, dass der Reifen geplatzt war. Zum Glück war nicht ich diejenige gewesen, die hinter dem Steuer saß, als es passierte. Sonst hätte er ganz sicher einen Weg gefunden, mir die ganze Misere unterzuschieben.

Wütend schnaubte er, sodass sich ein weißes Wölkchen vor seinem Gesicht bildete. Obwohl ich es nicht wollte, musste ich schmunzeln bei dem Anblick. Irgendwie erinnerte er mich an Grisu, den kleinen Drachen, der einmal Feuerwehrmann werden wollte, wenn er groß war. Das Kerlchen hatte kein Feuer speien können wie sein Vater und nur diese mickrigen Rauchwölkchen zustande gebracht.

«Was gibt's da so dämlich zu grinsen?», herrschte er mich an.

Verdammt! Er hatte es gesehen.

«Nichts», murmelte ich und sah wieder unterwürfig auf meine Füße herab.

«Du glaubst also, ich merke es nicht, wenn du dich lustig über mich machst, hä?» Mit bedrohlich funkelnden Augen lehnte er sich zu mir.

«Nein, das ...» Ich schluckte.

«Dir wird das Grinsen schon noch vergehen! Von mir aus kannst du gern aussteigen und draußen auf den Abschleppdienst warten.»

Ungläubig starrte ich ihn an. Das meinte er jetzt nicht ernst.

«Worauf wartest du noch?» Seine Miene war eisig.

«Avery, es hat Minusgrade da draußen.»

«Das ist mir verdammt nochmal egal! Wer hat wieder am Radio rumgespielt und mich vom Fahren abgelenkt?»

Mein Mund klappte fassungslos auf.

«Jetzt tu nicht so, als wüsstest du nicht selbst ganz genau, dass der ganze Mist hier allein deine Schuld ist, Ley.»

«Das ist jetzt nicht dein Ernst», kam es mir fassungslos über die Lippen, ehe ich die Worte aufhalten konnte. «Wie genau habe ich denn bitte in deiner Parallelwelt durch das Verstellen eines Radiosenders einen Reifen platzen lassen?»

«RAUS!» Averys Stimme überschlug sich und seine Augen traten gefährlich aus den Höhlen hervor, als er mich anschrie. Ich konnte eines der kleinen Äderchen platzen sehen und tastete erschrocken nach dem Türgriff. Langsam und ohne den Blick von ihm abzuwenden, öffnete ich die Beifahrertür und stieg aus. Als könnte der Blickkontakt ihn zurückhalten, hielt ich diesen solange aufrecht, bis ich die Tür vor mir zuschlug und allein in der eisigen Kälte ankam.

Mit schlotternden Knien stand ich zitternd in Kleid, Mantel und Pumps in der klirrenden Kälte und versuchte mich durch stetiges Auf- und Abwippen irgendwie warm zu halten. Natürlich klappte es nicht. Aber zumindest war ich abgelenkt – und um nichts auf der Welt wäre ich zurück ins Auto gestiegen. Noch nie hatte ich Avery so außer sich erlebt. *Was war nur aus dem fürsorglichen, netten Kerl geworden, der immer einen Scherz auf den Lippen und ein liebevolles Wort für mich übriggehabt hatte? Wann genau hatte sich der Mann, den ich liebte, in diese aufbrausende, unkontrollierbare Bestie verwandelt? Gab es einen Punkt, an dem ich es hätte aufhalten können, an dem ich ihn hätte einfangen müssen? War es am Ende vielleicht tatsächlich meine Schuld?*

# 5

Drei Tage später saß ich mit meinen beiden engsten Freunden bei einem Glas Wein in einer spanischen Tapasbar beisammen. Avery hatte an diesem Abend ein wichtiges Investorengespräch, bei dem er mich ausnahmsweise nicht dabeihaben wollte. Grund dafür war meine Eskapade zu Weihnachten, wie er es nannte. Wenn ich allerdings ehrlich zu mir selbst war, kam mir die Pause alles andere als ungelegen.

Schon seit Beginn des Abends rutschte ich hibbelig auf meinem Sitz hin und her. Mich hatte eine tiefe Unruhe gepackt, die mich diesen Abend beim besten Willen nicht genießen ließ. Außerdem hatte ich bereits das vierte Glas Rioja in der Hand, während meine Freunde gerade einmal beim zweiten angelangt waren. Gierig trank ich einen weiteren Schluck Rotwein, als mich Jamies Blick streifte und er fragend die Augenbrauen zusammenzog.

«Marley, du bist heute aber durstig. Ist alles in Ordnung?»

Auch Liannes Kopf fuhr zu mir herum.

«Vielleicht fühlt sie sich nur nicht sonderlich integriert, wenn wir beide von unseren Dates erzählen. Immerhin hat unsere Marley Avery schon vor vielen Jahren vom Markt genommen und das Singledasein nie wirklich kennengelernt.» Sie zwinkerte mir mit einem frechen Grinsen auf den Lippen zu.

«Ja, erzähl uns doch ein wenig von deinem Schnuckel, Süße», ermutigte mich Jamie und stieß mir dabei den

Ellenbogen eine Idee zu fest in die Seite. Offenbar war ich doch nicht die Einzige, die ein bisschen zu tief ins Glas geschaut hatte. «Wir wollen schließlich auch ein bisschen träumen und uns vorstellen, wie es wäre, wenn wir eines Tages auch so viel Glück haben wie du.»

«O ja, ich liebe es, wenn du uns von ihm erzählst», schwärmte Lianne mit verträumtem Blick.

«Ich bin mir nicht sicher», stotterte ich. Die beiden hatten mich eiskalt erwischt. Mit weit aufgerissenen Augen starrte ich in die Runde.

«Ach, komm schon», ermunterte mich Lianne erneut. «Du kannst unmöglich all das Glück für dich behalten. Außerdem langweilen wir dich sicher längst mit unseren albernen Singlegeschichten.»

«Was? Nein!», beteuerte ich hastig. «Ihr langweilt mich kein bisschen. Ganz im Gegenteil.» Abwehrend hob ich die Hände. «Ich finde es total spannend, wie es heutzutage beim Dating abläuft. Eure Geschichten sind teilweise so irrsinnig und wahnwitzig, dass sie mich mehr als nur unterhalten. Am liebsten würde ich ein ganzes Buch mit euren Stories füllen und sie in die Welt tragen.»

«Trotzdem brennen wir darauf, mehr von unserem Traumpaar zu hören», mischte sich Jamie wieder ein.

*Verflixt! Jetzt nur nicht ausflippen, Marley. Du wolltest ihnen doch sowieso schon lange davon erzählen. Trau dich! Pack endlich aus, du Feigling! Das sind deine Freunde.*

«Jetzt lass dich nicht so bitten.» Lianne rollte mit den Augen. «Erzähl schon! Wir wollen auch ein bisschen teilhaben.»

«Na ja», setzte ich an und nahm noch einmal einen großen Schluck Wein. «Also, so gut läuft es zurzeit gar nicht zwischen uns, wenn ich ehrlich –»

«Das kann unmöglich dein Ernst sein», fiel sie mir ins

Wort. «Ihr seid doch wie füreinander gemacht!»

Sie war vom ersten Tag an ein riesiger Fan von Avery gewesen und hatte mich förmlich zu meinem zweiten Date mit ihm geschleift. Damals hätte ich das zweite Treffen fast kurzfristig abgesagt, weil ich im Job unsagbar viel um die Ohren gehabt und mich an dem Abend auch nicht besonders wohl gefühlt hatte. Doch sie war vorbeigekommen, hatte mir ein Kleid und die passenden Accessoires herausgesucht und ihr Bestes getan, um mein kaltschweißiges, blasses Gesicht in ein gutes Licht zu rücken.

Tatsächlich wäre ich heute nicht mit Avery zusammen, hätte sie mich nicht dazu genötigt, ihn zu treffen. Denn Avery hatte es damals schon gehasst, kurzfristig versetzt zu werden. Wie er mir später erzählte, wäre das ein klares Ausschlusskriterium für ihn gewesen.

«Jeder hat mal eine schlechte Phase», versuchte Jamie die Situation zu entschärfen. Vermutlich sah er die Tränen in meinen Augen glitzern, die sich ihren Weg an die Oberfläche zu bahnen drohten. «Das wird schon wieder, Marley.» Liebevoll legte er mir eine Hand auf die Schulter und die Wärme, die von ihm ausging, strömte tröstlich in meinen Körper.

«Was hast du angestellt?», wollte Lianne wissen.

«Wie kommst du darauf, dass ich etwas angestellt habe?» Mein Blick zuckte zu ihr.

«Avery ist ein absoluter Traummann, Süße – und du ... Na ja, wir kennen dich eben gut genug, um zu wissen, dass du dir ab und zu gern mal ein paar grobe Schnitzer erlaubst.» Sie zuckte mit den Schultern, als würde das den scharfen Vorwurf aus ihren Worten auf wundersame Weise verschwinden lassen.

«Ich tue was?», fauchte ich mit zusammengekniffenen Augen.

Langsam dämmerte mir, warum sich alles in mir so dagegen gesträubt hatte, ihnen von meinen Beziehungsproblemen zu erzählen. Natürlich suchte Lianne den Fehler bei mir. Zum einen, weil sie mich deutlich besser kannte als Avery – und zum anderen, weil ich immer nur in den schillerndsten Farben und Facetten von ihm erzählt hatte. Dazu kam noch, dass er sich die wenigen Male, die er sich dazu herabgelassen hatte, «die Schwuchtel und die Emanze» (wie er meine Freunde zu meinem Missfallen zu nennen pflegte) zu treffen, nur von seiner allerbesten Seite gezeigt und sie damit um den kleinen Finger gewickelt hatte.

«Du neigst hin und wieder zu einer Art Fettnäpfchen-Wetthüpfen und das völlig außer Konkurrenz, Liebes», klärte Lianne mich auf. «Tut mir leid, aber du kannst echt ein Trampel sein und manchmal legst du sehr dominante Züge an den Tag.»

Ich schluckte das bittere Lachen hinunter, das sich meine Kehle hinauf kämpfte, und biss mir fest auf die Zunge, bis ich den kupferigen Geschmack meines eigenen Blutes schmeckte. Es war meine eigene Schuld. Hätte ich Avery nicht immer als den strahlenden Ritter auf dem weißen Ross dargestellt, der gekommen war, um mich aus meinem Elend zu retten, hätte Lianne mich mit Sicherheit fest an sich gedrückt und mir beteuert, wie leid es ihr tat. Stattdessen starrte sie mich mit festem Blick an und wartete offenbar darauf, dass ich einlenkte.

«Lianne, jetzt ist es aber genug», wetterte Jamie und fixierte sie aus zusammengekniffenen Augen. «Marles hat schon genug zu kämpfen, falls die beiden sich trennen.»

«Was?» Ich starrte ihn aus weit aufgerissenen Augen an. «Niemand hat etwas davon gesagt, dass Avery und ich uns trennen.»

«Ihr trennt euch nicht?» Er sah verwundert zu mir hinab.

«Das klang in meinen Ohren gerade anders.»

«Dann hast du dich eindeutig verhört», klärte ich ihn auf. «Wir werden uns nicht trennen.» Bei den letzten Worten schüttelte ich übertrieben stark den Kopf, um ihnen mehr Nachdruck zu verleihen. Die Angst, die allein beim Gedanken daran ihre Klauen in mich schlug, raubte mir den Atem.

Augenscheinlich drang die Information zu den anderen beiden durch. Denn von einem Moment auf den anderen leuchteten ihre Augen und ein seliges Lächeln breitete sich auf den Gesichtern aus.

«Gott sei Dank!», stieß Jamie sichtlich erleichtert aus. «Ich habe mir solche Sorgen gemacht, Marles! Jag' mir nie wieder einen solchen Schrecken ein – hörst du?» Mit ernster Miene boxte er mir in den Oberarm. «Ihr seid ein absolutes Traumpaar! Ich kann mir eine Welt nicht vorstellen, in der ihr beide nicht zusammen seid.»

«Versprochen.» Wieder nickte ich wie ein Wackelkopf im Auto, wenn man über eine Schotterstraße voller Schlaglöcher fuhr.

«Gut.» Er verschränkte die Arme vor der Brust.

«Und was hast du jetzt angestellt?», wollte Lianne wissen.

«Ich habe gar nichts angestellt», verteidigte ich mich. «Außer, dass ich euch gegenüber vielleicht eine Idee zu sehr damit beschäftigt war, von Avery zu schwärmen, und euch damit keine Chance gegeben habe, den echten Avery kennenzulernen.»

«Aber wir haben ihn doch alle kennengelernt – und er ist ein wahrgewordener Traum», wehrte sie meine Worte ab.

Hilflos zuckte mein Blick zu Jamie, der daraufhin entwaffnet die Hände hob.

«Sieh mich nicht so an, Marley! Ich vergöttere den Kerl seit der ersten Minute.»

«Leute!» Ich warf hilflos die Arme in die Luft.

«Schon gut.» Seine Hand fand erneut den Weg auf meine Schulter. «Offenbar gibt es Streit im Paradies. Also erzähl uns doch am besten, wo genau der Schuh drückt. Vielleicht verstehen wir es dann besser.»

«Okay», seufzte ich. Dann atmete ich noch einmal tief durch und fing an, zu erzählen: «Es gibt eigentlich keinen konkreten Streit zwischen uns. Aber irgendwie hat er sich in letzter Zeit verändert – und ich mich auch.»

«Das ist doch kein Grund zur Sorge», fiel mir Lianne ins Wort. «Ich finde das völlig normal. Ihr vertieft eure Beziehung zueinander. Immerhin lebt ihr mittlerweile nicht nur zusammen, sondern du unterstützt ihn auch tatkräftig bei seiner Karriere. Da verändert man sich natürlich ein bisschen.»

«Das mag sein. Aber die Art der Veränderung gefällt mir nicht. Avery ist extrem angespannt. Schon bei den kleinsten Dingen geht er teilweise richtig in die Luft und manchmal macht mir das sogar ein wenig Angst. So kenne ich ihn gar nicht.» Unsicher suchte ich die Augenpaare der beiden ab.

«Ach, Süße», meinte Lianne und schüttelte herablassend den Kopf. «Du hast doch selbst erzählt, dass sein Business nicht ganz so gut anläuft, wie er es sich gewünscht hatte. Natürlich ist er da verschlossener und steht unter Strom. Das frustriert ihn sicher. Außerdem hat er mit der Selbstständigkeit allerhand um die Ohren.» Jamie nickte zustimmend. «Du interpretierst da viel zu viel hinein.»

«Aber ich verändere mich auch», beharrte ich. «Und das nicht gerade zum Guten. In letzter Zeit habe ich das Gefühl, das absolut nichts mehr von der selbstbewussten Frau übrig ist, die ich vor ein paar Jahren war. Ich bin ein graues Mäuschen, das sich klein macht und sich selbst nichts mehr zutraut.»

«So ein ausgemachter Unsinn.» Lianne griff sich an die

Stirn. «Du bist ganz die Alte, Marley. Vielleicht musst du dich im neuen Job noch einfinden. Es ist sicher ein großer Kulturschock von deiner kreativen Vollzeitkarriere zum Teilzeitjob als Sekretärin. Wahrscheinlich bist du es nicht gewohnt, so viel Zeit allein zuhause mit dem Haushalt und dem Schneiden von Videos zu verbringen. Aber das wird schon. Du wirst sehen.»

«Ich weiß nicht», murmelte ich verhalten.

«Doch, glaub mir. Mir ging es ähnlich, als ich mit dem Modeln aufgehört habe und in der Bürowelt Fuß fassen musste. Natürlich verunsichert einen das. Aber das geht vorbei. In ein paar Monaten sitzen wir beisammen und lachen darüber.»

«Ich muss aber schon zugeben, dass Avery manchmal etwas streng mit Marley umgeht», warf Jamie ein. Er hatte die Stirn nachdenklich in Falten gelegt und starrte konzentriert ins Leere.

«Er will seine Süße eben ganz für sich allein.» Lianne ließ ihre Augenbrauen vielsagend in die Höhe zucken. «Daran ist doch nichts Verwerfliches.»

«Ja, aber wie er mich zu Weihnachten behandelt hat, war alles andere als schön.» Ich leerte mein Glas und bedeutete dem Kellner, mir nachzufüllen.

«Was war denn an Weihnachten?», wollte Lianne wissen.

«Ich hatte Marley ein wunderschönes Kleid genäht», klärte Jamie sie auf. «Anstatt sie zu bewundern, hat er sich darüber ausgelassen, dass ihm weder das Kleid noch die Art, wie Marley sich zurechtgemacht hat, gefallen. Zu guter Letzt hat er sie nach dem Besuch bei Ben und Karen zu einer Stylistin geschleift.»

Mit offenem Mund starrte Lianne Jamie an, während mein Blick peinlich berührt zu Boden zuckte. Nach einer kurzen Schrecksekunde fasste sie sich gerührt ans Herz.

«Aber das war doch eine wahnsinnig nette Geste. Er wusste genau, wie streng seine Mutter über dein Outfit richten würde, und hat dich vor ihr gerettet.» Sie wedelte mit ihrer Hand vor meinem Gesicht umher. «Nichts für ungut, Marley. «Aber du hast wirklich nicht gerade das sicherste Gespür für Stil.»

«Das Kleid war von mir», betonte Jamie mit funkelnden Augen. Wieder einmal konnte ich einen Hauch seines Alter Egos durchblitzen sehen.

«Und wer weiß, was Marley damit an Weihnachten angestellt hat», entgegnete Lianne. «Make-up und Haare machen oft viel aus. Da kann auch das schönste Kleid entstellt werden.»

«Schon gut», lenkte ich ein. «Vielleicht bin ich in der Hinsicht wirklich ein kleines Sensibelchen und muss mich nur wieder abregen. Lasst uns einfach das Thema wechseln, Leute. In Ordnung?»

«Ich habe gehört, du hast einen neuen Mitbewohner, Lianne?», wandte sich Jamie an unsere Freundin, um das Thema zu wechseln. Dankbar nickte ich ihm zu.

«Ja, die süße Fantaghiro ist kurz vor Weihnachten bei mir eingezogen. Sie ist so aufgeweckt und quirlig. Ein wahrer Segen.»

«Und Fantaghiro ist eine ...?» Fragend starrte ich sie an.

«Hündin.» Lianes Augen leuchteten bei dem Wort auf und sie begann eilig, jedes noch so kleine Detail über ihren Chihuahua zu erzählen und überflutete uns dabei mit unzähligen Bildern.

# 6

Der Wecker schrillte. Ich drehte mich mit einem genervten Grunzen um und tastete mit geschlossenen Augen nach der Snoozetaste des Ruhestörers. Verdammt! Es konnte unmöglich schon wieder Montagmorgen sein. Ich hatte eindeutig weder genug Wochenende noch ausreichend Schlaf gehabt, um mich durch weitere sechs Stunden mit meinen Kollegen bei der Immobilienagentur zu quälen. Alles in mir schrie laut «Nein» und ich fühlte mich müde und ausgelaugt. Der Schlaf streckte erneut seine wohltuende Hand nach mir aus und ich sank mit einem zufriedenen Seufzen zurück in die Kissen. Nur noch fünf Minuten weiterdösen.

Gefühlte zehn Sekunden später schrillte der Wecker wieder los und riss mich aus meinen Träumen, in denen ich mit Jason Momoa und einigen frechen Delfinen durch den Ozean getollt war. Widerwillig streckte ich meine Hand aus dem warmen Deckenkokon, tastete nochmals blind nach dem grausamen Ungetüm, das mich aus dem Schlaf gerissen hatte, und betätigte die Snoozetaste. Der Empfang der Dream Estate Ltd. könnte sicher noch ein paar Minuten ohne mich auskommen. Mit einem seligen Lächeln auf den Lippen kuschelte ich mich tiefer in die Decke und ließ den Schlaf erneut die Oberhand gewinnen.

Wenig später stand er wieder vor mir. Jason Momoa in seinem Aquaman-Outfit. Selbst den Dreizack hatte er mitgebracht.

«Ich habe auf dich gewartet, meine Sonne, meine Sterne.»

Er zwinkerte mir verschmitzt zu.

Ich grinste und sprang zu ihm ins kalte Nass.

«Das will ich auch hoffen! Schließlich ist das hier mein Traum und da gelten ganz klar meine Regeln.» Ich versetzte ihm einen frechen Klaps auf den knackigen Hintern und quietschte. Er hatte mich gepackt und hochgehoben als wäre ich so leicht wie eine Feder und warf mich nun zurück ins Wasser.

So schwammen wir fröhlich durch den Ozean, jagten uns, bespritzten uns gegenseitig mit Wasser und hatten jede Menge miteinander zu lachen. Plötzlich wurde der Ausdruck auf seinem Gesicht ernst. Er zog mich nah zu sich heran und ich konnte die definierten Muskeln auf meiner kühlen Haut spüren. Er sah aus traurigen Augen zu mir herab und hob sanft mein Kinn an, sodass ich seinen Blick erwidern musste.

«Meine Sonne, meine Sterne.» Er seufzte schwermütig. «Ich denke, du musst jetzt gehen.» Seine Lippen kamen langsam auf mich zu. Mein Herz raste und drohte jeden Augenblick aus der Brust zu springen. Kurz bevor unsere Lippen aufeinandertrafen, schlug ich die Augen auf.

Fort waren das Meer, die salzige Brise und die warme Sonne am Horizont. Stattdessen fand ich mich in meinem Schlafzimmer wieder. Hektisch glitt mein Blick neben mich. Avery war offenbar schon aufgestanden. Vermutlich war er bereits im Fitnessstudio oder irgendwo draußen beim Joggen und drehte ein neues Video für Instagram, das ich am späten Nachmittag für ihn schneiden sollte. Ich seufzte und wollte mich gerade zurück in die Kissen sinken lassen, als meine Augen das Display des Radioweckers streiften.

Das Blut in meinen Adern stockte für einen Augenblick. Ich schüttelte den Kopf und blinzelte ein paar Mal, um meinen Blick zu klären. Dann sah ich erneut auf die Anzeige. 8:13.

Eilig zog ich mein Handy aus der Ladestation auf meinem Nachttisch. Doch auch hier zeigte das Display 8:13 Uhr an. Das konnte doch nicht wahr sein. Meine Augen zuckten zurück zum Wecker und suchten verzweifelt nach dem kleinen roten Punkt, der die Snoozefunktion anzeigte. Kein roter Punkt. Nichts.

*Verflixt! Wie blöd konnte ein einzelner Mensch eigentlich sein?*

Fluchend kämpfte ich mich unter der Decke hervor und sprang aus dem Bett. Dabei übersah ich einen meiner Hausschuhe und rutschte gnadenlos darauf aus. Mit einem lauten Aufprall knallte ich auf den Parkettboden.

«Ley!», donnerte Averys Stimme durch die Wohnung. «Jetzt muss ich die komplette Sequenz neu drehen.»

Ich hatte also zur Hälfte recht behalten. Er drehte ein neues Video – allerdings zuhause.

Mühsam rappelte ich mich wieder auf.

«Tut mir leid, Avery. Aber du hättest ja auch die Güte haben können, mich zu wecken. Dann wäre ich jetzt nicht viel zu spät dran und längst in der Arbeit.»

«Woher soll ich denn wissen, wann du aufstehen musst, um pünktlich im Büro zu sein?», fauchte er.

Ich verkniff mir den Kommentar, dass ich – im Gegensatz zu ihm – jeden Wochentag um die gleiche Uhrzeit aufstand und später, ebenfalls jeden Tag um die exakt gleiche Uhrzeit, das Haus verließ. Stattdessen rieb ich mir über den bereits deutlich sichtbaren blauen Fleck an meiner rechten Schulter und verdrehte die Augen.

«Und versuch jetzt bitte etwas leiser zu sein», fügte Avery seinen letzten Worten hinzu. «Es gibt in diesem Haushalt nämlich auch Leute, die ihren Job ernst nehmen.»

Wieder verdrehte ich die Augen. Diesmal mit einem entnervten Stöhnen. Als Nächstes schnappte ich mir mein

Handy und schrieb in den Whatsapp-Chat mit meinen Kollegen, dass ich leider im Stau festhing und mich deshalb verspäten würde.

Eine gute halbe Stunde später tauchte ich im Büro auf, wo mich eine deutlich verärgert wirkende Madison erwartete.

«Na endlich!», empfing sie mich schnippisch. «Ich dachte schon, ich komme heute gar nicht mehr weg vom Empfangstresen.»

«Entschuldige, Madison», erwiderte ich. Dabei gab ich mir redliche Mühe, geknickt zu wirken. «Heute war auf der Straße die Hölle los. Ich bin von einem Stau in den anderen gefahren und dann gab es auf der Umgehungsstraße auch noch einen Unfall.»

Sie winkte ab. «Als ob mich das die Bohne interessieren würde, Marley. Heb dir deine Ausflüchte für meinen Vater auf. Er war alles andere als begeistert, dass du dich erneut verspätest, und möchte dich in einer halben Stunde in seinem Büro sehen.»

«Okay, danke.» Ich legte meine Jacke und meine Handtasche hinter dem Empfangstresen ab. «Springst du dann später wieder für mich ein, wenn ich zu deinem Vater soll?»

«Natürlich nicht!» Sie bedachte mich mit einem Blick, als wäre ich geistig zurückgeblieben und fuhr dann betont und ganz langsam fort: «Das hier ist dein Job, Marley. Ich arbeite nicht am Empfang. Capisce?»

Ich nickte und schluckte die bissige Bemerkung herunter, die mir auf der Zunge lag. Madison galt nicht gerade als die hellste Kerze auf der Torte und hatte ihren Praktikumsplatz bei Dream Estate allein ihrem Vater zu verdanken, dem die

Firma gehörte. In einem anderen Unternehmen hätte sie mit ihrer großkotzigen, selbstgefälligen Art nicht einen Tag überlebt. Denn abgesehen von ihrer mangelnden Teamfähigkeit würde sie mit ihrem IQ – der ungefähr dem eines angeschimmelten Champignons entsprach – auch nicht gerade Sympathiepunkte sammeln.

«Ach, hat sich Marley Cedar also auch dazu herabgelassen, uns mit ihrer Anwesenheit zu beehren?», meckerte Linda, die selbst gerade erst zur Tür hereingestöckelt kam.

Das Klingeln des Telefons rettete mich davor, etwas erwidern zu müssen.

«Dream Estate Ltd., mein Name ist Marley Cedar. Was kann ich für Sie tun?»

Linda dackelte in die Angestelltenküche, dicht gefolgt von Madison.

«Guten Tag», hörte ich eine männliche Stimme sagen. «Mein Name ist Tom und ich wollte fragen, wie weit Sie bei der Suche nach der Drei-Zimmer-Wohnung für mich und meine Freundin Emily gekommen sind.»

«Hallo, Tom. Aber natürlich. Bitte nennen Sie mir Ihren vollen Namen, damit ich nachsehen kann. Oder vielleicht haben Sie sogar Ihre Kundennummer parat?»

«Nein, tut mir leid. Mein Name ist Tom. Tom Miller.»

«Vielen Dank. Einen kleinen Moment bitte.» Ich stellte ihn in die Warteschleife und suchte nach seinem Projekt. Natürlich war es noch nicht einmal angelegt worden. Also wählte ich Lindas Durchwahl, um den Anrufer direkt mit ihr zu verbinden. Sie hob nicht ab. Wie sollte sie auch, wenn sie sich mit Madison in der Küche gerade einen Kaffee gönnte und dabei lautstark über mich und meine Fehler tratschte?

«Tom, hören Sie?»

«Ja?»

«Es tut mir schrecklich leid, aber Ihre Beraterin, Linda

Vaughn, ist gerade auf einem Auswärtstermin. Darf ich ihr eine Rückrufbitte ausrichten?»

«Ja, klar. Klingt gut. Danke.» Tom legte auf.

Seufzend schrieb ich Linda eine E-Mail mit Toms Handynummer und der Bitte, ihn zum aktuellen Stand seiner Suche zurückzurufen. Dann schnappte ich mir den Stapel Eingangspost, der bereits auf dem Tresen lag. Ich öffnete routiniert ein Kuvert nach dem anderen, zog den jeweiligen Brief heraus und versah ihn mit einem Eingangsstempel.

Das Telefon klingelte erneut. Diesmal handelte es sich allerdings um einen internen Anrufer.

«Hallo?»

«Marley?»

«Ja, bin am Apparat.»

«Gut, Sie sind schon da», meinte eine der Immobilienmaklerinnen erleichtert. Offenbar hatte sie es heute bereits am Empfang versucht und Madison erreicht. «Haben Sie das Catering für Donnerstag bestellt?»

Das Catering? Für einen Moment sank mir das Herz in die Hose. Ich erinnerte mich an keinen entsprechenden Auftrag. Gab es ein Event, das ich versehentlich ignoriert hatte? War eine E-Mail nicht bei mir eingetroffen? Hatte ich tatsächlich in meinem täglichen Frust etwas übersehen?

«Von welchem Catering genau sprechen wir hier?», fragte ich vorsichtig.

«Donnerstag kommen in der Mittagszeit doch die Donovans zu einem Meeting ins Haus. Sagen Sie nicht, Sie haben dafür noch nichts bestellt, Marley!» Ein leicht hysterischer Unterton drang durch den Hörer in mein Ohr.

Ich hatte nicht die geringste Ahnung, wer die Donovans waren, aber offenbar zählten sie zu unserem VIP-Klientel. Also hatte ich wirklich vergessen, mich darum zu kümmern. Verflixt! In letzter Zeit lief aber auch wirklich alles schief.

Verzweifelt blätterte ich durch meine Notizen für diese Woche.

«Marley?»

«Ja, Moment. Ich sehe gerade nach, ob der Auftrag bestätigt wurde.» Panisch wühlte ich mich durch die Notizzettel, die Madison und Helen, die Vollzeitkraft am Empfang, mir hinterließen, wenn eine Aufgabe unter ihrer Würde war. Nichts.

Mittlerweile klickte ich mich wie eine Irre durch Mails und Kalendereinträge. Ungeduldiges Schnaufen drang durch den Hörer zu mir durch. Da fand ich es endlich. Ein Kalendereintrag am Mittwoch gegen Schichtende: «3 Bagels für Mandantengespräch morgen besorgen.»

«Marley, haben Sie es?»

«Ich bin mir nicht sicher. Handelt es sich beim Catering um eine Bestellung von drei Bagels?»

«Ja, genau. Die Bagels.»

*Was? Echt jetzt? Und deswegen so ein Aufstand?*

«Ja, sie werden am Donnerstagmorgen gebracht.»

«Ganz sicher?», fragte die Maklerin aufgebracht. «Sie haben das in Auftrag gegeben?»

«Aber natürlich. Drei Bagels für Donnerstag. Ich habe den Auftrag und die zugehörige Bestätigung hier. Keine Sorge, am Donnerstag wird der Snack bereitstehen, wenn Sie in das Meeting starten.»

«Sehr gut. Bitte versichern Sie sich, dass das auch klappt. Ich möchte keine böse Überraschung erleben. Die Donovans sind äußerst wichtige Kunden für mich.»

«Aber natürlich.» Ich übertrug den Termin in mein Handy. Donnerstag vor der Arbeit würde ich beim Bäcker vorbeifahren und den Snack besorgen. *Was für ein Aufriss wegen drei mickriger Bagels.*

«Marley!», kreischte Madison plötzlich.

Ich lief in die Angestelltenküche.

«Was gibt es, Madison?»

«Ich wollte mir einen Cappuccino machen, aber die Kaffeemaschine spinnt schon wieder. Kannst du das bitte übernehmen?»

«Natürlich, kein Problem.»

«Du kannst mir den Kaffee dann in Lindas Büro bringen. Ich unterstütze sie heute bei einigen wichtigen Projekten.»

«Ist gut. Ich bringe ihn dir gleich vorbei.»

Ein Blick auf das Display verriet mir, dass der Satzbehälter des Vollautomaten geleert werden musste. Madison stolzierte aus der Küche, während ich den Kaffeesatz entsorgte. Kaum hatte ich den Behälter wieder eingesetzt, blinkte das nächste Licht an der Maschine auf.

Einige Minuten später hatte ich Wasser, Milch und Kaffeebohnen nachgefüllt und lief mit der Tasse Cappuccino zu Lindas Büro. Leise klopfte ich an und wurde wenig später hereingebeten. Ich stellte den Kaffee vor Madison ab, die sich nicht einmal mit einem stummen Nicken bei mir bedankte, und wollte gerade wieder verschwinden, als Linda mich zurückhielt.

«Marley?»

«Ja, Linda?»

«Kannst du diesen Tom bitte vertrösten? Ich werde es heute sicher nicht mehr schaffen, ihn zurückzurufen.»

«Hast du heute nicht nur zwei Termine?», erkundigte ich mich verwundert.

«Das stimmt. Aber meine Arbeit besteht ja schließlich nicht ausschließlich aus Kundenterminen», klärte sie mich auf. «Ich zeige heute Madison ein paar Tricks und Kniffe und außerdem werde ich sehr viel recherchieren müssen. Da muss der Kunde sich einfach mal ein, zwei Tage gedulden.»

«Verstehe. Ich kümmere mich darum.»

«Gut.»

Ich war schon fast zur Tür raus, als Linda mir noch hinterherrief: «Und ich nehme einen Milchkaffee, Marley.»

Ich hatte mich wohl verhört. Oder war ich etwa übers Wochenende zur Barista herabgestuft worden?

«Wie bitte?»

«Einen M-I-L-C-H-K-A-F-F-E-E.»

Ich warf die Tür hinter mir ins Schloss, stapfte aber brav in die Küche.

*Wie war ich nur in dieser Situation gelandet? Und warum tat ich mir das eigentlich an? Ich hatte einen Mastertitel in Literaturwissenschaften. Hatte ich mich wirklich durch das Studium gekämpft, um jetzt Kaffee für irgendwelche verwöhnten Schnepfen zu kochen, die sich für etwas Besseres hielten?*

# 7

«Marley! Wo zum Teufel ist meine Powerbank?», grollte Averys Stimme durch den Flur.

«Keine Ahnung, Schatz» erwiderte ich mit einem leisen Stöhnen. «Wo hast du sie denn zuletzt gesehen?» Es war gar nicht so leicht, mich in die Shapewear zu quetschen, die Avery auf dem Bett für mich bereitgelegt hatte.

«An der Ladestation – wo sonst? Aber da ist sie nicht mehr. Gib doch einfach zu, dass du sie gestern für deine Party ausgeliehen und dann vergessen hast, sie wieder zurückzulegen.» Als ich nicht sofort antwortete, fügte er hinzu: «Na toll, Marley! Vielen Dank auch.»

Ich schluckte.

«Erstens war das gestern ein Firmenevent, bei dem ich mir praktisch als Mädchen für alles die Hacken wund gelaufen habe, Avery!» Ich atmete tief durch, um die Hysterie aus meiner Stimme zu verbannen. «Und zweitens habe *ich* deine heilige Powerbank ganz sicher nicht vom Strom genommen.»

Ich mahnte mich selbst erneut zur Ruhe. Avery konnte schließlich nichts für Madisons und Lindas Verhalten. Außerdem war nun wirklich nicht der richtige Zeitpunkt, meine Wut an ihm auszulassen. «Hast du vielleicht gestern beim Joggen ein Fitnessvideo gedreht und sie dafür eingesteckt?»

«Als ob ich darüber nicht schon selbst nachgedacht hätte», fuhr er mich an. «Versuch gar nicht erst, mir die Schuld in die Schuhe zu schieben, Ley.» Ein dunkler Schatten tauchte im Türrahmen auf, der mich aus funkelnden Augen anstarrte.

«So war das doch gar nicht gemeint», verteidigte ich mich. «Ich habe doch nur laut nachgedacht. Ich bin mir sicher, dass ich sie nicht habe, Schatz.» Mit zittrigen Händen zog ich die Shapewear über Hüfte und Bauch.

«Du bist dir also sicher?» Er trat einen Schritt auf mich zu und zog eine Augenbraue nach oben und musterte mich eindringlich.

«Ja», presste ich hervor. Die Härchen auf meinen Armen hatten sich bei seinem Anblick aufgestellt. Er strahlte eine Unnahbarkeit und Kälte aus, die mich intuitiv zurückweichen ließen.

«Du weißt genau, wie wichtig das Event heute Abend für mich und meine Karriere ist.» Sein Kiefer mahlte hörbar und er trat einen Schritt auf mich zu.

«Es tut mir leid, Avery.» Ich wich erneut ein wenig zurück und hob beschwichtigend die Hände. «Ich finde schon eine Lösung. Mach du dich erst einmal in Ruhe fertig und ich suche währenddessen weiter. Einverstanden?»

«Ich habe ja wohl kaum eine andere Wahl.» Er warf frustriert die Arme in die Luft und seufzte. «Aber vergiss dabei nicht, dich ebenfalls präsentabel herzurichten. Schließlich wirst du den ganzen Abend über an meiner Seite sein und solltest entsprechend was hermachen.»

«Keine Sorge. Ich gebe mir die allergrößte Mühe.»

Avery brummte etwas Unverständliches zur Antwort und trollte sich wieder.

«Puh! Nochmal davongekommen!», seufzte ich und fuhr mir erleichtert über die feuchte Stirn.

Das Kleid, das Avery für den heutigen Anlass für mich auserkoren hatte, baumelte von einem Bügel an der Schranktür und schien mich höhnisch anzugaffen. Es war pfirsichfarben und stand schon allein damit allem entgegen, was ich freiwillig trug. Meine Farbwahl beschränkte sich meist auf dunkle, gedeckte Töne – hauptsächlich also schwarz und grau. An besonders mutigen Tagen auch mal Tannengrün oder sogar bordeauxrot.

Abgesehen von der grauenhaften Farbe, die mich fürchterlich blass wirken lassen würde, hatte dieses ganz besondere Kleidungsstück die wohl hässlichsten Rüschen zu bieten, die ich je gesehen hatte. Weiße Nähte zierten Ärmel und Saum – und ich hasste sie aus tiefstem Herzen. Wenn das tatsächlich modisch sein sollte, war ich froh, dass ich davon nichts verstand. Nichts und niemand auf der Welt hätte mein früheres Ich jemals dazu bewegen können, eine solche Abscheulichkeit am eigenen Leib zu tragen. Doch dieses Ich war mir irgendwann in den letzten Jahren abhandengekommen und der mickrige Rest meiner selbst, der mir geblieben war, tat alles, was in seiner Macht stand, um Avery zufriedenzustellen.

Ich seufzte schwermütig und schüttelte mich ein letztes Mal beim Gedanken daran, dass ich den ganzen Abend in diesem Aufzug herumstolzieren müsste. Dann biss ich in den sauren Apfel, kniff die Augen fest zusammen und schlüpfte hinein. Wenigstens kratzte es nicht auf der Haut. Mit spitzen Fingern zupfte ich es zurecht, vermied dabei aber tunlichst den Blick in den Spiegel. Schließlich hatte ich meine Pfunde in dem tragbaren Cremetörtchen verstaut, legte ein leichtes Tages-Makeup auf und flocht meine Haare zu einem lockeren Zopf. Zufrieden mit dem Ergebnis nickte ich meinem Spiegelbild kurz zu und wandte mich dann eilig ab, um nicht doch noch einen ungewollten Blick auf das Kleid zu erhaschen. Jamie würde wahrscheinlich einem Herzinfarkt zum Opfer fallen, sollte er das grausige Ding jemals zu Gesicht bekommen.

«Dann wollen wir doch mal sehen, ob die Powerbank tatsächlich spurlos verschwunden ist», raunte ich mir selbst zu, ehe ich damit begann, Averys Sporttasche zu durchwühlen, die er achtlos ins Bad geworfen hatte – natürlich inklusive seiner völlig verschwitzten Sportkleidung. Ich würde später eine Unmenge an Parfum auflegen müssen, um den Gestank seiner durchgeschwitzten Shorts zu überdecken.

«Marley?»

«Ja?»

«Wie lange brauchst du denn noch? Wir müssen los.»

Mein Blick zuckte zur Uhr. Halb sieben. Hatte Avery nicht gesagt, wir müssten erst gegen sieben Uhr aufbrechen?

«Ich beeile mich, Schatz. Aber bis sieben ist es ja noch ein bisschen. Keine Sorge, wir werden schon pünktlich da sein.»

«Bist du irre?» Seine Stimme überschlug sich gefährlich. «Ich will auf gar keinen Fall unter den Letzten sein, die meinen es würde ausreichen, dass man pünktlich eintrudelt. Ich will mir einen Namen machen, Marley. Da müssen wir natürlich unter den Ersten sein, die ankommen.»

«Heute Morgen warst du noch einer von den Idioten, die meinen, es reicht aus, pünktlich zu sein», murmelte ich leise.

«Hast du was gesagt?»

In dem Moment sah ich sie – die Powerbank. Sie lag zwischen einer durchnässten Socke und einem Schweißband, das er heute offenbar nicht getragen hatte.

«Ich habe sie gefunden!», rief ich laut aus und griff mit spitzen Fingern danach.

«Was hast du gefunden?», meinte er ungeduldig.

«Die Powerbank!» Angewidert wischte ich den Schweiß von dem schwarzen Kästchen ab.

«Du hattest sie also doch!»

Meine Augen zuckten genervt zur Zimmerdecke. *Tief*

*durchatmen, Marley.*

«Nein, ich habe sie bei deinen Sportsachen gefunden.»

«So ein ausgemachter Unsinn! Wenn du schon lügst, dann solltest du zumindest darauf achten, dass deine Geschichte schlüssig ist.»

«Du musst sie heute Morgen beim Joggen dabeigehabt haben, wie ich gesagt habe.»

«Treib es nicht auf die Spitze, Ley!», brüllte er. «Du begibst dich gerade auf dünnes Eis. Seeehr dünnes Eis!»

«Ist ja auch nicht so wichtig. Ich habe die Powerbank und wir können gleich aufbrechen.» Ich packte eilig Puder und Lippenstift in meine Handtasche und wandte mich in Richtung Tür.

«Ich habe mich wohl gerade verhört!» Irgendetwas knallte laut. Vermutlich Averys Faust, die etwas Zerbrechliches getroffen hatte. «Nicht so wichtig? Ich finde es durchaus wichtig, dass du mir ständig meine Sachen klaust und ich dann unprofessionell und völlig verpeilt dastehe.»

«Das schaffst du auch ganz ohne meine Hilfe», flüsterte ich tonlos.

Ich huschte hinunter ins Wohnzimmer, wo ich einen tiefrot angelaufenen Avery vorfand, der sich die rechte Hand hielt. Die Ader auf seiner Stirn tanzte wild und die Augen hatte er zu schmalen Schlitzen zusammengezogen.

«Schatz», setzte ich an und hielt ihm die Powerbank entgegen.

«Nichts da Schatz!», knurrte er aufgebracht.

Ich schlich zögerlich und ängstlich näher, wobei ich den kleinen schwarzen Kasten mit ausgestreckten Armen vor mir hertrug. Hätte ich mich nicht so sehr vor dieser Version meines Freundes gefürchtet, hätte ich vermutlich aufgrund der Absurdität der Szene lauthals losgelacht. Von außen betrachtet sah ich mit Sicherheit aus wie ein verängstigter

Dorfbewohner, der einem wütenden Gott ein Opfer darbrachte, um seinen Zorn zu besänftigen. Leider fühlte ich mich auch so.

Avery riss mir die Powerbank unsanft aus den Händen und steckte sie in seine Laptoptasche, die er bereits geschultert hatte.

«Die hat jetzt sicher kaum noch Akku.»

«Es tut mir leid.»

«Wenigstens gibst du jetzt endlich zu, dass es allein deiner Unachtsamkeit und Gleichgültigkeit geschuldet ist, dass ich fast ohne zusätzliche Akkuladung auf das Event gefahren wäre.»

Ich schwieg. Meine Fingernägel bohrten sich allerdings tief in meine Handinnenfläche. Der Schmerz beruhigte mich ein wenig. Es war ein wohliges Stechen, das alles um mich herum verebben und still werden ließ. Ich schloss die Augen für einen Moment und genoss den Frieden, der sich von der Hand glühend heiß in meinem Körper ausbreitete und mir so ein Gefühl von Geborgenheit spendete.

«Kommst du jetzt, Ley?»

Ich riss die Augen wieder auf und kehrte ins Hier und Jetzt zurück.

«Natürlich. Danke, dass ich dabei sein darf, Avery.» Ich lächelte ihm mechanisch zu.

Eine halbe Stunde später trafen wir an der Location ein. Natürlich waren wir die Einzigen, die eine geschlagene halbe Stunde zu früh erschienen und durften noch nicht einmal eintreten.

«Na toll», maulte Avery. «Jetzt stehen wir hier wie die Idioten vor der Tür herum.»

«Aber wir sind die Ersten und du kannst alle, die noch eintreffen sofort von dir und deinen Fähigkeiten überzeugen», versuchte ich ihm den Vorteil an unserer Situation aufzuzeigen.

«Ja, aber da bleibe ich dann hängen als der Typ, der viel zu früh da war, weil er keine Uhr besitzt oder zu dumm ist, sie zu lesen.»

«So wird dich mit Sicherheit niemand wahrnehmen, Schatz.» Ich strich ihm liebevoll über die Schulter. Immerhin lenkte ihn seine Unsicherheit von der unbändigen Wut auf mich ab, die ich noch die gesamte Fahrt über zu spüren bekommen hatte.

«Du hast doch überhaupt keine Ahnung, Ley.»

«Klar habe ich Ahnung. Es ist schließlich mein Job, Leute schnell einzuschätzen und zu entscheiden, ob ich sie an den zuständigen Mitarbeiter weiterleite oder besser abwimmele. Ich weiß also genau, wie man vorgeht, wenn man jemanden möglichst schnell in eine Schublade schieben muss.»

«Da ist was dran.» Er sah mich an. Zum ersten Mal seit Wochen wirkte er nicht wütend und ich glaubte, einen Blick auf den Mann zu erhaschen, in den ich mich vor all den Jahren verliebt hatte.

«Siehst du», fuhr ich fort. «Sie werden denken, dass dir diese Veranstaltung sehr wichtig ist und dass du vorausschauend genügend Puffer in deine Zeitplanung aufgenommen hast, um auf jeden Fall pünktlich hier zu sein. Sie werden alle mit dir ins Gespräch kommen, weil du – fast wie ein Gastgeber – der Erste vor Ort bist. Außerdem werden sie dir zu Füßen liegen, wenn du sie dann mit deinem durchdachten Konzept und deiner positiven Energie von den Socken haust. Du wirst schon sehen, Schatz. Das wird ein voller Erfolg heute.»

Unsicher zuckte sein Blick zu mir. Etwas Hilfesuchendes

lag darin. «Wie kannst du dir da so sicher sein?»

«Weil ich dich kenne und genau weiß, wie ansteckend deine Energie und deine leidenschaftliche Art sind. Wenn du über Fitness und alles, was damit zusammenhängt, sprichst, können die Leute gar nicht anders, als dir zu verfallen. Du wirst sie umhauen. Das weiß ich.» Ich schenkte ihm ein strahlendes Lächeln und schob die Erinnerung an den zornigen Avery weit von mir. Er war ein guter Mann. Nur ein wenig verunsichert. Das spürte ich deutlich.

# 8

Das Event war ein Erfolg auf ganzer Linie gewesen und Avery hatte gleich mehrere potentielle Investoren für sich begeistern können. Die nächsten Wochen standen einige Treffen zum Dinner an, bei denen er sein Konzept jeweils genauer erläutern und sich damit umfangreiche Sponsorenangebote sichern könnte.

Zu meiner Erleichterung hatte sich auch Averys schlechte Laune gelegt und er war zeitweise fast wieder ganz der Alte. Entspannt pfeifend saß er auf dem Sofa und wartete geduldig ab, bis ich mich aufgebrezelt hatte. Zu meiner Überraschung wollte er mich heute Abend ausführen.

«Schatz, ich bin gleich fertig», ließ ich ihn vorsorglich wissen. Die letzten Monate hatten mich geprägt und die Angst davor, wieder die dunkle Bestie in ihm zu wecken, die mich aus glühenden Augen anstarrte und beim kleinsten Fehler zu verschlingen drohte, saß tief.

«Lass dir ruhig Zeit, Liebling. Der Abend läuft uns nicht davon.»

Seine Stimme klang ruhig und unbeschwert. Ich schlich die Treppe hinunter und spähte vorsichtig ins Wohnzimmer. Avery saß dort mit überschlagenen Beinen und hielt sein Tablet in der Hand. Mit gelassenen Bewegungen scrollte er sich durch irgendeine Seite - vermutlich surfte er auf Instagram. Seine trainierten Schultern hingen entspannt herab, die Stirn wurde von keiner einzigen Falte überzogen und sein Bein wippte locker im Takt des Liedes, das er vor sich hin pfiff. Ich konnte nicht das geringste Anzeichen von

Anspannung oder Ungeduld an ihm erkennen – und dennoch traute ich der Situation nicht.

Das Herz schlug mir bis zum Hals und meine Hände zitterten leicht. Mein Atem ging stockend und schwer. Dabei gab es absolut keinen Grund dafür.

«Ley?» Avery sah mich fragend über den Rand seines Tablets an.

«Oh, entschuldige», gab ich reflexartig zur Antwort. «Ich beeile mich, okay?»

«Alles klar.» Ein breites Grinsen legte sich auf seine Züge, begleitet von einem frechen Zwinkern in meine Richtung.

«Ich wollte dich nicht stören.»

«Hast du nicht.» Er lachte. «Ich habe mich nur gefragt, warum du mich so interessiert beobachtest.»

«Ach, nur so.» Mit leicht geröteten Wangen trottete ich wieder hinauf ins Bad, um letzte Hand an meine Haare anzulegen.

Nachdem Avery sich strikt geweigert hatte, mir zu sagen, wohin er mich an diesem Abend ausführen wollte, hatte ich mich für eine Art Casual Business Look entschieden. Ich trug eine enganliegende, dunkle Jeans, eine grüne, leichte Bluse und einen weißen Sportblazer. Dazu würde ich später noch in ein paar eleganter Pumps schlüpfen. Meine Augen betonten grüner Lidschatten sowie ein extravaganter schwarzer Lidstrich. Dafür hatte ich das restliche Make-up schlicht und natürlich gehalten. Die Haare drapierte ich zu einer lockeren Hochsteckfrisur und steckte zum Abschluss meine Lieblingsspange auf die rechte Seite des gelungenen Haarknotens. Der lavendelfarbene Schmetterling bildete einen bezaubernden Kontrast zu dem sonst eher grün gehaltenen Styling.

«Okay, von mir aus können wir los», rief ich Avery zu.

«Wunderbar», gab er zur Antwort und legte das Tablet zur

Seite. «Dann zeig dich mal, meine Schöne.»

Mit Pudding in den Knien schleppte ich mich wieder ins Wohnzimmer hinunter, obwohl ich doch eigentlich zufrieden mit meiner Aufmachung war. Aber die letzten Monate hatten mich geprägt und ich fürchtete Averys vernichtendes Urteil.

Würde er mich wieder zurückschicken, um mich umzuziehen? Würde er mich scharf kritisieren, aber dennoch mit mir ausgehen? Oder würde er mich wieder zu irgendeiner Stylistin schleifen, die Schadensbegrenzung betreiben sollte?

Mit unsicher zuckenden Mundwinkeln und ängstlich durch den Raum schweifenden Augen, stellte ich mich seinem Urteil.

«Wow!», rief Avery laut aus und klatschte in die Hände.

Ich warf ihm einen verunsicherten Blick zu, scannte ihn nach einem Anzeichen für Ironie oder Sarkasmus. Doch ich fand nur einen ehrlich freudigen Ausdruck auf seinem Gesicht.

«Du siehst fantastisch aus, Ley.»

«Danke.» Mein Blick zuckte verlegen zu Boden. Ich hatte mit allem Möglichen gerechnet, hatte mich für jede nur erdenkliche Reaktion seinerseits gewappnet. Entsprechend überfordert war ich jetzt mit der liebevollen Anerkennung, mit der er mich überschüttete.

«Wirklich, Liebling. Du siehst atemberaubend aus. Deine Augen leuchten richtig! Ich kann gar nicht fassen, dass ich heute Abend der stolze Kerl an deiner Seite sein darf. Du bist eine Granate!»

Völlig überfordert trat ich von einem Fuß auf den anderen, den Blick weiterhin fest auf den Boden geheftet. Hatte er sich versehentlich irgendwelche Drogen in seinen Proteinshake gekippt? Vielleicht war er heute Nacht auch von Aliens entführt und durch eine Kopie ausgetauscht worden, die nun die menschliche Spezies studierte, um sie am Ende zu unterwerfen. Alles, wirklich alles klang in meinen Ohren plausibler, als dass Avery mich mit Komplimenten überschüttete. Andererseits hatte er das früher sogar ziemlich oft getan. Erst in den letzten Monaten war er zum Gordon Ramsay der Modeindustrie mutiert.

«Alles okay, Süße?» Er klang ernsthaft besorgt.

«Ja», presste ich kurzatmig hervor, als er meinen Ellenbogen zärtlich berührte.

«Du wirkst so ...» Er überlegt einen kurzen Moment und schlug sich dann plötzlich gegen die Stirn. Ich zuckte unwillkürlich zusammen. «Ah, jetzt verstehe ich. Du platzt wahrscheinlich vor Neugier, wo es heute Abend hingeht, und verhältst dich deswegen so komisch.»

Ich zuckte mit den Schultern und warf ihm ein wackeliges Lächeln entgegen. «Durchschaut.»

«Keine Sorge, bald weißt du es ja.» Er grinste über beide Ohren und hatte offenbar nicht die geringste Ahnung, wie einschüchternd das auf mich wirkte. Es war, als würde ein wilder Löwe seine Zähne zeigen, ehe er mich wenig später damit zerfleischte.

«Ja», hauchte ich mit bebender Stimme und hasste mich selbst dafür, dass ich den Moment der Leichtigkeit zwischen uns nicht genießen konnte.

Eine halbe Stunde später fühlte ich mich bereits um einiges besser. Wir saßen an einem kleinen Tisch in einer schummerig beleuchteten Bar, die vor rotem Samt nur so überquoll. Stühle, Wände, selbst die Bühne – nahezu alles war mit dem extravaganten Stoff überzogen. Die warme, unaufdringliche Beleuchtung unterstrich den Flair, der einen von der ersten Sekunde an mit voller Wucht in Beschlag nahm.

«Na, ist deinem Liebsten die Überraschung gelungen?», fragte mich eine vertraute Stimme.

Ich wandte mich mit einem freudigen Grinsen zu meinem besten Freund um, der in voller Rowena-Montur und mit zwei bunten Cocktails beladen vor mir aufragte.

«Du siehst unglaublich aus!», entfuhr es mir und ich beäugte Rowenas Outfit mit großen Augen.

«Das will ich ja wohl hoffen, Schätzchen.» Rowena zwinkerte mir kokett zu und stellte die beiden Drinks vor uns ab. «Einen alkoholfreien Touchdown für den attraktiven Herren und eine Bahama Mama für die umwerfende Frau an seiner Seite.»

«Danke sehr, die Lady», meinte Avery mit einem verschmitzten Glänzen in den Augen.

«Ihr entschuldigt mich, meine Täubchen. Aber ich habe hier eine Show zu leiten.» Rowena drehte sich mit einem atemberaubenden Hüftschwung um und tänzelte in Richtung Bühne.

«Tja, das hättest du nicht erwartet, oder?», fragte Avery mit stolzgeschwellter Brust.

«Nein, darauf wäre ich wirklich niemals gekommen», gab ich lachend zur Antwort. «Dass du mich zu Rowenas Show einlädst, hätte ich mir beim besten Willen nicht vorstellen können – nicht einmal in meinen kühnsten Träumen.»

«Ich stecke eben voller Überraschungen.» Er hauchte mir einen sanften Kuss auf die Wange, der mich wohlig schaudern ließ. Da war er wieder, mein Avery – und endlich fiel die Anspannung ab, die mich zuhause und auf dem Weg in den Club noch gequält hatte.

«Danke, Schatz! Ich freue mich sehr, dass wir zusammen hier sind.»

«Um keinen Preis der Welt hätte ich mir länger nachsagen

lassen, dass ich als der Mann an deiner Seite noch nie bei einer Show deines besten Freundes gewesen bin. Es wurde langsam mal Zeit, dass ich nach all den Jahren einen Fuß in diesen Travestieclub setze.»

«Ja, der eine oder andere hat natürlich schon hinter deinem Rücken gemunkelt, ob du Angst vor Rowena hast.» Lachend lehnte ich mich an Avery, der beschützend den Arm um mich legte. Endlich konnte ich mich fallen lassen und den Abend genießen. Vielleicht hatte Lianne recht gehabt und ich hatte mich da tatsächlich in etwas verrannt, das nicht echt war.

Es war durchaus möglich, dass ich meine eigene Zerrissenheit und mein Unglücklichsein auf Avery übertragen und damit völlig irrationale Ängste entwickelt hatte. War es vielleicht an mir, daran zu arbeiten, dass ich ein gesünderes Verhältnis zu meinem Job und auch meinem Partner entwickelte? Es war schließlich schon auffällig, dass ich von einem Moment auf den anderen an allen Bereichen meines Lebens Anstoß nahm.

Ich sah zu Avery hinüber, der gebannt die lebhafte, bunte Show verfolgte, die Rowena und die anderen Dragqueens auf der Bühne ablieferten. Er wirkte so entspannt und gelöst – und ich erkannte plötzlich wieder den Mann in ihm, in den ich mich vor vielen Jahren Hals über Kopf verliebt hatte. Er schenkte mir ein Lächeln und ich spürte, wie sich ein angenehmes, warmes Gefühl in mir ausbreitete.

Gleich morgen würde ich mich vor meinen Laptop setzen und nach einem passenden Psychotherapeuten für mich suchen. Offenbar lief einiges in meinem Unterbewusstsein ab, das mir schadete, und ich würde das nun in Angriff nehmen. Denn ich war mir mittlerweile zu hundert Prozent sicher, dass die ganzen Probleme der letzten Monate und all die Ängste und Hemmungen, die ich daraus entwickelt hatte, allein in meiner Wahrnehmung und Einstellung verankert waren. Also würde ich wohl oder übel daran arbeiten und mich den Dämonen stellen.

«Marley, ist alles in Ordnung?» Avery hatte sich nach vorn gelehnt und sah mich aus großen Augen an.

«Ja, alles gut.» Das würde ich mit mir allein ausmachen. Es gab schließlich keinen Grund, Avery mit meinen psychischen Problemen zu belasten. Er hatte bereits genug ertragen müssen. Sicher war es für ihn auch alles andere als einfach gewesen, hilflos zusehen zu müssen, wie ich mich in den von mir eigens geschaffenen Abgrund warf. Ich wollte mir gar nicht ausmalen, wie viel Unrecht ich ihm in den letzten Wochen und Monaten getan hatte.

«Aber, Liebling ...» Er zögerte und streichelte sanft meine Wange. «Du weinst.»

«Ich bin nur so ...» Ich suchte nach einer passenden Ausrede. Da hörte ich Rowenas Stimme *Don't Cry For Me, Argentina* schmettern. «Ich bin nur so gerührt. Das Lied geht mir jedes Mal total unter die Haut. Kein Grund zur Sorge. Es geht mir gut.» Ich schenkte ihm ein zittriges Lächeln und hoffte, dass er die Lüge nicht bemerkte.

Avery schlang seinen Arm fester um mich und zog mich an seinen durchtrainierten, nach Minze und Meerwasser duftenden Körper.

«Ach, Ley», seufzte er. «Du hattest schon immer eine sehr sensible Ader.»

«Ich bin und bleibe eben eine kleine Mimose», gab ich verlegen lachend zur Antwort.

Avery küsste mich liebevoll auf die Stirn und lachte ebenfalls. «Wo du recht hast ... Hauptsache, es geht dir gut.» Nach einer kurzen Pause fügte er hinzu: «Möchtest du noch etwas trinken?»

«Ja, ein Himbeermojito wäre traumhaft.»

«Beweg dich nicht vom Fleck, Prinzessin. Dein Ritter ist schon unterwegs.» Er sprang von seinem Stuhl auf und lief quer durch den Raum zur Bar.

*Und diesen Mann hatte ich für egozentrisch und bedrohlich gehalten? Vor ihm hatte ich mich regelrecht gefürchtet? Ich musste dringend meine Zurechnungsfähigkeit überprüfen lassen. Kein Wunder, dass Lianne mich für völlig durchgeknallt hielt.*

# 9

«Marley, wie lange brauchst du denn noch?», rief Avery ungeduldig in den Flur.

«Ich bin quasi schon fertig, Schatz.» Eilig steckte ich die letzten beiden Haarnadeln in meine Hochsteckfrisur und warf einen prüfenden Blick in den Spiegel. Ich wusste genau, wie wichtig der heutige Abend für Avery war, und hatte mich eine ganze Woche lang mit YouTube-Videos zu schicken Hochsteckfrisuren herumgeschlagen. Diese hatte ich so lange wieder und wieder geübt, bis ich dieses kleine Kunstwerk am Ende zuverlässig zustande brachte. Stolz nickte ich mir selbst im Spiegel zu, schnappte mir die noble Clutch, die ich mir von Jamie geliehen hatte, und stolzierte mit langen Schritten hinab ins Wohnzimmer. Ich fühlte mich gediegen, selbstbewusst und erhaben. Was ein dunkelblaues Abendkleid, ein paar High Heels und ein wenig Kosmetik nicht alles zu vollbringen vermochten.

Als ich Averys offenstehenden Mund und die großen Augen sah, aus denen er mich stumm anstarrte, konnte ich mir ein breites Grinsen nicht verkneifen. Mit aufrechtem Rücken und erhobenen Hauptes vollführte ich eine gewandte Drehung und zwinkerte ihm kokett über die Schulter zu. Endlich hatte ich das Gefühl, in unserer Beziehung wieder Boden unter den Füßen zu haben.

«Was zur Hölle –», entfuhr es ihm, den Blick fassungslos auf meine Kurven geheftet, die durch mein Kleid gekonnt in Szene gesetzt wurden.

«Was zur Hölle ich mit deiner Freundin gemacht habe?»,

fragte ich und kräuselte amüsiert die Nase. «Ich dachte mir, beim Investorenmeeting hättest du lieber eine galante Frau von Welt an deiner Seite.»

«Allerdings, das hätte ich mir gewünscht», erwiderte er, während er allmählich wieder die Gewalt über seine Gesichtszüge zurückerlangte.

«Na, dann. Führ mich aus, Cowboy.»

«Du raubst mir wirklich den letzten Nerv mit diesem ... mit diesem Aufzug!» Er deutete hektisch an mir herab. «Du siehst aus wie frisch aus einem schlechten Capote-Film entsprungen.»

«Wie bitte?» Entsetzt riss ich die Augen auf und mein Puls begann zu rasen.

Avery deutete mit schockierter Miene auf mich. «Und dann auch noch alles in Dunkelblau. Was hast du dir nur dabei gedacht? Dunkelblau? Bist du von allen Geistern verlassen?»

Ich schluckte. «Hast du nicht mal zu mir gesagt, es würde das Braun meiner Augen ganz besonders betonen und geheimnisvoll funkeln lassen? Ich dachte, dir gefällt Dunkelblau an mir, Avery.»

«Ja, schon. Aber doch nicht, wenn einer der potentiellen Investoren heute der Besitzer der Canadian Red Scalps ist!» Seine Stimme überschlug sich gefährlich und ich wich instinktiv einen Schritt zurück. «R-E-D Scalps!»

«Das ... Das wusste ich nicht ...», stammelte ich unsicher. Dahin war die selbstbewusste Powerfrau, die vor einem Wimpernschlag noch an meiner Stelle gestanden hatte, und zurück war die dumme, kleine Marley, die absolut nichts richtig machte. «Tut mir leid», flüsterte ich mit gesenktem Blick.

«Uns fehlt die Zeit, das jetzt noch auszubügeln», knurrte er und ließ seine Augen weiter an mir auf- und abgleiten. «Na los, komm schon. Ich will nicht auch noch zu spät kommen.»

Ich nickte stumm und schlich in geduckter Haltung hinter ihm zum Auto. Mit einem Mal war die Leichtigkeit der letzten Tage verschwunden. Dafür war die Angst wieder an ihre Stelle getreten.

Die Fahrt hatten wir schweigend hinter uns gebracht und ich war froh, als wir nach schier endlosen 24 Minuten eisiger Stille, die mir den Atem abgeschnürt hatten, endlich parkten. Ich stieg aus und sog gierig die frische Abendluft ein. Im Auto hatte ich das Gefühl gehabt, an der wortlosen Spannung zwischen Avery und mir langsam, aber unaufhaltsam zu ersticken.

«Kommst du?»

Mit hochgezogenen Brauen streckte er mir seinen Arm entgegen. Ich schloss noch einmal kurz die Augen und atmete tief durch, um mich wieder zu beruhigen. Ein langer Abend stand uns bevor – und er hatte alles andere als gut begonnen.

«Ley», knurrte Avery kaum hörbar.

Ich schüttelte das ungute Gefühl ab, das mich erfüllte, und griff nach seinem Arm, damit er mich die Treppe zur Location nach oben führen konnte.

Er warf mir einen kurzen stechenden Seitenblick zu und ich zwang ein wackeliges, verkrampftes Lächeln auf mein Gesicht. Wir würden in wenigen Augenblicken ein unschlagbares Team abgeben müssen. Da war keine Zeit für sensible Befindlichkeiten.

*Warum fiel es mir nur so schwer, Avery eine gute Freundin zu sein? Wieso konnte ich nicht all seinen Ansprüchen genügen und ihn mit Stolz auf mich erfüllen? War ich tatsächlich so unfähig und schwach?*

Die alte Marley hätte sich von ein paar Typen mit Geld nicht so einschüchtern lassen. Sie wäre sie selbst gewesen und hätte damit den ganzen Raum in ihren Bann gezogen.

Ich vermisste sie, diese unbeugsame, stolze, unsagbar starke Frau. Doch sie war verschwunden. Ich hatte sie unter unzähligen Selbstzweifeln und Unsicherheiten begraben – und vermutlich hatte diese unbezwingbare Amazone das nicht überlebt. Selbst wenn sie noch röchelnd und kämpfend unter den Trümmern lag – wie könnte dieses schwache, ängstliche Ding, zu dem ich geworden war, sie aus dem Schutt ziehen und ihr wieder zu neuem Glanz verhelfen? Es war eine gefühlte Ewigkeit her, dass ich das gewitzte Aufblitzen ihrer Augen im Spiegel erhascht hatte.

«Ley.» Averys Stimme klang ruhig und dennoch lag etwas Bedrohliches in der Art und Weise, wie er meinen Kosenamen aussprach. Er unterstrich die Dringlichkeit seiner Aufforderung damit, dass er seine Finger fester um mein Handgelenk schloss und unbarmherzig zudrückte.

Erschrocken fuhr mein Blick zu ihm hinüber. Erst jetzt wurde ich mir darüber bewusst, dass wir bereits gemeinsam mit einigen Männern in schicken Anzügen und ihren Accessoire-Frauen am Tisch saßen. Ich war so tief in Gedanken versunken gewesen, dass ich gar nicht mitbekommen hatte, wie wir hierhergelangt waren und uns gesetzt hatten. Vor mir stand ein Glas Wasser mit einer Zitrone, die im unbarmherzigen Strudel der Kohlensäure um ihr Überleben kämpfte.

«Marley, Hanson hat dich etwas gefragt.» Averys Augen blitzten wütend auf und der Druck um mein Handgelenk verstärkte sich schmerzhaft.

Ich biss fest die Zähne aufeinander, um bei dem Stechen, das meinen Arm durchzuckte, nicht laut zu quietschen. Das würde einen saftigen blauen Fleck geben. Dann setzte ich das halbherzige Lächeln auf, das mir auch an meinem Arbeitsplatz als Schutzwall diente. «Entschuldigen Sie bitte, Hanson. Ich war gerade etwas unachtsam. Wären Sie bitte so freundlich, Ihre Frage zu wiederholen?»

«Ich hatte mich nach Ihren beruflichen Ambitionen erkundigt, Marley», wiederholte der weißgraue Mittsechziger mir gegenüber geduldig.

«Derzeit arbeite ich als Empfangsaushilfe bei einer Immobilienfirma. Aber sobald Avery sich zu hundert Prozent in seine Karriere stürzen kann, werde auch ich neue Optionen ausloten. Mich hat es schon immer zum Radio oder zu Werbeagenturen gezogen und ich möchte mir diesen Herzenswunsch möglichst bald erfüllen.» Erneut verstärkte sich der Griff um mein Handgelenk. Diesmal war ich sicher, ein leises Knacken zu vernehmen. Mit aller Kraft hielt ich mich davon ab, zusammenzuzucken. «Doch erst einmal liegen meine Prioritäten bei Avery und seiner vielversprechenden Karriere als Fitness-Influencer.»

«Sie meint damit, dass sie später einmal versuchen möchte, in Teilzeit am Empfang einer solchen Firma unterzukommen, wenn unsere Kinder zur Schule gehen und wir eine fähige Nanny gefunden haben», stellte Avery richtig. Dabei funkelte er mich finster aus nahezu schwarzen Augen an und ich spürte wieder die eisige Hand, die sich fest um mein Herz schloss und mich ängstlich schaudern ließ.

«Stimmt das, Marley?», erkundigte sich das Model an Hansons Seite, das gut und gern seine jüngste Tochter hätte sein können, vermutlich aber seine dritte Frau war.

«Ja, natürlich», presste ich hervor. «Ich hatte mich da nur etwas unglücklich ausgedrückt.» Mit einem zuckersüßen Lächeln wandte ich mich zu Avery. «Danke, Schatz, dass du meine Worte ins rechte Licht gerückt hast.»

«Wie schade», antwortete sie und ließ geknickt den Kopf

sinken. «Ich hatte gehofft, dass ich nicht die Einzige mit beruflichen Ambitionen in der Runde wäre. Zumal ich ja nicht ewig über den Laufsteg stolzieren kann.» *Sie sah also nicht nur umwerfend aus, sondern arbeitete tatsächlich als Model.*

«Was nicht ist, kann ja noch werden», meinte Avery und ließ endlich mein heftig pochendes Handgelenk los. «Ich fand schon immer, dass Marley sich mehr zutrauen sollte. Vielleicht kann sie sich vom Empfang aus hocharbeiten, wenn die Kinder groß sind.»

«Das klingt doch gleich viel besser.» Hanson nickte zustimmend und Avery versetzte mir einen Tritt gegen die Wade, der mich zusammenzucken ließ.

«Vielleicht können wir Nummern austauschen, um weiter in Kontakt zu bleiben», bot ich der Frau an Hansons Seite an, deren Namen ich nicht mitbekommen hatte.

«Sehr gern», erwiderte sie und kramte in ihrer Clutch, bis sie eine kleine schwarze Karte zu fassen bekam und mir diese mit einem aufgeschlossenen Lächeln entgegenhielt.

Mit zitternden Händen griff ich danach.

«Vielen Dank. Ich melde mich gleich heute bei Ihnen, damit Sie auch meine Nummer haben.» Ich fädelte die Karte mit mehreren ungelenken Anläufen in meine Handtasche und griff nach meinem Wasserglas. «Auf eine erfolgreiche Zukunft!» Ich hatte kaum Gefühl in meiner rechten Hand und sah bereits die bläuliche Färbung, die von Averys unbarmherzigen Druck herrührte.

Auch mein Gegenüber erhob das Glas. «Auf uns Mädels mit Karriereplänen!», rief sie freudig aus und unsere Gläser klirrten aneinander.

Doch zu spät bemerkte ich, dass ich deutlich zu viel Schwung genommen hatte. Verzweifelt versuchte ich, meine Hand zu bremsen, aber vergebens. Die Gläser prallten gegeneinander und meines zerbarst in Hunderte von

Scherben. Das Model schrie spitz auf, als einer der Splitter ihr Gesicht streifte und dann brach das pure Chaos aus. Avery drückte beim Versuch, ihr zu helfen, meine Hand fest in die Scherben auf dem Tisch. Hanson sprang von seinem Stuhl auf und begann laut zu fluchen und zu schimpfen, während gleich mehrere Kellner zu uns eilten und alles in ihrer Macht Stehende taten, um den Schaden zu beheben.

«Candice, geht es dir gut?», kreischte eine der anderen Frauen und starrte dabei entsetzt in das Gesicht des Models.

«Natürlich geht es ihr nicht gut», herrschte ihr Ehemann sie an. «Siehst du nicht, dass sie blutet, Holly?»

«Sie blutet?» Hanson sah seiner Frau ins Gesicht. «Wir benötigen einen Arzt, einen Chirurgen! Auf der Stelle!»

«Es ist doch nur ein ganz kleiner Kratzer», bemerkte eine andere Frau an unserem Tisch und warf mir einen mitfühlenden Blick zu.

«Nur ein Kratzer?», schrie Hanson außer sich. «Nur ein Kratzer? Sie ist Model, Nadine. Model! Das könnte das Ende ihrer Karriere bedeuten.»

Einer der Kellner reagierte blitzschnell und entschärfte die Situation, indem er das Wort an Hansen richtete: «Sie haben recht, Sir. Ihre Frau muss umgehend zu einem Arzt, ehe noch unwiederbringliche Schäden entstehen. Ich geleite Sie augenblicklich zu Ihrem Wagen, Sir.»

Hanson ließ sich von dem Kellner davonführen, während sich einer seiner Kollegen die völlig überforderte Candice schnappte und hinter den anderen beiden her stürmte.

Ehe ich mich versah, hatte sich die illustre Runde von einem Moment auf den anderen aufgelöst und die Einzigen, die noch am Tisch saßen, waren ich selbst und ein vor Wut schnaubender, knallrot angelaufener Avery, der mich mit tiefschwarzen Augen fokussierte. Unwillkürlich drückte ich mich tiefer in meinen Stuhl und presste mich fest gegen die

Lehne.

Jede einzelne Faser seines Körpers schien zum Zerreißen gespannt und die Ader an seiner Stirn tanzte wild auf und ab. Seine Kiefer mahlten hörbar aufeinander und die Muskeln an seinem Torso vibrierten vor Zorn.

Noch nie in meinem Leben hatte ich mir so sehnlich gewünscht, dass sich ein Loch im Boden auftat und mich verschlang. Ich starrte aus weit aufgerissenen Augen zu dem Kriegsgott vor mir auf. Die Angst presste das letzte bisschen Luft aus meinen Lungen und ein schwarzer Schleier legte sich über meinen Blick.

# 10

Dumpfe Musik und das Aufheulen eines Motors drangen durch die Dunkelheit zu mir hindurch. Ich versuchte vorsichtig, die Augen zu öffnen. Doch ein stechend greller Lichtschein, der in unregelmäßigen Abständen an mir vorbei zuckte, ließ sie mich sofort wieder zusammenkneifen. Von einem neuerlichen Versuch ließ ich vorerst ab, da mein Kopf ohnehin schon zu platzen drohte.

Das stetige Ruckeln, das mich auf dem unbequemen, stoffartigen Untergrund hin und her warf, verursachte ein flaues Gefühl in meiner Magengegend, das sich in wenigen Minuten zu einer alles verschlingenden Übelkeit steigerte. Nachdem ich es nicht wagte, die Augen erneut aufzuschlagen, konzentrierte ich mich auf meine verbleibenden Sinne und versuchte einzuordnen, wo ich mich befand und wie ich hierhergekommen war.

Das grausame Pochen in meinen Schläfen machte es mir nahezu unmöglich, mich auf irgendetwas anderes zu konzentrieren. Mein gesamter rechter Arm, der unter mir lag und meinen Körper stützte, wurde ebenfalls von einem brennenden Schmerz durchzogen. Vorsichtig versuchte ich, mein Gewicht zu verlagern, um ihn zu entlasten. Dabei entfuhr mir ein schmerzerfülltes Stöhnen.

«Ach, ist die Prinzessin also aufgewacht?», fragte eine vertraute Stimme.

Anstatt einer Antwort brachte ich lediglich ein weiteres mattes Stöhnen hervor.

«Wirklich eine tolle Masche, um dich aus der Affäre zu

ziehen und mich allein mit dem Chaos stehenzulassen, das du angerichtet hast. Einfach die Ohnmächtige spielen. Ganz großes Kino, Ley. Du kannst echt stolz auf dich sein.»

Jedes einzelne Wort lief geradezu über vor Kälte und Zorn. Wider besseres Wissen zwang ich mich, die Augen zu öffnen. Durch das hektische Flattern meiner Lider konnte ich einen großen Schatten auf dem Sitz vor mir ausmachen, dessen hasserfüllter Blick mich über den Innenspiegel traf. Ich befand mich also in einem Auto. Aber warum war der Mann am Steuer nur so unsagbar wütend auf mich?

Die Welt um mich herum tauchte erneut in absolute Dunkelheit und wattige Stille ein.

«Jetzt steh schon auf, Ley!», knurrte mich eine männliche Stimme an. Sie klang gedämpft, als wäre sie weit entfernt.

Doch im nächsten Augenblick spürte ich, wie jemand unsanft an meiner Schulter rüttelte.

«Wenn du jetzt allen Ernstes glaubst, hier weiter das Opfer mimen zu können und dass ich dich am Ende sogar ins Haus trage, hast du dich geschnitten, Lady.»

Ich stöhnte und öffnete träge die Augen. In meinem Kopf hämmerte es unaufhörlich und die Welt drehte sich rasend schnell um mich. Durch flatternde Lider erkannte ich Averys Gesicht und ein erleichtertes Lächeln breitete sich auf meinen trockenen Lippen aus. Avery war hier.

«Hey!», schrie er und schüttelte mich erneut. «Du sollst gefälligst aufstehen!»

Ich schluckte die Übelkeit hinunter, die meine Kehle hinaufstieg, und kämpfte gegen den Schwindel an, der mich von dieser Welt zu schleudern drohte.

«Hast du nicht gehört, Ley?»

Ich stöhnte erneut.

«Jetzt beweg dich endlich, sonst kannst du auf dem Rücksitz übernachten.»

Zitternd streckte ich ihm den gesunden Arm entgegen und versuchte verzweifelt, mich auf dem brennenden Etwas aufzustützen, das einmal mein rechter Arm gewesen war. Doch kaum hatte ich mich ein paar wenige Zentimeter von der Rückbank unseres Autos hochgehievt, zuckte ein unbarmherziges Stechen durch mein Handgelenk und ließ mich zusammenbrechen.

«Okay, du willst es ja offenbar nicht anders», fauchte Avery und wandte sich ab.

Er würde mich doch nicht wirklich im Wagen zurücklassen? Ich hörte, wie sich Schritte auf der Kieseinfahrt entfernten.

«Bitte», krächzte ich heiser. Die Schritte hielten inne. «Av. ..er...y, bitte.» Erneut streckte ich ihm den unversehrten Arm entgegen. Er schnaubte. Doch wenig später kam er zurück.

«Bilde dir jetzt bloß nicht ein, dass ich dich trage», murmelte er unwillig, während er seine starken Arme um meinen Körper schlang und mich aus dem Auto zog.

Meine Beine fühlten sich an, als wären sie aus Wackelpudding, und gaben wieder und wieder nach, wenn ich versuchte, aus eigener Kraft zu stehen. Das Pochen in meinem Kopf war von einer Sekunde auf die andere so stark angeschwollen, dass ich befürchtete, die kleinste Bewegung könnte mir den Schädel in zwei Hälften spalten. Die Welt wirbelte mich so schnell im Kreis, dass ich gar nicht bemerken würde, sollte ich auf dem Boden aufschlagen. Mein Arm war offenbar mit Brandbeschleuniger übergossen und angezündet worden und ich wünschte mir sehnlichst die friedliche Dunkelheit zurück, die mich vor wenigen Augenblicken noch eingehüllt hatte.

«Jetzt stell dich nicht so an, Ley! Komm endlich!»

Der stützende Arm um meine Hüfte verschwand und ich klappte wie eine rückgratlose Stoffpuppe zusammen.

«Das kann ja wohl nicht wahr sein», entfuhr es Avery ungehalten. Doch wenig später spürte ich seine warmen, festen Arme, die mich vom Boden aufhoben. Mein Kopf sank erschöpft gegen seine muskulöse Brust und ich lauschte dem wummernden Auf und Ab seines Herzschlags. Wütend vor sich hin schimpfend trug er mich die Einfahrt entlang und ins Haus, während mich die Dunkelheit sanft umfing und mich in eine Welt der Stille entführte.

Als ich wieder zu mir kam, war ich allein. Der Raum um mich herum war angenehm dunkel und es war totenstill im Haus. Ich atmete erleichtert einmal tief durch. Die Übelkeit war deutlich abgeklungen und in den Hintergrund gerückt und auch mein Kopf pochte weniger schmerzhaft.

Langsam ließ ich meinen Blick durch das Zimmer schweifen und erkannte, dass ich mich im Wohnzimmer auf der Couch befand. Auf dem Tisch stand ein Glas Wasser und daneben lag eine Schachtel Aspirin. Erst jetzt bemerkte ich, wie schrecklich trocken sich meine Kehle anfühlte, und griff gierig nach dem Glas. Ein stechender Schmerz fuhr durch mein rechtes Handgelenk. Verdammt! Das fühlte sich ganz und gar nicht gesund an.

Vorsichtig ließ ich die Rechte wieder sinken und streckte stattdessen die linke Hand nach dem Wasser aus. Besser. Viel besser.

Gierig nahm ich ein paar Schlucke. Dann fummelte ich solange ungelenk und einhändig an der Schachtel herum, bis ich schließlich eine Aspirintablette in der Hand hielt. Ich legte sie mir auf die Zunge und spülte sie mit dem Rest des Wassers hinunter. Unsicher lauschte ich in die Stille, die mich umgab.

*Wo zur Hölle steckte Avery? Er hatte mich doch sicher nicht in diesem Zustand allein auf der Couch zurückgelassen, während er weiß Gott wohin gegangen war. Oder doch?*

Bilder und einzelne Satzfetzen tauchten in meinem Kopf auf. Avery, wie er mich mit eiskaltem Blick über den Innenspiegel musterte. Avery, der sich vom Wagen entfernte, während ich hilflos auf der Rückbank lag. Avery, der mich wütend anschrie, ich solle mich nicht so anstellen.

*Hätte er mich tatsächlich einfach im Auto zurückgelassen? Oder war das eine Art Test gewesen, wie schlecht es mir wirklich ging? War er so wütend auf mich gewesen, dass ihm egal war, ob ich die Nacht über mit Schmerzen in der Kälte lag?*

Das konnte ich mir nicht vorstellen. Avery mochte manchmal schroff und unnahbar wirken, aber tief in seinem Inneren gab es diesen warmherzigen, liebevollen Kern, den er seit einiger Zeit hinter seiner ruppigen, kalten Fassade verbarg.

Doch ich kannte ihn besser. Ich hatte den wahren Avery kennengelernt. *Meinen* Avery. Niemals würde er mich hilflos und allein zurücklassen, wenn es mir nicht gut ging. Es gab sicher einen guten Grund dafür, dass er so harsch mit mir umgesprungen war. Vielleicht hatte er ja wirklich nur mein Bestes im Sinn gehabt und testen wollen, wie viel ich noch ohne Hilfe zustande brachte.

Und wo war mein Retter in der Not jetzt? Wieso war ich allein im Haus? Hatte er sich auf den Weg gemacht, um einen Arzt zu holen? Aber warum hatte er nicht den Notruf gewählt und war bei mir geblieben?

Da hörte ich Schritte vor der Tür und wenig später steckte jemand den Schlüssel ins Schloss, sperrte auf und trat ein. Ich hörte den schweren Atem, der beängstigend laut den ansonsten völlig stillen Flur erfüllte.

«Avery?», krächzte ich heiser. Ob das Zittern in meiner Stimme von meinem geschwächten Zustand herrührte oder ein Zeichen der aufsteigenden Angst in mir war, wusste ich nicht.

Keine Antwort.

Wenig später flog der Schlüssel klirrend in die Schale auf dem Sideboard im Flur – oder zumindest erinnerte mich das Geräusch stark daran – und zwei dumpfe Knalle folgten.

Vermutlich hatte jemand gerade die Schuhe abgestreift und achtlos auf den Boden fallen lassen. Das schwere Atmen näherte sich und ein dunkler Schatten tauchte im Türsturz auf. Unwillkürlich zuckte ich zusammen.

«Avery?», fragte ich erneut, während ich mich tief in die Polster der Couch presste.

«Wer denn sonst?», erwiderte er verwaschen. «Der Weihnachtsmann, vielleicht?»

«Alles in Ordnung?», hakte ich unsicher nach. Irgendetwas am Klang seiner Stimme war anders. Ein kalter Schauer kroch mir über den Rücken und die feinen Härchen in meinem Nacken stellten sich auf.

«Japp», erwiderte er knapp und ließ sich in den Sessel mir gegenüber fallen. Seine Bewegungen wirkten fahrig und unkontrolliert. Irgendetwas war ganz und gar nicht in Ordnung, das lag auf der Hand.

Avery stöhnte leise und fuhr sich über das Gesicht. Ich nutzte den Moment, in dem er seine Augen verdeckte, und schnupperte verhalten in seine Richtung. Ein schwerer Geruch nach Schweiß und Hochprozentigem lag in der Luft.

Ich hievte mich noch weiter hoch, wobei ich die heftigen Schmerzen ignorierte, die mich dazu bringen wollten, mich auf der Stelle wieder hinzulegen. Kaum hatte ich eine halbwegs aufrechte Position erreicht, kniff ich die Augen fest zusammen und musterte mein Gegenüber. Er sah müde aus. Mitgenommen.

«Avery?», flüsterte ich unsicher. Ich wagte es kaum, die Stille um uns zu durchbrechen. Er grunzte leise und sah auf. «Hast du getrunken?»

«Na und?» Er ließ seinen Arm unkontrolliert durch die Luft sausen und verfehlte die Tischplatte nur knapp. «Gab ja wohl allen Grund dazu.»

Auch diesmal klang er verwaschen und nicht ganz bei der Sache. Vermutlich war das der Tatsache geschuldet, dass er seit Jahren kaum Alkohol zu sich genommen hatte. Avery trank extrem selten. Das gehörte zu seiner Marke und hatte ihn als Sportler schon lange durchs Leben begleitet. Es war einer seiner unumstößlichen Grundsätze, Gifte wie Alkohol und Tabak nur zu besonderen Anlässen in die Nähe seines Körpers zu lassen. Deshalb stellte es auch einen ewigen Streitpunkt zwischen uns dar, dass ich durchaus gern einmal etwas tiefer ins Glas schaute als nötig.

«Kann ich etwas für dich tun?»

«DU?», schrie er und ich fuhr zusammen. «Findest du nicht, du hast heute bereits genug angerichtet? Musst du unbedingt noch einen obendrauf setzen?»

«Beruhige dich doch.» Ich hob beschwichtigend die Hände und bereute es im gleichen Augenblick. Wieder ein stechender Blitz, der meinen gesamten rechten Arm durchzuckte. Ich blinzelte die flirrenden Punkte weg, die vor meinen Augen tanzten, und starrte Avery hilflos an.

«Ich soll mich beruhigen? Hast du sie noch alle?» Er ließ seine Faust lautstark auf die Tischplatte knallen und ich wich erneut vor ihm zurück. «Du hast mein Leben ruiniert, du verfluchtes Miststück!»

«Tut mir leid», erwiderte ich reflexartig und senkte den

Blick demütig. Mein Herz raste und brachte damit die grausamen Kopfschmerzen zurück, die bis dahin im Hintergrund meines Bewusstseins auf ihren Moment gelauert hatten.

«Tut dir leid?»

Ich konnte die Kälte seines Blickes geradezu auf meiner Haut spüren. Die kleinen Härchen auf meinen Armen und in meinem Nacken stellten sich beim Klang seiner Stimme erneut auf und ein weiterer Schauer ließ mich frösteln.

«Mehr hast du nicht zu sagen?»

Ängstlich zusammengekauert saß ich ihm gegenüber. Was hätte ich in diesem Moment nur dafür gegeben, erneut ohnmächtig zu werden. Aber das Adrenalin, das glühend heiß durch meine Venen pumpte, gönnte mir diesen Ausweg nicht.

«Ach, jetzt kannst du also deine Klappe halten? Auf einmal?» Seine Stimme strahlte eine Finsternis aus, die ich an Avery nie zuvor erlebt hatte.

Ich zitterte am ganzen Körper und wagte es nicht, mich auch nur ein winziges Stückchen zu bewegen oder ein weiteres Wort zu verlieren. Selbst wenn mir etwas eingefallen wäre, um ihn zu besänftigen, hätte ich es niemals über meine Lippen gebracht. Ich war starr vor Angst. Es fühlte sich an, als säße ein völlig Fremder mir gegenüber.

«Ich rede mit dir», grollte seine Stimme düster. Im selben Moment sprang er auf, umrundete in Rekordzeit den Tisch und packte mich unsanft an der Schulter. «Hallo? Jemand zuhause?»

Er schüttelte mich so fest hin und her, dass brennende Übelkeit meine Kehle hinaufstieg. Dann nahm er mein Kinn zwischen Daumen und Zeigefinger und drückte zu. Mein Kiefer knackte kaum merklich und Tränen traten in meine Augen, während er mich dazu zwang, seinen Blick zu erwidern. Mein Mund und meine Kehle waren mit einem Mal staubtrocken. Niemals brachte ich jetzt auch nur den kleinsten Laut heraus. Folglich blieb mir nichts anderes übrig, als ihn aus flehenden Augen stumm anzustarren.

«Du willst es also auf die harte Tour?», fragte er und ein Schwall abgestandenen Schnapses verstärkte die Übelkeit in mir um ein Vielfaches. Ich setzte alles daran, mich nicht zu übergeben.

Im nächsten Moment ließ er meinen Kiefer los, packte mich mit eisernem Griff am Arm und warf mich zurück auf die Couch. Ein erstickter Schrei durchdrang die Luft und es dauerte einen Augenblick, bis ich erkannte, dass ich ihn ausgestoßen hatte.

«Jetzt ist ein für alle Mal Schluss mit dem netten, verständnisvollen Avery, der sich von dir alles zunichtemachen lässt. Ich werde dir zeigen, was du davon hast, dass du ständig alles kaputt machst.»

Er presste mich fester in die Polster, riss das Kleid, das ich immer noch trug, mit einem Ruck nach oben und zerrte, getrieben von unbändigem Hass, an meinem Slip herum. Ich spürte etwas Heißes im Augenwinkel und kurz darauf meine Wange hinablaufen. Erst dann begriff ich, dass ich weinte.

«Bitte», röchelte ich heiser.

Doch er hörte mich nicht. Der Schatten über mir war weit davon entfernt, noch ein menschliches Wesen zu sein. Er gewann den Kampf mit meiner Unterwäsche und riss das letzte bisschen Schutz, das ich noch übrighatte, von meiner Hüfte, um es achtlos neben dem Sofa auf den Boden fallen zu lassen.

Mein ersticktes Schluchzen verfehlte sein Ziel und fachte den Dämon in Averys Inneren noch zusätzlich an. Ich hörte das verräterische Klirren seiner Gürtelschnalle und das fast lautlose Herabgleiten seiner Anzughose, die den Fetzen meines Slips am Boden einen Augenblick später Gesellschaft leistete. Verzweifelt versuchte ich, mich aufzubäumen, doch sein Griff war unbarmherzig und ließ mir keinen Millimeter Spielraum.

«Das hast du jetzt davon», spie er mir entgegen, als er mit einem harten, schmerzhaften Ruck in mich eindrang und mich so aus meinem Körper katapultierte.

# 11

Zu einer winzigen Kugel zusammengekrümmt und am ganzen Leib zitternd wartete ich am nächsten Morgen auf das erlösende Zufallen der Haustür, ehe ich es wagte, mich zu bewegen.

Erleichtert stieß ich die Luft aus, als ich endlich den befreienden Knall hörte. Doch mit ihm kehrten auch die Schmerzen zurück, die ich bis zu diesem Augenblick weit in mein Unterbewusstsein zurückgedrängt hatte. Ich stöhnte laut auf beim Versuch, meine Finger zu lockern, die ich fest vor meinen Knien ineinander verschränkt hatte. Ein eiskalter Blitz zuckte durch meinen rechten Arm, als es mir schließlich gelang, die gefühllosen Klumpen zu entknoten, die gestern Abend noch meine Finger gewesen waren. Es schmerzte und brannte – und hätte ich auch nur noch einen einzigen Tropfen Flüssigkeit in mir gehabt, wären mir mit Sicherheit bittere Tränen die ausgedörrten Wangen hinuntergelaufen. Doch es war nichts mehr übrig.

Kaum hatte der Dämon von mir abgelassen, der von Avery Besitz ergriffen hatte, waren die Tränen in solch einem Überschwang aus mir herausgeschossen, dass nach wenigen Stunden dieser dumpfe, fremde Schmerz an ihre Stelle getreten war und meine Seele mit Kälte und Leere gefüllt hatte. Ich fühlte absolut nichts mehr.

Vermutlich hatten mich die panische Angst und der lähmende Schmerz innerlich zerrissen und jetzt war nichts mehr übrig, das noch etwas spüren konnte. Mein Herz war heute Nacht in tausend kleine Scherben zersprungen, die ich nie wieder zusammensetzen können würde.

Zu einem Zeitpunkt, an den ich mich kaum noch erinnern konnte, hatte ich meinen Körper scheinbar verlassen und nur noch unbeteiligt zugesehen. Es war schlichtweg zu viel für meine geschändete Seele gewesen. *Ich wäre daran zerbrochen – oder war ich das vielleicht? War ich in der Nacht wie mein Herz in unzählige Teile zersplittert, die nun darauf warteten, dass ich die Kraft fand, sie wieder einzusammeln und zusammenzufügen?*

Matt ließ ich meinen Blick durch das Wohnzimmer schweifen und fuhr erschrocken zusammen, als ich mein blasses Spiegelbild in einer der Vitrinen streifte. War dieser leblose Schatten mit den tiefliegenden Augenhöhlen tatsächlich eine Spiegelung meines Gesichts?

Ich zwang mich, genauer hinzusehen, und versuchte die toten Hüllen mit den strahlenden Augen übereinzubringen, die mich gestern noch aus dem Spiegel angelacht hatten. Abgestoßen von meinem eigenen Anblick, ließ ich die Augen nach unten wandern, wo sie sich ohne mein Zutun starr auf mein Handgelenk hefteten. Der ganze Arm war auf das Doppelte seines üblichen Umfangs angeschwollen und ein sattes Dunkelblau umrahmte einen nicht unbeträchtlichen Teil davon, bevor es in sämtliche Farben des Regenbogens überging und schließlich einem beängstigenden Weiß wich, das den Rest meines Körpers überzog. Vorsichtig hob ich die Hand an und schrie überrascht auf, als ein greller, schmerzhafter Blitz durch meine Eingeweide zuckte. Wimmernd ließ ich den Arm sinken. Mit eisiger Klarheit wurde mir bewusst, dass ich Hilfe brauchte.

Ein bedauernswertes Schluchzen durchbrach die Stille um mich herum und es dauerte einen Moment, bis ich begriff, dass es meiner eigenen Kehle entsprungen war. *Wie um alles in der Welt war ich nur in einer derart verzweifelten und bemitleidenswerten Situation gelandet?*

*War nicht vor ein paar Tagen noch alles in bester Ordnung gewesen? Hatte er mich nicht vor Kurzem mit leuchtenden Augen angesehen und mit diesem einen Blick bedacht, der allein für mich reserviert war? Wann hatte sich der Mann, der mich über alles liebte, nur in dieses erbarmungslose Monster verwandelt – und warum hatte ich nicht schon früher die teuflische Fratze gesehen, die sich hinter seinem Lächeln verbarg? War ich wirklich derart blind gewesen?*

*Vielleicht hatte ich den Bogen aber auch selbst überspannt. Hätte ich schon vor Jahren hinter Averys Fassade blicken und den Teufel erkennen müssen, der sich hinter der unschuldigen Miene verbarg? War es am Ende meine Schuld gewesen? Hätte ich verhindern können, dass unsere Beziehung derart eskaliert? Hätte ich es sogar verhindern müssen?*

Entmutigt ließ ich mich wieder zurücksinken und von meinen Gedanken treiben. Zurück in eine Zeit, in der ich mit Avery glücklich gewesen war. Zurück in eine Zeit, in der er mich auf Händen getragen und mir jeden Wunsch von den Lippen abgelesen hatte. Damals hatte ich dieses freudige Beben in meinem Körper gespürt, wenn sein Blick den meinen traf, das viele als Schmetterlinge im Bauch bezeichnen. Ich hatte mich sicher und geborgen bei ihm gefühlt und seine starken Arme hatten mir Halt gegeben. *Was war nur mit uns passiert? Wie war aus meinem sicheren Hafen dieser düstere Schatten geworden, dessen kleinste Regung mich vor Angst erzittern ließ und dessen rohe Gewalt mich einschüchterte? Der mich dazu brachte, mich klein und wertlos zu fühlen? Wie? Und vielmehr noch, wann?*

Ein leises Brummen riss mich aus meinen Gedanken. Erschrocken fuhr ich zusammen, was mir ein schmerzerfülltes Stöhnen entrang. Meine Augen zuckten auf der Suche nach der Geräuschquelle hektisch durch den Raum, bis sie das leuchtende Rechteck auf dem Tisch streiften. Mein Handy. Vorsichtig, um keine unnötigen Schmerzen auszulösen, lehnte ich mich ein paar Zentimeter nach vorn und erhaschte einen Blick auf das Display. Ein strahlendes Lächeln war das Erste, das ich vom Bild des Anrufers erfasste.

Jamie.

Ich schluckte. Er würde sofort bemerken, dass etwas nicht stimmte. *Wollte ich ihn mit diesem ganzen Chaos belasten? War ich überhaupt bereit, mit jemandem darüber zu sprechen? Durfte ich es denn?*

Das Brummen drang immer fordernder an mein Ohr. Ich konnte Jamie nur allzu deutlich vor mir sehen, wie er ungeduldig mit dem Fuß wippte und seine vollen Lippen zu einer genervten Schnute verzog. Das Handy vibrierte erneut. In diesem Moment sprang er vermutlich auf und begann damit, ruhelos in seinem Wohnzimmer auf und ab zu wandern, während er leise «Geh ran, geh endlich ran» vor sich hin nuschelte und seine Finger nervös auf dem Oberschenkel tanzen ließ.

Jamie hasste es, wenn ich nicht ans Telefon ging. Seit seine jüngere Schwester bei einem Verkehrsunfall schwer verletzt worden und am Ende im Rollstuhl gelandet war, hatte er einen unerschütterlichen Großer-Bruder-Komplex entwickelt und ich war so etwas wie eine weitere Schwester für ihn.

Das Brummen erklang wieder und ich rang mit mir selbst. Sollte ich rangehen und Jamie erzählen, was letzte Nacht vorgefallen war? Oder sollte ich es weiter klingeln lassen und ihn mit seiner größten Angst konfrontieren – der Angst, dass einem geliebten Menschen etwas zugestoßen war? Was wäre besser? Die nagende Ungewissheit oder das quälende Wissen um meine Pein?

Ein letztes verzweifeltes Vibrieren ertönte, ehe die Mailbox mir die Entscheidung abnahm und das Telefon verstummte. Erleichtert stieß ich die Luft aus. Vor Anspannung hatte ich wohl unbewusst den Atem angehalten.

Doch es dauerte nicht lange und das Handy leuchtete erneut auf und vibrierte. Ich hätte wissen müssen, dass Jamie sich nicht so leicht geschlagen gab.

Ich schluckte den Kloß herunter, der fest in meinem Hals zu stecken schien, und fasste mir ein Herz. Langsam streckte ich meine zittrigen Hände aus und bekam schließlich das Telefon zu fassen. Ich hob ab und entrang mir ein kratziges: «Hallo?»

«Gott sei Dank! Marles, geht es dir gut?»

Unsicher, ob Jamies Sorge daher rührte, dass ich nicht sofort abgehoben hatte, oder daher, dass ich noch elender klang, als ich selbst angenommen hatte, erwiderte ich: «Ja ... Ich denke schon. Tut mir leid, ich bin gerade erst aufgewacht. Gestern war ein aufreibender Abend und ich bin noch nicht ganz auf dem Damm.»

«Ach ja, das Investorentreffen», erinnerte sich Jamie. «Wie lief es denn? Hat Avery einen großen Fisch an Land gezogen?»

Mir wurde schlecht. Bilder vom gestrigen Abend blitzten vor meinem inneren Auge auf. *Candice, die sich erschrocken an die blutende Wange fasst. Der wütende Blick, den ihr Mann mir zuwirft. Avery über mir, das Gesicht zu einer unmenschlichen Fratze verzerrt.*

«Marles?»

*Avery legt seine Hände um meinen Hals.*

«Erde an Marley?»

Ich schluckte. «Hm?»

«Ist wirklich alles okay?»

Ich schüttelte den Kopf, was mein Körper mir mit einem schmerzhaften Stechen vergalt, und stöhnte auf.

«Langsam mache ich mir echt Sorgen.»

Ich räusperte mich. «Tut mir leid. Gestern habe ich wohl ein bisschen zu tief ins Glas geschaut. Ich bin noch nicht ganz ich selbst.»

«Wenn das einer versteht, dann ich», gab Jamie erleichtert lachend zur Antwort. Ich konnte förmlich sehen, wie er den Arm hob und sich verlegen am Hinterkopf kratzte, und ein Lächeln schlich sich auf mein Gesicht.

«Ja, dir muss ich nun wirklich nicht sagen, was das heißt – Meister der Weineskapaden.» Ich zwang mich zu einem Lachen. Doch der Laut, der mir über die Lippen kroch, klang kläglich und irgendwie widernatürlich. Hastig versuchte ich, ihn mit einem Hüsteln zu überspielen.

«Und hat Avery nun jemanden gefunden, der in seine Marke investieren will?»

Wieder blitzte ein Bild des unmenschlichen Ausdrucks auf Averys Gesicht vor meinem inneren Auge auf und mein Herz setzte für einen Schlag aus.

«Leider nicht», flüsterte ich kaum hörbar.

«Schade. Aber nimm dir das nicht so zu Herzen, Süße. Es gibt noch andere große Fische im Teich und da wird sich schon einer finden, der ein bisschen was für euch locker macht. Nur nicht aufgeben.»

Ich nickte stumm.

«Du weißt ja, aufstehen, Krone richten und weiter.»

Ich nickte erneut, was Jamie logischerweise nicht sehen konnte.

«Bist du noch dran oder verpulvere ich meine Motivationsrede jetzt ans Nirwana?»

Ich schluckte. «Ich bin noch dran», brachte ich heiser und kratzig hervor.

«Oh, meine Liebe! Das muss ja ein ganzes Fass Wein gestern gewesen sein, dass es dich so aus der Bahn wirft. Soll ich vorbeikommen und dir meinen berühmt-berüchtigten Katerkiller mixen?»

«Nein!», entfuhr es mir deutlich zu schnell.

«Marley, was zur Hölle ist los?», fragte Jamie argwöhnisch.

*Verdammt*!

«Nichts, alles gut. Ich bin nur ein bisschen fertig von gestern und sehe auch entsprechend aus.»

«Ach, komm schon, Marley. Ich habe dich sicher in weitaus schlimmerem Zustand gesehen. Weißt du noch nach Matthew Harrisons legendärer Hausparty? Da sahst du aus, als wärst du unter die Zombies gegangen und hast die Nacht vornübergebeugt auf der Toilette verbracht.»

«Ja», gab ich schwach zur Antwort.

«Und wer hat dir da die Haare aus dem Gesicht gehalten?»

«Du.»

«Genau, niemand Geringeres als dein allerbester Freund. Also erzähl mir nicht, du wärst in einem derart desolaten Zustand, dass ich dir nicht unter die Arme greifen und dich wieder auf die Beine stellen kann. Für solche Momente bin ich schließlich da, Liebes.»

Ich nickte erneut stumm.

«Ich bin in zwanzig Minuten da und bekämpfe die Dämonen, die in deinem Kopf Polka tanzen.»

Ich legte auf und flüsterte leise «Wenn du das nur könntest» in die Stille, die mich umgab.

# 12

Eindringliches Klingeln riss mich aus der Dunkelheit zurück in die schmerzhafte Wirklichkeit. Das Pochen hinter meinen Schläfen kehrte augenblicklich wieder und ließ mich stöhnend die Augen schließen. Erneut erklang das unbarmherzig laute, enervierende Klingeln, das den Schmerz in meinem Kopf befeuerte. Es dauerte einen Moment, bis ich es wagte, die Augen noch einmal zu öffnen. Fernseher, niedriger Tisch und das Bild vom letzten gemeinsamen Urlaub, aus dem Averys und mein eigenes Gesicht mich hämisch angrinsten.

«Marley! Mach schon auf, bevor ich die Tür eintrete.»

*Jamie.*

Erschrocken fuhr ich hoch, was ich allerdings im selben Moment bitter bereute. Ich stieß einen schmerzerfüllten Schrei aus und sank zurück in die Kissen.

«Ich meine es verdammt ernst, Marles.» Jamie klang angespannt und ungewohnt unsicher. Das leichte Tremolo in seiner Stimme drang bis tief in meine Seele. Er machte sich Sorgen, richtig üble Sorgen. Die Sorte, die einen innerlich auffraß, wenn man nicht sofort eine Lösung herbeizauberte.

«Du hast einen Schlüssel», raunte ich heiser.

«Marley, zum letzten Mal: Mach diese verfluchte Tür auf!» Ich konnte seine mahlenden Kiefer förmlich durch die massive Haustür hindurch sehen.

Wenn Jamie so weit in den Großer-Bruder-Modus abgedriftet war, traute ich ihm absolut alles zu. Da wäre eine eingetretene Tür noch recht glimpflich im Vergleich zu den

Dingen, zu denen er dann fähig war.

Mein Blick hetzte durch den Raum und ich ignorierte den stechenden Schmerz, der mich bei jeder Regung meiner Augen durchzuckte – ebenso wie die grellen Lichtblitze, die vor mir im Raum hin und her tanzten. *Das Handy.*

Hastig schnappte ich mir das Mobiltelefon vom Tisch und tippte so schnell ich konnte.

*Du hast einen Schlüssel.*

Wenige Sekunden später hörte ich Jamie vor der Tür fluchen: «Du willst mich wohl verarschen, Liebes! Ich wäre gerade fast gestorben vor Sorge und du schickst mir eine Textnachricht? Ernsthaft? Eine verflixte Textnachricht?»

Im nächsten Augenblick hörte ich das Klimpern von Schlüsseln und schloss erleichtert die Augen.

«Marles?»

Müde stöhnte ich und versuchte, schwach mit dem Arm zu wedeln, um die störende Stimme wegzuwischen, die mich aus der kuscheligen Dunkelheit zerren wollte, die sich warm und beschützend um mich gelegt hatte.

«Marley!» Die Stimme klang eindringlicher, besorgter. Eine warme Hand rüttelte sanft an meiner Schulter.

«Autsch!», entfuhr es mir.

«Marley, bitte mach die Augen auf. Mach schon, ich flehe dich an!»

Irgendetwas im Tonfall meines Gegenübers ließ die Alarmglocken in meinem Hinterkopf anschlagen. Widerwillig öffnete ich meine Lider.

«Marley. Gott sei Dank.»

Über mir schwebte Jamies Gesicht, dessen Züge ein wenig weicher wurden, als ich die Augen flatternd aufschlug.

«Was zur Hölle ist passiert?»

«Hm?»

«Wieso siehst du aus, als wäre ein Bulldozer über dich drübergefahren?»

«Ich habe nur einen Kater.» Es erfüllte mich mit seltsam unangebrachtem Stolz, dass ich mich an das Telefonat mit ihm erinnerte und sofort eine Ausrede parat hatte.

«Das ist definitiv alles andere als ein Kater, nachdem man ein bisschen zu tief ins Glas geschaut hat, Liebes.» Jamie fuhr mir zärtlich über die Wange.

«Gib mir nur noch ein paar Stunden Schlaf, dann bin ich wieder ganz die Alte», nuschelte ich undeutlich, während meine Augen wie von selbst zufielen und die Dunkelheit erneut nach mir griff.

«Auf gar keinen Fall!», schrie Jamie. «Marley, sieh mich an!»

Als ich nicht reagierte, wiederholte er mit einem ängstlichen Beben in der Stimme meinen Namen.

«Schon gut», erwiderte ich. Selbst in meinen Ohren klang meine Stimme schwach und verwaschen. Irgendwie fremd.

«Kannst du aufstehen oder soll ich dich tragen?»

«Wie bitte?», fragte ich, um Zeit zu schinden. Denn unter der Decke, die Avery heute Nacht scheinbar über mich geworfen hatte, war ich splitterfasernackt.

«Ich fahre dich auf der Stelle ins Krankenhaus und sobald es dir auch nur einen Hauch besser geht, wirst du mir erzählen, was zur Hölle gestern Abend passiert ist! Hast du mich verstanden?»

Ich nickte schwach. Oder zumindest glaubte ich das. Ganz sicher war ich mir nicht.

Als ich das nächste Mal die Augen aufschlug, stand eine Frau mittleren Alters in einem weißen Kittel vor mir. Die pinken Lippen presste sie konzentriert zusammen, während sie mich mit ihren großen, dunklen Augen argwöhnisch musterte.

«Guten Abend, Ms. Cedar», grüßte sie mich freundlich. Doch der ernste Ausdruck auf ihrem Gesicht wich keinem aufgesetzten Smalltalk-Lächeln. «Wir müssen uns unterhalten, denke ich.»

«Hallo.» Zaghaft hob ich die Hand, um ihr unsicher zuzuwinken – oder zumindest hatte ich das vor. Doch als ich die Muskeln anspannte, durchfuhr ein stechender Schmerz meinen Arm und ich ließ augenblicklich wieder locker.

«Sie sind sicher noch etwas desorientiert.» Sie schnappte sich ein Klemmbrett von dem weißen Tischchen neben mir. «Ihr Freund Jamie Scott hat Sie heute Morgen zu uns gebracht. Wir haben Ihren Arm reponiert und mit einer Castschiene versorgt. Kurzum, einer Ihrer Unterarmknochen ist gebrochen. Außerdem haben Sie ein Schädeltrauma erlitten, weshalb wir Sie gerne zur Beobachtung über Nacht hierbehalten würden. Wollen Sie mir sagen, wie Sie sich diese Verletzungen sowie auch die deutlichen Würgemale an Ihrem Hals zugezogen haben?»

«Wo ist Jamie jetzt?» Hektisch suchte mein Blick die Umgebung ab.

«Er wartet im Aufenthaltsbereich darauf, dass ich ihn zu Ihnen lasse. Davor wollte ich allerdings erst einmal unter vier Augen mit Ihnen sprechen.» Eindringlich sah sie mich an.

«Warum?»

«Wegen der Art Ihrer Verletzungen.» Sie biss sich kurz auf

die Unterlippe, ehe sie fortfuhr: «Einiges davon lässt auf häusliche Gewalt schließen, Ms. Cedar. Daher wollte ich vorerst ohne Mr. Scott mit Ihnen sprechen.»

«Moment», ich sah sie unverwandt an. «Sie glauben, Jamie hätte etwas mit meinen Verletzungen zu tun?»

Sie nickte. «Das wäre durchaus möglich. Es kommt nicht selten vor, dass Patienten von ihrem Partner ins Krankenhaus gebracht werden, nachdem diese sie im Affekt verletzt oder anderweitig missbraucht haben.»

Beim Wort Missbrauch zuckte ich unwillkürlich zusammen. Da war sie wieder, die widerlich verzerrte Fratze über mir, die voller Hass auf mich herabstarrte.

«Ms. Cedar?»

«Jamie hat nichts damit zu tun», erwiderte ich bestimmt.

«Sind Sie sicher?»

«Ja, natürlich. Jamie ist seit Jahren mein engster Freund. Er würde mir so etwas niemals antun.»

Sie musterte mich forschend.

«Ehrlich gesagt halte ich Ihr Verhalten für äußerst übergriffig.» Mit verschlossener Miene fixierte ich die Ärztin und fügte nach einem kurzen Blick auf ihr Namensschild hinzu: «Dr. Cardenas.» Im Moment hielt ich Angriff ganz klar für die beste Verteidigung. Abgesehen davon war ich wirklich der Meinung, dass die Ärztin ihre Kompetenzen an dieser Stelle überschritt.

«Ich verstehe.» Sie seufzte, straffte ihre Schultern und stand auf. «Dann werde ich Mr. Scott Bescheid geben, dass Sie wach sind, wenn Sie einverstanden sind.»

«Vielen Dank.» Sie wandte sich zum Gehen, verharrte dann allerdings einen Moment mitten in der Bewegung. Mit der Hand auf der Türklinke drehte sie sich noch einmal zu mir um. «In der Schublade neben Ihrem Bett finden Sie meine Visitenkarte, falls Sie doch noch über irgendetwas sprechen wollen.»

«Das wird wohl kaum nötig sein», gab ich zickiger als gewollt zurück. Um meinen Worten etwas an Schärfe zu nehmen, fügte ich nach einer kurzen Pause hinzu: «Aber vielen Dank für das Angebot.»

Mit einem weiteren Seufzen verließ Dr. Cardenas den Raum. Die Tür war kaum hinter ihr ins Schloss gefallen, da sprang sie auch schon wieder auf und Jamie stürmte hindurch.

«Wie geht's dir, Süße? Ist alles in Ordnung? Soll ich dir etwas holen, jemandem Bescheid geben ...» Nach einem kurzen Blick in meine Richtung fügte er hinzu: «Die Klappe halten, weil dein Schädel explodiert, wenn ich so viele Fragen auf einmal stelle?»

Ein Lächeln stahl sich auf mein Gesicht und ich nickte. «Ja, genau das. Also das Letzte davon.»

«Tut mir leid», raunte er und setzte sich auf den freien Stuhl neben meinem Bett. «Ich habe mir nur solche Sorgen um dich gemacht. Was machst du denn für Sachen?»

«Ich weiß auch nicht», nuschelte ich in Richtung Bettdecke.

«Nein, jetzt mal im Ernst, Marles.» Er berührte mich sanft am Kinn und hob meinen Kopf an, bis sich unsere Blicke unweigerlich trafen. Dann setzte er mit todernstem Tonfall hinzu: «Was ist passiert?»

Einen kurzen Augenblick lang war ich versucht, ihm die Wahrheit zu erzählen. Jede Faser meines Körpers sehnte sich danach. Doch im letzten Moment biss ich mir auf die Zunge. Es gäbe nur zwei Möglichkeiten. Entweder er glaubte mir nicht oder – und das wäre sogar noch schlimmer – er ging an unzähligen Selbstvorwürfen zugrunde. Genau wie bei seiner Schwester würde es keinerlei Unterschied für ihn machen, ob diese begründet oder völlig aus der Luft gegriffen waren. Es würde ihn zerbrechen. Das konnte ich nicht zulassen. Außerdem hatte Avery noch keine Möglichkeit gehabt, sich zu der ganzen Sache zu äußern, und ich wollte auf keinen Fall voreilig den Teufel an die Wand malen.

Vielleicht gab es ja eine völlig rationale Erklärung für all das und ich könnte ihm, wenn ein wenig Zeit ins Land gestrichen war, sogar verzeihen. Da brachte es doch nichts, jetzt schon die Pferde scheu zu machen, wo niemand genau wusste, was ihn dazu getrieben hatte.

«Marley?»

«Ich war einfach nur ein Tollpatsch.»

«Marley ...» Der Muskel über seiner Wange zuckte verräterisch.

«Nein, wirklich. Ich habe ein Glas Wein zu viel erwischt, war nicht mehr Herrin meiner Sinne und bin total bescheuert hingefallen.»

«Du hast dir Würgemale beim Hinfallen zugezogen? Echt jetzt? Ist das allen Ernstes deine Geschichte?» Jamie starrte mich mit geöffnetem Mund an. «Hältst du mich für völlig verblödet?»

«Nein, die sind von was anderem.» Beschämt senkte ich den Blick.

«Und wovon genau?» Die Knöchel seiner Finger knackten, als er sich mit der freien Hand in die Decke krallte.

«Na ja, Avery –»

«Dieser verdammte Mistkerl», entfuhr es Jamie völlig außer sich. «Ich werde ihn –»

«Wir haben was Neues im Bett ausprobiert», warf ich hastig dazwischen, ehe er vollends die Fassung verlor, und losstürmte, um Avery wer weiß was anzutun.

«Ihr habt was?» Er blinzelte mehrmals und legte den Kopf ein wenig schief.

Unsicher wich ich seinem Blick aus. «In letzter Zeit ist die

Leidenschaft zwischen uns etwas eingeschlafen und unsere Beziehung ist neben dem Aufbau seiner Marke und meinem Job irgendwie auf der Strecke geblieben. Da haben wir eben mal was Neues probiert.»

«Und das hat dir gefallen?» Eine tiefe Falte hatte sich zwischen Jamies Brauen gebildet.

«Natürlich nicht», wehrte ich ab. «Aber wir wollten es eben versuchen.»

«Und dein Handgelenk? War das auch eine neue Sexpraktik von euch?» Skeptisch zog er eine Braue hoch, während er mich mit ungläubigem Blick musterte.

«Nein, das war der angetrunkene Sturz. Meine Reflexe waren alles andere als präsent und ich bin total blöd auf den rechten Arm geknallt.»

«Und dabei hast du dir den Kopf angeschlagen?»

Ich deutete ein Nicken an. «Ja, klar. Denk du mal daran, deinen Kopf nicht auf den Boden aufschlagen zu lassen, wenn du dir gerade das Handgelenk gebrochen hast. Gar nicht so leicht, mein Lieber.»

Er verschränkte die Arme vor der Brust und beäugte mich weiterhin skeptisch. «Das klingt echt zu doof, um wahr zu sein.»

«Ja, was meinst du, weswegen es mir so peinlich ist. Ich hätte es dir sicher nicht erzählt, wenn du mir nicht so extrem auf den Zahn gefühlt hättest.» Ich verdrehte die Augen und vermied es so, ihn anzusehen.

«Und warum hat Avery dich nicht ins Krankenhaus gefahren?» Jamie musterte mich aus misstrauisch zusammengekniffenen Augen.

«Weil ich beteuert habe, dass es mir gut ginge. Ich habe bis heute Vormittag ja gar nicht richtig mitbekommen, wie sehr das alles wehtut und dass ich mich ernsthaft verletzt habe.»

«Das muss ja der Rausch deines Lebens gewesen sein.» Seine Lippen verzogen sich zu einem amüsierten Grinsen.

«Du hast ja keine Vorstellung. Kein Wunder, dass Averys Sponsoren Reißaus genommen haben.» Innerlich atmete ich auf, dass Jamie wieder einen entspannteren Ton anschlug.

«Das ist sicher nicht deine Schuld, Süße. Zieh dir den Schuh nicht an.»

«Ja, okay. Trotzdem war ich sicher keine Hilfe.» Peinlich berührt senkte ich den Blick.

«Da könntest du recht haben», erwiderte Jamie lachend.

Gott sei Dank! Er kaufte mir die Geschichte tatsächlich ab. Puh! Das war haarscharf gewesen.

«Dann lasse ich dich jetzt noch ein bisschen in Ruhe, damit du dich erholen kannst. Soll ich Avery anrufen?»

«Ja, bitte», flüsterte ich, ehe ich die Augen erleichtert schloss und wieder in das dunkle Nichts entfloh, das mich in seinen schützenden Mantel hüllte.

# 13

Am nächsten Morgen dauerte es einen kleinen Moment, bis ich begriff, wo ich mich befand und warum mein rechter Arm sich ungewohnt schwer anfühlte. Doch kaum hatte ich die Augen aufgeschlagen und den Gips gesehen, der vom Ellenbogen bis zu den Fingerspitzen reichte, durchzuckten mich erneut die schrecklichen Bilder der letzten Tage.

«Okay, Marley», sagte ich leise zu mir selbst und atmete tief durch. «Komm klar.»

Ich schloss die Augen, suchte nach meiner stark angeschlagenen inneren Mitte und ließ erneut einen kräftigen Atemzug durch meinen Körper fließen. Egal, was mich heute auch erwartete, ich hatte die letzten beiden Tage überstanden, also würde ich auch das meistern. Ganz sicher. Ich musste nur fest daran glauben und an meiner Stärke festhalten, die sich irgendwo hinter meinem Herzen versteckte. Vorgestern war ich durch die Hölle gegangen. Was könnte mir heute noch begegnen, das mir nicht bereits widerfahren war?

Ich war noch hier. Immer noch ich selbst. Die gleiche Frau, die ihr Examen in Literaturwissenschaften bestanden hatte, obwohl sie die Nächte davor mit Jamie gemeinsam am Krankenbett seiner Schwester verbracht und seine Tränen mit ihrem alten Strickpullover aufgesogen hatte. Die gleiche Frau, die sich nicht hatte unterkriegen lassen, als die männlichen Kollegen in der Finanzberatung sie kleinmachen wollten und als sexy Sekretärin abgestempelt hatten. Die gleiche Marley, die nach dem Tod ihrer geliebten Lady Macbeth – einer cremefarbenen Perserkatze – gedacht hatte, nie wieder frei atmen zu können. Die gleiche Marley, die ihre Mutter zu jeder einzelnen Chemotherapie begleitet hatte, weil ihr Vater es nicht über sich gebracht hatte. Sie war stark. Eine Kämpferin. Eine Kriegsgöttin.

Was zur Hölle hatte mich nur all die Wochen, Monate, vielleicht sogar Jahre geritten, die Avery mehr und mehr über mein Leben verfügte? Wieso hatte ich jede Spitzfindigkeit von ihm geschluckt? Ja, sogar zugelassen, dass seine Worte mein Selbstbild in Frage stellten und am Ende vor meinen Augen zerbröckeln ließen? Warum fühlte ich mich so klein und wertlos?

Ich hatte in meinem Leben bereits viel erreicht. Warum ließ ich zu, dass ein erfolgloser Möchtegern-Instagram-Star über mich richtete und verfügte? Es wurde Zeit, dass ich endlich die Augen öffnete und den Blick nach vorn richtete. Für mich einstand, für meine Ziele kämpfte und endlich wieder zu der Frau zurückfand, die ich all die Zeit mehr und mehr unter all den Selbstzweifeln und Ängsten begraben hatte, die mir von anderen in den Kopf gepflanzt wurden. *Nie mehr würde ich es so weit kommen lassen. Nie mehr!*

Das leise Klicken des Türschlosses riss mich aus meinen Gedanken. Die feinen Härchen auf meinen Armen stellten sich auf, mein Blick hetzte erschrocken in Richtung Tür und ein Schauder fuhr mir durch die schwachen Glieder. *Was, wenn er es war?*

Mein Herz raste und ich hatte das Gefühl, es würde mir jeden Moment aus der Brust springen. Schweiß bildete sich auf meinen Handflächen und die Luft im Raum fühlte sich plötzlich um einiges kälter an als noch vor einer Sekunde.

Langsam schwang die Tür auf und mein Körper erstarrte.

Ich wagte es nicht einmal mehr, zu atmen. Stattdessen fixierte ich gebannt den Spalt, der nun immer größer wurde.

«Zu klein», flüsterte eine leise Stimme in meinem Kopf erleichtert, als ich den Schemen erhaschte, der kurz darauf ins Zimmer trat. «Zu schmächtig.»

«Guten Morgen», begrüßte mich Dr. Cardenas. «Wie geht es Ihnen heute?» Mit wachen Augen musterte die Ärztin mich.

«Besser», brachte ich krächzend hervor. Mein Hals fühlte sich trocken und kratzig an. Nur zu gern hätte ich mir einen kräftigen Schluck aus dem Wasserglas neben mir gegönnt. Doch meine Hände zitterten wie Espenlaub und ich war mir sicher, ich würde den gesamten Inhalt verschütten, bevor ich das Glas an die Lippen brachte.

«Das höre ich gern.» Sie nickte und schenkte mir ein sanftes Lächeln. Aber dann wurden ihre Augen dunkel und ihr Gesicht nahm wieder einen ernsten Ausdruck an. «Haben Sie noch einmal über uns Gespräch von gestern nachgedacht, Ms. Cedar?»

Ich schluckte, was ich augenblicklich bereute. Meine Kehle fühlte sich an, als hätte ich die letzten drei Tage ohne Wasser in der Wüste verbracht.

«Und?» Sie warf mir einen bedeutungsschwangeren Blick zu.

«Und was?», krächzte ich.

«Möchten Sie mir vielleicht noch etwas sagen?» Die Stirn der Ärztin legte sich besorgt in Falten, während sie mich aufmerksam musterte.

«Ich wüsste nicht, was ich dem gestrigen Gespräch noch hinzufügen sollte», erwiderte ich harsch. Selbst in meinen Ohren klangen die Worte schnippisch und abweisend.

«Sind Sie sich ganz sicher?» Die Falten auf ihrer Stirn vertieften sich.

«Ja, ich bin mir sicher.» Ich nickte, um meine Antwort zu unterstreichen.

«Worüber bist du dir sicher?», hörte ich eine tiefe Stimme aus dem Gang grollen.

Mein Magen krampfte sich zu einem bleiernen Kloß zusammen, noch ehe er durch die Tür ins Zimmer trat.

*War es wirklich so einfach? Bedurfte es nicht mehr als seiner bloßen Anwesenheit, dass sich die starke Kriegerin in mir in ein ängstliches, kleines Mädchen verwandelte, das zitternd darauf wartete, dass ihr Gegenüber den Gürtel zog und sie in ihre Schranken wies?*

«Ihre Freundin ist sich sicher, dass sie bereits fit genug ist, um entlassen zu werden», erwiderte Dr. Cardenas mit einem aufgesetzten Lächeln. «Auch wenn ich sie gern noch ein wenig hierbehalten würde.»

«Das will ich ja wohl hoffen», gab Avery mit seinem besten Zahnpasta-Lächeln zur Antwort. «Sonst wäre ich schließlich völlig umsonst hierhergefahren, um meine Süße abzuholen.»

Mit schnellen, raumgreifenden Schritten durchquerte er das Zimmer und postierte sich neben mir, wobei er wie beiläufig seine Hand auf meine Schulter legte. Eine unterschwellige Drohung ging von der Art aus, wie sich seine Finger darum schlossen und mich ein wenig tiefer in die Kissen drückten. «Nicht wahr, mein Schatz?»

Mein Blick fuhr nach oben und traf auf seine finster glühenden Augen, die mir zuzurufen schienen: *Sag jetzt nur nichts Falsches!*

Ich nickte eifrig und tat mein Bestes, den dumpfen Schmerz hinter meinen Schläfen zu ignorieren, den die Bewegung auslöste.

«Dann mache ich mich daran, die Papiere fertigzustellen und komme in ein paar Minuten wieder.» Dr. Cardenas warf mir einen letzten vielsagenden Blick zu, bevor sie aus dem

Zimmer rauschte.

Der Griff um meine Schulter verstärkte sich schmerzhaft und ich keuchte auf. Anstatt lockerzulassen, fauchte Avery mich an: «Was zum Teufel hast du hier verloren?»

«Jamie», brachte ich kaum hörbar hervor.

«Und wieso hast du ihn angerufen?»

«Habe ich nicht. Er ist vorbeigekommen und hat mich sofort hierhergebracht.»

Avery schnaubte verächtlich. «Na klar, ganz zufällig.»

Ich wagte es nicht, etwas zu erwidern.

Also warteten wir schweigend auf die Rückkehr der Ärztin. Die Luft knisterte förmlich vor erdrückender Anspannung, die sich bleiern auf meine Brust legte.

«Ich wäre fast gestorben vor Sorge um dich, Schatz!» Averys Sorge und der plötzliche Umschwung seiner Körpersprache irritierten mich. «Ich wusste nicht, wo du bist und wie es dir geht. Tu mir das nie wieder an! In Ordnung?» Kerzengerade stand er vor mir, ein strahlendes Zahnpastalächeln im Gesicht, das die Augen nicht erreichte.

«Die Papiere sind so gut wie fertig.» Jetzt begriff ich. Dr. Cardenas war eingetreten. «Sind Sie sicher, dass sie ausreichend bei Kräften sind, Ms. Cedar? Ich würde Sie gut und gern noch eine Nacht hierbehalten, falls Sie zustimmen.»

«Auf gar keinen Fall», entfuhr es Avery, ehe ich nur Luft holen konnte. «Das kommt nicht in Frage. Ich nehme sie auf der Stelle mit nach Hause.»

«Ich hatte mit Ms. Cedar gesprochen», fiel Dr. Cardenas ihm ins Wort. Etwas Ermutigendes lag in ihrem Blick.

«Schon gut.» Kraftlos ließ ich den Kopf sinken. «Ich sehe das wie Avery.»

Mit stählerner Miene begegnete er Dr. Cardenas Blick. «Zuhause wird es ihr sicher schnell besser gehen. Dafür sorge ich schon.»

«Nun, bekanntlich genesen Patienten zuhause in der Tat schneller als im sterilen Umfeld eines Krankenhauses», räumte die Ärztin ein. «Ich wünsche Ihnen alles Gute, Ms. Cedar. Sollte sich etwas an Ihrem Gesundheitszustand ändern, scheuen Sie sich bitte nicht, mich anzurufen. Haben Sie verstanden?»

Ich nickte stumm und ließ mich von Avery wie eine willenlose Puppe aus dem Bett zerren.

«Jederzeit», hauchte mir die Ärztin tonlos zu, übergab Avery die Papiere und verließ den Raum.

«Was hast du denen erzählt?», herrschte er mich an, kaum dass sie einen Fuß über die Schwelle gesetzt hatte.

«Nichts», flüsterte ich schwach.

«Das hoffe ich für dich», knurrte er so nah an meinem Gesicht, dass ich seinen heißen Atem an meinem Ohr spürte. «Und jetzt zieh dich endlich an. Dann sehen wir zu, dass wir hier wegkommen.»

«Ja», presste ich durch den brennenden Felsbrocken in meinem Hals hervor, der mir das Atmen erschwerte. Avery warf mir eine Jeans und einen Pullover entgegen und ich gab mir alle Mühe, mich ohne seine Hilfe aus meinem Krankenhemd zu schälen.

# 14

Seit zwei Stunden waren wir wieder zurück in unserem gemeinsamen Zuhause und Avery hatte bislang kein einziges Wort mit mir gesprochen. Zumindest schien er sich vorerst damit zufriedenzugeben, dass ich ihm geschworen hatte, kein Wort über den Vorfall verloren zu haben. *Der Vorfall.* Das war seine Formulierung gewesen. Als wären wir die Ermittler in einer Vorabend-Krimiserie oder die Pressesprecher eines großen Erdölkonzerns, der Mist gebaut hatte, aber das niemals öffentlich einräumen würde.

Zaghaftes Klopfen an der Zimmertür ließ mich aufschrecken. Es konnte nur er sein. Jamie ließ er sicher nicht so schnell in meine Nähe – vor allem nicht, bevor er sich zu hundert Prozent sicher war, dass ich ihm mein Herz nicht ausschüttete. Mit großen Augen und die gesunde Hand fest um die Decke gekrallt, starrte ich die Tür an. Welcher Avery würde mir gleich gegenüberstehen? Der, den ich seit Jahren kannte und liebte? Oder der Dämon, der mich in besagter Nacht heimgesucht und meine Seele in tausend Splitter gesprengt hatte?

«Ley, darf ich reinkommen?» Seine Stimme klang sanft und unsicher. Ein leichtes Vibrato lag darin, das mir ein Gefühl von Sicherheit gab. Das konnte unmöglich das Monster sein.

«Avery?», krächzte ich heiser.

«Ja?» Er klang fast schon ängstlich.

Ich atmete tief durch und lockerte den Griff um die Decke ein wenig.

«Darf ich reinkommen?», wiederholte er seine Frage.

«Ja.» Es beruhigte mich ein klitzekleines Bisschen, dass ich offenbar nicht die Einzige war, die im Moment über ihren Schatten springen musste und deren Stimme ängstlich und schwach klang.

Langsam senkte sich die Klinke und wenig später öffnete sich die Tür einen Spalt. Averys Kopf tauchte zögerlich dahinter auf. Die Brauen hatte er fragend zusammengezogen und ich glaubte seine Hand am Türrahmen leicht zittern zu sehen. Eine Woge des Mitgefühls erfasste mich plötzlich. Es zerriss mir fast das Herz, ihn dort so hilflos stehen zu sehen. Den Blick demütig gesenkt, mit hängenden Schultern, als würde ein unsichtbares Gewicht sie nach unten drücken. Er sah aus wie ein geprügelter Hund, der in einen Schneesturm geraten und weit von zuhause weggetragen worden war.

«Komm schon her», sagte ich sanft und klopfte auf den freien Platz neben mir. Ohne den Blick zu heben, schlich er zu mir.

«Wir müssen reden», raunte er kaum hörbar, während er sich neben mich setzte.

«Das denke ich auch.»

Er schluckte schwer und ich konnte nicht anders, als nach seiner Hand zu greifen und liebevoll mit dem Daumen darüber zu streichen. Seine Augen zuckten ungläubig auf unsere Hände herab.

«Schatz, ich weiß gar nicht, was ich sagen soll.» Er räusperte sich. Es war offensichtlich, dass ihm sein Verhalten leidtat, und mein Herz machte einen verhaltenen Hüpfer.

«Was ist denn nur in dich gefahren?», flüsterte ich. Etwas Heißes brannte auf meiner Wange und ich begriff erst, dass es eine Träne war, als Avery sie mir sanft aus dem Gesicht wischte. Seine Hand bebte immer noch und der traurige Hundeblick in seinen Augen ließ jegliche Angst dahinschmelzen, die mich zuvor noch fest im Griff hatte.

«Ich ... Ich habe nicht die geringste Ahnung, Ley. Ich war betrunken und so unendlich wütend.» Er machte eine kurze Pause, schüttelte den Kopf und korrigierte sich: «Nicht wütend. Eher aufgebracht, enttäuscht, am Boden zerstört, frustriert.» Er schniefte lautstark. «Aber das ist keine Entschuldigung für das, was passiert ist. Es tut mir so unendlich leid und ich habe keine Ahnung, wie ich das wieder gutmachen kann, Liebling.»

Ich drückte seine Hand und zog ihn ein kleines Stück zu mir herab, um ihm einen sanften Kuss auf die Wange zu hauchen. Seine Augen weiteten sich ungläubig. Selbst ich wunderte mich darüber, woher ich die Kraft dazu nahm. Müsste ich nicht wimmernd in einer Ecke kauern und hysterisch kreischen, dass er verschwinden sollte? Doch stattdessen empfand ich so viel Liebe und Mitleid für ihn, dass ich alles getan hätte, damit er sich besser fühlte. Alles. Ohne jegliche Einschränkung.

«Bitte sag mir, wenn dir irgendetwas einfällt, das ich für dich – das ich für uns tun kann. Egal was, ich tue es. Versprochen.» Seine Stimme brach ab und er wandte sich erneut laut schniefend ab. Da war er wieder. Mein Avery. Der Mann, der alles für mich tun würde und mich aus tiefstem Herzen liebte.

«Schatz, wir finden schon einen Weg», beruhigte ich ihn. «Ich bin mir da vollkommen sicher. Vielleicht brauchen wir eine Weile, bis sich alles wieder einrenkt. Aber wir beide schaffen das. Ganz sicher!»

Er rieb sich über die Augen. Hatte er etwa geweint?

«Okay.» Er drückte meine Hand ebenfalls ein wenig fester. «Wir schaffen das», wiederholte er mit brüchiger Stimme.

«Ja, wir schaffen das», bestärkte ich seine Worte. «Und

für dein Sponsoring fällt uns mit Sicherheit auch bald etwas ein. Vielleicht gibt es eine Möglichkeit, die Sache mit Candice wieder hinzubiegen. Ich denke, ich sollte sie einfach einmal anrufen und –»

«Auf gar keinen Fall!», fiel er mir ins Wort. «Willst du mich jetzt völlig ruinieren?»

Doch im nächsten Moment erfasste er meinen erschrockenen Gesichtsausdruck und wie ich mich fester in die Kissen presste.

«Entschuldige», meinte er deutlich gefasster. «Ich denke nur, dass das keine gute Idee wäre. Wenn einer von uns beiden versuchen sollte, da etwas zu kitten, dann sollte ich das sein – und falls das nicht klappt, gibt es ja auch noch andere potentielle Investoren da draußen. Oder ich versuche es mit Crowdfunding oder einer Patreon-Seite oder – keine Ahnung ... Irgendwas fällt mir schon ein.»

Beruhigt davon, wie schnell er sich wieder im Griff hatte, lehnte ich mich nach vorn und strich ihm über das Gesicht. «Davon bin ich überzeugt. Du bist großartig und wenn diese Pappnasen ihre Chance nicht sehen, sind sie am Ende die Dummen. Deine Reichweite wird schon bald nur so in die Höhe schießen. Denn du bist atemberaubend, Schatz.»

«Danke.» Er schloss die Arme um mich und drückte mich so fest an seine durchtrainierte Brust, dass mir einen Moment die Luft wegblieb.

Natürlich war deshalb nicht vergessen, was er mir vorletzte Nacht angetan hatte, und ich fürchtete mich weiterhin davor, dass der Dämon wieder auftauchen und mich endgültig zerbrechen würde. Doch in diesem Augenblick hatte ich meinen Avery wieder. Meinen fürsorglichen, liebevollen Avery, der ab und an ein Wort der Bestätigung und Ermutigung brauchte, um weitermachen zu können. Niemals würde er Hand an mich legen. Niemals würde er mir auf irgendeine Art und Weise wehtun. Auf gar keinen Fall.

Er war außerdem betrunken und nicht Herr seiner Sinne gewesen. Ich wusste genau, dass er so gut wie nie Alkohol trank. Da war es ein Wunder, dass er sich überhaupt noch an die Nacht erinnern konnte. Schließlich hatte er nach Schnaps und abgestandenem Bier gestunken, als er über mich hergefallen war. Niemals würde er mir das bewusst antun. Vermutlich würde er die nächsten Monate nicht einmal wagen, an einer Apfelschorle zu nippen, aus Angst davor, dass er sich erneut so unkontrolliert und danebenbenehmen könnte.

Alles war gut. Wir hatten es geklärt. Wir mussten diese Nacht einfach nur hinter uns lassen und tief in uns begraben. So tief, dass sie nie wieder ans Tageslicht gelangen würde – dann wäre alles in bester Ordnung.

*Warum nur konnte ich es dann nicht spüren? Warum fühlte sich die Ruhe und Geborgenheit, die ich in diesem Augenblick empfand, so unendlich falsch an?*

# 15

Die nächsten Wochen verliefen gespenstisch ruhig und harmonisch. Avery machte mir sogar mehrmals Frühstück – zumindest was er darunter verstand: Er teilte seinen Energiesmoothie mit mir. Wir gingen aus und er überraschte mich mit einem Salsa-Tanzkurs, an dem wir gemeinsam teilnahmen. Schon seit Jahren hatte ich ihm damit in den Ohren gelegen und nun erfüllte sich mein Traum endlich.

Doch irgendwie wurde ich das flaue Gefühl in meiner Magengegend nicht los und warf immer wieder einen unsicheren Blick über die Schulter. Ich traute der Sache nicht. So sehr ich mich auch fallen lassen und die gemeinsame Zeit genießen wollte, es gelang mir nicht. Der Schatten, den ich hinter jeder Biegung zu wissen glaubte, war zu groß. Die Angst zu allgegenwärtig.

Ich ertappte mich dabei, wie ich bei jedem frustrierten Stöhnen, wenn Avery ein Tanzschritt nicht sofort gelang, zusammenzuckte. Bei jedem eingehenden Sponsorenanruf verkrampften meine Muskeln und ich hielt intuitiv die Luft an, wartete auf den Orkan, der früher oder später entfesselt werden würde. Ich wich ohne mein Zutun vor ihm zurück, wenn er die Stimme erhob. Im Bad schrak ich unwillkürlich zusammen, jedes Mal, wenn er sich von hinten anschlich, um mich fest an sich zu ziehen und mir einen zärtlichen Guten-Morgen-Kuss auf die Lippen zu drücken.

Langsam begann ich mich zu fragen, weshalb ich diesem wunderbaren Mann an meiner Seite nicht die Liebe entgegenbringen konnte, die er sich redlich verdiente. *War ich so stolz und nachtragend? Was musste er noch alles tun, damit ich ihn endlich wieder an mich heranließ?* Avery versuchte uneingeschränkt alles Erdenkliche, um mein Vertrauen zurückzugewinnen, und legte dabei eine engelsgleiche Geduld an den Tag, obwohl ich ihn immer wieder von mir stieß. Er gab nicht auf, kämpfte um unsere Liebe, um mein Herz.

Er ließ dabei nichts unversucht und las mir jeden Wunsch von den Augen ab. *Warum konnte ich nicht über meinen Schatten springen, ihn fest an mich drücken und ihm sagen, dass ich ihm längst verziehen hatte? Warum zitterten meine Hände immer noch, wenn er mir zu nahe kam?*

*Ja, er hatte einen Fehler gemacht. Doch er hatte sich entschuldigt, hatte versprochen, dass er es nie wieder so weit kommen ließe, hatte jedes Opfer erbracht, um unsere Beziehung wieder auf den richtigen Weg zu bringen. Und was tat ich?*

Ich machte ihm das Leben unnötig schwer. Ich gab ihm das Gefühl, nicht gut genug zu sein, dass es keine Wiedergutmachung gab – und ich hasste mich dafür.

«Hörst du mir eigentlich zu, Ley?», riss mich Averys Stimme aus meinen Gedanken.

«Hm?»

«Offenbar nicht.» Er grinste und warf spielerisch einen Karotten-Stick nach mir. «Also wirklich, Marley. Was bist du mir denn für eine Freundin? Da schütte ich dir mein Herz aus und du hörst nicht einmal zu.» Er lachte. Gott sei Dank!

«Entschuldige, Schatz.»

«Schon okay. Ich frage mich nur, was los ist. Warum bist du so abgelenkt? Ist alles in Ordnung?»

*Da! Wie konnte ich nur so eine undankbare Zicke sein? Er sorgte sich um mich. Dabei hatte er allen Grund, wütend zu sein. Ich nahm seit Wochen nicht mehr wirklich an unserem*

*Leben teil. Bei all unseren Unternehmungen und zweisamen Stunden war ich nur zur Hälfte anwesend. Ein Teil von mir fehlte. Ich brachte mich nicht voll ein und Avery hatte es bemerkt.*

«Ich weiß auch nicht, was mit mir los ist. Irgendwie bin ich nicht ganz bei mir. Tut mir leid.» Betreten senkte ich den Blick.

«Ist es wegen des Jobs?» Das Mitgefühl in Averys Augen schnürte mir die Luft ab.

Heiser antwortete ich: «Vielleicht.»

«Ich verspreche dir, dass dieses Kapitel bald hinter dir liegt, meine Süße.» Zärtlich fuhr er mir über das Gesicht und ich musste alle Kraft aufbringen, um nicht vor seiner Hand zurückzuweichen. «Sobald ich einen Sponsor gefunden habe, kannst du denen die Kündigung auf den Tisch knallen. Dann bezahle ich jemanden dafür, dass er meine Social-Media-Accounts füttert und die Videos für mich aufbereitet. Endlich sorge ich dann für uns, so wie es sich gehört, und du kannst dich wieder deinen Hobbys widmen. Aber ein bisschen müssen wir noch durchhalten. In Ordnung?»

Ich nickte stumm und wandte den Blick ab, damit er die Tränen nicht sah, die sich ihren Weg an die Oberfläche bahnten. *Tief durchatmen, Marley. Tief durchatmen. Es gibt keinen Grund, Angst zu haben. Schluck sie einfach runter, atme ein, atme aus und beruhige dich. Es ist alles in bester Ordnung. Er macht sich Sorgen. Das ist etwas Gutes.*

Doch dieser bescheuerte Schatten in mir ließ es mich nicht wertschätzen, ließ es mich nicht fühlen. Da war nach wie vor nur gähnende Leere und eiskalte, lähmende Angst. Es fühlte sich an, als wäre ein Teil von mir in jener Nacht unwiederbringlich verlorengegangen. Begraben unter all der Furcht und Unsicherheit. Gestorben.

Eine warme Hand legte sich auf meine Schulter und ließ

mich erschrocken zusammenfahren. Instinktiv wollte ich sie wegschlagen, doch ich schaffte es, mich selbst mitten in der Bewegung zu stoppen.

«Marley», raunte er. Doch ich hörte das Grollen in seiner Stimme, spürte die Drohung, die darunter lag und mir einen Schauer über den Rücken jagte. Ich wagte einen kurzen Blick in die glühenden Augen meines Gegenübers und erschauderte. *Da war er wieder. Der Dämon. Ich hatte es gewusst.*

Ich wollte etwas sagen, doch der einzige Laut, der sich an dem schweren Kloß in meiner Kehle vorbeischleichen konnte, war ein ersticktes Schluchzen.

«Ist das dein Ernst?», herrschte er mich an und der Griff um meine Schulter wurde eisern. Ich fühlte mich, als würde ich in einem Schraubstock feststecken. «Ich reiße mir hier den Arsch auf für uns! Und was tust du? Du gibst dir alle Mühe, mir das Leben zur Hölle zu machen. Wegen einer verfluchten Nacht! Wegen eines winzigen Missverständnisses. Du hast sie doch nicht mehr alle! Du undankbares Miststück!» Seine freie Hand krachte mit voller Wucht auf den Tisch.

Ich schluckte schwer. Obwohl ich gewusst hatte, dass der Dämon unter der Heile-Welt-Fassade schlummerte, war ich starr vor Schock. Es war so schnell gegangen. Nur ein kleiner Fehler und schon war er wieder hier und erschlug mich mit seiner Finsternis.

Das Herz sprang mir beinahe aus der Brust, so heftig schlug es. Meine Lippen zitterten – wie mein gesamter Körper – und ich brachte keinen einzigen Ton heraus.

«Na los! Sag schon! Was in Dreiteufelsnamen soll ich denn noch tun, damit du endlich klarkommst?» Die glühenden Kohlen, an deren Stelle einst Averys strahlend blaue Augen mich besorgt gemustert hatten, fixierten mich und brannten sich bis in den Grund meiner Seele. «Sag schon!» Seine Zähne knirschten hörbar und der Griff an meiner Schulter löste sich für einen Moment, um den Schraubstock wenig später um meinen Hals anzusetzen. Ein seltsames Gurgeln erfüllte den Raum und es dauerte einen Moment bis ich begriff, dass der befremdliche Laut aus meiner Kehle gekrochen war.

«Sag schon», wiederholte er nah an meinem Gesicht. Ich konnte seinen heißen Atem auf meiner Haut spüren, während die Sterne vor meinen Augen zu tanzen begannen.

# 16

Die nächsten Tage meldete ich mich bei der Arbeit krank, da ich kaum ein Wort hervorbrachte. Mein Hals brannte bei jedem Schlucken und das Atmen fiel mir schwer – so fest hatte Avery zugedrückt. Doch ich wagte es nicht, das Haus zu verlassen oder zum Arzt zu gehen. Ich hatte panische Angst vor den Fragen, die auf mich einprasseln würden, und fürchtete die halb mitleidserfüllten, halb abschätzigen Blicke, die mir auf der Straße auflauerten. Das Wetter war deutlich zu warm, um einen dicken Schal zu tragen, und spätestens, wenn ich den Mund aufmachte und versuchte, irgendetwas hervorzubringen, würden die Leute wissen, dass etwas nicht stimmte.

Also verkroch ich mich trotz der viel zu warmen Temperaturen unter einer Decke auf der Couch. Ich brauchte diesen zusätzlichen Schutz, um mich sicher zu fühlen. Der Fernseher lief im Hintergrund und zeigte einen Serienmarathon von *Friends*, der an diesem Tag allerdings sein Ziel verfehlte und mich kein bisschen auf andere Gedanken brachte. Während Joey unentwegt bei irgendwelchen Frauen landete und Chandler verzweifelt herauszufinden versuchte, warum die gleichen Sprüche bei ihm nicht zogen, rannen mir heiße Tränen über die Wangen. Vor meinem inneren Auge sah ich immer noch den vor Hass glühenden Blick, der sich tief in meine Seele brannte. Bei jedem Geräusch an der Tür zuckte ich zusammen und kroch tiefer in mein kleines Deckenfort.

Doch Avery ließ sich lediglich abends blicken und meine Befürchtungen stellten sich als völlig unbegründet heraus.

Tagsüber war er unterwegs, um sich mit potentiellen Investoren zu treffen oder Outdoorvideos zu drehen, bei denen er seinen durchtrainierten Körper mit Hilfe von Babyöl und ein wenig Contouring in Szene setzte.

Wenn er dann nach Hause kam, würdigte er mich keines Blickes und ging mir aus dem Weg. Wir hatten seit besagtem Abend kaum ein Wort miteinander gewechselt. Meist aßen wir schweigend und er verschwand direkt im Anschluss in seinem Trainingsraum, um dort seinen Körper weiter in Topform zu bringen. Jeglichen Kommentar dazu, dass zu viel Training auch bei der besten Ernährung nicht sinnvoll war, schluckte ich herunter.

Es zerfraß mich innerlich, Avery so leiden zu sehen. Doch ich wollte es ihm auch nicht zu leicht machen. *Er hatte mich gewürgt. Erneut!*

Dieses Mal erwartete ich zumindest eine Entschuldigung von ihm, ehe ich wieder auf ihn zuging – auch wenn ich wusste, dass es ihn einiges kosten würde, über seinen Schatten zu springen. Sein Vater hatte ihn schließlich von klein auf darauf getrimmt, dass erfolgreiche Männer nie im Unrecht waren und sich auf gar keinen Fall bei anderen entschuldigten. Schon gar nicht bei der eigenen Partnerin. Es war in den Augen von Averys Vater die heilige Pflicht einer Frau, hinter ihrem Mann zu stehen und ihm den Rücken zu stärken. Ihre eigenen Befindlichkeiten hatte sie hintenan zu stellen oder vollends herunterzuschlucken. Vermutlich hatte er mir aufgrund meines früheren Selbstbewusstseins nie wirklich eine Chance gegeben und stets versucht, Averys Liebe zu mir zu attackieren. Doch sein Sohn hatte sich am Ende immer gegen ihn gestellt, um mich zu verteidigen.

Dass Avery mir aus dem Weg ging und sich so in seine Karriere stürzte, sich beinahe kaputttrainierte, schmerzte mich. Aber ich hatte mir fest vorgenommen, dieses Mal nicht den ersten Schritt zu machen. Immerhin war ich von ihm verletzt worden – und das so schwer, dass es tagelang anhielt. Da würde er schon von selbst ankommen müssen.

Ein schriller Aufschrei riss mich aus meinen Gedanken. Reflexartig sprang ich vom Sofa und rannte, getrieben von unbändiger Sorge, hinunter in Averys Trainingszimmer.

«Fuck! Fuck! Fuck!» Er hielt sich die Hand und trat ungehalten auf eines der Geräte ein.

«Alles in Ordnung?», fragte ich heiser.

«Ja ... Nein ... Keine Ahnung», stammelte er. Die linke Hand umklammerte immer noch fest die rechte, aus der ein dünnes Rinnsal Blut auf den Boden tropfte.

«Warte», raunte ich und eilte zum Erste-Hilfe-Kasten nach oben ins Bad. Hastig packte ich das Köfferchen und war keine zwei Wimpernschläge später wieder bei Avery, dessen sonnengebräunte Gesichtsfarbe sich bereits verdächtig der weißen Wand hinter ihm angepasst hatte.

«Setz dich», befahl ich ihm sanft und er leistete wie ferngesteuert Folge. Vorsichtig öffnete ich die Finger seiner linken Hand und zog die Rechte auf meinen Schoß. «Wie hast du das denn geschafft?»

«Ich wollte nur das Gewicht wechseln und dann bin ich irgendwie hängengeblieben.»

Ich blickte kurz zu ihm auf. «An der Stellschraube?»

«Keine Ahnung.» Er zuckte ratlos mit den Schultern. «Es ging so schnell.»

Sanft strich ich über sein Handgelenk, während ich die Desinfektionslösung aus dem Koffer holte.

«Das wird jetzt ein bisschen wehtun, befürchte ich», wisperte ich.

«Ich weiß», erwiderte er und atmete tief durch. Dann nickte er, um mir zu signalisieren, dass er bereit war. Sein gesamter Arm zitterte und er starrte aus weit aufgerissenen Augen auf die blutende Handfläche.

«Okay», meinte ich und träufelte die Desinfektionslösung auf die Wunde.

Avery sog scharf die Luft ein und mein Blick zuckte erneut zu ihm hoch. Ich konnte sehen, wie sich Tränen am Rand seiner Augen bildeten. Doch seine Hand blieb ruhig auf meinem Schoß liegen.

«Tut mir leid», flüsterte er aus zusammengebissenen Zähnen.

«Das muss es nicht», erwiderte ich und senkte den Blick wieder auf die Wunde. «Du machst das super. Ich lege dir nur noch schnell einen Verband an und dann hast du es hinter dir.» Ich sah auf. Seine Augen spiegelten eine Seelenpein wider, die ich an ihm noch nie zuvor gesehen hatte, und ich begriff, dass er etwas völlig anderes gemeint hatte.

«Es tut mir leid», wiederholte er.

«Ich weiß», antwortete ich leise und wickelte mit bebenden Händen den Verband um die Wunde.

«Ich bin ein Idiot.»

Ein Lächeln zupfte an meinen Mundwinkeln. «Auch das weiß ich, Avery.»

Zärtlich strich er mir eine widerspenstige Haarsträhne aus dem Gesicht.

«Nein, ich meine es ernst», flüsterte er nah an meinem Ohr. Der warme Hauch seines Atems stellte die kleinen Härchen in meinem Nacken auf und ein vertrautes Kribbeln fuhr durch meinen Körper. Es war fast wie früher. Fast. Wäre da nicht dieses Wispern in meinem Inneren gewesen, das mich dazu anhielt, vorsichtig zu sein.

«Ich liebe dich», raunte er mir ins Haar und küsste

liebevoll meine Stirn. «Und ich hoffe, du kannst mir bald wieder glauben, wie sehr. Du fehlst mir, Ley.»

«Du fehlst mir auch, Avery. Du glaubst gar nicht, wie sehr ich hoffe, dass wir wieder die werden, die wir einmal waren.» Mit traurigen Augen sah ich zu ihm auf. «Das musst du mir glauben.»

«Das tue ich. Ich werde um dich kämpfen, Ley. Du wirst schon sehen. Ich werde dir meine Liebe beweisen.»

«Das wäre schön.» Ein Lächeln erhellte mein Gesicht und brachte ein wenig der strahlenden Hoffnung zurück in mein Herz, die mich früher einmal durchflutet hatte. Ein kleiner Lichtblick für uns und unsere Liebe.

Natürlich vergaß ich darüber nicht all die Probleme und Sorgen, die sich in den letzten Monaten zwischen uns gedrängt hatten. Doch es ließ mich einen Moment erleichtert aufatmen und den Funken Kraft schöpfen, den ich benötigte, um weiterzumachen. Der Glaube, dass wir es durch dieses dunkle Tal schaffen könnten, war zurückgekehrt und trieb mich vorwärts.

Sanft legte ich meine Lippen auf seine. Er schrak für den Bruchteil einer Sekunde zurück – so unerwartet war meine plötzliche Liebesbekundung. Doch ich schlang die Arme um ihn und zog ihn näher. Ich klammerte mich an ihm fest, als wäre er das letzte Stück Treibgut auf hoher See, und küsste ihn. Er brauchte einen kurzen Moment, ehe er begriff. Doch dann zog er mich fest in seine Arme und erwiderte meinen Kuss mit einer Dringlichkeit, die mich vollends vereinnahmte.

Wie zwei Ertrinkende, eng umschlungen – und erfüllt von verzweifelter Leidenschaft, die uns ganz und gar verschlang und tiefer in den Abgrund zog.

# 17

«Und es ist wirklich alles in Ordnung zwischen euch, Marley?» Jamie zog die rechte Braue hoch und musterte mich skeptisch.

«Ja, Jamie. Wirklich. Ich weiß auch nicht, was die letzten Wochen in mich gefahren ist.» Ich biss in meinen Triple Chocolate Cupcake, schloss die Augen und seufzte.

«Jetzt versuch nicht, mit deinem Food Porn abzulenken, Süße.» Jamie fuchtelte mit dem Zeigefinger vor meinem Gesicht herum, als ich die Augen wieder öffnete.

«Maff iff gar nifft», erwiderte ich mit vollem Mund.

«Ich habe mir ernsthaft Sorgen um dich gemacht.» Sein ungewohnt strenger Blick suchte meinen. «Vor allem nach dieser Sache mit dem Krankenhaus. Das war wirklich beängstigend, Süße.»

Ich würgte den plötzlich staubtrockenen Rest meines Cupcakes herunter, den ich noch im Mund hatte, und schluckte schwer.

«Und auch diese Ärztin schien sehr besorgt. Das habe ich mir doch nicht eingebildet, Marley. So habe ich dich noch nie erlebt. Du wirktest so klein und zerbrechlich an diesem Tag. Es tut jetzt noch weh, auch nur daran zu denken.»

«Jamie ...» Ich stöhnte, um mir noch ein paar Sekunden Zeit zu erkaufen. «Ich habe dir doch bereits erzählt, dass ich am Abend zuvor zu tief ins Glas geschaut hatte und dann richtig peinlich gestürzt bin. Mir war das alles einfach nur unsagbar unangenehm – und ehrlich gesagt, ist es das noch ... Ich würde es also begrüßen, wenn wir das Thema künftig vermeiden könnten. Das war absolut keine Glanzleistung von mir und ich möchte nur ungern immer wieder daran erinnert werden. Verstehst du das?» Ich blinzelte die Tränen zurück, die sich ihren Weg an die Oberfläche zu bahnen drohten.

«Ja, schon.» Jamie senkte den Blick und nickte. Er glaubte mir nicht. Das musste ich irgendwie ändern.

«Ich weiß, dass ich dir an diesem Tag einen riesigen Schrecken eingejagt habe.» Sanft legte ich meine Hand auf seine und wählte meine nächsten Worte mit Bedacht. Sie mussten nah genug an der Wahrheit sein, dass sie ihn überzeugten, sollten aber zugleich Avery endgültig entlasten und jeden Zweifel meines besten Freundes zerstreuen. «Es war einzig und allein meine Schuld, Jamie. Ich habe mich selten dämlich angestellt und bin deshalb im Krankenhaus gelandet. Das hat mein Selbstbewusstsein in dem Moment nicht gerade gestärkt. Außerdem läuft es im Job nach wie vor bescheiden und ich denke, an dem Tag kam alles irgendwie zusammen. Deswegen habe ich ja so viel getrunken. Tut mir leid, dass du es volle Breitseite abbekommen hast.»

«Schon okay.» Er nahm meine Hand und sah mir tief in die Augen. «Dafür sind beste Freunde schließlich da.»

«Danke.»

«Nichts zu danken. Du warst auch an meinen dunkelsten Tagen an meiner Seite. Es wurde Zeit, dass ich das endlich ausgleichen darf.» Er grinste breit. «Kann ja nicht sein, dass ich immer das weinerliche Elend bin und du meine Retterin in der Not. Jetzt drehen wir den Spieß mal um, meine Liebe.»

«Und wie genau stellst du dir das vor?»

«Nachdem ich jetzt weiß, dass Avery Hottie McHotHot dir nichts angetan hat, können wir unsere volle Konzentration auf deine Arbeitssituation richten. Das ist doch kein Zustand, dass du dich von diesen undankbaren Zicken herumscheuchen lässt. Außerdem ist dieses Empfangstresen-

Ding doch deutlich unter deinem Niveau.»

«Vielleicht übertreibe ich da auch. Immerhin bin ich ja nur ein paar Stunden am Tag im Büro. Eigentlich könnte mir das auch sonst wo vorbeigehen.» Ich zuckte die Achseln und versuchte, den Eindruck zu erwecken, dass alles halb so wild war.

«O nein, meine Liebe. So leicht kommst du mir nicht davon.» Er zog eine Schnute und schüttelte betont langsam den Kopf. «Ich habe gesehen, wie fertig du in letzter Zeit warst. Allerdings hatte ich befürchtet, dass das mit Avery und eurer Beziehung zusammenhängt. Zum Glück lag ich dabei völlig falsch. Also lass uns jetzt das tatsächliche Übel bei der Wurzel packen! Ich will dich nie wieder in diesem erbärmlichen Zustand sehen, Marley. Nie wieder. Das hat mir das Herz gebrochen.» Er senkte den Blick und nippte an seinem Kaffee.

«Und was schlägst du vor, allwissender Yoda?» Aus großen Augen sah ich ihn erwartungsvoll an.

«Kündigen du musst», imitierte er Yodas Art zu sprechen.

«Das kann ich mir im Moment nicht leisten, Jamie.» Meine Arme ruderten wild durch die Luft. «Nicht, ohne was Neues an der Angel.»

«Habe ich gesagt, du sollst die Kündigung auf den Tisch knallen, ohne was Neues in der Hinterhand?» Wieder zuckte seine Braue nach oben.

«Nein.» Ich seufzte und ließ die Schultern sinken.

«Siehst du? Aber du arbeitest ja momentan eh weit unter deinem Niveau. Da sollte es kein Problem sein, schnell eine bessere Stelle zu finden.»

Ich hob den Zeigefinger. «Du vergisst, dass ich nur in Teilzeit arbeite. Das schränkt die Auswahl leider dramatisch ein.»

«Auch da gibt es mehr als genügend Stellen – vor allem,

wenn du vorhast, dich weiter unter Wert zu verkaufen.» Seine Augenbrauen zuckten spielerisch auf und ab.

«Du weißt, dass ich liebend gern wieder einen fordernden Job hätte, der mich so richtig abholt und bei dem ich mich voll und ganz ausleben kann. Aber das geht nicht, solange ich Avery bei seiner Karriere unterstütze.» Ich zuckte hilflos mit den Schultern. «Die Videos schneiden sich schließlich nicht von allein und auch die Investoren laufen einem nicht gerade hinterher. Das alles kostet viel Zeit und Energie. Da bleibt nicht viel übrig für den Brotjob.» Frustriert nahm ich einen großen Schluck Kaffee, der aufgrund unserer hitzigen Diskussion nur noch lauwarm war.

«Und genau da verstehe ich dich nicht, Marley», stöhnte Jamie. «Muss es denn wirklich deine Zeit und Energie sein, die in Averys Karriere fließt?» Der Muskel an seiner Wange zuckte verräterisch. Darum ging es ihm also wirklich.

«Wessen denn sonst?» Ich sah ihn unverwandt an. «Wir können es uns ohne Investoren nicht leisten, jemanden dafür zu bezahlen.»

«Na, seine eigene vielleicht? Oder ist das zu viel verlangt?»

«Natürlich nicht. Aber er steckt bereits sein gesamtes Herzblut hinein», verteidigte ich Avery. «Außerdem fehlt ihm für einiges hinter den Kulissen die Erfahrung oder das nötige Knowhow.»

«Das kann man natürlich auch nicht lernen, hm?» Vorwurfsvolle, dunkelbraune Augen funkelten mich angriffslustig an.

«Okay, okay.» Ich hob abwehrend die Hände. «Natürlich könnte er es lernen. Aber ihm bleibt neben den vielen Videos, Bildern und Posts sehr wenig Zeit, um sich auch noch mit diesen Dingen auseinanderzusetzen.»

«Und deswegen fängst du lieber die Fische für ihn, als ihm

endlich eine Angel in die Hand zu drücken und ihm das Fischen beizubringen?» Schmollend schob er die Unterlippe vor.

«Das ist jetzt aber echt fies, dass du eines meiner heiligen Grundprinzipien gegen mich verwendest.» Mit einem tiefen Seufzen verschränkte ich die Arme vor der Brust.

«Es ist nur zu deinem Besten, Marley. Sonst würde ich niemals zu solch unlauteren Mitteln greifen.» Jamie lachte. Wir beide wussten genau, dass ihm in einer Diskussion jedes Mittel recht war, um seinen Standpunkt zu vertreten.

«Ja, klar», gab ich ebenfalls lachend zurück.

«Na gut, ich gebe es ja zu. Mir liegt auch ein winziges bisschen daran, zu gewinnen.» Er rieb Zeigefinger und Daumen aneinander und zog spielerisch die Nase kraus, um seine Worte zu unterstreichen.

«Ein klitzekleines bisschen», erwiderte ich und wiederholte seine Geste mit einem frechen Zwinkern.

«Aber es geht auch um dich und darum, was gut für dich ist. In diesem Fall zumindest.» Er biss sich auf die Unterlippe und wartete meine Reaktion ab.

«Das beruhigt mich ungemein.» Nach einer kurzen Pause fügte ich hinzu: «Also gut, ich sehe mich nach einem neuen Job um. Versprochen. Allerdings suche ich in erster Linie nach mindestens vergleichbar bezahlten *Teilzeitjobs*.»

«Das klingt nach einem Kompromiss, mit dem ich mich vorerst anfreunden kann. Aber ich werde nicht aufhören zu versuchen, dich auf die dunkle Seite der Macht zu ziehen, junge Jedi.» Er versenkte seine Zähne genüsslich in seinem Croissant, das er bislang nicht angerührt hatte.

«Ist gut, Darth Vader. Ich weiß, ihr habt Kekse und so.» Eifrig wedelte ich mit meiner Hand durch die Luft. «Aber ich habe meine Macht dem Guten verschrieben und werde niemals zu euch auf die dunkle Seite wechseln. Denn wir haben Cupcakes.» Grinsend biss ich ein weiteres Mal in meinen unglaublich leckeren Schokoladen-Cupcake. Ich war mehr als erleichtert, dass ich Averys Kopf noch einmal aus der Schlinge gezogen und Jamie von seiner Unschuld überzeugt hatte.

«Aber falls etwas zwischen euch beiden im Argen läge, würdest du es mir doch sagen, oder?» *Zu früh gefreut.* Offenbar hegte Jamie immer noch Zweifel.

«Aber hallo!», rief ich mit Entrüstung in der Stimme. «Du bist mein bester Freund, Jamie. Was denkst du denn?» *Puh! Nicht zu viel und nicht zu wenig gesagt.*

«Du hast recht. Natürlich würdest du es mir sagen. Alles andere wäre ein Verrat an unserer Freundschaft.»

*Verdammt! Das traf mich genau da, wo es wehtat.* Aber ich *konnte* es ihm nicht erzählen. Nicht jetzt, wo doch gerade alles wieder in Ordnung war.

Eben erst hatten Avery und ich noch einmal die Kurve gekriegt und unsere Beziehung zurückerkämpft. Ich konnte und wollte das jetzt nicht aufgeben – und ich wusste so sicher, wie die Nacht auf den Tag folgte, dass ich das müsste, wenn ich Jamie die Wahrheit erzählte.

Von nun an nahm ich mir vor, meine und vor allem auch Jamies Energie in Richtung meiner Jobsuche lenken – und auf keinen Fall wollte ich Averys Zorn heraufbeschwören, indem ich mir eine fordernde Vollzeitstelle suchte.

Für jedes dieser Angebote würde ich Gründe finden, um sie abzulehnen. Ich hoffte nur, dass ich auch die Kraft dazu hatte. Denn eines war so sicher wie das Amen in der Kirche: Jamie würde mir nur die allerbesten, absolut verführerischsten Angebote zeigen, die er irgendwo aus dem Hut zauberte.

# 18

Mein Geburtstag kam dieses Jahr deutlich schneller als gedacht. Auf einmal war es so weit und ich wurde am Vormittag von Jamie und Avery zu einem ausgiebigen Brunch entführt. Wir alle hatten uns den Tag frei genommen. Avery behauptete zwar steif und fest, am späten Nachmittag noch zu einem wichtigen Investorenmeeting zu müssen, aber ich nahm meinem Herzensmann diese Notlüge keine Sekunde lang ab. Vermutlich erkaufte er sich so die notwendige Zeit, um alles für eine fantastische Überraschungsparty mit Freunden und Familie vorzubereiten.

«Und was habt ihr heute Abend noch vor?», fragte Jamie scheinheilig.

Er spielte den Unwissenden richtig gut. Fast hätte ich ihm die Worte abgekauft. Doch nachdem Avery und ich in letzter Zeit wieder zu uns zurückgefunden hatten, war mir mehr als klar, dass die beiden etwas für mich planten. Eilig stopfte ich mir ein großes Stück Pancake mit Ahornsirup in den Mund, um Avery zu einer Antwort zu zwingen.

«Ich habe später noch ein Investorenmeeting, das ich nicht verschieben konnte», antwortete er und verzog dabei keine Miene. *Wow! Was für ein grandioses Pokerface.* «Vielleicht gehen wir danach noch einen Cocktail trinken, um auf meinen Erfolg anzustoßen, wenn alles gut läuft.» Er zuckte unbeteiligt die Achseln.

«Dann hast du ja sicher nichts dagegen, wenn ich Marley nachher noch zu einem ausgiebigen Shopping-Bummel entführe und sie dir erst am späten Abend zurückbringe, oder?»

Avery nickte. «Natürlich. Macht euch einen tollen Tag und spendier‘ meiner Süßen ruhig das eine oder andere schöne Teil. Aber abends sollte sie auf jeden Fall ihr Handy in der Nähe behalten, damit ich sie gleich informieren kann, wenn ich das Meeting gerockt und mindestens zwei neue Investoren für mich an Land gezogen habe.»

«Davon kannst du ausgehen, dass ich den einen oder anderen heißen Fetzen springen lasse, mein Lieber. Da wirst du heute Nacht Augen machen.» Jamie zuckte verheißungsvoll mit den Brauen. «Das wird eurer kleinen Feier die nötige Würze verleihen.»

«Da bin ich ja mal gespannt», gab Avery grinsend zur Antwort. «Aber füll sie bitte nicht völlig ab, falls ihr zum Essen oder auf einen Drink ausgeht. Ich will schließlich noch ordentlich mit ihr feiern, wenn alles unter Dach und Fach ist.»

«Hey, ihr zwei!», mischte ich mich ein. «Ich bin übrigens auch noch hier und kann euch hören.»

«Und? Gefällt dir etwa nicht, was du hörst?», fragte Avery mit einem Zwinkern.

«Doch, das schon. Mir gefällt sogar sehr, was ihr so plant. Aber es wäre nett von euch Steinzeitmännern, wenn ihr mich vielleicht miteinbeziehen würdet, anstatt über mich zu verhandeln, als wäre ich unmündig und meine Meinung reine Nebensache.» Ich verschränkte in halb gespieltem Ärger meine Arme vor der Brust.

«Entschuldige», meinte Jamie augenblicklich. «Wir wollten dir heute nur einen wunderschönen Tag bescheren. Ein Tag, an dem du keine Entscheidungen treffen musst und den du in vollen Zügen genießen kannst. Aber wenn du lieber selbst die Zügel in die Hand nehmen möchtest, lehnen wir uns gern zurück und du sagst, wo es lang geht.»

Avery nickte zustimmend und deutete auf Jamie. «Was er sagt.»

«Na gut. Dann will ich mal nicht so sein. Es ist schließlich mein Geburtstag!»

«Das ist mein Mädchen!» Avery grinste stolz, legte den Arm um mich und presste mich gegen seine Brust. «Aber bevor ihr aufbrecht, habe ich noch ein ganz besonderes Geschenk für dich, meine Süße.»

«Ach ja?» Ich biss mir spielerisch auf die Unterlippe. «Und an was hattest du da gedacht?» Ich sah bereits die türkise Ringschachtel von Tiffany's vor meinem inneren Auge tanzen und begann unruhig auf meinen Stuhl herumzurutschen.

«Eine Überraschung hebe ich mir natürlich für heute Nacht auf», erwiderte Avery vielversprechend. «Aber nachdem wir uns jetzt genug Energie bei unserem Brunch geholt haben, wollte ich dich noch an einen ganz besonderen Ort entführen.»

«Oho, das klingt, als ob ich Marley später irgendwo abholen komme.» Jamie knuffte mich spielerisch in die Seite.

«Nein, du kannst gern mitkommen», bot Avery an.

«Ich bin mir allerdings nicht ganz sicher, ob ich das will», gab mein bester Freund lachend zurück.

«Das weiß ich auch nicht so genau. Aber ich denke, es könnte dir Spaß machen.»

Jamie zuckte mit den Schultern. «Dann lass ich es auf einen Versuch ankommen, wenn ich euch in eurer Zweisamkeit wirklich nicht störe.»

«Zweisamkeit?» Avery sah Jamie verwundert an. «Ich denke nicht, dass wir nur zu zweit dort sein werden.»

«Okay, lasst uns zahlen und aufbrechen», warf ich ein. «Ich platze gleich vor Neugier.»

«Ich kann es auch kaum erwarten», erwiderte Avery voller

Vorfreude.

Kurze Zeit später standen wir in der muffigen Umkleide eines Fitnesscenters und ich fragte mich, was Avery hier wohl vorbereitet hatte. Schließlich war mehr als offensichtlich, dass das modern ausgestattete Studio eine bloße Ablenkung darstellte. Vielleicht würden gleich zehn von ihm genaustens instruierte Tänzer um die Ecke biegen, während Bruno Mars aus einem Lautsprecher *Marry you* zum Besten gab.

«Du lässt dir wirklich nicht in die Karten schauen», meinte ich und boxte Avery liebevoll in die Seite.

«Ich weiß nicht, was du meinst», erwiderte er mit Unschuldsmiene, während er sich die Schuhe band.

«Du Schlitzohr hast uns sogar dazu gebracht, Sportsachen anzuziehen, ehe du deine Überraschung offenbarst.»

«Natürlich, die werden wir hier auch brauchen.» Unverwandte blaue Augen blickten mir entgegen. *Dieses Pokerface, der absolute Hammer! Nicht einmal ein leises Lidzucken verriet ihn.*

«Alles klar.» Ich zwinkerte ihm verspielt zu.

«Sind wir alle soweit?», erkundigte sich Avery.

«Bereit für was auch immer», kommentierte Jamie und ich nickte zustimmend.

Wir verließen die dunkle Gemeinschaftsumkleide und gingen zum Empfangstresen.

«Hallo, wie kann ich weiterhelfen?», fragte die sportliche Frau an der Theke freundlich.

«Mein Name ist Avery Flynn. Ich habe hier für meine Freundin eine Geburtstagsüberraschung vorbereitet. Ich hoffe, es ist okay, dass uns ihr bester Freund begleitet?»

«Aber natürlich, kein Problem.»

«Wunderbar, setz es einfach auf die heutige Rechnung. Wir verrechnen dann alles untereinander.»

«Perfekt, danke. Dann geht es für euch in Studio 4 los. Viel Spaß und powert euch richtig aus. Hier ist noch eine kleine Übersicht für die nächsten Stunden.» Sie händigte Avery ein Stück Papier aus, auf dem eine Tabelle aufgedruckt war. Allerdings konnte ich nichts davon lesen, da er sie hastig einsteckte.

«Alles klar. Dann lasst uns loslegen!», rief Avery freudig aus und zog uns mit sich. «Wer rastet, der rostet, Leute.»

Jamie und ich lachten unsicher, ließen uns aber nichtsdestotrotz von ihm quer durch das Fitnesscenter zerren. Einige Augenblicke später kamen wir vor einem abgetrennten Raum an, auf dem in fetten Lettern *Studio 4* aufgedruckt war.

Aus dem Inneren drang aufgeregtes Stimmengewirr zu uns nach draußen und ich war mir sicher, dass gleich alle meine Freunde lauthals «Überraschung» rufen würden, wenn wir durch die Tür traten.

Avery öffnete die Tür und ließ mich als Erstes eintreten. Ich übte in Gedanken meinen entgeisterten Gesichtsausdruck und stockte im nächsten Moment. Verwirrt sah ich mich im Raum um. Kein einziges der Gesichter kam mir auch nur im Entferntesten bekannt vor und es schrie auch niemand «Überraschung».

«Ich glaube, wir sind im falschen Raum», wandte ich mich verunsichert an Avery.

Doch er grinste über beide Ohren und schob mich weiter hinein.

«Überraschung!», rief er freudig aus und deutete vielsagend auf die Spiegelwand.

«Ich verstehe nicht? Wo ... Was ...» Hilflos suchte ich Jamies Blick. Doch mein bester Freund sah mich mindestens genauso ratlos an wie ich ihn. Was auch immer Avery hier mit uns vorhatte, Jamie hatte – genau wie ich – keinen blassen Schimmer.

«Ich habe uns heute Mittag einige Fitnesskurse gebucht, Marley!», ließ Avery mit stolzgeschwellter Brust verlauten. «Du hast die letzten Monate so oft gesagt, dass du mit deinem Gewicht und deiner Figur zu kämpfen hast. Da habe ich dir die Kurse, die wir heute besuchen gleich für sechs Monate im Voraus gebucht, damit du die lästigen Pfunde wegtrainieren kannst. Ist das nicht fantastisch?»

Jamies Augen weiteten sich hinter Averys Rücken und mein bester Freund signalisierte mir mittels einiger hektischer Handzeichen, dass er mit dieser grandiosen Idee absolut nichts zu schaffen hatte. Avery hingegen starrte mich immer noch mit glänzenden Augen und einem breiten, selbstgefälligen Grinsen im Gesicht an.

«Oh, wow», brachte ich irgendwie hervor. «Damit habe ich nicht gerechnet. Schon gar nicht nach so einem üppigen Frühstück.»

«Ha, wusste ich's doch. Dass ich mich um dich sorge und dir so gut zuhöre, hättest du wohl nicht erwartet, hm?»

«Ja», gab ich tonlos zur Antwort. «Absolut nicht. Die Überraschung ist dir gelungen.» Bedröppelt sah ich mich im Raum um. «Und was für Kurse hast du für mich gebucht?»

«Wir fangen an mit Hot Yoga, steigern uns dann zu einem Mix aus Tae Bo und Zumba und zum krönenden Abschluss können wir uns beim Spinning noch so richtig auspowern. Was sagst du, Ley?»

«Ich glaube, ich hätte mich beim Brunch besser zurückhalten sollen», entfuhr es mir schockiert.

Im Hintergrund sah ich, wie Jamie sich in großen Schritten rückwärts aus dem Raum bewegte, und beneidete ihn zutiefst um seine Möglichkeit zur mehr oder weniger nauffälligen Flucht.

«Der Wahnsinn.» Das Lächeln, das ich Avery zu schenken versuchte, zitterte und erreichte meine Augen nicht. Das würden drei harte Stunden werden. Auf einmal bereute ich die Pancakes, die ich noch wenige Minuten zuvor gierig verschlungen hatte, und fragte mich ernsthaft, wie Avery als Fitnesscoach auf die abwegige Idee gekommen war, nach einem dekadenten Bruch mit mir zu trainieren. Es würde an ein Wunder grenzen, wenn ich nicht spätestens in einer halben Stunde mein Frühstück wiedersah. Eines musste ich ihm lassen: Überrascht war ich auf jeden Fall.

# 19

Nachdem ich mich durch geschlagene drei Stunden Hardcore-Pärchen-Training gequält hatte, genoss ich den kühlen Wasserstrahl, der Schweiß und Pein von meinem Körper wusch. Ich war immer noch mehr als erstaunt darüber, dass ich es geschafft hatte, mich nach dem ausgiebigen Brunch nicht zu übergeben. Allerdings war meine Performance laut Avery auch gelinde gesagt ausbaufähig gewesen. Doch er hatte große Hoffnung, dass sich das in den nächsten Wochen schnell ändern würde, wenn ich seinem Trainingsplan folgte.

Jamie war in der Zwischenzeit zurückgekommen und wartete am Eingang auf mich, um mich durch seine Lieblingsboutiquen zu schleifen und ein paar neue Outfits zu besorgen. Doch vorher würden wir uns auf jeden Fall einen riesigen Vanilla-Milkshake in einem Diner unserer Wahl gönnen. Den hatte ich mir in den letzten Stunden mehr als verdient.

«Na, wie übel war es?», fragte mich Jamie, als ich am Eingang ankam, wo er mich auf einem der grellgrünen Plastikstühle erwartete.

«Ja», seufzte ich müde.

«So schlimm?»

«Du hast keine Vorstellung.»

«O doch, die habe ich. Deswegen habe ich ja augenblicklich die Flucht ergriffen, solange ich noch konnte.»

«Und hast mich zurückgelassen.» Ich strafte ihn mit einem vorwurfsvollen Blick.

«Ich glaube nicht, dass es dir geholfen hätte, wenn ich geblieben wäre.»

«Aber immerhin hätten wir es dann gemeinsam durchlitten. So hast du mich dieser Hölle allein zum Sterben überlassen. Nicht gerade sehr brüderlich von dir, Jamie.» Schmollend schob ich die Unterlippe vor.

«Ja, ich weiß», räumte er ein. «Bitte entschuldige. Aber es hätte dir sicher auch nicht geholfen, wenn mein Körper nach zwei Minuten Training einen Pancake-Exorzismus ausgeführt hätte.»

«Wer weiß ...», erwiderte ich achselzuckend.

«Was hat Avery denn nur geritten, dass er nach unserem Gelage, das für den Vormittag wohlgemerkt fest eingeplant war, in diese Folterbude mit uns gegangen ist? Er als Fitnesscoach müsste das doch besser wissen – oder nicht?»

«Na ja ...», druckste ich herum. «Wenn es um Essen und das Training geht, hat er nicht immer die gesündeste Grundhaltung.» Ich konnte Avery ja schlecht in den Rücken fallen und zugeben, dass er in seinem für sich auserkorenen Job alles andere als gut war. Doch anlügen wollte ich Jamie ebenso wenig.

«Kann ich dich mit einem XXL-Milchshake dafür entschädigen, dass ich die Flucht ergriffen und dich in der Fitnesshölle zurückgelassen habe?»

«Das wird nicht reichen, mein Lieber. Bei weitem nicht.»

«Aber es ist ein Anfang?»

«Ja, der Anfang einer sehr kostenintensiven und schmerzhaften Wiedergutmachungstour.»

«Gut.» Er legte den Arm fest um meine Schultern und wollte mich gerade durch die Tür führen, als er kurz stockte.

«Was?»

«Wo ist eigentlich Avery abgeblieben? Hast du ihn etwa dort zurückgelassen?»

«Ach so. Der ist schon nach Hause gefahren, um sich für sein Investorentreffen vorzubereiten.»

«Ah, gut. Dann muss ich ihm zumindest im Moment nicht Rede und Antwort stehen, dass ich mich einfach verflüchtigt habe.» Erleichtert atmete Jamie auf.

«Freu dich nicht zu früh, mein Lieber», gab ich zur Antwort. «Immerhin musst du mir die nächsten Stunden ausführlich Rede und Antwort stehen. Du wirst im Staub vor mir kriechen und deine Kreditkarte bis über die Schmerzgrenze hinaus ausreizen.»

«Für dich immer», erwiderte er lachend und wir verließen das Café.

Nachdem wir uns durch unzählige Boutiquen und deren Kleidungsangebot inklusive Accessoires gewühlt hatten, wo Jamies Kreditkarte ordentlich blutete, machten wir uns auf den Weg in meine Lieblingsbar. Es war bereits früher Abend und wir waren uns einig, dass wir uns nach dem ausgiebigen Einkaufsbummel eine schmackhafte Erfrischung verdient hatten.

Vor dem Eingang stockte ich.

«Was ist los?», erkundigte sich Jamie.

Ich zeigte auf die Tafel neben der Eingangstür, auf der mit Kreide in geschwungener Handschrift «Heute geschlossene Gesellschaft» geschrieben stand.

«Sieht nicht so aus, als würden wir unseren geliebten Cosmopolitan bekommen», meinte ich und ließ die Schultern sinken. Musste denn ausgerechnet heute irgendjemand meine Lieblingsbar in Beschlag nehmen?

«Ach, komm», erwiderte Jamie und zog mich am Arm in Richtung Tür. «Die werden uns zwei schon reinlassen.»

«Bist du irre?» Ich stemmte beide Beine fest in den Boden, um meinen besten Freund von der Dummheit abzuhalten, die er offenbar gerade im Sinn hatte. Doch das stundenlange Training forderte seinen Tribut und Jamie schob mich ohne größere Schwierigkeiten weiter in Richtung Eingang. Bevor ich ein weiteres Widerwort geben konnte, klopfte er bereits an die Tür.

Ein paar Augenblicke vergingen, ehe ein großgewachsener, breitschultriger Mann die Tür öffnete.

«Könnt ihr nicht lesen? Heute haben wir hier geschlossene Gesellschaft.»

Peinlich berührt senkte ich den Blick zu Boden. Der Mann wollte uns die Tür wieder vor der Nase zuknallen, doch Jamie stellte seinen Fuß in den Spalt – als ob die Situation nicht schon unangenehm genug gewesen wäre!

«Wir versprechen auch, dass wir uns ganz ruhig verhalten. Diese Traumfrau hier hat heute Geburtstag und ich würde ihr nur ungern ihren größten Wunsch verwehren.» Jamie zeigte theatralisch auf mich, während ich mir alle Mühe gab, auf der Stelle im Boden zu versinken.

«Das ist dann wohl dein Problem, Kumpel.» Der Türsteher schob langsam, aber bestimmt Jamies Fuß zurück auf die Eingangstreppe.

«Moment, Moment!», rief Jamie und griff nun mit der Hand zwischen Tür und Rahmen. «Wir trinken nur ganz kurz einen winzigen Cosmopolitan und halten uns unauffällig am Rand. Versprochen. Ihr werdet gar nicht merken, dass wir da sind – abgesehen von unserem überaus wohlwollenden Trinkgeld vielleicht.» Er ließ seine künstlichen Wimpern flattern und leckte sich lasziv über die Lippen.

«Du hast doch gehört, Jamie. Sie haben heute geschlossene Gesellschaft.» Ich zerrte an seinem Arm und warf dem Türsteher einen entschuldigenden Blick zu. Meine

Wangen schienen in Flammen aufzugehen. «Da wollen wir nicht stören. Komm schon, wir gehen. Ist halb so wild.»

«Aber das ist dein Lieblingsladen und du möchtest an deinem Geburtstag den besten Cosmo der Stadt und nicht irgendeinen.»

«Dann gehen wir eben woanders hin und trinken den zweitbesten Cosmo der Stadt.» Wieder riss ich wild an seinem Arm. Erfolglos.

«Komm schon, Mann», wandte er sich stattdessen noch einmal an den armen Türsteher. «Gib dir einen Ruck ...»

Der Mann seufzte angespannt.

«Bitte?», setzte Jamie nach, begleitet von einem flehenden Blick inklusive sexy Schnute. Er zog wirklich alle Register – und das, obwohl er nicht einmal wusste, ob der Typ auf Männer stand.

«Okay, okay. Aber wirklich nur auf einen Drink und ihr haltet euch gefälligst im Hintergrund.»

«Versprochen!», schrie Jamie freudig und drückte dem Kerl einen fetten Knutscher auf die Wange, der wenig später die Tür für uns freigab.

«Du bist einfach unverbesserlich», seufzte ich halb peinlich berührt, halb erfreut.

«Ich weiß», erwiderte er mit einem breiten Grinsen im Gesicht und führte mich in das ungewohnt dunkle Innere der Bar.

Kaum waren wir durch die Tür getreten, gingen die Lichter an und ich wurde mit Konfettikanonen und Tröten sowie einem fröhlichen «Überraschung!» begrüßt, das aus einer Kakophonie einiger bekannter Stimmen bestand.

Geblendet von der plötzlichen Festbeleuchtung hob ich die Hand und blinzelte gegen die bunten Flecken an, die vor meinen Augen tanzten. Wenig später erkannte ich die ersten Gesichter und spürte, wie Tränen der Rührung in mir aufstiegen.

Zwischen den eng gestellten Tischen der Bar konnte ich meine engsten Freunde ausmachen. Auch meine Eltern grinsten mir entgegen.

«Wow», presste ich gegen den Kloß in meinem Hals hervor. «Die Überraschung ist euch gelungen, Leute.»

«Auf dich, mein Liebling», rief meine Mutter über meinen gerade einsetzenden Herzenssong hinweg und prostete mir mit einem Aperol Spritz über die Köpfe der anderen hinweg zu. Genau in dem Moment drückte mir der Türsteher von gerade eben einen Cosmopolitan in die Hand.

«Auf dich, Geburtstagskind», sagte er mit einem Zwinkern und zog Jamie fest an sich.

«Bist du etwa – », setzte ich an.

«Dave», ergänzte Jamie, dem der Schalk in den Augen funkelte. «Hat er seine Rolle nicht grandios rübergebracht?»

«O ja!» Ich nickte eifrig. «Schön, dich kennenzulernen.» Fest nahm ich Jamies neuesten Flirt in die Arme und drückte ihn an mich. «Willkommen in der Familie, Dave.»

«Na, na, na», ging Jamie dazwischen. «So weit sind wir noch nicht. Bisher ist das was ganz Lockeres zwischen uns.»

«Klar, das weiß ich doch», erwiderte ich mit einem Zwinkern in Daves Richtung. «Gaaaanz locker.»

Dave wandte sich mit schockierter Miene zu Jamie um. «Wirklich? Ich dachte ... Okay ... Dann muss ich den Ring wohl wieder zurückbringen.»

«Was?» Die schiere Panik stand meinem besten Freund ins Gesicht geschrieben und ich hatte das Gefühl, sein Herz laut und hektisch unter dem Bass des Lieds wummern zu hören, der die ganze Bar zu Shawn Mendes' There's nothing holding me back erzittern ließ. Er stotterte noch ein paar unvollständige Wortanfänge, ehe Dave ihn mit einem Grinsen erlöste.

«Entspann dich, Trüffelmaus. Ich habe nur Spaß gemacht.»

Jamies Anspannung wich augenblicklich und machte unendlicher Erleichterung Platz. «O Gott. Da hast du mich eiskalt erwischt, Mann.»

«Du hättest dein Gesicht sehen müssen. Ich hatte schon Angst, du bekommst einen Schlaganfall.» Dave lachte auf und fuhr dann an mich gewandt fort: «Ich hoffe, es ist okay, wenn ich dir diesen Leckerbissen einen Moment lang entführe. Ich glaube, ich habe da was wiedergutzumachen.»

«Das glaube ich auch», gab ich amüsiert zurück. «Aber der Blick auf seinem Gesicht war es allemal wert. Danke für diesen Hochgenuss.» Auf den Kosenamen *Trüffelmaus* würde ich bei der nächsten Gelegenheit zurückkommen.

«Happy Birthday.»

«Viel Spaß euch beiden», gab ich ihnen mit auf den Weg und machte mich daran, meine Geburtstagsgäste abzuklappern, um Glückwünsche und Umarmungen entgegenzunehmen. Allerdings fragte ich mich unentwegt, was Avery wohl für den Abend noch plante, wenn meine Freunde und Familie bereits hier in der Bar mit mir feierten. Ich war mir sicher, dass er nicht einfach nur dazustoßen würde – beziehungsweise wäre er doch längst an meiner Seite, wenn er das alles organisiert hätte. Vielleicht erwartete mich zuhause noch ein romantisches Dinner zu zweit? Eine heiße Partnermassage? Oder führte er mich sogar in einen Salsa-Club aus? Ich platzte geradezu vor Spannung und Neugier.

«Marley?»

«Hm?» Ich sah Lianne unverwandt an, die mich gerade zögerlich am Arm angestupst hatte.

«Dein Handy.» Sie deutete mit dem Zeigefinger auf das leuchtende Display meines Mobiltelefons. «Da versucht jemand, dich zu erreichen. Willst du nicht rangehen?»

«Danke», gab ich zur Antwort und warf einen Blick auf die blinkenden Lettern, die mein Handydisplay zierten. Avery.

Schnell entschuldigte ich mich bei dem Grüppchen, mit dem ich gerade in ein Gespräch vertieft gewesen war, und eilte zum Ausgang. Bei der Lautstärke der Feier war innerhalb der Bar nicht an Telefonieren zu denken.

Kaum hatte ich einen Fuß in die kühle Abendluft gesetzt, hob ich ab.

«Maarleeey?» Averys Stimme klang verwaschen und die gedehnte Art, wie er meinen Namen aussprach, ließ darauf schließen, dass er zu tief ins Glas geschaut hatte – oder aber es hervorragend vortäuschte. Ein Lächeln breitete sich auf meinem Gesicht aus. Der kleine Schelm ...

«Leeyy?»

«Ja, Avery? Ich bin dran.»

«Kannsu mich aholn?»

«Bitte?»

«ABHOLN», wiederholte er diesmal etwas deutlicher.

«Abholen?»

«Sprech isch sineschisch oder was?» Er klang gereizt. Wenn das eine Finte war, um mich von meiner Party wegzulocken und zu unserem romantischen Date zu entführen, spielte er das extrem überzeugend. Andererseits wusste ich, dass Avery so gut wie nie trank.

«Wo bist du denn, Schatz?», fragte ich ernster. Das vorfreudige Lächeln war von meinem Gesicht verschwunden und ich spürte, wie sich meine Stirn in tiefe Falten legte. Irgendetwas stimmte hier nicht.

«Na, beim Instorentreffn», lallte er undeutlich.

«Und wo ist das, Avery?», hakte ich geduldig nach,

während meine Kehle sich Stück für Stück weiter zusammenschnürte. Irgendetwas war hier ganz und gar nicht in Ordnung.

«Inner Innstaat.»

«Seid ihr bei dem teuren Italiener, den wir vor ein paar Tagen getestet haben?»

«Irgendwas mit Stefane oder so.»

«Lo Stivale?»

«Japp.»

«Alles klar. Ich bin in ein paar Minuten da.»

Ich hastete zurück in die Bar und lief ohne Umschweife direkt auf meine Mutter zu. Die Freunde, die auf dem Weg mit mir anstoßen wollten, wischte ich hastig beiseite.

«Alles in Ordnung, Liebes?», fragte meine Mutter besorgt, als ich mit dem Telefon in der Hand und ein wenig außer Atem bei ihr ankam.

«Ja ... Nein ... Ich brauche dein Auto.»

«Kannst du denn überhaupt noch fahren, mein Schatz?», erkundigte sie sich, während sie in ihrer Handtasche bereits nach dem Schlüssel zu ihrem geliebten Mini suchte.

«Ja, ich hatte nur einen Cosmopolitan und ansonsten nur alkoholfreie Cocktails», gab ich zur Antwort und hielt ihr die offene Hand ungeduldig entgegen.

Sie legte den Schlüssel mit dem kleinen Schutzengelanhänger, den ich mit 12 Jahren für sie gebastelt hatte, in meine Handfläche, begleitet von den Worten: «Fahr vorsichtig, mein Liebling.»

«Danke, Mama.» Ich gab ihr einen Kuss auf die Wange. «Ich bringe dir das Auto spätestens morgen Mittag wieder. In Ordnung?»

«Kein Problem. Wir finden schon eine Mitfahrgelegenheit. Ist denn alles in Ordnung?» Ihre kastanienbraunen Augen musterten mich sorgenvoll.

«Ich glaube schon», rief ich ihr bereits im Gehen zu. «Averys Treffen lief wohl nicht so gut. Aber mach dir keine Sorgen!» Damit verschwand ich, so schnell mich meine müden Beine trugen, aus der Bar. Kaum hatte ich den gelben Mini meiner Mutter in der Parkbucht ausgemacht, stieg ich ein und raste los, um Avery beizustehen.

# 20

Als ich am Restaurant ankam, konnte ich bereits deutlich erkennen, dass Avery tatsächlich sturzbetrunken war und mir nicht etwas vorgespielt hatte, wie ursprünglich angenommen. Der Knoten in meinen Eingeweiden zog sich augenblicklich fester zusammen und ich schluckte schwer, als ich den Wagen meiner Eltern an den Fahrbahnrand lenkte. Allein die Tatsache, dass er sich kaum eigenständig auf den Beinen halten konnte, beruhigte mich ein wenig. Wie sollte er mir in diesem Zustand etwas anhaben? Er taumelte bereits im Stehen schwer von einer Seite zur anderen.

«Da bissu ja», nuschelte er, nachdem ich ausgestiegen war.

«Komm, Schatz. Dann wollen wir dich mal nach Hause bringen.» Meine Stimme strahlte eine Ruhe aus, die ich nicht im Geringsten in meinem Inneren wiederfand. Mein Herz raste und Übelkeit stieg in mir auf, während mein Magen nervös rumorte. Selbst meine Hände zitterten, als ich Avery vorsichtig an den Schultern ins Wageninnere navigierte.

«Ich dachte schon, du komms nima.»

«Tut mir leid», entschuldigte ich mich reflexartig. «Jetzt bin ich ja da und bringe dich nach Hause.» Sanft legte ich ihm den Gurt um und ließ die Schnalle ins Schloss einrasten.

Nachdem ich den Wagen umrundet hatte, öffnete ich die Fahrertür und ließ mich mit einem unsicheren Seitenblick auf meinen Passagier auf den Sitz gleiten.

«Die wollten mich nicht», raunte Avery erstaunlich deutlich.

«Ihr Verlust.»

«Nein, du verstehsss nich ... Die wollten mich nicht. Kein einssiger von den‘n wird in mich instieren.»

«Das tut mir leid.» Tröstend legte ich ihm die Hand auf den Arm. «Aber das ist ihr Verlust nicht deiner. Sie sind zu blind, um den Wert deiner Marke zu erkennen, Schatz. Am Ende werden sie das Nachsehen haben, das weiß ich.»

«Du hass recht. Dumme Instoren.» Lautstark ließ Avery seine Hand auf die Armatur knallen. In letzter Sekunde konnte ich mir ein erschrockenes Kieksen verkneifen und ich beeilte mich, den Motor zu starten. Je eher wir zuhause waren, desto schneller könnte ich ihn friedlich ins Bett verfrachten, um seinen Rausch auszuschlafen.

Eine knappe Stunde sowie eine Verkehrskontrolle später kamen wir endlich an. Zum Glück hatten die Polizisten Mitleid gehabt und mich lediglich nach Führerschein und Fahrzeugpapieren gefragt, bevor sie mich weiterfahren ließen. Avery war immer wieder eingenickt und so hatte ich die Fahrt glimpflich überstanden. Ich parkte den Wagen direkt vor unserem Haus und rüttelte sanft an seiner Schulter.

«Sin wir schona?», fragte er mit flatternden Lidern.

«Ja, Schatz. Schaffst du es ins Bett oder möchtest du auf der Couch schlafen?»

«Klar schaff ich’s inns Bett.» Er schlug sich stolz auf die Brust.

«Sehr gut», lobte ich ihn. «Warte kurz. Ich steige nur schnell aus, um dir zu helfen.»

«Brauch keine Hilfe.»

«Natürlich nicht. Aber ich möchte es gern. In Ordnung?»

«Alaska.» Ich vermutete, dass das so viel wie «alles klar»

heißen sollte, und stieg aus.

Anschließend half ich ihm dabei, sich abzuschnallen und auszusteigen, bat ihn nochmals kurz zu warten, bis ich das Auto abgeschlossen hatte, und manövrierte uns mehr schlecht als recht durch die Tür. Mit lautem Poltern stürzten wir gemeinsam auf die Couch.

«Vielleicht doch lieber hier?», fragte ich lachend und Avery nickte schwach. «Gut, dann hole ich dir noch schnell ein Kissen und eine Decke, damit wir es dir gemütlich machen können.»

Doch als ich aufstehen wollte, hielt er mich zurück. Seine Hand krallte sich immer fester um mein Handgelenk.

«Dafür müsste ich aufstehen.» Ich richtete meinen Blick vielsagend auf seine Rechte, die sich um meinen Unterarm geschlungen hatte. Doch meine Stimme wackelte dabei unsicher.

«Issokay», meinte er verwaschen und sah mich aus dunkel funkelnden Augen an.

Seine freie Hand umfing meine Hüfte und presste mich bestimmt an ihn. Ich spürte eine verräterische Verhärtung unter seiner Anzughose und verkrampfte augenblicklich. Wie war das überhaupt möglich? Er war vollkommen dicht. Wie konnte er da einen Ständer haben?

Dumpfe Panik ergriff mich. Es war, als könnte ich nichts fühlen und gleichzeitig lief ich über vor Emotionen. Tränen rannen meine Wangen hinab und erneut hörte ich dieses schreckliche Geräusch, das mir so fremd war und doch seit einiger Zeit unheimlich vertraut. Mein eigenes, verzweifeltes Schluchzen.

Obwohl mir tief im Inneren bereits bewusst war, dass es zu spät war, wand ich mich unter seinem festen Griff und versuchte, mich mit aller Kraft zu befreien. Doch der Schraubstock um meine Mitte zog sich unerbittlich fester zusammen. Einen Moment lang durchflutete mich Hoffnung, als er mein Handgelenk freigab. Doch dann machte er sich unbeholfen an seiner Hose zu schaffen und Übelkeit stieg in mir auf.

Die Angst schnürte mir die Kehle zu und meine Schläfen pochten schmerzhaft, während mein Herz mir aus der Brust zu springen drohte. Ich fühlte mich kraftlos. Ihm hilflos ausgeliefert. Ohnmächtig. Nackt.

Mein Blick traf erneut auf die lüstern dunklen Augen meines Gegenübers und ich konnte deutlich erkennen, dass nichts von Avery mehr darin lag. Der Dämon hatte ein weiteres Mal die Oberhand ergriffen und der Mann, der mich liebte, war fort.

«Jetzt stell dich nicht so an», wetterte er ungeduldig, als ich weiter versuchte, mich aus seinem unbarmherzigen Griff zu befreien.

Irgendetwas in diesen Worten legte einen Schalter in meinem Kopf um. Mein eigenes Feuer flackerte wieder auf. Ich schloss die Augen, atmete tief durch und versuchte, meine Mitte zu finden. Tief in mir schlummerte eine starke, unabhängige Frau. Eine Kriegerin. Eine Göttin, die nur darauf wartete, dass ich sie entfesselte.

Ich öffnete die Augen wieder und spürte die Entschlossenheit, die von mir Besitz ergriffen hatte. Mit voller Wucht rammte ich ihm mein Knie gegen seine empfindlichste Stelle. Meine Adern pumpten so viel Adrenalin durch meinen Körper, dass ich noch nicht einmal ausmachen konnte, ob er es war, der lauthals aufschrie, oder ich selbst.

Doch er ließ mich nicht wie erwartet los. Sein Griff lockerte sich für keinen einzigen Wimpernschlag. Ganz im Gegenteil, seine freie Hand packte mich so fest am Kiefer, dass dieser deutlich knirschte.

«Das wirst du mir büßen, Miststück!», spie er mir

entgegen, zog mein Kleid hoch und riss mir im nächsten Moment den Slip herunter. Er packte sein Glied und war im Begriff mir dieses zwischen die Beine zu rammen. Der Griff um meinen Kiefer rutschte herunter an meinen Hals. Panisch schloss ich meine Finger um seine Unterarme und wand mich unter ihm. Die raue Hand brannte auf meiner Haut und seine Iriden glühten vor Zorn.

Mir wurde einen Wimpernschlag lang schwarz vor Augen. Doch genau dann geschah es. Irgendwo in meinem Inneren brannte die letzte Sicherung durch, die mich gehemmt hatte, und ich schaltete in den puren Überlebensmodus um. Ich holte aus und schlug ihm mit voller Wucht ins Gesicht. Blut spritze mir entgegen und tauchte meine Welt in schmerzerfülltes Rot.

Diesmal war es eindeutig Avery, der ungewohnt schrill aufschrie und sein Griff um meine Mitte löste sich augenblicklich. Ich sprang von ihm herunter, schnappte mir den Autoschlüssel und rannte, so schnell mich meine wackeligen Beine trugen, zur Tür hinaus in die Freiheit.

Erst als ich im Auto saß und die Türen verriegelt hatte, hielt ich inne und rang, am ganzen Körper bebend, nach Luft. Jeder einzelne Atemzug brannte wie Feuer. Doch es fühlte sich auf widersprüchliche Weise auch unglaublich gut an. Ich war stark, siegreich und frei. Nie zuvor in meinen Leben war das Leben so intensiv durch meine Adern geflossen wie in diesem Augenblick.

Es dauerte eine Weile, bis ich begriff, was gerade passiert war. Er hatte sich erneut an mir vergriffen und ich war ihm entkommen. Knapp, aber vor allem zählte, dass ich es geschafft hatte. Dieses Mal hatte ich mich zur Wehr gesetzt – und war auch noch erfolgreich dabei gewesen. Ich hatte gewonnen. Warum nur fühlte es sich von einem Moment auf den anderen kein bisschen mehr so an? Statt den Triumph auszukosten und zu feiern, schmeckte ich bittere Galle auf meiner Zunge, die sich irgendwie an dem Kloß in meinem Hals vorbeigedrängt haben musste.

Ein Geräusch ließ meinen Blick erschrocken zur Eingangstür zucken, in der ein dunkler Schatten mehr wankte als stand, dessen lodernde Augen mich fixierten.

Ohne mein bewusstes Zutun sprang der Motor an und ich gab Gas. Die Reifen drehten ein paar Mal auf der Stelle durch, ehe sie griffen und mich mit einem lauten Quietschen davontrugen. Hinaus in die Nacht. Weg von dem Monster in meinem Haus. Weg von diesem Augenblick. Weg von meinem Leben. Einfach nur weg.

Ich ließ die Fenster herunter und genoss den Fahrtwind, der mein Haar wild hin und her wirbelte. Tränen rannen mir über das Gesicht und ich schluchzte unkontrolliert. Doch es fiel mir schwer zu erfassen, ob ich mich befreit und glücklich oder von Angst zerfressen und verzweifelt fühlte. Aber warum sollte ich dem Kind auch auf Biegen und Brechen einen Namen geben? Konnte es nicht einfach von beidem ein bisschen sein?

# 21

Es verging eine halbe Ewigkeit, die ich nur durch die Nacht irrte. Ohne Rast, ohne Ziel. Ich hatte jegliches Gefühl für Raum und Zeit verloren und genoss die Leere, die sich in meinem Kopf eingestellt hatte, als ein leiser Warnton mich in die Realität zurückriss. Auf meinem Armaturenbrett blinkte unerbittlich das Tanksymbol und führte mir vor Augen, dass ich nicht ewig weiter durch die verlassenen Straßen im Nirgendwo fahren konnte.

Ich seufzte frustriert auf und lenkte den Wagen an den Fahrbahnrand. Was sollte ich jetzt tun? Ich konnte auf keinen Fall zurück. Nicht jetzt. Nicht heute. Allein beim Gedanken daran umzukehren, lief mir ein eiskalter Schauer den Rücken hinunter.

*Doch wohin sollte ich dann?* Wenn ich zu Jamie fuhr, müsste ich ihn entweder erneut anlügen oder ihm erzählen, was vorgefallen war. Das bedeutete allerdings, dass wir die ganze Nacht über nichts anderes reden würden, als darüber, dass Avery und ich Probleme hatten – egal, welche der beiden Optionen ich wählte. Im Moment hatte ich allerdings weder die Kraft noch besonders große Lust dazu. Das Gleiche galt für meine Eltern oder meine engsten Freunde, die bei meiner Geburtstagsfeier gewesen waren. Überraschend bei einem entfernten Bekannten aufzutauchen, um dort zu übernachten, wäre auch mehr als seltsam und mir darüber hinaus noch extrem unangenehm.

*Sollte ich mir vielleicht ein Hotelzimmer nehmen?* Dort wäre ich dann allerdings die ganze Nacht allein mit mir und den Gedanken, die ich während der Fahrt nicht zugelassen und verdrängt hatte.

*Keimten diese gerade nicht ohnehin schon in mir auf? Machte es also überhaupt einen Unterschied, ob ich hier im Nirgendwo im Auto oder in einem Hotel in der Nähe auf einem unbequemen Bett saß und mich von den Geschehnissen des Abends überrollen ließ?* Meine Brust zog sich verräterisch zusammen und wieder entfuhr mir dieser grausam einsame Laut, den ich in den letzten Monaten stets versucht hatte, tief in mir zu begraben.

*Wie sollte es nur weitergehen? Würde ich mich je sicher genug fühlen, um Avery gegenüber zu treten? Was sollte ich nur tun? Wohin sollte ich gehen?* Kraftlos ließ ich meinen Kopf auf das Lenkrad sinken, an dem ich mich immer noch mit beiden Händen festkrallte, als könnte es mir den Halt geben, den ich dringend brauchte.

«Na, liegen geblieben?», riss mich eine männliche Stimme aus meiner Verzweiflung.

Erschrocken fuhr ich hoch. Mein Blick zuckte zu dem Gesicht, das sich vor mein immer noch weit geöffnetes Fenster geschoben hatte und mich mit unverhohlener Neugier anstarrte. Unsicher, wie vertrauenswürdig ich den heruntergekommenen Typen mit den grobschlächtigen Gesichtszügen einstufen sollte, starrte ich ihn wortlos an.

«Alles gut, Prinzessin?»

«Ja», presste ich kaum hörbar hervor. Ich schluckte schwer. Am liebsten hätte ich den Motor gestartet und wäre davongefahren. Der Kerl mit dem Baseballcap, das definitiv schon bessere Zeiten gesehen hatte, machte mir ein wenig Angst.

«Sieht aber nicht so aus. Hast du dich verfahren?»

Ich presste die Schenkel fest aneinander. Das Wissen, dass ich unter meinem Kleid nicht einmal einen Slip trug, ließ

Übelkeit in mir aufsteigen. Hilflos sah ich mich um. Im Auto war nichts, mit dem ich mich zur Wehr setzen konnte, und es war auch niemand sonst auf dieser gottverdammten Straße.

Ich nahm allen Mut zusammen und erwiderte: «Ich bin auf der Suche nach einer Tankstelle.» Zum einen entsprach das tatsächlich der Wahrheit und zum anderen wäre dort auf jeden Fall ein Kassierer, der im Zweifelsfall für meine Sicherheit sorgen konnte.

«Alles klar, Süße. Ich schaue schnell auf dem Navi nach und fahre dir voraus. In Ordnung?»

«Danke», hauchte ich kraftlos.

«Dafür sind wir Trucker doch da. Wir zähmen die Bestie und retten die Prinzessin.» Er lachte unbeholfen und stapfte zurück zu seinem Lkw.

Wenig später hörte ich, wie er die schwere Tür zuschlug und seinen Motor startete. Erleichtert atmete ich aus, ließ meinen Wagen anspringen und schloss die Fenster. Er scherte aus und fuhr gemächlich voraus, sodass ich ihm trotz des Tränenschleiers vor meinen Augen gut folgen konnte. Offenbar gönnte mir das Schicksal zur Abwechslung ein wenig Hilfe.

Nach ein paar Kilometern begrüßten mich die gedimmten Leuchtreklameschilder einer Tankstelle und der Lkw-Fahrer setzte den Blinker, um mich in die Zufahrt zu lotsen.

Kaum dass wir gehalten hatten, stieg er aus und klopfte an mein Fenster. Mit einem mulmigen Gefühl in der Magengrube ließ ich es einen Spalt breit herunter. Der Mann hat mir geholfen. Es gibt also keinen Grund, sich Sorgen zu machen.

«Ich hoffe, so sieht die Welt schon ein wenig besser aus, Prinzessin.» Er nickte mir freundlich zu.

«Ja, vielen Dank.» Ich schluckte.

«Kann ich sonst irgendwie behilflich sein? Du machst

nicht gerade den Eindruck, als würdest du hier in der Gegend wohnen.»

«Nein, danke. Alles gut. Ein Freund wohnt in der Nähe und ich übernachte heute bei ihm.» Auf keinen Fall wollte ich, dass der Fremde wusste, wo ich heute Nacht schlief. Außerdem war es mir peinlich, dass ich nicht die geringste Ahnung hatte, wo ich hinsollte.

«Dann fahr ich mal weiter. Meine Tour ist noch lang und der Dicke da hinten fährt sich nicht von allein.» Er deutete auf seinen Lastwagen, tippte sich an das Cap und wandte sich um.

«Danke und gute Fahrt», rief ich ihm hinterher, als er sich wieder auf dem Weg zu seinem Truck machte.

«Pass auf dich auf, Prinzessin», gab er zur Antwort, stieg ein und fuhr davon.

Ich tankte den Wagen, schnappte mir meine Handtasche, die ich zum Glück auf der Rückbank vergessen hatte, als ich Avery ins Haus geholfen hatte, und betrat den Verkaufsraum der Tankstelle.

«Hallo», begrüßte mich der Kassierer.

«Die Nummer 2, bitte», gab ich zur Antwort, als mein Blick auf eine Flasche Wodka fiel. Nach kurzem Zögern griff ich danach und schnappte mir noch eine Packung Chips, zwei Sandwiches, ein paar Müsliriegel und eine Flasche Cola. «Und das alles.»

Mit einer Mischung aus Mitleid und stillem Vorwurf im Blick scannte der Kassierer meine Artikel, wobei er bei der Flasche Wodka die Nase angewidert rümpfte.

«Das macht dann 126,49.»

Mit zitternden Händen wühlte ich nach meinem Geldbeutel und zog meine Kreditkarte heraus.

Kaum hatte der Mann sie mir wiedergegeben, packte ich hastig meine Einkäufe zusammen und eilte zurück in den sicheren Schutz des Autos, wo ich alle Türen verriegelte und meine Einkäufe erleichtert auf den Beifahrersitz fallen ließ.

Geschafft! Unsicher warf ich einen Blick zurück. Doch der Kassierer stand genau dort, wo ich ihn zuletzt gesehen hatte, und sonst war niemand hier.

«Was jetzt, Herbie?», fragte ich das Auto, den meine Mutter liebevoll nach dem Wagen im Film Ein toller Käfer benannt hatte. «Wo sollen wir jetzt hin?»

Natürlich erwartete ich nicht ernsthaft, dass das Auto mir eine Antwort gab. Doch manchmal half es mir, meine Gedanken laut auszusprechen, um mich zu beruhigen und am Ende eine Lösung zu finden.

«Was meinst du? Sollen wir noch ein wenig durch die Gegend fahren und sehen, ob wir ein Hotel finden, wo wir es warm und gemütlich haben?»

Ich steckte den Schlüssel in die Zündung und startete den Motor. Mit einem zustimmenden Röhren sprang Herbie an.

«Ja, ich finde auch, das klingt nach einer guten Idee. Dann wollen wir mal.»

Langsam navigierte ich den Wagen weg von der Tankstelle und hoffte inständig, dass wir bald auf ein Hotel stoßen würden. Ich fühlte mich matt und ausgelaugt, hatte Hunger und brauchte dringend einen kräftigen Schluck von dem Wodka, den ich gekauft hatte. Außerdem sehnte ich mich danach, vier stabile Wände um mich zu wissen, die mich beschützten und mir ein falsches Gefühl von Geborgenheit vorgaukelten.

# 22

Ich bog auf den Parkplatz eines billigen Motels ein und stellte den Motor mit einem müden Seufzen ab.

Weitere zehn Minuten später war ich endlich allein in meiner Unterkunft für diese Nacht. Ich packte die Snacks und den Wodka aus und breitete alles auf dem alten, quietschenden Bett aus, das dem Anschein nach seit Monaten nicht mehr frisch bezogen worden war. Doch selbst das interessierte mich nicht. Für mich zählte nur, dass ich mich in einem geschlossenen Raum befand, weit weg von ihm. In Sicherheit.

Nach kurzem Zögern öffnete ich die Flasche Wodka und nahm einen kräftigen Schluck. Das Sandwich und die Snacks blieben unberührt. Mir war immer noch übel, wenn ich an den Grund für meine Flucht dachte – und seit Stunden drehte sich jeder einzelne Gedanke, den ich zustande brachte, ausschließlich um die einzige Sache, an die ich auf keinen Fall denken wollte. Um ihn. Um *es*.

Ich benötigte jetzt nichts zu essen, auch wenn mein Magen lautstark anderer Meinung war. Was ich jetzt mehr als alles andere brauchte, war der gütige Hauch des Vergessens, mit dem der scharfe Wodka mich segnen würde, wenn ich nur genug davon hinunter bekam. Also setzte ich gleich noch einmal an und nahm einen entschlossenen Schluck. Und noch einen. Und noch einen ...

Ein greller Schmerz zuckte durch meinen Kopf und zerrte mich wieder in die Realität zurück. Ich stöhnte unwillig und blinzelte gegen das Sonnenlicht an, das den Raum flutete. Einen mir völlig unbekannten Raum. Ich ignorierte das Stechen in meinen Schläfen und riss die Augen erneut auf. *Wo zur Hölle war ich?*

Um mich herum lagen ungeöffnete Chipstüten, ein Sandwich, einige Müsliriegel und eine fast leere Wodkaflasche. Es dauerte noch einen Moment, ehe die Erinnerungen der letzten Nacht allmählich wiederkehrten und ich mich mit einem müden Stöhnen in die Kissen zurücksinken ließ.

Zwar war ich ihm entwischt und hatte mir ein Zimmer gebucht, um zur Ruhe zu kommen, doch der bittere Nachgeschmack der Ereignisse lag mir noch auf der Zunge – oder war das lediglich dem billigen Wodka geschuldet?

*Also gut. Tief durchatmen. Was nun?* Mein Schädel pochte, als würden tausend kleine Zwerge ihn mit ihren Spitzhacken bearbeiten, und der schale Geschmack in meinem Mund ließ erneut Übelkeit in mir aufsteigen. Außerdem stank ich nach kaltem Schweiß und Alkoholausdünstungen. Ich brauchte dringend eine ausgiebige Dusche und eine Hand voll Aspirin.

Nach einer Weile des unwilligen Zauderns rollte ich mich langsam von der viel zu weichen Matratze. Alles in mir verlangte danach, einfach liegen zu bleiben und nie wieder aufzustehen. Ich fühlte mich kraftlos und leer – und vor allem hatte ich nicht die geringste Ahnung, was ich tun sollte.

Vorsichtig richtete ich mich auf und augenblicklich begann sich der Raum wie wild zu drehen. Ich verharrte auf dem Bett bis das Pochen in meinen Schläfen etwas abebbte und ich nicht mehr das Gefühl hatte, den Boden unter den Füßen zu verlieren, sobald ich mich erhob.

Mit schweren Schritten schlurfte ich in das beengte Badezimmer. Die Dusche wurde offensichtlich mit der gleichen Sorgfalt gepflegt wie der Rest des Zimmers. Angewidert zog ich die Nase beim Anblick der verschmierten Armaturen kraus und wartete, bis das Wasser, das aus dem Duschkopf lief, von rostbraun zu nahezu klar wechselte. Mit einem erschrockenen Aufschrei zwang ich mich unter den unerwartet eisigen Strahl. Warmes Wasser war eindeutig auch ein Luxus, auf den man in diesem Etablissement getrost verzichtete.

Nach einem kurzen Umweg über das nächstgelegene Einkaufszentrum, wo ich mich mit frischer Kleidung und einer Packung Kopfschmerztabletten ausgestattet hatte, saß ich in einem gemütlichen kleinen Café, das mir auf dem Weg ins Auge gesprungen war. Mit einer großen Tasse voll herrlich duftendem Kaffee und einem frischen Schokocroissant hauchte ich mir langsam wieder etwas Leben ein.

«Darf es sonst noch etwas sein?», fragte die Kellnerin mit mitfühlendem Blick und einem zarten Lächeln auf den Lippen.

«Danke, ich bin noch bestens versorgt», gab ich, ohne aufzusehen, zur Antwort und sie widmete sich den anderen Gästen.

*Was sollte ich jetzt tun? Wo sollte ich hin? Sollte ich Jamie von dem Vorfall erzählen? Nein. Das konnte ich nicht.* Dann müsste ich ihm gestehen, dass ich ihn im Krankenhaus angelogen hatte. Jamie hasste nichts mehr als Lügen. Auf gar keinen Fall könnte ich ihm jetzt die Wahrheit an den Kopf werfen und mich bei ihm ausheulen.

Vielleicht könnte ich zu meinen Eltern fahren. Schließlich

musste ich das Auto ohnehin zurückbringen und könnte gleich ein paar Tage bei ihnen bleiben. Einfach so, ohne konkreten Grund.

Ich seufzte und verwarf den Gedanken. Das ging auch nicht. Dann müsste ich ihnen erklären, warum Avery nicht dabei war – und selbst, falls ich ihnen dafür eine nachvollziehbare Ausrede auftischte, konnte ich nicht von der Arbeit fernbleiben.

Verdammt! Die Arbeit! Die hatte ich in all dem Chaos vollkommen vergessen. Eilig kramte ich mein Handy hervor und tippte hastig auf das Display ein. Aber dieses blieb schwarz. Natürlich. Der Akku hatte bereits gestern Abend den Geist aufgegeben. Hastig winkte ich die Bedienung wieder heran.

«Kann ich Ihnen doch noch etwas Gutes tun?»

«Ja», erwiderte ich und zeigte auf das Telefon in meiner Hand. «Könnte ich das eventuell bei Ihnen aufladen? Ich habe mein Netzteil leider zuhause vergessen.»

«Eigentlich dürfen wir das nicht», erklärte sie und musterte mich mit warmherzigen Augen. «Aber in Ihrem Fall mache ich eine Ausnahme.» Sie zwinkerte mir zu. «Sagen Sie es nur nicht meinem Chef.»

«Danke», stieß ich erleichtert hervor.

«Ich müsste es dafür mit in den Personalbereich nehmen, wenn das für Sie in Ordnung ist.»

«Ja, natürlich. Nochmals vielen Dank.» Ich drückte ihr das Telefon in die Hand.

«Ach», sie winkte ab. «Das mache ich gern für Sie. Sieht aus, als hätten Sie eine anstrengende Nacht hinter sich.»

«Sie haben ja keine Vorstellung», stöhnte ich erschöpft.

Sie nahm das Telefon, nickte mir noch einmal aufmunternd zu und verschwand durch die Tür.

Zwei Kaffee und eine Zimtschnecke später brachte mir die

hilfsbereite Kellnerin mein Handy zurück an den Tisch.

«Danke.»

«Gern», erwiderte sie und bedachte mich erneut mit ihrem herzerwärmenden Lächeln, das mir zuzuflüstern schien, dass alles in Ordnung käme.

Ich wandte den Blick ab, tippte die PIN ein und sah nach, was ich heute Nacht verpasst hatte. Ein Blick auf das Display ließ mir das Blut in den Adern gefrieren: 21 Anrufe in Abwesenheit und 15 Textnachrichten.

Eilig scrollte ich durch die Nachrichten von der Arbeit. Natürlich unterstellten mir meine Kolleginnen alles andere als durch die Blume, dass ich bei meiner Geburtstagsfeier über die Stränge geschlagen hatte und jetzt meinen Kater ausschlief. Sie warfen mit Worten wie *fristloser Kündigung* um sich, da ich meiner Arbeitsverpflichtung nicht nachgekommen war und noch nicht einmal die Güte besessen hatte, mich krank zu melden.

Ausnahmsweise konnte ich ihnen das nicht einmal verdenken. Sie wussten nicht, was gestern Nacht geschehen war – wie könnten sie auch? Selbstverständlich gingen sie davon aus, dass ich zu heftig gefeiert hatte. Sonst hätte ich mich schließlich krankgemeldet – oder Avery hätte das für mich übernommen, falls es mir wirklich zu schlecht gegangen wäre. Außerdem hatte ich mich in der Tat betrunken und war deshalb nicht zur Arbeit erschienen.

Im Moment fehlte mir die Kraft, mich diesen Furien zu stellen. *Was sollte ich auch sagen?* Allein beim Gedanken daran, ihnen von meinen Beziehungsproblemen zu erzählen, wurde mir schlecht. Ich sah sie bildhaft vor mir, wie sie mich deshalb durch den Kakao zogen. Nicht einmal den Gedanken an ein Gespräch mit ihnen ertrug ich. Also tippte ich eine kurze E-Mail und schickte sie ohne weiter darüber nachzudenken ab.

*Dann kündigt mir doch. Das erspart mir den Aufwand.*

Eine riesige Last fiel von meinen Schultern, kaum dass ich die Nachricht versandt hatte. Für einen Moment schloss ich die Augen, atmete den Duft meines Kaffees tief ein und genoss das Gefühl der Erleichterung. Ich hätte schon viel früher aus diesem Pfauenkäfig fliehen sollen. Vor Wochen, wenn nicht sogar schon vor Monaten. Im Grunde hätte ich nie anfangen sollen, für diese aufgeblasenen Möchtegerne zu arbeiten. Ich hatte bereits beim ersten Gespräch gespürt, dass ich von raffgierigen Hyänen umgeben war, die für ihren eigenen Vorteil ohne mit der Wimper zu zucken über Leichen gingen. Umso befreiter fühlte ich mich jetzt, da ich diesen Abschnitt meines Lebens hinter mir gelassen hatte. Das Atmen fiel mir leichter und ein Teil meiner gewohnten Last war wie weggeblasen.

Dabei war es meine eigene Schuld. Ich hatte Averys Karriere über mein eigenes Glück gestellt und mir selbst eingeredet, ich hätte keine andere Wahl. Niemand hatte mich dazu gezwungen, den Vertrag zu unterschreiben und seitdem jeden Tag mit mir zu ringen. Endlich hatte das ein Ende. Ein zartes Lächeln zupfte an meinen Mundwinkel beim Gedanken daran, nie wieder zurückzumüssen.

Außerdem war das etwas, über das ich mit Jamie später reden konnte. Er hatte schon so oft angeboten, mir etwas anderes zu vermitteln. Warum war ich so stur gewesen, so lange an diesem toxischen Arbeitsumfeld festzuhalten? Das war überhaupt nicht meine Art. In mir steckte so viel mehr als das. Ich würde die Kündigung als Chance sehen. Ein neues Kapitel in meinem Leben. Ein neuer Anfang. Ein Job, bei dem ich mich nicht fehl am Platz fühlte. All das wartete irgendwo hinter dem Fenster des Cafés auf mich, durch das ich das rege Treiben auf der Straße beobachtete.

Mit einem breiten Grinsen schob ich mir den letzten Bissen meiner Zimtschnecke in den Mund und kostete den süßlich scharfen Geschmack auf meiner Zunge voll aus. Was für eine Wohltat.

# 23

Entschlossen stieg ich in den Wagen meiner Mutter und ließ mich von meinem Handy zum Haus meiner Eltern navigieren. Ich musste Herbie zurückbringen, wenn ich keinen unnötigen Verdacht erwecken wollte. Sollte meine Mutter sich wundern, warum ich an einem Arbeitstag am späten Vormittag bei ihr aufkreuzte, würde ich flunkern und sagen, dass ich mir den Tag nach meinem Geburtstag zur Sicherheit freigenommen hatte. Sie musste weder von den Geschehnissen der letzten Nacht noch von meiner Kündigung etwas wissen. Noch nicht zumindest. Natürlich würde ich ihr sofort davon erzählen, sobald ich einen neuen Job an Land gezogen hätte und es einen Grund zum Feiern gab. Doch im Moment würde sie sich nur unnötig Sorgen um mich machen.

Die Sache mit Avery sollte ich ebenfalls besser für mich behalten. Ich war nicht bereit, meine große Liebe aufzugeben, nur weil er in einem schwachen Moment einen Fehler gemacht hatte. Das entsprach schlicht und einfach nicht meiner Natur.

Nachdem die Investoren abgesprungen waren, hatte er sich wahrscheinlich unendlich verletzlich und klein gefühlt und versucht, durch seine Aktion irgendwie wieder Macht und Kontrolle über sein Leben zu erlangen – oder zumindest den Anschein davon.

Auf seltsam verquere Weise konnte ich ihn sogar verstehen. Auch ich hatte schon oft eine Dummheit riskiert, um das Gefühl von Hilflosigkeit und Ausgeliefertsein zu verdrängen. Das beste Beispiel dafür hatte ich mir heute

Morgen selbst geliefert, als ich in einer Kurzschlussreaktion meinen Job hingeschmissen hatte. Wie könnte ich ihm das dann nachtragen? Wäre das nicht extrem heuchlerisch und selbstgefällig von mir? Ich verabscheute Menschen, die mit zweierlei Maß maßen und sich selbst alle Fehler der Welt zugestanden, während sie anderen nicht den leisesten Fehltritt durchgehen ließen. Auf keinen Fall wollte ich mir eingestehen müssen, einer dieser Menschen zu sein.

Vor mir tauchte die wohlvertraute Einfahrt auf, die mich zeit meines Lebens begleitete und ich straffte entschlossen die Schultern. Gleich würde ich aussteigen, meiner Mutter den Autoschlüssel in die Hand drücken und einen wunderbaren Nachmittag mit ihr verbringen. Das war ich ihr und mir selbst schuldig. Und Avery irgendwie auch. Dabei würde ich jede Menge Kraft sammeln, um mich Avery heute Abend zu stellen – und der Entschuldigung, die er verdiente.

«Marley, Schatz», riss die Stimme meiner Mutter aus meinen Gedanken. «Was machst du denn um diese Uhrzeit schon hier? Ich hatte dich erst nach dem Mittagessen erwartet.»

«Hallo, Mama. Ich habe mir zur Sicherheit heute Urlaub genommen. Man weiß ja nie, wie eine Geburtstagsfeier mit Jamie so ausartet.» Ich lachte, doch selbst in meinen Ohren klang es falsch. Irgendwie klein und kläglich.

«Ja, davon können wir alle ein Lied singen», erwiderte sie grinsend.

Ein Glück! Sie hatte das verräterische Zucken meiner Mundwinkel nicht gesehen und mein falsches Lachen hatte wohl doch mehr Überzeugungskraft als angenommen.

«Na, dann komm erst einmal rein, Kleines», meinte sie, nachdem ich nichts erwiderte. «Ich setze uns gleich mal eine ordentliche Portion Kaffee auf. Oder hast du es eilig?»

«Nein, gar nicht. Ich habe den ganzen Tag für dich Zeit.»

«Das klingt ja fast zu schön, um wahr zu sein.» Sie legte liebevoll den Arm um mich und führte mich ins Wohnzimmer. Es war schon erstaunlich, wie eine sanfte Berührung meiner Mutter die Welt zumindest für den Moment wieder in Ordnung brachte. Ich fühlte mich sicher. Geborgen. Geliebt.

«Was war denn mit Avery gestern los?», rief sie mir auf dem Weg in die Küche zu.

Meine Finger krampften sich umeinander, als sie seinen Namen aussprach, und ich schob mich etwas tiefer in die Couch, um das Gefühl von Wärme und Geborgenheit wieder zurückzubekommen, das mich eben noch durchströmt hatte.

«Schatz?» Meine Mutter blickte fragend vom Türsturz aus ins Zimmer.

«Entschuldige, ich bin noch nicht ganz auf der Höhe», schob ich vor.

«Gleich bekommst du eine heiße Tasse Kaffee, dann wird es dir viel besser gehen, Liebes.»

«Ja, das denke ich auch.»

«Und was war jetzt gestern mit Avery?»

«Er hatte ein Investorentreffen.» Ich vermied es tunlichst, seinen Namen in den Mund zu nehmen – aus Angst, dass meine Fassade dann augenblicklich in sich zusammenbrach. Es fiel mir ohnehin schon schwer genug, meiner Mutter zu verschweigen, was geschehen war. «Leider lief es nicht so gut und ich habe ihn deswegen abgeholt.»

«An deinem Geburtstag?» Ich sah vor meinem inneren Auge den entsetzten Ausdruck auf ihrem Gesicht, der deutlich in ihrer Stimme mitschwang.

«Den Termin konnte er sich nicht wirklich aussuchen.»

«Ja, aber hätte er dann nicht auf die Feier nachkommen können? Wir hätten ihm das Taxi doch bezahlt.»

«Ihm war nicht danach, Mama. Er war sehr enttäuscht

und niedergeschlagen.»

«Aber es war doch dein Geburtstag!», wiederholte sie fassungslos.

«Ach, wir nehmen das nicht so wichtig», tat ich ihren Einwand ab. «Außerdem haben wir ja den ganzen Tag zusammen verbracht und da bereits gemeinsam gefeiert.»

«Dass du dann durch die Stadt fährst und ihn abholst, anstatt deinen Geburtstag mit deinen Freunden und uns weiter zu begießen, finde ich aber trotzdem nicht richtig. Du warst ja kaum angekommen, da bist du schon wieder losgehetzt.» Sie kam mit zwei Tassen ins Wohnzimmer und warf mir einen besorgten Blick zu.

«Das habe ich doch gern gemacht. Sagst du nicht immer, dass eine Beziehung nicht nur eitel Sonnenschein sein kann und man auch für seinen Partner einstehen muss?»

«Ja, aber doch –»

Ich vollendete den Satz: «Nicht an meinem Geburtstag. Das hast du jetzt ausreichend betont, denke ich.»

«Tut mir leid», sagte sie in versöhnlichem Ton. «Ich will mich nicht in eure Beziehung einmischen. Ich finde es nur schade, dass dein Geburtstag ein so deprimierendes Ende gefunden hat und dass du mal wieder deine eigenen Bedürfnisse hintenangestellt hast. Das tust du so oft, mein Schatz. Da mache ich mir eben Gedanken.»

«Was soll das jetzt wieder heißen?» Wieso trafen mich ihre Worte nur so schmerzlich? Alles in mir schaltete von einer Sekunde auf die andere auf Abwehr.

«Nichts weiter, Marley.» Sie strich mir zärtlich über den Oberarm. «Du hast nur die Tendenz, alle um dich herum um jeden Preis glücklich machen zu wollen, und dabei vergisst du manchmal die Person, die am allerwichtigsten ist. Dich selbst.»

Meine Kehle schnürte sich zu und meine Augen brannten.

Ihre Sorge und die Wahrheit, die in ihren Worten lag, hatten mich eiskalt erwischt.

«Ich meine das nicht böse, mein Schatz», versicherte sie mir. Offenbar deutete sie die Tränen, die in meinen Augen brannten, vollkommen falsch. «Manchmal mache ich mir Sorgen um dich und habe Angst, dass du am Ende zu kurz kommst. Verstehst du?»

Ich nickte stumm. Der schwere Kloß in meinem Hals verhinderte, dass ich ihr antwortete. Hektisch blinzelte ich die Tränen zurück. Ich wollte nicht weinen. Nicht hier. Nicht vor meiner Mutter. Nicht jetzt. Vor allem, da ich nicht wusste, ob ich mich je wieder fangen würde, wenn ich zuließ, dass ich zusammenbrach.

Also nippte ich vorsichtig an meinem Kaffee, um mir etwas Zeit zu verschaffen, den schmerzhaften Knoten in meiner Kehle wieder zu lösen, und wechselte das Thema: «Wo ist eigentlich Dad?»

«Im Baumarkt.» Sie winkte ab und verdrehte genervt die Augen. «Er hat wieder ein neues Projekt im Kopf und ist natürlich sofort losgestürmt, um alles zu besorgen.»

«Was ist es denn diesmal?», fragte ich – erleichtert, meine Schwierigkeiten mit Avery umschifft zu haben.

«Ach, frag mich nicht. Er hat irgendetwas Unverständliches vor sich hingenuschelt und ist dann Hals über Kopf los.»

«Typisch Dad.» Ich lachte auf und führte erneut die Tasse an meinen Mund. Diesmal gönnte ich mir einen kräftigen Schluck, der mich dank der unaufdringlichen Zimtnote von innen wärmte.

«Allerdings», stimmte meine Mutter mir zu. «War das gestern Abend eigentlich Jamies neueste Flamme, der euch den Türsteher gemimt hat, oder wer genau war dieser Schrank von einem Mann?»

«Du meinst, der gutaussehende, mysteriöse Kerl, dem Jamie den Rest des Abends keinen Millimeter von der Pelle gerückt ist?»

«Nein, ich meinte den unscheinbaren Strebertypen, den er keines Blickes gewürdigt hatte», gab sie in sarkastischem Ton zur Antwort.

«Ach so, der ...» Ich legte eine Pause ein und tat so, als müsste ich ernsthaft darüber nachdenken. «Ja, das ist wohl Jamies neuestes Betthäschen.»

«Sprich nicht so herablassend über seinen neuen Freund», mahnte mich meine Mutter. «Vielleicht ist er der Richtige.»

«Mama, wir wissen beide, dass Jamie nichts anbrennen lässt. Also sprich du bitte nicht über seinen neuen Freund, als wäre das was Ernstes und als wäre ich nächstes Jahr seine Trauzeugin.»

«Da muss ich dir leider recht geben. Schade eigentlich. Den von gestern Abend könnte er ruhig mal eine Weile behalten. Er wirkte sehr nett.»

«Ja, da stimme ich dir zu. Aber mach dir nicht zu große Hoffnungen, dass er ihn lange an seiner Seite behält. Wir beide kennen Jamie. Wenn es ernst wird, packt er seine Sachen und ist auf und davon. Wenigstens bleibt er mit den meisten seiner Eroberungen befreundet, sodass ich sie immerhin wiedersehe.»

«O je, armer ... – wie hieß er eigentlich nochmal?»

«Das weiß Jamie vermutlich heute auch nicht mehr.» Ich zuckte lachend die Achseln. «Aber ich glaube, er hieß ... Dave. Oder?»

«Ja, genau. Wirklich ein feiner junger Mann.»

Ich zog eine Augenbraue hoch.

«Was?», fragte meine Mutter.

«Du klingst gerade, als wärst du direkt aus einem

Schwarzweißfilm geschlüpft», erwiderte ich grinsend, spitzte die Lippen und wiederholte: «Ein wahrlich feiner junger Mann.»

# 24

Der Besuch bei meiner Mutter war viel zu schnell vorüber. Nachdem ich auch das hundertste Angebot mich nach Hause zu bringen ausgeschlagen hatte, saß ich nun in einem Uber – der einzige Kompromiss, den sie mir zugestanden hatte. Auf keinen Fall hätte sie zugelassen, dass ich mit unzähligen völlig Fremden den Bus nahm, obwohl ich das quasi jeden Tag auf dem Weg zur Arbeit tat. Aber wenn ich von ihr nach Hause fuhr, war das offenbar etwas völlig anderes und absolut unzumutbar.

Insgeheim war ich ihr unglaublich dankbar für diese Marotte. Doch um keinen Verdacht zu erwecken, dass etwas bei mir nicht stimmte, hatte ich mich trotzdem wie sonst auch mit Händen und Füßen gewehrt und am Ende allein ihr zuliebe eingelenkt.

Es dauerte eine halbe Ewigkeit, bis ich das Kabel meiner Kopfhörer entwirrt hatte. Zum Teil lag das vermutlich daran, dass ich sie nie ordentlich aufwickelte, sondern achtlos zusammengeknüllt in die Tasche steckte. Heute spielten allerdings auch meine zitternden Finger eine entscheidende Rolle. Nach einigem hektischen Ziehen und Zerren, wodurch sich das Kabel nur noch mehr zu verknoten schien, gab ich es auf. Mit einem genervten Seufzen beschloss ich, Averys Sprachnachrichten möglichst leise über den Lautsprecher abzuhören. Ich musste wissen, in welcher Stimmung ich ihn vorfand, bevor ich mich ihm stellte. Außerdem konnte ich so seinen Vorhaltungen bereits zuvorkommen, indem ich sie in meine Entschuldigung von vorneherein einbaute. Das würde ihm den ärgsten Wind aus den Segeln nehmen und ihn, wenn alles gut lief, versöhnlicher stimmen.

Ich atmete noch einmal tief durch und drückte dann zaghaft auf das leuchtende Dreieck auf dem Display. Der harsche Ton in Averys Stimme fuhr mir sofort durch Mark und Bein und ich beeilte mich, die Lautstärke herunterzuregeln. Er klang aggressiv und ungehalten, ebenso wie seine Worte, mit denen er mich zusammenhanglos und wüst beschimpfte, als ich den Lautsprecher dicht ans Ohr hielt. Es war deutlich herauszuhören, dass er noch unter starkem Alkoholeinfluss gestanden hatte, als er die Nachricht hinterlassen hatte.

«Alles in Ordnung?», erkundigte sich der Fahrer, der mich mit sorgenvollem Blick über den Innenspiegel des Fahrzeugs musterte. Ich hatte beinahe vergessen, dass ich nicht allein war.

«Ja, alles gut. Danke.» Peinlich berührt brachte ich mein Telefon zum Schweigen.

«Wo geht's denn hin?»

Ich nannte ihm die Adresse.

«Die Adresse habe ich bereits über die App», erinnerte mich der Fahrer grinsend. «Ich meinte, ob Sie jemanden besuchen oder ob es zurück nach Hause geht. Oder vielleicht ja auch zur Arbeit?»

«Ach so.» Ich wischte mir fahrig über das Gesicht. «Es geht zu meinem Freund.» *Warum hatte ich nicht gesagt, dass es nach Hause ging? Ich wohnte schließlich auch dort. Vielmehr bestritt ich den Großteil unseres Unterhalts.*

«Also noch ganz frisch?»

«Hm?»

«Na, weil Sie noch nicht zusammenwohnen.»

«Tut mir leid, ich muss mich jetzt wirklich um meine E-Mails kümmern», wehrte ich ab. «Ist für die Arbeit.»

«Oh, Entschuldigung. Ich wollte Sie nicht stören.» Der Fahrer konzentrierte sich wieder auf die Straße vor sich und ich scrollte durch Averys Textnachrichten. Dabei widmete ich mich vor allem den aktuellsten, auch wenn dabei das schlechte Gewissen an mir nagte, den Fahrer so gnadenlos abgewürgt zu haben.

Am Ende der Nachrichten wirkte Avery schon weitaus nüchterner und ruhiger. Er betonte, dass er sich um mich sorgte und nicht verstand, was passiert war. Wo war ich hin? Warum war ich plötzlich nicht mehr da? Was war los?

Er tat mir auf einmal schrecklich leid. Offenbar hatte er einen Filmriss und konnte sich an die Geschehnisse der letzten Nacht kein bisschen erinnern. Aus seiner Sicht musste der heutige Tag ein einziger Albtraum gewesen sein. Ich war nicht zuhause. Keine Nachricht, kein Hinweis. Nichts, das darauf schließen ließ, wo ich war. Dazu hatte er keine Möglichkeit gehabt, mich zu erreichen, und ich hatte auf keine seiner Nachrichten reagiert. Avery war sicher davon ausgegangen, dass mir etwas zugestoßen war.

«So, da wären wir», riss die Stimme des Fahrers mich erneut aus meinen Gedanken.

«Danke. Was bekommen Sie?»

«Geht ebenfalls über die App», rief er mir ins Gedächtnis. Ich stand wirklich völlig neben mir. «Ich wünsche Ihnen und Ihrem Freund einen schönen Abend.»

«Danke. Ihnen auch.»

Hastig packte ich meine Sachen zusammen und stieg aus. Ich rannte wie von der Tarantel gestochen zum Haus und riss wenig später die Tür auf.

«Avery?»

Meine Augen zuckten wild durch den Flur. Nirgends brannte Licht.

*Wo war er? Hatte er sich vielleicht aufgemacht, um mich*

*zu suchen, und irrte jetzt ziellos durch die Stadt? Klapperte er meine Freunde ab, um mich zu finden? Saß er allein und verzweifelt in einer Bar mit einem Glas Bourbon vor sich?*

«Ley?», hallte es aus dem Trainingsraum nach oben.

Sofort hetzte ich die Treppe hinunter und kam an der offenen Tür schlitternd zum Stehen.

«Da bist du ja!», meinte er trocken.

«Entschuldige!», rief ich ihm zu und fiel ihm wenig später in die schweißgetränkten Arme. «Du musst dir schreckliche Sorgen gemacht haben.»

«Allerdings.» Die Partie um seinen Kiefer spannte sich hörbar.

«Es tut mir so leid. Irgendwie war gestern alles etwas viel und ich habe ein bisschen Zeit für mich gebraucht. Also habe ich in einem Hotel übernachtet und war heute Nachmittag bei meiner Mutter.»

«Und da sagst du mir nicht einmal Bescheid?» Eine tiefe Furche bildete sich auf seiner Stirn.

«Das habe ich, Liebling», erwiderte ich. «Aber du warst vermutlich so erschöpft und durch den Wind wegen des Investorentreffens, dass du es gar nicht richtig aufnehmen konntest. Tut mir leid. Ich hätte dir trotzdem eine Nachricht dalassen müssen.»

«Du hättest auch auf eine meiner Nachrichten reagieren oder einfach anrufen können», knurrte er.

«Ja, du hast recht. Aber mein Handy hatte keinen Saft mehr und ich musste erst eine Möglichkeit finden, es wieder aufzuladen.»

«Es gibt immer eine Möglichkeit, wenn man es wirklich will.» Seine Augen musterten mich kühl und er schob mich von sich.

«Das stimmt. Entschuldige bitte. Ich war verwirrt und müde. Es tut mir schrecklich leid. Das passiert nicht wieder, versprochen.»

«Jetzt bist du ja wieder hier», meinte er abweisend und widmete sich wieder seinen Gewichten.

«Ja. Und ich mache es wieder gut.» Meine Stimme klang selbst in meinen Ohren dünn.

«Moment.» Er zögerte kurz, als müsste er noch einmal überprüfen, ob zwei plus zwei wirklich vier ergab. Dann wandte er sich wieder zu mir um und meinte mit zusammengekniffenen Augen: «Was soll das heißen, du warst den ganzen Nachmittag bei deiner Mutter. Hättest du nicht im Büro sein sollen?»

«Das hätte ich. Allerdings ist mir heute irgendwie der Kragen geplatzt und ich glaube, ich habe ... gekündigt?» Mein Herz schlug mir bis zum Hals und das letzte Wort hatte ich gerade noch so hervorpressen können, ehe meine Kehle schmerzhaft eng wurde.

«Was heißt, du glaubst, du hast gekündigt?» Seine Stimme klang ruhig. Zu ruhig.

«Ich habe hingeschmissen, aber bislang noch keine Antwort erhalten.» Intuitiv wich ich einen Schritt zurück, als sich ein dunkler Schleier über seine Augen legte.

«Bist du jetzt völlig durchgeknallt?», schrie er mich an. Die Adern an seinem Hals traten gefährlich weit hervor. «Ruf sie an! Sofort! Vielleicht kannst du noch etwas retten. Rede dich darauf raus, dass du nicht ganz bei Sinnen warst oder etwas in der Art.»

«Das werde ich nicht tun», erwiderte ich leise, den Blick zu Boden gesenkt und doch nicht bereit, von meiner Entscheidung abzuweichen.

«Wie bitte?» Er packte mich fest am Arm.

«Das werde ich nicht tun», wiederholte ich und sah ihm diesmal tief in die funkelnden Augen.

Sein Griff verfestigte sich und er schüttelte mich kräftig

durch, während er schrie: «Und wie du das wirst! Wird Zeit, dass du wieder auf den Boden der Tatsachen kommst, undankbares Miststück!»

Ich schluckte, denn ich wusste genau, was nun folgen würde. Dennoch brachte ich den Mut auf, ihm erneut in die Augen zu sehen und klar und deutlich zu antworten: «Nein.»

Er holte aus und seine flache Hand traf hart auf mein Gesicht. So hart, dass ich gegen den Türrahmen knallte und Sternchen vor meinen Augen tanzten.

«Du wirst jetzt anrufen und alles dafür tun, dass sie dich zurücknehmen», grollte seine Stimme über mir. Seine Hand schloss sich unbarmherzig um mein Handgelenk und zerrte mich nach oben ins Wohnzimmer. Zumindest glaubte ich, dass es das Wohnzimmer war. Meine Sicht war verklärt und im Nebel vor mir waberten immer noch schwammige Flecken, die es mir unmöglich machten, meine Umgebung genau einzuordnen.

«Ruf an!», schrie er.

Ich versuchte mich loszureißen, was sich kurz darauf als grober Fehler herausstellte. Natürlich endete der Versuch erfolglos und fachte seine Wut nur weiter an. Erneut schlug er nach mir. Diesmal allerdings mit der Faust. Er verfehlte mein Gesicht, das ich im letzten Moment in Sicherheit brachte, und traf mein Brustbein. Ein stechender Schmerz durchfuhr meinen gesamten Körper und die Beine gaben unter mir nach. Den Aufprall spürte ich kaum.

Ein weiteres Mal zerrte der Dämon über mir an meinem Arm und mir entfuhr ein heiseres Keuchen. Mir blieb nichts weiter, als zu hoffen, dass die drohende Ohnmacht bald ihre schützenden Arme um mich legte.

In diesem Augenblick war es mir gleich, ob ich überlebte oder er mich zu Tode prügelte. Ich wollte nur den Schmerz nicht mehr ertragen müssen. Das endlose Brennen und

Stechen, das Besitz von meinem Körper ergriff und mir nur einen Weg ließ, um ihm zu entfliehen: Die selige Umarmung der Bewusstlosigkeit, die mir Ruhe und Freiheit versprach.

# 25

Der dumpfe Nebel der Benommenheit lichtete sich allmählich. Wie aus weiter Ferne drangen einzelne Stimmen zu mir hindurch und je mehr ich mich auf sie konzentrierte, desto vertrauter klangen sie.

«Sie können mir unmöglich weismachen wollen, dass das hier ein gewöhnlicher häuslicher Unfall war», hörte ich eine raue, männliche Stimme sagen. «Sehen Sie doch hin! Ihr gesamter Körper ist übersäht mit Blutergüssen.»

«Das habe ich auch mit keiner Silbe behauptet, Mr. Scott», antwortete eine Frau, deren Stimme mir zwar bekannt vorkam, die ich aber nicht sofort zuordnen konnte. «Ich habe lediglich wiederholt, was Mr. Flynn als Grund für die Verletzungen angegeben hat. Mal ganz unter uns gesprochen, habe auch ich meine Zweifel daran.»

«Also bin ich nicht vollkommen überfürsorglich und spinne mir das alles nur in meinem Kopf zusammen? Sie sehen ebenfalls Grund zur Sorge?»

«Das bleibt bitte unter uns.» Die Frau senkte ihre Stimme, sodass ich sie kaum noch verstehen konnte. «Ich hatte Ihrer Freundin bei ihrem letzten Besuch auf meiner Station bereits eine Visitenkarte zugesteckt und sie gebeten, auf mich zuzukommen, sollte sie Hilfe benötigen.»

«Was?», entfuhr es Jamie aufgebracht. «Und dann haben Sie sie gehen lassen? Mit *IHM*?»

«Ich hatte keine Wahl», räumte sie ein. «Ms. Cedar hat mich leider abgeblockt und bestritten, dass Mr. Flynn gewalttätig geworden ist. Sie hat sich auch später nicht bei mir gemeldet, wie ich mir insgeheim erhofft hatte. Im Moment bleibt uns nichts anderes übrig, als abzuwarten, ob sie Mr. Flynns Geschichte eines Treppensturzes bestätigt, wenn sie aufwacht. Ich würde mir allerdings wünschen, dass sie sich dieses Mal helfen lässt. Ansonsten sind mir bedauerlicherweise die Hände gebunden, Mr. Scott.»

«Warten Sie. Ich glaube, sie wacht auf.»

Ich gab mir alle Mühe, mich weiter bewusstlos zu stellen. Doch irgendetwas hatte mich offenbar verraten. Denn ich spürte Jamies und – wie ich annahm – Dr. Cardenas' Blicke auf mir. Dennoch zwang ich mich, ruhig und gleichmäßig weiter zu atmen, aber meine Lider flatterten verräterisch.

«Bitte warten Sie noch einen Moment vor der Tür, Mister Scott.»

«Natürlich.» Jamies Schritte entfernten sich zügig.

«Ms. Cedar?», fragte die Ärztin und berührte mich sanft an der Schulter. Die Wärme ihrer Hand hatte etwas Tröstliches an sich. «Ms. Cedar, sind Sie wach?»

Ich wollte etwas erwidern, doch meine Kehle fühlte sich an, als hätte ich die halbe Wüste verschluckt. Rau und trocken. Alles, was ich hervorbrachte, war ein übler Hustenanfall, der schier nicht zu enden schien.

«Alles gut», beruhigte mich die Ärztin. «Sie sind in Sicherheit.» Sie wartete noch einen Moment ab, bis mein Husten und Röcheln endlich nachließ. Dann hielt sie mir einen Becher an die Lippen, den ich in dem grellen Licht des Krankenzimmers nur schemenhaft wahrnahm.

«Hier. Trinken Sie.»

Gierig schluckte ich die Flüssigkeit, die sich ihren Weg meine Kehle hinab brannte, als wäre es Säure. Ich blinzelte gegen die Tränen an und erkannte einen vertrauten Umriss. Tapfer trank ich weiter, auch wenn ich bei jedem Schluck erneut das Gefühl überwinden musste, dass meine

Speiseröhre verätzt wurde.

«Sehr gut», kommentierte Dr. Cardenas, deren gutherziges Lächeln über mir schwebte.

«Danke.» Meine Stimme klang kratzig und jeder einzelne Ton schmerzte. Selbst das Atmen fiel mir schwer und wurde von einem unangenehmen Rasseln begleitet.

«Ihr Lebensgefährte hat Sie heute Nacht hierhergebracht», erklärte die Ärztin mir sachlich. «Sie haben schwere Verletzungen im Bauch- und Rückenbereich. Zwei Rippen weisen deutliche Fissuren auf. Ihre Kehle zeigt klare Strangulierungsmale und an Ihrem linken Unterarm haben wir einen Haarriss feststellen können.»

Ich nickte matt. Das ergab Sinn und erklärte die Schmerzen.

«Sie haben großes Glück gehabt, dass Sie offenbar ohne innere Blutungen oder ähnliche Komplikationen davongekommen sind. Möchten Sie mir erzählen, wie es zu den Verletzungen kam?» Dr. Cardenas beugte sich erneut über mich und musterte mich eingehend. Etwas Flehendes lag in ihrem Blick.

Doch mich überrollte eine Woge der Schuldgefühle. Wäre ich nicht weggelaufen oder hätte ich meinen Job nicht Hals über Kopf hingeschmissen – oder zumindest Avery nicht davon erzählt – hätte ich ihn nicht unnötig in Rage gebracht und es wäre nichts passiert. Aber ich hatte mein Hirn abgeschaltet und wild drauflos geplappert und ihn damit provoziert. Er hätte niemals derart die Kontrolle verloren, wäre ich nicht so unsagbar dumm gewesen. Ich allein war schuld daran, dass ich mich schon wieder im Krankenhaus befand. Ich und mein loses Mundwerk. Ich und meine absolute Gedankenlosigkeit. In Zukunft wäre ich besser vorbereitet und würde mich schlauer anstellen, anstatt ihn so zu reizen.

«Ms. Cedar?» Sie musterte mich fragend.

«Ich bin gestürzt», antwortete ich knapp und konnte sehen, wie etwas in ihren Augen erlosch.

Bei dem Gespräch zwischen Jamie und der Ärztin war das die einzige Information, die zu meinem trägen Hirn durchgedrungen war: Avery hatte gesagt, dass ich gestürzt war. Ansonsten hielt ich mich möglichst bedeckt und vage. Denn wie genau er die Strangulierungen und die Art der übrigen Verletzungen erklärt hatte, war mir ein Rätsel.

«Sie sind gestürzt ...» Die Enttäuschung sprang mir förmlich aus den Worten der Ärztin entgegen. «Sind Sie sicher?»

«Ja.»

«Und wie genau sind Sie gestürzt?»

«Das ging alles so schnell», redete ich mich heraus. «Ich kann mich nicht mehr genau erinnern. Vermutlich der Schock. Aber ich weiß noch genau, dass ich gestürzt bin, ich glaube auf der Treppe. Danach war da nur noch der Schmerz, der alles um mich herum verschlungen hat.» Um glaubwürdig zu klingen, hielt ich mich möglichst genau an die tatsächlichen Geschehnisse. Lediglich Averys Anteil daran ließ ich aus.

«Und wie erklären Sie die Würgemale?» Dr. Cardenas fixierte mich mit eindringlichem Blick, als könnte sie so die Worte aus mir herausziehen, die sie um jeden Preis hören wollte. Die sie hören musste, um mir helfen zu können. Die Wahrheit.

Doch ich war noch nicht bereit, darüber zu sprechen. Ich konnte Avery nicht aufgeben, wollte ihn nicht loslassen. Wenn ich künftig jeden Konflikt umschiffte, könnte ich unsere Beziehung damit vielleicht retten. Avery war ein guter Mann. Ich musste ihm nur die Gelegenheit geben, das auch zu zeigen.

«Ab und an probieren wir eben etwas Neues aus. Dabei ist beim letzten Mal die Leidenschaft ein bisschen mit uns durchgegangen.» Dr. Cardenas zog zweifelnd die Brauen nach oben und ich beeilte mich, einen eingeschnappteren Ton anzuschlagen: «Ich verstehe ehrlich gesagt nicht, warum ich mich vor Ihnen für meine sexuellen Vorlieben rechtfertigen sollte. Die Male haben selbstverständlich nichts mit dem Sturz zu tun und Ende.» Demonstrativ versuchte ich die Arme vor meiner Brust zu verschränken. Doch ein stechender Schmerz am Rippenbogen hielt mich davon ab.

«Natürlich sind Sie mir keinerlei Rechenschaft schuldig», lenkte Dr. Cardenas ein. Ich glaubte in ihrem Blick eine Spur von Enttäuschung und Betroffenheit zu erhaschen. «Ihr Privatleben geht selbstverständlich nur Sie und Ihren Partner etwas an.»

«Gut, dass wir einer Meinung sind», erwiderte ich deutlich überheblicher als ich mich je in meinem Leben gefühlt hatte.

«Sollte Ihnen noch etwas einfallen, das Sie mit mir teilen möchten, oder sollten Sie über Ihren Aufenthalt bei uns hinaus Unterstützung benötigen, wenden Sie sich gern jederzeit an mich.» Sie zog erneut eine Visitenkarte hervor und legte sie auf das Tischchen neben meinem Bett. «Nur für alle Fälle.»

Mit herabhängenden Schultern schlurfte sie aus dem Zimmer. An der Tür wandte die Ärztin sich allerdings noch einmal zu mir um, als wäre ihr gerade etwas eingefallen.

«Vor der Tür wartet Ihr Freund Jamie Scott. Soll ich ihn hereinschicken?»

«Sehr gern», gab ich zur Antwort.

«Eine Sache wäre da noch», meinte sie mit der Hand auf der Klinke.

«Ja?» Ich sah sie fragend an.

«Ich habe mit Mr. Scott im Vorfeld besprochen, dass es nach Ihrer Entlassung vermutlich besser wäre, wenn Sie ein paar Tage oder vielleicht sogar Wochen bei Ihren Eltern verbringen würden. Sie werden sicher viel Pflege und Unterstützung benötigen, die Mr. Flynn aufgrund seiner selbstständigen Tätigkeit nicht aufbringen kann.»

«Vielen Dank, aber ich denke nicht, dass nötig sein wird», wehrte ich ab. Sicher würde ich Avery nicht derart vor den Kopf stoßen – auch wenn das Angebot durchaus verlockend war.

«Ich habe mir bereits die Freiheit herausgenommen, im Vorfeld mit Mr. Flynn und Ihrer Mutter zu sprechen. Sowohl Ihr Partner als auch Ihre Familie sind einverstanden.» Mit diesen Worten verließ sie das Zimmer und Jamie stürzte durch die offenstehende Tür herein.

«Marley!», rief er, als er mit ausladenden Schritten zu mir stürmte. «Was machst du denn für Sachen?»

Vorsichtig deutete ich ein Schulterzucken an und antwortete in möglichst unbeschwertem Ton: «Du kennst mich doch, Jamie. Manchmal grenzt meine Tollpatschigkeit schon an aktive Verstümmelung.» Ich lachte heiser. Doch selbst in meinen Ohren klang es unbeholfen und falsch.

«Ach, Süße.» Jamies feste Arme umschlossen mich sanft. Kaum hörbar raunte er mir ins Ohr: «Ich bin immer für dich da.»

«Ich weiß», flüsterte ich und hatte Mühe, die aufsteigenden Tränen zurückzukämpfen. Am meisten schmerzte mich die Tatsache, dass ich Jamie anlügen musste. Denn wüsste er auch nur einen Hauch davon, was zwischen Avery und mir in den vergangenen Tagen vor sich gegangen war ... Nicht auszudenken, wie er reagieren würde.

All diese Gedanken wichen dem frischen Geruch von Axe Ice Chill, der Jamies seit Jahren begleitete, und der alle

Dämonen vertreibenden Wärme, die seine Umarmung mit sich brachte. Ein Moment absoluter Geborgenheit, den ich in vollen Zügen auskostete. Genau das hatte ich gebraucht. Ruhe, die mir Kraft spendete. Sicherheit, Halt und das untrügliche Gefühl, zuhause zu sein.

# 26

Mühsam hievte ich meinen schmerzenden Körper aus dem Rollstuhl hoch, mit dem mich eine Krankenschwester bis zu Jamies Auto gebracht hatte. Dennoch zierte ein breites Grinsen mein Gesicht. Ich freute mich, den scharfen Krankenhausgeruch und das miefige Stationsbett hinter mir zu lassen.

«Sie sind sicher froh, nach Hause zu gehen», kommentierte die Schwester das Offensichtliche.

«Sie haben ja keine Vorstellung, wie sehr!», seufzte ich und ließ mich auf den Beifahrersitz des rostigen Chevy gleiten, mit dem ich unzählige Erinnerungen von wilden Nächten und intensiven Gesprächen verband, die Jamie und ich geteilt hatten.

«Dann wünsche ich Ihnen eine gute Fahrt und eine zügige Genesung.» Die Krankenschwester winkte mir noch einmal zu, ehe sie mit dem Rollstuhl im Gebäude verschwand.

«Hand aufs Herz, Marley. Wie sehr hast du dich dagegen zur Wehr gesetzt, im Rollstuhl nach draußen geschoben zu werden?», fragte Jamie mit einem wissenden Grinsen im Gesicht.

«Anscheinend genug, dass die Schwester mir eine zügige Genesung gewünscht hat.» Ich zwinkerte ihm frech zu.

«Oje, die Ärmste», stöhnte er mitfühlend und startete den Wagen.

«Hey!» Ich boxte ihm zaghaft in die Seite. Meine Rippen schmerzten immer noch höllisch und ich wollte nichts riskieren. «Dein Mitgefühl sollte sich allein auf mich konzentrieren. Ich bin hier die arme Prinzessin, die sich kaum rühren kann. Die Krankenschwester wird schließlich dafür bezahlt, dass sie ungeduldige Patienten wie mich erträgt.»

«Natürlich, Prinzessin. All mein Mitgefühl wird sich in Zukunft geballt auf Eure Schmerzhaftigkeit konzentrieren und nur auf Euch allein. Wie konnte ich auch nur einen Gedanken an das leidige Fußvolk verlieren. Ich weiß beim besten Willen nicht, was in mich gefahren ist.»

«Schon gut, schon gut», ruderte ich zurück. «Ich geb's ja zu, die hatten es sicher nicht leicht mit mir.»

«Dann wollen wir hoffen, dass es deinen Eltern nicht ebenso ergeht.» Jamie startete den Motor.

Schmerzhaft verzog ich das Gesicht, als das Auto leicht zu ruckeln begann. «Ich werde mich so gut ich kann am Riemen reißen. Versprochen.»

«Halb so wild. Im Zweifelsfall werden sie mich schon anrufen und dann komme ich vorbei und hole dich auf den Boden der Tatsachen zurück, kleine Dramaqueen. Dafür sind beste Freunde schließlich da. Oder nicht?» Trotz der frechen Worte traf mich sein besorgter Blick.

Mit einem Lächeln zeigte ich ihm, dass ich in Ordnung war und er fuhr vorsichtig los. «Dafür und natürlich, um mir eine emotionale Stütze in schweren Zeiten zu sein. Also ein wenig Mitleid und Bemutterung erwarte ich natürlich auch von dir, mein Lieber.»

«Das ist doch selbstverständlich. Ich werde dir liebevoll deine Kissen aufschütteln und dich mit Suppe füttern.» Die Grübchen an seinen Wangen traten hervor, als er mich angrinste.

«Lieber mit M&Ms und Chips», wies ich ihn zurecht.

Einige Zeit später fuhren wir vor dem Haus meiner Eltern vor, die bereits beide in der offenen Tür standen und uns ungeduldig erwarteten. Meine Mutter hüpfte ungewohnt unruhig von einem Fuß auf den anderen und mein Vater strich ihr beruhigend über den Arm.

«Oh, sieh nur!» Ich deutete auf die beiden. «Wie süß, sie warten schon auf uns.»

«Ja, die zwei hätten dich am liebsten selbst abgeholt. Aber ich dachte mir, vielleicht möchtest du noch eine kurze Verschnaufpause zwischen Krankenbett und der uneingeschränkten Fürsorge deiner Eltern.»

«Danke, Jamie. Du kennst mich wirklich in- und auswendig. Wo ist eigentlich Avery?»

Jamie zuckte kurz zusammen, als ich Averys Namen erwähnte.

«Was ist? Schafft er es nicht?»

«Er wird nicht kommen, Marley», erwiderte Jamie nichtssagend.

Ich wandte mich ihm zu und musterte ihn misstrauisch, doch er wich meinem Blick aus. Es wirkte fast so, als hätte er ein schlechtes Gewissen. Was war hier los?

Doch ehe ich genauer nachhaken konnte, wurde bereits die Beifahrertür in überschwänglicher Freude aufgerissen und meine Mutter fiel mir um den Hals.

«Willkommen zuhause, mein Sternchen!» So hatte sie mich seit meiner frühesten Kindheit nicht mehr genannt.

«Dann wollen wir mal», nuschelte Jamie mehr zu sich selbst als zu mir und stieg aus dem Wagen.

«Mama, du zerquetschst mich», stöhnte ich, als meine Mutter die Umarmung nicht auflöste.

«Entschuldige, Schatz», entfuhr es ihr erschrocken und

sie wich augenblicklich zurück. «Ich wollte dir nicht wehtun. Ich bin nur so froh, dass du hier bist. Wie geht es dir? Sind die Schmerzen noch schlimm?» Besorgt flogen ihre Augen über meinen gesamten Körper, als könnte sie durch den weiten Jogginganzug hindurch etwas erkennen, das ihr Aufschluss auf meinen gesundheitlichen Zustand gab.

«Langsam, Karen», mischte sich mein Vater ein. «Du überrumpelst unsere Kleine ja völlig. Lass sie doch erst einmal in Ruhe ankommen.»

«Danke, Dad.» Ich nickte ihm mit vielsagendem Blick zu und er zog meine Mutter zurück an seine Seite, damit ich genug Platz hatte, um auszusteigen.

«Einer muss dich ja vor Mama-Bär beschützen, ehe sie dich mit ihrer Liebe erdrückt», erwiderte er lachend.

Meine Mutter warf ihm einen wenig amüsierten Blick zu. Er lächelte sie zur Antwort lediglich mit einem liebevollen Strahlen in den Augen an und man konnte zusehen, wie der Ärger von ihren Lippen schmolz.

«Ein wenig stürmisch war ich vielleicht schon», räumte sie ein.

«Ein wenig», stimmte ich ihr grinsend zu. «Aber ich freue mich sehr, dass du mich so liebst und dir Sorgen um mich gemacht hast.»

«Natürlich habe ich das. Was wäre ich für eine Mutter, wenn es mich kalt lassen würde, wenn es meinem kleinen Sternchen schlecht geht?»

«Genauso sehe ich das auch. Du bist eine fantastische Mutter, Karen», mischte sich Jamie wieder ins Gespräch. «Vielleicht sollten wir trotzdem erst einmal reingehen und Marley Gelegenheit geben, sich von der Fahrt zu erholen.»

«Da kann ich nur zustimmen.» Mein Vater war bereits auf dem Weg zum Kofferraum, um meine Sachen zu holen. «Meine Kleine sieht nämlich ein wenig blass um die Nase aus.

Vielleicht sollten wir dir ein paar Minuten Ruhe gönnen?»

«Ist schon gut», wehrte ich ab. «Das sind nur die Schmerzmittel und das lange Liegen tut sein Übriges. Mein Kreislauf hat eindeutig schon besser Tage gesehen.»

«Genau deshalb solltest du dich kurz hinlegen. Was meinst du?», schlug Jamie vor. Im nächsten Augenblick stand er schon neben der Beifahrertür und griff sich beherzt meinen kleinen Rucksack, den ich im Fußraum verstaut und mittlerweile völlig vergessen hatte.

«Es schadet sicher nicht», gab ich in widerwilligem Tonfall zur Antwort, denn Jamies Blick ließ keinen Widerspruch zu.

«Das ist mein Mädchen.» Er tätschelte mir freundschaftlich den Arm und führte mich ins Haus meiner Eltern.

«Wir geben euch Bescheid, wenn das Essen fertig ist», rief meine Mutter uns hinterher, als wir in meinem Zimmer verschwanden.

«Das Schlimmste wäre dann schon mal geschafft», stöhnte ich, als ich matt in die Kissen sank.

Jamie blieb ungewohnt still. Ich sah auf und konnte die Gewitterwolke über seinem Kopf nur allzu deutlich sehen.

«Was ist los?»

«Hm?» Er blickte mich unverwandt an.

«Du bist so verschlossen und grüblerisch. Das macht mir irgendwie Angst.»

«Ach so, das ...», stammelte er. «Das ist nichts. Wirklich.»

«Ja, genau.» Ich starrte ihn eindringlich an. «Deswegen schwebt über dir auch diese pechschwarze Wolke, die jeden Moment Blitze auf dich herabregnen lässt. Du kannst mich nicht belügen, Jamie. Das weißt du ganz genau.»

«Okay, ertappt.» Er hob abwehrend beide Hände. «Da ist tatsächlich etwas, das mich beschäftigt», räumte er ein.

«Uuuunnnd?»

«Und ich bin noch nicht bereit, mit dir darüber zu sprechen.»

«Jamie, jetzt machst du mir wirklich Angst.» Unsicher ließ ich meine Augen an ihm auf- und abwandern. «So kenne ich dich gar nicht. Wir haben bisher immer alles miteinander geteilt. Absolut alles.»

«Wirklich?» Hatte ich da gerade einen Funken Wut in seinem Blick aufflackern sehen?

«Natürlich! Du bist mein bester Freund. Du kannst mit mir über alles reden. Hörst du? ALLES.»

«Genau das habe ich bisher auch gedacht», murmelte er gedankenverloren.

«Was heißt bisher?»

«Ich gehe kurz mal nachsehen, ob ich deiner Mutter in der Küche behilflich sein kann», wich er mir aus. «Du weißt ja, dass dein Dad da eher ein Hindernis als eine Hilfe ist. Wir reden später. In Ordnung?»

«Ja, schon gut», lenkte ich ein. Irgendetwas stimmte hier ganz und gar nicht. So hatte ich Jamie noch nie erlebt. «Aber später will ich alles bis ins kleinste Detail hören. Verstanden?»

«Glaub mir, das willst du nicht», raunte er, als er sich durch die Tür verdrückte.

Mit tausend Fragen im Kopf blieb ich auf meinem Bett zurück. Meine Gedanken versuchten verzweifelt zu erfassen, was wohl vorgefallen war. Hatte er finanzielle Probleme? Hatte ich in den letzten Tagen irgendetwas Falsches gesagt oder getan? War mit Dave bereits wieder Schluss? Hatte ich meinem besten Freund mit irgendeiner dummen Aktion das Gefühl gegeben, unsere Freundschaft wäre mir auf einmal weniger wert als zuvor?

Er hatte irgendwie verletzt gewirkt. Sein Blick war so

traurig gewesen, ehe er das Zimmer verlassen hatte. Ich verstand die Welt nicht mehr. Was war zwischen uns passiert und warum hatte ich kein bisschen davon mitbekommen?

«Marley, kommst du?» Mein Vater spähte vorsichtig hinter der Tür hervor.

«Ja, ich bin in einer Minute da.» Vorsichtig schob ich mich vom Bett. Der Schmerz in meiner Seite raubte mir für eine Sekunde den Atem und ich hielt mitten in der Bewegung inne, um die schwarzen Schlieren loszuwerden, die auf einmal durch den Raum zu tanzten.

«Alles in Ordnung?»

«Alles gut. Ich brauche vielleicht doch eher zwei, drei Minuten.»

«Kann ich helfen?»

«Nein, schon gut. Ich schaffe das.»

Langsam glitt ich weiter nach vorn und brachte es schließlich zustande, mich aus eigener Kraft aufzurichten und hinzustellen.

«Meine kleine Amazone», kommentierte mein Vater mit glänzenden Augen. Jede Faser seines Körpers strahlte seinen Stolz auf mich aus. «So tapfer.»

«Danke, Pops. Geh doch schon einmal voraus. Ich bin gleich bei euch.»

# 27

Als ich mich ins Wohnzimmer schleppte, stockte ich überrascht mitten im Schritt. Statt um den Esstisch saß meine Familie in einem Stuhlkreis mitten im Raum und alle starrten mich erwartungsvoll an. Meine Eltern, Jamie und ... Dr. Cardenas. Was machte meine Ärztin hier? Verwirrt glitt mein Blick von einem zum anderen und wieder zurück.

«Bitte setz dich doch, Marley.» Jamie deutete auf den freien Platz zu seiner Linken.

Das Ganze war mir nicht geheuer. Langsam ließ ich mich auf den Stuhl sinken, wobei meine Augen weiterhin argwöhnisch die Blicke der anderen suchten. Das fühlte sich ganz und gar nicht gut an, fast so, als würde ich in eine Falle tappen.

«Sie fragen sich jetzt sicher, was das alles soll», ergriff die Ärztin das Wort und ich nickte zustimmend. «Wir haben uns hier zusammengefunden, weil jeder Einzelne im Raum besorgt ist, Ms. Cedar.»

«Um das alles abzukürzen», ich wedelte nervös mit den Händen, «verspreche ich hoch und heilig und bei allem, was ihr von mir hören wollt, dass ich auf mich aufpassen werde.» Ich wandte mich der Ärztin zu. «Dr. Cardenas, bitte entschuldigen Sie, dass meine überfürsorgliche Familie Sie von Ihrer wichtigen Arbeit ferngehalten hat, nur um mir ins Gewissen zu reden. So schwerwiegend sind meine Verletzungen nun auch wieder nicht. Ich halte mich brav an die Vorgaben bis ich wieder bei Kräften bin, und gebe mir alle Mühe, meine Tollpatschigkeit auf ein gewöhnliches Maß herunterzuschrauben. Einverstanden?»

Ich hörte Jamies Kiefer knirschen und auch die anderen saßen stocksteif auf ihren Plätzen und starrten mich vielsagend an.

«Ich hatte Sie ja bereits vorgewarnt», erklärte Dr. Cardenas den anderen und fuhr dann wieder an mich gewandt fort: «Wir alle machen uns Sorgen um Sie und das weit über Ihre körperliche Verfassung hinaus.» Sie ließ mir eine kurze Pause, damit ich etwas erwidern konnte. Doch mir war nicht danach, sie zu nutzen. Es gefiel mir ganz und gar nicht, in welche Richtung sich dieses Gespräch entwickelte.

Kurz bevor die Ärztin das Wort erneut ergriff, platzte es dann doch aus mir heraus: «Also haltet ihr mich alle für geistig labil? Bin ich jetzt irre oder was?» Ich fühlte mich in die Enge getrieben und die einzige Reaktion, die mir blieb, war der direkte Angriff. «Wenn ihr das so seht, dann sprecht mir doch meine Zurechnungsfähigkeit ab und lasst mich einweisen. Die ärztliche Unterstützung dafür habt ihr ja offenbar schon organisiert.» Ich schnaubte verächtlich und hörte den Stuhl hinter mir zu Boden krachen. Obwohl ich mich nicht erinnern konnte, aufgesprungen zu sein, stand ich nun mitten im Raum.

«Bitte beruhige dich doch, Marley», versuchte Jamie mich zu beschwichtigen. «Wir meinen es doch nur gut.»

Seine Hand strich über meine. Doch ich zuckte vor der Berührung zurück. Er hatte mich verraten. Erst im Krankenhaus und jetzt auch noch bei meinen Eltern. Wie konnte er mir derart in den Rücken fallen, ohne vorher das Gespräch mit mir zu suchen?

Ich hätte ihm alles in Ruhe erklären können, anstatt mich jetzt dieser Hexenjagd ausgeliefert zu sehen. Und warum in Gottes Namen war Avery nicht hier? Er würde mir beistehen, mich unterstützen. Er würde sie anschreien, ob sie eigentlich noch alle Tassen im Schrank hatten, würde mich packen und hier herausholen – und da dämmerte es mir endlich. Er war nicht hier, weil sie es wussten. Sie vermuteten es nicht, sie zogen es nicht in Erwägung. Sie wussten es.

«Marley», meldete sich meine Mutter zu Wort. «Wir sind hier, weil wir dir helfen wollen. Wir alle.»

«Wir sind für dich da», unterstrich Jamie das Gesagte. «Uneingeschränkt und alle gemeinsam.» Wieder griff er nach meiner Hand und ich zog sie weg.

Ich warf ihm einen verächtlichen Blick zu und schnaubte. Wie konnte er mein Vertrauen nur derart missbrauchen? Und woher wusste er überhaupt Bescheid? Ich hatte ihm gegenüber kein Wort über die Probleme mit Avery verloren – zumindest nicht über diese Art von Problemen. Kein einziges Wort.

«Marley, es ist nicht zu übersehen», raunte er mit betroffener Miene. *Konnte er jetzt auch noch Gedanken lesen oder was?*

*Komm, Marley! Denk nach ... Schnell. Du musst etwas finden, das du ihnen vor die Füße werfen kannst. Etwas, das ähnlich schwerwiegend ist und die Unfälle erklärt. Sie können es nicht mit hundertprozentiger Sicherheit wissen. Denk nach!*

Ich hob die Hände, als würde ich mich ergeben und ließ mich auf den Stuhl sinken, den mein Vater in der Zwischenzeit stillschweigend wieder hinter mir aufgestellt hatte.

«Okay, ihr habt ja recht», räumte ich ein. «Ich habe ein Problem und wir müssen darüber sprechen.»

Alle atmeten erleichtert auf. Endlich würde ich mich öffnen, damit sie mir helfen konnten. Zum Glück. Es stand ihnen klar und deutlich ins Gesicht geschrieben.

«Ich habe in letzter Zeit viel zu oft zu tief ins Glas

geschaut. Avery weiß es schon länger und hat deshalb auch immer so aufgebracht reagiert, wenn es um das Thema Alkohol ging. Es ist längst Zeit, etwas dagegen zu tun. Ich bin Alkoholikerin und weiß eure Unterstützung zu schätzen.»

Die selbstgefälligen Gesichter fielen verblüfft in sich zusammen. *Tja, damit habt ihr wohl nicht gerechnet, hm?*

«Marley.» Erneut griff Jamie nach meiner Hand und dieses Mal ließ ich es zu, auch wenn es mir schwerfiel. Seine Finger um meine brannten auf meiner Haut und ich musste die gesamte mir verbliebene Kraft dafür aufwenden, meinen Arm nicht zurückzuziehen. «Das ist nicht das Problem und das weißt du.»

Seine dunkelbraunen Augen fixierten mich und es lag ein Schmerz darin, den ich seit dem Unfall seiner Schwester nicht mehr gesehen hatte. Dieser Ausdruck, die Wärme seiner Hand, die unbändige Sorge, die aus seinem Blick sprach. Das alles zerbrach einen Teil von mir, den ich bis zu diesem Moment geschützt hatte. Tränen stiegen in mir auf und brannten in meinen Augen, ehe sie unkontrolliert über mein Gesicht strömten. Ein lautes, hilfloses Schluchzen entrang sich meiner Kehle und ich sank in die schützenden Arme meines besten Freundes. Ich hasste mich dafür, dass ich die Fassade nicht aufrechterhalten konnte, dass ich zu schwach war, um Avery zu schützen. Doch ich hatte keine Kraft mehr, mich zur Wehr zu setzen.

Zugleich war es, als würde eine schwere Last von meinen Schultern fallen, die mich die letzten Monate niedergedrückt und nahezu unter ihrem Gewicht zermalmt hatte. Es tat so gut, endlich die Angst und den Schmerz loslassen zu können, die Bürde zu teilen. Ich spürte, wie sich die Tür zu meinem selbst errichteten Kerker einen Spaltbreit öffnete und ein wenig Licht hereinließ.

«Wir sind für dich da, Süße», raunte Jamie, der mich fest

an sich drückte und in seinen Armen hielt, während ich in tausend Teile zersprang, die wir nie wieder ganz zusammengesetzt bekommen würden.

Der Schmerz, den seine Hand durch meine Rippen jagte, fühlte sich befreiend und fast schon gut an. Der Bann war gebrochen. Ich war nicht mehr allein mit meiner Finsternis. Um mich herum waren vier Menschen, die alles dafür tun würden, mich wieder hinaus in die Sonne zu führen. Das spürte ich mit jeder Faser meines Seins.

Endlich verstand ich – oder zumindest begann ich zu verstehen.

# 28

«Mit einem erschreckend endgültigen Knall fällt die Tür hinter mir ins Schloss. Ich klammere mich an den Henkel meines Koffers, in den ich hastig meine Sachen gestopft habe.» Ich konnte spüren, wie mir die Tränen über das Gesicht rannen und meine Lider ängstlich flatterten.

«Wollen Sie eine Pause einlegen, Marley?», fragte Dr. Cardenas sanft.

«Nein», erwiderte ich mit fester Stimme. *Ich wollte diesen Abschluss finden. Ich musste es. Dazu gehörte es laut der Ärztin, dass ich mich meinen Ängsten stellte und diese anderen in einer sicheren Umgebung mitzuteilen lernte. Und dieser Traum, der mich Nacht um Nacht quälte, war im Moment meine größte Angst – oder zumindest die Manifestation davon.*

«Dann erzählen Sie weiter», leitete mich Dr. Cardenas an. «Was geschah als Nächstes?»

Ich schloss die Augen erneut und visualisierte meinen Traum. Mit heiserer, brüchiger Stimme fuhr ich fort: «Ich bin schweißgetränkt und weine. Es ist mir unmöglich, den Blick zu heben.»

«Was denken Sie, woran das liegt?»

«Ich bin mir nicht sicher», gab ich zur Antwort. «Einerseits fühle ich mich schlecht und habe das Gefühl, ihn zu verraten, wenn ich gehe. Auf der anderen Seite fürchte ich mich vor einem Leben ohne ihn. Ich habe große Angst, zu versagen.»

«Das ist nur natürlich, Marley. Es wäre fast ein wenig

besorgniserregend, wenn Sie diese Angst nicht verspüren würden. Sie brechen aus einem toxischen Muster aus. Da ist es vollkommen normal, sich unsicher zu fühlen. Wichtig ist, dass Sie sich dieser neuen Situation dennoch stellen, obwohl Sie furchterregend ist.»

«Danke, Dr. Cardenas», erwiderte ich leise. Sie warf mir einen forschen Blick zu und ich korrigierte mich eilig: «Ich meine natürlich Lorena.»

Ein nachsichtiges Lächeln ließ die strenge Falte auf ihrer Stirn schmelzen und sie nickte zustimmend. «Versuchen wir nun einmal gemeinsam zu ergründen, woher diese Angst kommt.»

So weit waren wir noch nie gekommen und ein mulmiges Gefühl schlich sich an die Oberfläche. Bei jedem Treffen mit Dr. Cardenas waren wir Schritt für Schritt tiefer in meinen Traum eingedrungen. Anfangs hatte ich nicht einen Ton herausgebracht, wenn ich mich dorthin zurückversetzte.

«Marley, wir gehen vor wie immer», sie tätschelte bestärkend meine Hand. «Wenn es Ihnen zu viel wird, können wir jederzeit abbrechen oder eine Pause einlegen. Wir müssen nichts erzwingen und Sie haben alle Zeit der Welt.»

«Nein», antwortete ich – diesmal deutlich weniger überzeugt als Minuten zuvor. «Ich will das hinter mir lassen.» Ich ballte die Hände zu Fäusten und atmete tief durch.

«Ich bewundere Ihren Kampfgeist.» Ihre Augen musterten mich einen Moment skeptisch, ehe sie erneut nickte. «Gut. Wovor fürchten Sie sich in Ihrem Traum?»

«Davor, mich nicht zurechtzufinden ohne seine führende Hand. Ich habe Angst, zu scheitern.»

«Hatten Sie Angst davor, etwas Neues zu versuchen?» Sie musterte mich mit gespannter Miene.

«Nein, eigentlich nicht.» Ich ließ die Schultern sinken. «Ich war von Grund auf eine eher neugierige Persönlichkeit, die gern neue Dinge für sich entdeckt.»

«War es da jemals schlimm für Sie, an einem dieser Dinge zu scheitern?»

«Nein», seufzte ich. «Aber da ging es eben auch nur um Bogenschießen, ein neues Strickmuster oder darum, ein Rezept auszuprobieren. Jetzt geht es um meine gesamte Zukunft. Mein Leben.» Ich konnte selbst deutlich hören, wie sich meine Stimme bei den letzten Worten hysterisch überschlug.

«Nein, das geht es nicht», meinte die Ärztin in besonnenem Tonfall. «Es geht lediglich um eine neue Wohnung, einen neuen Job und jeden Tag eine kleine neue Entscheidung. Wenn Sie nicht sofort eine Wohnung finden, können Sie bei Ihren Eltern oder Mister Scott wohnen. Sollten Sie einen neuen Job beginnen und dieser stellt sich als Fehlentscheidung heraus, können Sie sich jederzeit eine andere Beschäftigung suchen.»

«Sie sagen das so leichtfertig», stöhnte ich matt.

«Weil es so ist. Und alle anderen kleinen Entscheidungen, die Sie täglich fällen müssen, sind eben genau nur das: Einzelne kleine Entscheidungen, die in einer Woche schon wieder vergessen und unwichtig geworden sind. Sie können also gar nicht versagen, Marley.»

«Danke», murmelte ich immer noch unsicher. Immerhin hatte ich wieder das Gefühl, etwas freier atmen zu können als gerade eben noch.

«Ich weiß, dass noch jede Menge Arbeit vor uns liegt und es Ihnen im Moment schwerfällt, mir zu glauben», erklärte Lorena mir ruhig. «Aber ich weiß, dass Sie die Kraft und Stärke in sich tragen, das durchzustehen. Sie werden irgendwann auf dieses Gespräch zurückblicken und sich fragen, warum Sie sich so sehr davor gefürchtet haben, Ihr Leben selbst zu bestimmen. Sie werden das Leben wieder genießen lernen. Davon bin ich mit Herz und Seele überzeugt.»

«Danke», erwiderte ich erneut. Sie hatte recht. Im Augenblick war diese Vorstellung für mich vollkommen abwegig und fremd. Doch ich war bereit, an mir zu arbeiten und den nächsten Schritt zu gehen.

# 29

«Stell das sofort wieder hin, Prinzessin!», wies mich Jamie in scharfem Ton zurecht. «Da verstehe ich keinen Spaß.»

«Ach, komm schon.» Ich verdrehte genervt die Augen.

«Stell es ab», befahl er mir, wobei er jedes einzelne Wort betonte und zusätzlich mit einer Geste seines Zeigefingers unterstrich.

«Sicher, dass Rowena gerade nicht ein bisschen mit dir durchgeht?» Ich stemmte eine Hand in die Hüfte. So leicht würde ich mich nicht geschlagen geben. «Du wirkst ein wenig gereizt und ... *herrisch.*»

«Marley ...» Er seufzte vielsagend. «Dr. Cardenas hat gesagt, du sollst nichts Schweres heben, auch wenn es dir schon deutlich besser geht.»

«Du übertreibst», tat ich seinen Einwand ab. «Das klitzekleine Köfferchen ist überhaupt nicht schwer.» Ich streckte meine Hand erneut in Richtung des Koffers aus und umschloss den Griff.

«Liebes ...» Sein Blick sprach Bände. «Ich habe genau gesehen, wie du all deine heißgeliebten Bücher in genau dieses klitzekleine Köfferchen gepackt hast. Jetzt gib schon her, wenn du den heutigen Abend heil erleben willst.»

Ich stöhnte theatralisch. «Also soll ich mich jetzt dekorativ in eine Ecke stellen und dir zusehen, wie du dich zu Tode schleppst? Ist das deine Vorstellung davon, dass du mir beim Einzug *hilfst*?»

«Ja, genauso habe ich mir das vorgestellt», erwiderte Jamie trocken und nahm mir mit liebevoller Strenge den

Koffer aus der Hand. «Ich habe keine Lust, morgen Früh einen Herzinfarkt zu bekommen, weil der Zombie der letzten Wochen an meinem Küchentisch sitzt, wenn ich aufstehe. Liebes, den Anblick habe ich tagsüber und abends schon kaum ertragen. Morgens grusle ich mich zu Tode.»

«Jetzt übertreibst du aber.» Mit einem Schnauben verschränkte ich die Arme vor der Brust.

«Kein bisschen. Du hast ja keine Ahnung, wie furchteinflößend du ausgesehen hast.» Mit vorwurfsvoller Miene starrte er mich an.

«Du tust gerade so, als hättet ihr alle Spiegel aus dem Haus geschafft.» Beleidigt verdrehte ich die Augen.

«Die meisten haben wir zur Sicherheit auf jeden Fall verhüllt. Wir waren zeitweise ohnehin unsicher, ob du noch ein Spiegelbild hast. Außerdem wollten wir das Risiko nicht eingehen, dass deine untoten Freunde kommen und dich holen.» Ein Grinsen schlich sich auf sein müdes Gesicht.

«Ich glaube, im Moment hätte ich es ausnahmsweise lieber mit Rowena als mit dir zu tun», teilte ich schmunzelnd einen kleinen Seitenhieb aus.

Auch an Jamie waren die letzten Wochen nicht spurlos vorübergegangen. Seine Haut hatte einen aschigen Unterton angenommen und die Wangen wirkten fahl und eingefallen. Der spärliche Lichteinfall im Treppenhaus hob die kantigen Wangen noch hervor. Die Sorge um mich hatte ihn einiges gekostet und ich würde mein Bestes geben, ihm einen Teil der Bürde wieder von den Schultern zu nehmen. Ich wollte ihm zeigen, wie viel besser es mir bereits ging und dass ich immer noch die Gleiche war – auch wenn das bei genauer Betrachtung in keiner Weise der Wahrheit entsprach.

Über die letzten Jahre hatte ich mich verändert und ich würde kämpfen müssen, um zumindest einen Teil der Person zurückzuerlangen, die ich einmal gewesen war. Doch das wäre nicht Jamies Problem – nicht, wenn ich es verhindern könnte.

«Oh, das glaube ich nicht, Marles. Sie würde augenblicklich ihr riesiges Makeup-Kästchen öffnen und dich in eine Drag Queen par excellence verwandeln.»

«Nicht gerade mein schlimmster Albtraum.» Ich zuckte unbeeindruckt die Schultern.

«Gib mir ein paar Minuten, wenn du wirklich glaubst, mit ihren messerscharfen Sticheleien besser umgehen zu können als mit deinem besorgten besten Freund, der dich lediglich ein wenig verhätscheln will.»

«Nein, nein», ich wedelte abwehrend mit den Händen vor meinem Körper umher. «Schon gut. Ich hab's kapiert. Mit Rowena kann ich es im Moment vermutlich noch nicht aufnehmen.» Ich schlurfte an den Rand des Treppenabsatzes. «Ist es hier gut?»

«Wofür?»

«Zum dekorativ Herumstehen und Nichtstun, natürlich.»

«Du kannst deinen Laptop hochtragen, wenn es dir hilft», räumte er ein.

Kaum hatte er die Worte zu Ende gesprochen, eilte ich auch schon an ihm vorbei und packte mir den Laptop. Das Risiko, dass ihm ein Grund einfiel, warum ich meinen geliebten Computer nicht nach oben tragen könnte, war gefährlich hoch.

«Aber mach langsam!», rief er mir mahnend hinterher. «Ich will dich nicht schon wieder zusammenflicken lassen, weil du die Treppe herunterfällst in deinem Übermut.»

«Ich muss mich doch beeilen, ehe du es dir anders überlegst», rechtfertigte ich mich. «Nicht, dass die lebensgefährliche Strahlung des Laptops meine Organe schädigt oder so.»

«Jetzt, wo du es sagst ...» Er fuhr sich über seinen

Bartschatten, als würde er ernsthaft darüber nachdenken.

«Jamie!»

«Ist ja gut. Wir finden schon ein paar Sachen, die du selbst nach oben tragen kannst. Ich bin übrigens sehr stolz darauf, dass du diese Entscheidung getroffen hast.»

«Das wollte ich hören, bester Freund.» Nach einer kurzen Pause fügte ich etwas leiser hinzu: «Und danke.»

Er nickte wissend und wechselte das Thema: «Außerdem müssen wir dein Zimmer ausstatten. Du könntest also auch deinen heißgeliebten Laptop starten, wenn wir oben sind, und schon mal ein paar Sachen in den Warenkorb packen. Du sollst dich bei mir zuhause fühlen und nicht wie ein Gast, der nächste Woche wieder weg ist.»

«Das kann ich mir nicht leisten», gab ich zu. Mein Blick wanderte verlegen über die Stufen.

«Dafür ist schon gesorgt», erwiderte er leichthin.

«Das kann ich nicht annehmen.» Mein Kopf zuckte zu ihm herum und ich sah ihn aus weit aufgerissenen Augen an.

«Deine Eltern steuern auch was bei. Keine Sorge, ich stürze mich schon nicht in den Bankrott.» Lässig lehnte er sich an das Eisengeländer, das die Treppe säumte.

«Trotzdem ... So lange werde ich ja hoffentlich nicht bei dir wohnen. Und dann?» Ich hob die freie Hand und ließ sie fragend in der Luft verharren.

«Dann nimmst du die Sachen mit in deine neue Wohnung. Was sonst?» Er zuckte mit den Schultern, als wäre das keine große Sache.

«Das fühlt sich trotzdem nicht richtig an. Ich kann mich doch nicht von dir und meinen Eltern durchfüttern lassen, nur weil ich so bescheuert war, in einem schwachen Moment meinen Job hinzuschmeißen.» Mir fiel fast der Laptop aus der Hand, als ich wild vor seinem Gesicht gestikulierte.

«Ah, ah, ah!» Mit erhobenem Zeigefinger wedelte er vor

meiner Nase. «Das war eine der besten Entscheidungen, die du in den letzten Monaten getroffen hast, Marles. Tu jetzt nicht so, als wäre das ein Fehler gewesen. Das erträgt mein zartes Herz im Moment nicht.» Theatralisch fasste er sich an die Brust und setzte eine leidende Miene auf.

«Ohne etwas Neues oder einen Plan zu haben, wie ich mich bis dahin finanziell über Wasser halten soll, ist es aber auch nicht gerade besonders clever gewesen. Das musst du zugeben.»

Er stellte den Koffer ab und zog mich in seine Arme. Ich gab mir alle Mühe, den Schmerz in meinen Rippen zu ignorieren, den er und vor allem der harte Laptop dabei auslösten. Denn es tat unendlich gut, wie er mich fest an sich presste.

«Wir sind für dich da», wisperte er an meinem Ohr. «Immer und bedingungslos.»

«Ich weiß», brachte ich gerade so hervor. Seine Reaktion berührte mich so tief, dass es mir die Kehle zuschnürte.

«Du musstest da raus», sagte er mit fester Stimme.

Ich war mir nicht ganz sicher, ob er gerade von meinem frustrierenden Job oder der Sache mit Avery sprach. Also nickte ich lediglich stumm. Im Zweifelsfall war es auch egal. Bei beidem traf er den Nagel auf den Kopf mit seinen Worten.

«Du wirst schon sehen, dass du schneller wieder auf den Beinen bist, als du schauen kannst. Wenn du willst, habe ich auch bereits ein paar Kontakte, bei denen ich mich einmal umhören kann.»

«Danke, aber das will ich schon selbst schaffen.»

«Sicher?» Er musterte mich eindringlich. «Es sind echt tolle Angebote dabei, denke ich.»

«Ja, ganz sicher. Ich will es aus eigener Kraft schaffen. Im Moment ist das sehr wichtig für mich. Verstehst du das?»

«Verstanden.» Er nickte. «Aber gib Bescheid, falls du

deine Meinung änderst. Es ist keine Schande, Vitamin B zu nutzen, wenn es um die Karriere geht.»

«Das weiß ich.»

«Gut. Schaffst du die letzten Stufen noch? Oder soll ich dich tragen, meine Hübsche?»

Er gab mir einen leichten Klaps auf den Hintern und zwinkerte mir frech zu. Am liebsten wäre ich ihm erneut um den Hals gefallen für dieses kleine Stück unkomplizierte Normalität. Stattdessen lief ich los und warf ihm über die Schulter lediglich ein kurzes «schon unterwegs» zu.

Es war die richtige Entscheidung gewesen, für die nächste Zeit zu Jamie zu ziehen. Er würde mich atmen und in meinem Tempo wieder auf die Beine kommen lassen. Vor ihm müsste ich mich nicht verstellen. Er würde verstehen, wenn ich ihm gegenüber harsch oder abweisend wäre, weil mir alles über den Kopf wuchs, und vor allem wäre er dann dennoch für mich da. Mein Auffangnetz unter dem Hochseilakt, den ich zu bestehen hatte. Es würde mit Sicherheit alles andere als leicht werden, wieder die starke, selbstbewusste Frau in mir zu finden und ihr nach und nach wieder zu vertrauen. Doch Jamie wäre an meiner Seite, wenn ich stolperte und fiel. Er würde mich zurückhalten, wenn ich in alte Muster zu verfallen drohte und mich meine eigene Unsicherheit wieder zu Avery trieb.

Jamie wäre für mich da, wie ich es für ihn war, als Chloe damals dem Unfall zum Opfer fiel, der ihrer beider Welt komplett auf den Kopf gestellt hatte. Seine Arme würden mir Stütze und Rückhalt sein, sein Lächeln meine Sonne in dunklen Stunden und seine Stimme würden mir den Kopf wieder zurechtrücken, wenn ich den Mut verlor. Gemeinsam bekamen wir mich wieder hin. Zusammen ließen wir einen Schritt nach dem anderen hinter uns auf dem Weg in meine Unabhängigkeit.

So beunruhigend und einschüchternd meine Situation auch war, tat es unendlich gut zu wissen, dass ich eine Chance hatte, von vorn zu beginnen. Meine Karriere, meine Beziehung, mein Leben – das alles war nun eine unbeschriebene Seite, die es zu füllen galt. Wir hatten ein neues Kapitel aufgeschlagen und ich war frei, es mit den Dingen zu füllen, die mir – und mir allein – wichtig waren.

Dieses Mal würde ich mir selbst treu sein und mich nicht mehr verbiegen und zerbrechen lassen. Ich würde ich selbst sein, ohne ständig diese Stimme in meinem Hinterkopf zu hören, die mir einredete, ich sei nicht genug, schwach oder wertlos. Das alles lag nun hinter mir und auch, wenn mir bewusst war, dass die nächste Zeit kein Zuckerschlecken sein würde, so freute ich mich darauf, mich selbst kennenzulernen und mir endlich gerecht zu werden.

# 30

Angetrieben von dem Wandel in meinem Leben begann ich gleich am nächsten Morgen damit, das Internet nach Vollzeitanstellungen zu durchforsten und mich eifrig auf diese zu bewerben. Bis zum Mittag hatte ich bereits über zwanzig Mal meine Unterlagen an potentielle Arbeitgeber versandt und war noch längst nicht fertig mit der von mir angelegten Liste.

Mein Handydisplay leuchtete neben der Laptoptastatur auf. Es war eine Nachricht von Jamie.

> *J: Na, wie läuft der erste Tag im neuen Zuhause? xo*

Eilig tippte ich eine Antwort.

> *M: Danke, alles gut. Ich bin fleißig am Bewerben und habe gerade erst bemerkt, dass es bereits Mittag ist.*

> *J: Klingt fantastisch, Süße! Im Kühlschrank sollten ausreichend Lebensmittel sein, um dein Mittag-essen zu sichern. Melde dich, wenn du etwas brauchst. Hab dich lieb. Bis später.*

> *M: Keine Sorge, ich verhungere schon nicht. Bis heute Abend. Hab dich auch lieb.*

> *J: Gut, wollte nur sichergehen. Gern stelle ich auch Kontakt zu einigen Bekannten her, deren Firmen momentan auf der Suche nach neuen*

*Mitarbeitern sind. Sag nur ein Wort und sie stehen Schlange bei dir.*

Ich verdrehte die Augen, musste aber lächeln. Er konnte es nicht lassen.

*M: Danke. Aber ich habe auch gute Stellenausschreibungen gefunden und komme kaum hinterher. Sollte also kein Problem sein. Trotzdem danke.*

*J: Glaub mir, jeder meiner Bekannten könnte sich mehr als glücklich schätzen, dich im Team zu haben. Ich würde also eher denen einen Gefallen tun als dir. Gib einfach Bescheid, falls du es dir anders überlegst.*

*M: Klar, mach ich.*

*J: Ich muss dann wieder an den Schreibtisch. Heute Abend will ich aber alles über die potentiellen Stellen wissen. xo*

*M: Dann noch frohes Schaffen und bis später. Ich bereite eine Powerpoint-Präsentation für dich vor, um deine Neugier umfangreich zu befriedigen.*

*J: Du kennst mich zu gut ;-D Bitte lass viele Bilder von gutaussehenden Single-Männern einfließen.*

Mit einem Lächeln legte ich das Handy wieder auf die Seite. Nur noch ein, zwei Bewerbungen und dann würde ich mich auf Nahrungssuche begeben. Mein Magen knurrte schon beleidigt, da ich das Frühstück übersprungen hatte und es mittlerweile bereits nach dreizehn Uhr war. Doch ich war gerade richtig im Bewerbungsfieber. Meine Hände flogen über die Tastatur und ich schrieb mich mehr und mehr in eine Art Flow mit jedem neuen Anschreiben, das ich auf die Gegebenheiten und Anforderungen des potentiellen Arbeitgebers zuschnitt. Eine Stellenanzeige klang verlockender als die andere und das Gefühl von Stärke und Unabhängigkeit durchflutete mich mit jedem getippten Buchstaben ein Stückchen mehr.

Als ich das nächste Mal einen verstohlenen Blick auf die Uhr warf, war es bereits halb vier am Nachmittag und das Loch in meinem Bauch meldete sich erneut zu Wort.

«Na gut», sagte ich zu mir selbst, als ich die Hände von der Tastatur nahm. «Dann wollen wir einmal sehen, was im Hotel Jamie heute auf der Speisekarte steht.»

Ich schlurfte in meinen heißgeliebten Tigerpranken-Hausschuhen zum Kühlschrank hinüber, öffnete die schwere Tür im Edelstahllook und sah hinein. Jamie hatte nicht übertrieben. Der Kühlschrank war randvoll mit frischen Lebensmitteln. Ich schnappte mir ein paar kleine Snacks, die ich problemlos nebenher essen konnte, und setzte mich zurück an den Laptop.

Mein Bewerbungswahn schlug zwei Fliegen mit einer Klappe und deshalb hatte ich Angst davor, ihn länger als unbedingt nötig zu unterbrechen. Einerseits fühlte ich mich deutlich selbstbewusster und stärker dabei, denn es gab mir die Illusion von Kontrolle über mein Leben, dass ich etwas tun konnte, um mich wieder in geregelte Bahnen zu lenken. Andererseits hatte ich so keine Gelegenheit über die größte und aktuellste Veränderung in meinem Leben nachzudenken und ließ mir keinen Raum für Zweifel an meiner Entscheidung, Avery den Rücken zuzukehren und mich auf mich und das, was ich wollte, zu konzentrieren. Solange ich wild auf die Tasten einschlug und mir meinen künftigen Lebensweg ebnete, konnte ich mich nicht selbst verunsichern und meine Entscheidungen in Frage stellen. Ich könnte mir keine Vorwürfe machen, dass ich ihn einfach so überrumpelt hatte, in einer Nacht- und Nebelaktion ausgezogen war, ohne ihm die Chance zu geben, sich zu rechtfertigen oder mich erneut für sich zu gewinnen.

Es war feige von mir gewesen, mich nicht persönlich von ihm zu trennen und lediglich einen Brief zu hinterlassen, in dem ich ihm erklärte, dass ich so nicht mehr weiter machen konnte, dass ich ihn zwar immer noch liebte, aber ihn auch ebenso sehr fürchtete. Dass ich Angst hatte, weiter mit ihm zusammenzuleben, und nun an mich denken musste. Dass es mir leidtat, aber ich keinen anderen Weg sah, als ihn hinter mir zu lassen.

Mitten im Satz hielt ich inne. Sollte ich ihn anrufen? Vielleicht fanden wir am Telefon gemeinsam eine Lösung für unsere Situation – oder ich könnte ihm so zumindest Gelegenheit geben, seine Sichtweise darzulegen. Schließlich hatte ich ihm keine Möglichkeit gelassen, mich zu kontaktieren.

Auf sämtlichen Social-Media-Kanälen hatte ich ihn vorerst auf Anraten von Dr. Cardenas blockiert, genau wie auf meinem Telefon. Jamie hatte mir zur Sicherheit sogar eine neue Handynummer besorgt. Denn er sorgte sich, dass Avery ansonsten von irgendeiner unbekannten Nummer aus Kontakt aufnahm.

Auf der anderen Seite: War ich denn schon bereit, Averys Sichtweise zu hören? Könnte ich sie denn ertragen? Ich war mir nicht einmal sicher, ob ich im Moment damit zurechtkäme, allein seine Stimme zu hören. Außerdem hatte ich es Jamie hoch und heilig versprochen, dass ich nicht wieder einknicken und zurückgehen würde. Dazu gehörte auch, dass ich erst einmal lernte, wieder auf eigenen Beinen zu stehen, ehe ich mich Averys Gedanken und

Anschuldigungen auslieferte.

Es wäre nicht fair, dieses Versprechen Jamie gegenüber zu brechen. Ich würde ihn damit hintergehen und all seine Mühen zunichtemachen, die er für mich auf sich genommen hatte. Nein, ich würde stark bleiben und Avery nicht anrufen. Auf gar keinen Fall. Das war ich meinem besten Freund schuldig. Ich könnte mich in ein paar Wochen immer noch erklären, sofern ich es dann noch wollte.

Das Aufpoppen neuer E-Mails in meinem Posteingang riss mich aus meinen Gedanken. *Perfekt! Etwas, mit dem ich mich ablenken konnte.*

Gespannt öffnete ich die erste Nachricht. Eine automatisierte Mail, die mir mitteilte, dass meine Bewerbungs-unterlagen erfolgreich übermittelt wurden und es einige Zeit in Anspruch nahm, bis sie von der entsprechenden Abteilung eingehend geprüft wurden.

Ich klickte die nächste E-Mail an. Das gleiche Gebrabbel – sowie auch die nächste und die danach und die danach. Es war natürlich nicht besonders realistisch, dass sich augenblicklich jemand bei mir meldete, weil er nur auf meine Bewerbung gewartet hatte. Dennoch frustrierte mich jede einzelne dieser Rückmeldungen. Nichtsdestotrotz musste ich mich in Geduld üben. Früher oder später würden sich mit Sicherheit einige Personalbeauftragte melden und mir mitteilen, dass sie mich kennenlernen wollten.

Meine jetzt schon bis zum Zerreißen gespannten Nerven würde es allerdings ungemein beruhigen, zumindest ein Gespräch in Aussicht zu haben. Eine winzige Einladung wäre Balsam für meine Seele.

«Ich bin wieder zuhause», hörte ich Jamies Stimme im Flur.

War es wirklich schon so spät? Mein Blick zuckte zur Uhr, die 18:30 Uhr anzeigte. Bevor ich antworten konnte, betrat mein bester Freund das Wohnzimmer.

«Wie war dein Tag, Marles?»

«Aktionsreich», antwortete ich knapp.

«Und wo ist die Powerpoint-Präsentation, die du mir versprochen hast? Von mir aus können wir gleich loslegen. So ein paar leckere Managementkerle wären genau das Richtige für meine müden Augen.»

«Die habe ich leider nicht mehr vorbereiten können bei all den Bewerbungen, die ich auf den Weg gebracht habe. Tut mir leid, du wirst wohl ohne sexy Bildchen auskommen müssen.»

«Was?» Er vollführte eine theatralische Geste, die offenbar seiner Enttäuschung Ausdruck verleihen sollte. «Was ist denn das bitte für eine Arbeitsmoral? Mit der Einstellung wirst du nie einen neuen Job finden.»

«Ach, im Beamtentum soll es Jobs geben, bei denen man nicht über meine aktuelle Belastungsgrenze kommt», spielte ich den Ball mit einem Zwinkern zurück.

«Ja, da verdient man angeblich auch ziemlich gut, habe ich gehört», gab er todernst zur Antwort. Doch wenig später brach sein Pokerface in sich zusammen. «Jetzt im Ernst. Wo hast du dich denn so beworben? Ich platze vor Neugier.»

«Das erzähle ich dir gern haarklein.» Ich legte eine kurze Pause ein, in der er sich gespannt ein wenig nach vorn beugte. «Sobald wir uns um das Abendessen gekümmert haben.»

«Alles klar. Ich bestelle uns schnell was und dann spannst du mich nicht weiter auf die Folter.»

«Das klingt fair.»

Jamie tippte wild auf sein Handy ein. Offenbar platzte er tatsächlich beinahe vor Neugier.

# 31

Der nächste Monat raste nur so an mir vorbei. Ich brachte meinen LinkedIn-Account auf einen vorzeigbaren Stand, stürzte mich täglich in meine Bewerbungen und recherchierte neue potentielle Arbeitgeber. Bei den Anschreiben gab ich mir alle Mühe, möglichst deutlich zu zeigen, wer ich war, ohne zu viel von mir preiszugeben und damit die eine oder andere Firma abzuschrecken.

Die Stunden, Tage, Wochen zogen an mir vorüber und der Umstand, dass ich mich so auf meine berufliche Zukunft fokussierte, machte es mir um einiges leichter, Avery mehr und mehr hinter mir zu lassen. Es hatte etwas Befreiendes, mich endlich auf mich selbst und meine Bedürfnisse zu konzentrieren. Ich fühlte mich unglaublich motiviert und trieb mich immer weiter durch die intensive Bewerbungsphase. Mittlerweile hatten die ersten Kennenlerntermine stattgefunden und ich wartete gespannt auf eine Einladung zu einem ausführlicheren Zweitgespräch.

Natürlich hatte es auch so manche direkte Absage gegeben. Doch das war vollkommen normal und im Grunde war ich sogar ein wenig froh darüber, dass ein paar der Firmen mich ihrerseits aussiebten. Meist wunderte ich mich im Nachhinein, wenn ich die Stellenausschreibung noch einmal überflog, warum ich mich überhaupt dort beworben hatte. Auch einige meiner Favoriten sagten ab, aber es waren noch mehr als genug Pferdchen im Rennen.

Das Aufleuchten meines Handydisplays erregte meine Aufmerksamkeit. Vielleicht wieder eine Anfrage zu einem

Bewerbungsgespräch? Oder Jamie, der sich erkundigte, ob ich auch brav daran dachte, etwas zu essen?

Als ich den Namen auf der Anzeige erkannte, hielt ich mitten in der Bewegung inne. Lianne. Ich zögerte einen Moment, zwang mich schließlich aber dazu, den Anruf anzunehmen.

«Lianne, was für eine Überraschung», flötete ich in den Lautsprecher. Selbst in meinen Ohren klang ich nicht gerade überzeugend.

«Marley, ich kann nicht fassen, was ich gehört habe», legte sie direkt ohne Smalltalk oder Intro los. «Ein Bekannter hat mir erzählt, du hättest dich von Avery getrennt. Als ob du so dumm wärst, diesen Traummann zu verlassen. Hast du eine Ahnung, wie dieser Vollpfosten darauf kommt, so etwas über euch herumzuerzählen?»

Endlich holte sie einen Augenblick lang Luft und ich kam zu Wort. «Ja, also ich weiß ja nicht, wer genau dir das erzählt hat, aber ...»

«Wusste ich es doch, dass da absolut nichts dran ist», fiel sie mir ins Wort. «Das wäre auch zu lächerlich gewesen. Als ob eine Frau wie du – nimm es mir nicht übel – einen Mann wie Avery in die Wüste schickt. Albern, absolut albern.»

«Na ja, ehrlich gesagt ...»

«Ist alles in Ordnung?», unterbrach sie mich. Die plötzliche Sorge in ihrer Stimme klang unehrlich und aufgesetzt. «Gibt es etwa Ärger im Paradies? Du weißt, dass du mir alles erzählen kannst, Marley. Dafür sind Freundinnen schließlich da. Ich habe immer ein offenes Ohr für dich.»

«Sofern ich mal zu Wort komme.» Mist! Hatte ich das wirklich laut ausgesprochen? Ich und mein vorlautes Plappermaul.

Lianne stockte kurz. Doch schon wenige Wimpernschläge später fing sie sich wieder und fuhr fort: «Jetzt erzähl schon,

Marley. Lass dir doch nicht alles aus der Nase ziehen! Was ist los?»

«Avery und ich haben uns tatsächlich getrennt.»

«Was?» Auch ihr Erstaunen klang unnatürlich und überzogen. «Hat er dich etwa sitzen gelassen, Liebes? Hat er dir das Herz gebrochen? Soll ich dich auf ein paar Drinks abholen? Oder wir machen einen Filmabend mit Eiscreme und Prosecco. Worauf hättest du Lust?»

«Eigentlich habe ich mich von ihm getrennt», stellte ich richtig.

«Du musst jetzt nicht die Starke spielen, Marley. Wir wissen beide, dass du nicht ganz in Averys Liga spielst und es nur eine Frage der Zeit war, ehe er dich für eine andere fallen lässt. Hat er denn eine Neue? War es das?»

Ich konnte ihre Anspannung förmlich durch die Leitung spüren. Deshalb hatte sie also angerufen. Nicht, um mir eine gute Freundin zu sein, sondern lediglich, um aus erster Hand zu erfahren, ob Avery wieder auf dem Markt war. Wow! War sie schon immer eine derart falsche Schlange und miserable Freundin gewesen?

«Lianne, hör mal genau zu», fuhr ich sie an. Meine Geduld war am Ende. «Ich habe mich von Avery getrennt, nicht andersherum. Er hat mich nicht besonders gut behandelt und ich habe gemerkt, dass ich mich selbst in unserer Beziehung erst vernachlässigt, dann aufgegeben und am Ende völlig verloren habe. Ich habe keine Ahnung, ob er jetzt Single ist oder sich bereits mit einer anderen tröstet. Aber ich rate dir davon ab, dich ihm an den Hals zu werfen. Er ist kein guter Mann.» Nur weil sie mir keine gute Freundin war, hieß das nicht, dass es umgekehrt genauso sein musste.

«Schon klar, dass du jetzt auf den ungeschriebenen Kodex verweist. Aber weißt du, eigentlich hatte ich vor dir bereits ein Auge auf ihn geworfen und, wäre ich nachtragend, würde ich sagen, du hast ihn mir vor der Nase weggeschnappt. Also hast du kein Recht mir vorzuschreiben, ob ich ihn mir angeln darf oder nicht.»

Ich verdrehte genervt die Augen. Sie hatte mich doch damals genötigt, zu dem Date mit ihm zu gehen. Außerdem hatte sie zu der Zeit einen festen Freund gehabt. «Lianne, du hörst nicht zu. Ich hatte meine Gründe, ihn hinter mir zu lassen, und keine Frau sollte sich auf einen wie ihn einlassen.»

«Ach, nur weil er dich betrogen hat, heißt das nicht, dass er das bei mir auch tun würde. Immerhin habe ich Klasse und bin der feuchte Traum eines jeden Mannes. Ich wüsste nicht, was ihm fehlen könnte, wenn er mit mir zusammen wäre. Da muss er sich nicht notgedrungen auf der Straße umsehen.»

«Was soll das denn heißen?», fauchte ich ins Telefon.

«Manchmal bist du ein wenig ... prüde.» Ich traute meinen Ohren kaum. «Und rein körperlich hast du ja auch einige Baustellen. Vermutlich hat er im Bett das Licht ausgemacht, um seiner Fantasie freien Lauf zu lassen.»

*Hatte sie gerade gesagt, dass ich fett und hässlich war? Allen Ernstes? Wie hatte ich nur jemals denken können, sie wäre meine Freundin? Diese Frau war ein knallhartes Miststück.*

«Mach doch, was du willst», knurrte ich in den Lautsprecher, ehe ich auflegte. Unfassbar! Was hatte ich nur verbrochen, dass diese Frau sich als meine Freundin bezeichnen durfte?

Was ich jetzt brauchte, war eine gute Nachricht. Vor allem musste ich meinen Fokus verlagern, ehe ich noch einen Herzanfall erlitt wegen dieser falschen Ziege. Also öffnete ich die nächste E-Mail in meinem Posteingang.

*Sehr geehrte Ms. Cedar,*

*vielen Dank für das entgegengebrachte Interesse und Vertrauen …*

*Eindeutig nicht die richtige Art von Ablenkung. Also klickte ich auf die nächste Nachricht. Eine weitere Absage. Dieses Mal allerdings für ein Bewerbungsgespräch nächste Woche, da die Stelle bereits besetzt wurde. Verdammt! Die Firma stand auf Platz drei der Liste in meinem Kopf. Das saß.*

Vielleicht sollte ich mir einen Snack gönnen. Mit einem frustrierten Stöhnen erhob ich mich und ging zum Kühlschrank. Den Rohkostteller, den ich bereits vorbereitet hatte, ließ ich links liegen und schnappte mir stattdessen eine Packung Chips von der Anrichte. Dann öffnete ich nochmals die Edelstahltür des Kühlschranks und zog eine Flasche Rosé heraus. *Den brauchte ich jetzt, verdammt nochmal! Völlig egal, ob es gerade einmal Mittag war oder nicht.*

Mein Handy klingelte erneut. Ich warf einen kurzen Blick auf das Display und beschloss, den Anruf zu ignorieren. Im Moment war mir ganz und gar nicht danach, zu telefonieren.

Stattdessen stopfte ich mir ein paar Chips in den Mund und öffnete den Wein, um mit einem tiefen Schluck direkt aus der Flasche nachzuspülen. Auf eine Freundin wie Lianne konnte ich getrost verzichten. Sie war es schließlich gewesen, die mich wieder und wieder als empfindlich abgetan und mich immer weiter in die toxische Beziehung mit Avery hineingeredet hatte.

Hätte sie mir doch nur ab und an ein unvoreingenommenes Ohr geliehen, hätte sie erkannt, was hinter den

Kulissen vor sich ging. Dann wäre sie es gewesen, die mich aus dieser Hölle gerettet hat. Es wäre an ihr gewesen, mir ins Gewissen zu reden und mir die richtigen Fragen zu stellen, ehe es zu spät war. Hätten Jamie, eine mir völlig fremde Ärztin und meine Eltern mich nicht zu meinem Glück gezwungen, wäre ich vielleicht nicht mehr am Leben.

Mit einem weiteren tiefen Schluck Wein spülte ich die Tränen hinunter, die meine Kehle schmerzhaft eng werden ließen. Sollte sich Lianne doch ins Unglück stürzen, wenn sie dazu bereit war, unsere Freundschaft mit Füßen zu treten. Vermutlich wäre es für mich sowieso am besten, mich von ihr zu distanzieren. Sie war mir nie eine wahre Freundin gewesen. Ganz im Gegenteil, zumeist hatte ich das Gefühl, dass sie mich nur an ihrem Tisch tolerierte, weil sie sich selbst neben all meinen Unzulänglichkeiten besser fühlte. Das war keine Freundschaft – nicht in meinen Augen. *Warum nur hatte ich das nicht schon viel früher erkannt?*

# 32

Müde ließ ich den Kopf in meine Hände fallen und meine aufgestützten Ellenbogen rutschten unter dem Gewicht auf der Tischplatte ein kleines Stückchen nach vorn.

«Alles in Ordnung, Marles?», erkundigte sich Jamie besorgt. Seine warme Hand berührte mich an der Schulter und spendete mir ein wenig Trost.

«War einfach nicht mein Tag heute», murmelte ich undeutlich.

«Was ist passiert?» Der Druck seiner Hand verstärkte sich um eine winzige Idee. Meine Worte hatten ihn hellhörig werden lassen.

«Nichts im Besonderen», seufzte ich. «Es ist mehr ein allgemeiner Weltschmerz.»

«Okay.» Seine Hand glitt von meiner Schulter und hinterließ eine seltsam leere, kalte Stelle.

Erst jetzt wurde mir klar, wie sehr ich ein wenig Zuspruch und Unterstützung von meinem besten Freund benötigte. Doch ich hörte, wie sich seine Schritte in Richtung Küche entfernten. Da hatte aber jemand schnell die Flinte ins Korn geworfen. Enttäuscht gab ich mich wieder meinen frustrierten, von Selbstmitleid durchtränkten Gedanken hin.

«Fühlt sich dein Weltschmerz mehr nach Wein oder Eiscreme an?», hörte ich Jamie kurz darauf aus der Küche rufen.

«Du Mistkerl!», entfuhr es mir.

«Also Prosecco?»

«Ich dachte, du bist bereits zum nächsten Tagesordnungspunkt übergegangen.»

«Der da wäre?»

«Abendessen.»

«Niemals!» Er kam mit zwei Bechern Eiscreme und einer Flasche Sangria zurück ins Wohnzimmer. «Du hast von Weltschmerz gesprochen und noch nicht einmal den Blick angehoben. Da war mir sofort klar, dass wir härtere Geschütze als eine freundschaftliche Schulter zum Ausweinen benötigen.» Er zauberte einen Löffel aus seiner Hosentasche hervor und legte ihn vor mir auf den Tisch. «Und jetzt will ich alles, absolut *alles* hören, was du loswerden möchtest.»

Ich ließ die Hände sinken und sah ihn an. «Sicher, dass du das verkraften kannst? Könnte eine lange Litanei an selbstmitleidigen, weinerlichen Gedanken werden.»

«Süße, ich bin bereit, wenn du es bist.» Er holte einen weiteren Löffel hervor und schnappte sich einen der Eisbecher. «Und meine beiden Freunde Ben und Jerry sind auch schon mehr als gespannt.» Er deutete auf den Becher Ben&Jerry's Eis vor mir.

«Uuhhh, Chunky Monkey! Meine Lieblingssorte!»

«Für dich nur das Beste, Prinzessin», kommentierte er meinen freudigen Kiekser. «Und jetzt hör auf, weiter Vorwände zu suchen, mir doch nichts erzählen zu müssen. Ich bin wahnsinnig gespannt, was dir auf der Seele lastet.»

«Du bist der Beste!»

Er grinste schelmisch. «Ich weiß – und jetzt los!»

«Es ist nichts wahnsinnig Spannendes vorgefallen oder so», begann ich und strich mir eine vorwitzige Haarsträhne aus dem Gesicht. «Ich habe nur schon wieder einige Absagen erhalten und fühle mich irgendwie nicht so toll damit.»

«Waren denn Stellen dabei, für die du wirklich gebrannt hast?» Er ließ den Löffel sinken und starrte mich erwartungsvoll an.

«Das weiß ich nicht so genau», gab ich zu. «Nachdem es die fünfte Absage in Folge gehagelt hat, fehlt mir einfach die Kraft, die Stellenausschreibungen noch einmal genauer anzusehen.»

«Das verstehe ich. Aber war eine Firma dabei, die du im Kopf behalten hast? Wenn die Anzeige das Herz höherschlagen lässt, merkt man sich ja oft die Firma, die dahintersteckt.»

«Nein, nicht dass ich wüsste. Aber ich habe mich auch auf so viele Stellen beworben, da ist es schwer, im Kopf auch nur einen groben Überblick zu behalten.» Ich steckte meinen Löffel mit einem schweren Seufzen in die Eiscreme und stopfte mir eine riesige Ladung davon in den Mund.

«Wein auch?»

Ich nickte, während ich mit dem Hirnfrost kämpfte, der sich schmerzhaft durch meine Schläfen zog. Bei der nächsten Portion würde ich vielleicht etwas weniger auf meinen Löffel laden.

Jamie hatte die Sangria bereits geöffnet und holte zwei Gläser aus der Vitrine hinter ihm. Das Glucksen, als er uns beiden einschenkte, hatte etwas Beruhigendes an sich.

«Ich kann mir vorstellen, wie frustrierend das sein muss, Marley. Aber sieh es mal so: Hättest du tatsächlich die Zeit und Energie gehabt zu 2.000 Bewerbungsgesprächen zu gehen, um dich für alle möglichen Jobs vorzustellen, die du in deiner Bewerbungswut mit auf die Liste genommen hast?» Seine Brauen tanzten fragend auf und ab.

«Nein, natürlich nicht. Aber dann hätte ich die Option gehabt, selbst zu entscheiden, welche der Firmen ich mir genauer ansehen möchte und welche nicht.» Matt ließ ich die Schultern hängen und griff nach meinem Glas.

Jamie hob belehrend den Zeigefinger. «Ich glaube, die haben dir einen Gefallen getan. Einige davon wären sicher die totalen Nieten gewesen und so musst du dir nicht die Mühe machen, sie auszusortieren, sondern sie haben sich selbst aus dem Spiel genommen.»

Ich zuckte resigniert mit den Schultern. «Es gibt meinem Selbstwertgefühl aber nicht gerade einen Push, wenn mich so viele Firmen ungesehen direkt vor der ersten Runde ausschließen.»

Seine warme Hand legte sich auf meinen Arm. «Das verstehe ich. Aber ich möchte auf keinen Fall, dass du wieder bei solchen ignoranten Sklaventreibern landest wie beim letzten Mal.» Er simulierte ein Schaudern und nahm einen tiefen Schluck des Rotweingemisches. «Und ein paar Gespräche hast du doch bereits auf der Agenda oder nicht?»

«Doch schon.» Ich senkte den Blick und biss mir auf die Unterlippe. Mir war klar, dass er es nur gut meinte, aber das flaue Gefühl in meinem Magen wurde davon auch nicht besser.

«Siehst du. Das wird schon, Süße. Lass dich nicht von ein paar Idioten unterkriegen, die dich nicht zu schätzen wissen. Wie du ja selbst schon sagtest, die kennen dich nicht und haben vermutlich keine Ahnung, wen sie sich da durch die Lappen gehen lassen.»

«Okay, du hast gewonnen. Ich lasse den Kopf nicht hängen.» Mit einem Seufzen ließ ich mich tiefer in die Kissen sinken.

«Das ist die richtige Einstellung. Hinfallen, aufstehen, Krone richten und weiter.» Er nickte stolz.

«Solange ich mich nicht wieder von irgendwem so aus der Bahn werfen lasse, dass ich ein Gespräch völlig vergesse und das nächste dann leicht angedüdelt antrete ...»

«Leicht angedüdelt? Willst du mich auf den Arm nehmen?» Er grinste mich über sein Glas hinweg an. «Du, meine Liebe, warst rotzevoll, völlig knülle, so was von blau.

Ich hatte kurz gedacht, du gehörst zum Hauptcast von Avatar!»

«Ja, okay.» Ich senkte betreten den Blick. «Ich war irgendwie ziemlich daneben.»

«Ich hätte nur zu gern das Gespräch miterlebt», meinte er lachend.

«Ach, das war gar nicht so spektakulär.» Ich winkte ab. «Ich habe mich da eigentlich ganz gut am Riemen gerissen. Aber meine überzeugendste Performance war es eben auch nicht.»

«Ich weiß ja nicht, ob du das wirklich noch so präsent in deinem hübschen Kopf hast, Honigkeks. Aber, als ich heimkam, hast du mich gefragt, ob ich der CEO bin ...»

«So ein Unsinn! Da geht wohl deine Fantasie mit dir durch, Jamie.»

«Nein, sicher nicht. Du hast mich gefragt, ob du etwas für deine Karriere tun kannst und an meiner Hose herumgenestelt.»

Ich verzog empört das Gesicht. «Das hättest du wohl gern! Ob du es glaubst oder nicht, du hast nicht auf jeden diese absolut betörende Wirkung.»

«Ich kann nur sagen, wie es war», erwiderte er mit erhobenen Händen. «Du warst auf jeden Fall sehr motiviert, den Job zu bekommen. Am Ende hast du nur von mir abgelassen, weil ich dir weisgemacht habe, dass es einer der unverzichtbaren Schlüsselqualifikationen ist, dass du auch mal lockerlassen kannst und ein Ass im Schlafen bist.»

«Wirklich?» Ich schlug mir die Hände vor den Mund. Das war so abstrus, selbst Jamie könnte sich das nicht aus den Fingern saugen. «Wie peinlich!»

«Halb so wild, Liebes», wiegelte er ab. «Es war ja nur das eine Mal. Aber sei froh, dass es nur ein Videocall war. Sonst hätten die dich mit Sicherheit wegen sexueller Belästigung verklagt.»

«Die waren noch dran, als du nach Hause gekommen bist?» Ich starrte ihn aus ungläubig aufgerissenen Augen an und hoffte zutiefst, er nahm mich nur auf den Arm.

«Nicht mehr allzu lange», erwiderte er grinsend. «Ich glaube, sie haben sich ausgewählt, als du mir beherzt an den Hosenbund gefasst hast.»

Hitze schoss mir in die Wangen und ich versteckte mein Gesicht hinter den Händen. «O mein Gott! Kann sich bitte ein riesiges Loch im Boden auftun und mich auf der Stelle verschlucken?»

«Marley, das ist doch kein Grund, sich zu schämen.» Seine Stimme klang verständnisvoll und warm. Vorsichtig linste ich ihn an. «Du hast mich in viel schlimmeren Momenten erlebt. Ich verspreche hoch und heilig, dass meine Lippen versiegelt sind und niemand außer uns und der Personalabteilung besagter Firma jemals davon erfahren wird.»

«Das ist mir so unfassbar peinlich.» Ich vergrub mein Gesicht erneut hinter meinen Händen. «Was die jetzt über mich denken müssen. Aaaahh!»

«Die haben jetzt eben eine besonders lustige Geschichte für die nächste Weihnachtsfeier und das war's. Ich bilde mir ein, das war eh irgendeine extrem spießige Aktiengesellschaft oder so. Da hättest du dich mit klarem Blick niemals gezielt beworben. Glaub mir, die hatten alle einen gigantischen Stock im Allerwertesten. Gar nicht deine Liga.» Er schnalzte in Rowena-Manier die Zunge.

«Ja, aber nicht, dass ich mich aus Versehen nochmal bei denen bewerbe. Das wäre die Höhe.» Peinlich berührt von dem Gedanken daran, raufte ich mir das Haar.

«Das wirst du nicht. Zur Not kannst du ja nochmal in deinen Mails oder deinem Kalender checken, wer das war und sie auf eine rote Liste schreiben, damit du dich auf gar keinen

Fall noch einmal mit denen in Austausch begibst.»

Nachdenklich schwenkte ich die Sangria in meinem Glas hin und her. «Ja, das mache ich am besten ...»

«Gleich morgen Früh», fiel er mir ins Wort und prostete mir zu. «Auf dich und den Bewerbungswahnsinn!»

«Prost!»

Unsere Gläser klirrten schwungvoll aneinander und Jamie fügte noch hinzu: «Lass dich nicht verrückt machen. Ich habe da auch noch ein paar Kontakte, die eventuell interessante Stellen anbieten, und würde mich freuen, euch zu verknüpfen.»

«Jamie», stöhnte ich und verdrehte die Augen. «Wie oft muss ich dir noch sagen, dass ich das aus eigener Kraft schaffen möchte.»

«Es ist nur ein Angebot. Nichts weiter.»

«Zur Kenntnis genommen.» Vorwurfsvoll und mit strengem Blick ergänzte ich noch: «Erneut.»

# 33

«O Mann», stöhnte ich und schnaubte frustriert.

«Alles in Ordnung, Marles?», fragend reckte Jamie seinen Kopf durch die Wohnzimmertür.

«Ja, alles okay», murrte ich. Dass ich dabei das Kinn auf die Hände stützte und schwermütig seufzte, machte Jamie offenbar stutzig. Er trat ein und setzte sich neben mich auf die Couch, wo ich genervt in meinen Laptop starrte.

«Das klingt so, als wäre doch etwas.» Große dunkle Augen fixierten mich mit sorgenvollem Ausdruck.

«Es ist nichts weiter. Nur schon wieder eine Absage.» Ich klappte den Laptop zu, um den Anblick der E-Mail nicht länger ertragen zu müssen.

«Tut mir leid.» Jamie legte seinen Arm um mich und zog mich sanft an seine Schulter. «Du musst Geduld haben.»

«Das fällt mir im Moment nicht gerade leicht», gestand ich ihm. «Eine Absage jagt die nächste und ich bekomme kaum eine Chance, bei einem persönlichen Gespräch zu glänzen.»

«Aber hattest du nicht sogar schon ein Vertragsangebot in der Tasche», versuchte er mich aufzubauen.

«Für eine Finanzberatung.» Ich warf ihm einen vielsagenden Blick zu. «Außerdem war das Angebot alles andere als gut. Wenig Gehalt, Überstunden automatisch inbegriffen und ich müsste zu jeder Tages- und Nachtzeit uneingeschränkt erreichbar sein. Nein, danke.»

«Na gut, das klingt echt ziemlich übel», stimmte er mir zu und drückte mich ein wenig fester an sich.

«Lianne mit ihrer Hexenjagd auf sämtlichen Social-Media-Kanälen ist da sicher auch nicht hilfreich.» Ich seufzte schwer und vergrub mein Gesicht an seiner Schulter. Am liebsten hätte ich die Welt für ein paar Tage angehalten.

«Hast du die Hasskommentare nicht längst gelöscht und sie blockiert?» Tröstend strich er mir mit der Hand über den Rücken.

«Doch schon. Aber das ging nicht überall», klärte ich ihn auf. «Ein paar Arbeitgeber haben das sogar im ersten Gespräch aufs Tapet gebracht und dann nie wieder etwas von sich hören lassen. Das ist so demütigend!» Hilflos sah ich zu ihm hoch.

«Wenigstens kann Avery dir nicht mehr schreiben», seufzte Jamie. «Ich bin froh, dass du mir gleich Bescheid gegeben hast, als Lianne ihm deine Nummer gegeben hat.»

«Ich auch», raunte ich schwermütig. Bei der Erwähnung von Avery setzte mein Herz nach wie vor einen Schlag aus und es fuhr mir eiskalt den Rücken hinunter. «Ich bin fast zu Tode erschrocken, als er das erste Mal angerufen hat.»

«Nicht nur du.» Mein bester Freund schenkte mir ein aufmunterndes Lächeln. «Aber das ist vorbei. Niemand außer deinen Eltern und mir hat deine neue Nummer.»

«Und meine potenziellen Arbeitgeber natürlich», ergänzte ich besserwisserisch.

«Die Sache mit der Anzeige belastet dich hoffentlich nicht mehr – oder?» Mitfühlend sah er mich an und wartete auf meine Antwort.

«Vielleicht noch ein bisschen.» Ich presste Daumen und Zeigefinger aneinander, um meine Worte zu unterstreichen.

«Marles!» Sein Brustkorb hob und senkte sich bedeutungsvoll. «Das ist ganz allein deine Entscheidung. Du musst ihn nicht anzeigen, wenn du dich damit nicht wohl fühlst.»

«Das weiß ich», murmelte ich in seinen Pullover. «Aber der Kommentar, dass ich mit meinen angeblich haltlosen Anschuldigungen echten Opfern das Leben zur Hölle mache, sitzt tief.» Die Spitze hatte mich schwer getroffen. Ich war schließlich ein echtes Opfer und im Grunde hatte ich Lianne die Möglichkeit gegeben, mich anzugreifen. Denn Fakt war nun einmal, dass ich Avery nicht angezeigt hatte. Dr. Cardenas und Jamie hatten unzählige Male das Gespräch mit mir gesucht, um mich davon zu überzeugen, zur Polizei zu gehen. Aber mir fehlte die Kraft dazu – und ich war unsicher, ob ich es wirklich wollte. Tief in mir liebte ich Avery nach wie vor, obwohl er mir so viel angetan hatte, obwohl ich mich immer noch vor ihm fürchtete – und vor dem, was er mir antun konnte.

«Vielleicht hast du am Ende ja recht und es hätte gar nichts gebracht, dich durch die Hölle zu kämpfen, die mit einer Anzeige einhergeht.» Ich konnte in Jamies Augen sehen, dass er anderer Meinung war, und schätzte seinen Versuch, mir trotzdem beizustehen.

«Fakt ist nun einmal, dass ich keine Beweise habe.» Resigniert ließ ich die Schultern sinken. «Weder dafür, dass er gegen meinen Willen gehandelt hat, noch dafür, dass es überhaupt passiert ist. Außerdem glaube ich nicht, dass es mir guttun würde, mich dem auszusetzen.» *Wie würde es sich anfühlen, ihm vor Gericht zu begegnen? Wie wäre es mit ihm in einem Raum, während er alles abstritt, was ich gegen ihn anführte, und mich als unzurechnungsfähig darstellte?* «Ich bin mir sicher, dass eine Anzeige entweder ins Leere läuft oder – falls es wider Erwarten zu einem Prozess kommt – ich mehr zu verlieren habe als er. Schließlich passiert es häufig, dass ein Vergewaltiger ungeschoren davonkommt und das Opfer im Zweifelsfall sogar noch der Verleumdung und des Rufmordes beschuldigt wird?» Meine Stimme brach und ich spürte heiße Tränen in meinen Augen brennen.

«Ist ja gut.» Jamie zog mich erneut in seine feste Umarmung und nuschelte in mein Haar: «Ich habe längst akzeptiert, dass du das nicht willst. Du hast gesagt, dass du die Geschehnisse hinter dir lassen und nach vorn sehen musst – und das verstehe ich.»

Ich schniefte leise und schluckte den Kloß in meinem Hals herunter. «Genau. Deswegen gilt es jetzt einen neuen Job zu finden, in dem ich mich entfalten kann. Außerdem möchte ich endlich wieder eine Nacht durchschlafen, ohne von seinen glühenden Augen heimgesucht zu werden.»

«Das ist die Marles, die ich kenne und liebe», bestärkte mich Jamie mit stolzem Unterton. «Die Augen fest nach vorn auf deine strahlende Zukunft gerichtet. Du wirst sehen, am Ende zahlt sich dein Kampfgeist aus.»

«Genau.» Meine Stimme klang fest und zuversichtlich. «Deswegen lasse ich Lianne und ihre giftigen Worte hinter mir. Auf ihre Sticheleien kann ich gut verzichten.»

«So ist es.» Jamie grinste mich breit an und seine Augen leuchteten. «Du hast so viel für eure Freundschaft getan und sie hat nur genommen ohne etwas zurückzugeben. Du hast Besseres verdient, Marles.»

Bedrückt ließ ich den Blick in die Ferne schweifen. Im Nachhinein schmerzte es mich, dass ich so viel Zeit und Energie für diese undankbare Schnepfe geopfert hatte. Beides hätte ich in mich selbst investieren sollen und ich wäre nie an dem Punkt gelandet, an dem ich jetzt stand. Ihre falsche Freundschaft war einer der Gründe, warum ich Avery nicht viel früher hinter mir gelassen hatte, warum ich mich überhaupt erst in diesen Albtraum eines Teilzeitjobs hatte treiben lassen, warum ich mich selbst so sehr aus den Augen verloren hatte.

Die leise Stimme, die mir sagte, dass ich nicht alle Schuld

für meine Misere bei Lianne suchen durfte, ignorierte ich geflissentlich. Mir war bewusst, dass dieser Gedanke alles andere als fair ihr gegenüber war, doch im Moment gab er mir die nötige Kraft, um nach vorn zu sehen. Dafür war mir jedes Mittel recht, denn ich brauchte diesen Neustart mehr, als ich mir je eingestehen würde.

# 34

«Ich kann immer noch nicht fassen, dass ich mich hierzu habe überreden lassen.» Nervös fuhr ich mir durch die Haare und band sie zu einem hohen Pferdeschwanz.

«Marley.» Mein Vater drehte den Zündschlüssel und stellte den Motor ab. Dann nahm er zärtlich meine Hand und sah mir tief in die Augen. «Ich weiß, dass dir das nicht leichtfällt, und sicher ist es auch beängstigend. Aber ich denke, du solltest dem Ganzen zumindest einen Versuch geben und sehen, wie es sich anfühlt.»

«Wie kommst du darauf, dass ich Angst vor der Gruppe habe?», fragte ich ihn verwundert.

«Schatz, du hast dir gerade zum fünften Mal auf der kurzen Fahrt, die Haare neu zusammengebunden.» Er schenkte mir ein verständnisvolles Lächeln. «Das hast du das letzte Mal in meiner Anwesenheit gemacht, als du für das Schulmusical vorgesprochen hast.»

«Okay, ich gebe es zu», räumte ich ein. «Ich bin vielleicht etwas nervös.»

«Und das ist völlig normal, Liebes.» Wieder strich er mir über die kalten, schwitzigen Hände. «Du weißt nicht genau, was dich da drinnen erwartet, und du hast so etwas noch nie gemacht. Natürlich stehst du dem erst einmal mit Respekt gegenüber und bist nicht sicher, ob du das wirklich für dich willst. Es wäre seltsam, wenn es anders wäre.»

«Du klingst, als hättest du das selbst schon durchgemacht.» Ich zwinkerte ihm frech zu – in erster Linie, um mich selbst etwas zu beruhigen. Dr. Cardenas drängte mich schon seit Wochen dazu, mir, außerhalb der Zeit mit ihr, Hilfe zu suchen. Bislang allerdings ohne Erfolg. Mein Vater war es schließlich gewesen, der mir den entscheidenden Tritt verpasst hatte, und nun saßen wir im Auto und ich war mir unsicher, ob ich die Kraft aufbrachte, auszusteigen.

«Das habe ich», gestand er mit ernster Miene.

«Was? Wann? Warum?» Mit offenem Mund starrte ich ihn an.

«Als dein Onkel damals gestorben ist, wusste ich damit nicht umzugehen.»

«Onkel Dan?»

«Ja.»

«Das wusste ich gar nicht.»

Er presste für einen Moment die Lippen zusammen und seufzte. «Ich habe mir damals auch die größte Mühe gegeben, dich in deinem zarten Alter nicht damit zu belasten, und deine Mom hat ihr Übriges dazu getan.»

«Moment mal», ich überlegte kurz. «Das heißt, die Poker-Dienstage ...»

«... war ich gar nicht mit den Jungs Poker spielen, sondern bei einer Selbsthilfegruppe. Dan ist so plötzlich von uns gegangen. So unerwartet. Ich hatte keine Ahnung, wie ich damit klarkommen sollte, dass mein kleiner Bruder einfach fort war.»

«O mein Gott!» Ich schlug mir die Hände vor den Mund, als mir eine Erinnerung durch den Kopf huschte. «Deswegen konnten wir damals nicht zusammen zu der Open Mic Night im Fortune's Wheel gehen. Papa, ich bin dich damals so angegangen, weil dein blöder Pokerabend dir wichtiger war als das. Es tut mir so leid.»

Beiläufig winkte er ab. «Alles gut, Marley. Ich wollte es damals nicht anders. Hätte ich dir eine Chance gegeben, es zu verstehen, wärst du sicher nicht so wütend auf mich gewesen.

Aber ich hatte nicht die Kraft dazu und wir wollten dich damals nicht mit meinen Sorgen belasten.»

«Es tut mir trotzdem schrecklich leid, Dad.» Ich nahm seine Hand und drückte sie fest.

«Das weiß ich doch, mein Schatz», erwiderte er liebevoll. Dann nickte er in Richtung der Eingangstür zum Gemeindezentrum, in dem die Treffen einer Selbsthilfegruppe stattfanden, die meine Eltern gemeinsam mit Jamie für mich herausgesucht hatten. «Und? Gibst du dir einen Ruck und versuchst es?»

«Ich bin mir immer noch nicht sicher, ob mich wohl damit fühle.» Unschlüssig senkte ich den Blick und begann mit den Fingern am Henkel meiner Handtasche herumzunesteln.

«Wenn du willst, kann ich dich heute begleiten», bot mein Vater an. «Vielleicht hilft es dir, jemanden an deiner Seite zu haben.»

Hastig schüttelte ich den Kopf. «Nein, ich glaube, das würde es nur noch schwerer machen.» Enttäuscht nickte er und ich setzte eilig hinzu: «Aber danke für das Angebot, das weiß ich sehr zu schätzen.»

«Schon gut, du musst dich nicht erklären.» Erneut nickte er in Richtung Tür. «Versuchst du es?»

Ich atmete tief durch und versuchte, in mich hineinzufühlen. War ich bereit dazu, durch diese Tür zu gehen und mit anderen Menschen zusammen bei schlechtem Kaffee in einem Stuhlkreis zu sitzen, um über unsere schwächsten Momente zu reden? Könnte ich es ertragen, die Geschichten der anderen zu hören und ihre Blicke auf mir zu spüren, die mich stumm dazu aufforderten, von meinen Erlebnissen zu erzählen? Könnte ich eine von ihnen sein?

«Niemand zwingt dich dazu, wenn du dich nicht bereit fühlst», raunte mein Vater mir zu, als könnte er direkt in meinen Kopf hineinsehen und meine Gedanken lesen.

«Nein, du hast recht», sagte ich mit starker Stimme. Vermutlich versuchte ich mehr mich selbst zu überzeugen als ihn. «Ich kann das. Ich gehe da jetzt rein.»

Deutlich entschlossener als ich mich fühlte, öffnete ich die Beifahrertür und stieg aus. Die zitternden Hände grub ich fest in den Stoff der Tasche, die ich wie einen Schutzschild an meine Brust presste. Ich atmete noch einmal tief ein, wandte mich zum Auto und fragte: «Kannst du mich in etwa einer Stunde wieder abholen?»

Ein warmes, stolzes Lächeln legte sich auf die Züge meines Vaters. «Natürlich, mein Schatz. Ruf an, falls ich früher kommen soll.»

«Das wird nicht nötig sein», erwiderte ich mit fester Stimme und entschlossenem Blick. Dann wandte ich mich zur Tür um und ging mit wackeligen Schritten darauf zu.

Ein einziges Treffen würde ich schon überstehen. Falls es mir nicht gefiel, müsste ich nie wieder kommen und vermutlich waren all die anderen in der Gruppe so mit ihren eigenen Problemen und Geschichten beschäftigt, dass sie mich gar nicht wahrnahmen. Niemand würde mich zwingen, über meine Erlebnisse zu sprechen, und die Last fremder Leute würde mich schon nicht völlig aus der Bahn werfen – und falls doch, konnte ich jederzeit aufstehen und das Gemeindezentrum hinter mir lassen. Gleich nebenan war ein nettes kleines Café, in dem ich bei einem heißen Kaffee auf meinen Vater warten könnte, sollte der Fall der Fälle eintreten. Alles halb so wild.

Meine schwitzigen Hände rutschten zwei Mal am Türknauf ab, ehe ich es schaffte, ihn herumzudrehen und mit gestrafften Schultern ins Ungewisse zu treten.

«Bist du zum ersten Mal hier?», fragte mich ein hochgewachsener, junger Mann, der seiner Statur nach täglich mehr Zeit im Fitnessstudio verbrachte als ich in meinem gesamten Leben. Er wirkte stark und selbstsicher – und damit völlig fehl am Platz.

Schüchtern nickte ich. Das musste ganz klar der Gruppenleiter sein. *Hoffentlich besaß er genügend Einfühlungsvermögen, um mich nicht gleich vor der gesamten Gruppe vorzuführen, sondern mich in aller Ruhe erst einmal zuhören zu lassen.*

«Willst du auch einen?» Er deutete auf den Becher in seiner Hand. «Der ist erstaunlich gut. Delilah macht ihn immer extra für uns zuhause und bringt ihn kannenweise zu unseren Treffen. Das Zeug, das hier sonst unter dem Namen Kaffee angeboten wird, ist eine widerliche, schlammige Brühe, die niemand freiwillig anrühren würde.»

«Danke, gern.» Unbeholfen griff ich mit meinen bebenden Händen nach einem Becher und warf dabei den halben Stapel um.

«Warte, ich helfe dir», bot sich der Hüne an. Er sortierte die umgeworfenen Becher wieder zu einem Stapel, nahm einen davon und füllte ihn halbvoll mit dem erstaunlich aromatischen Kaffee, den er mir eben angepriesen hatte.

«Danke.» Ich nickte ihm verlegen zu, als er mir den Becher überreichte und ich ihn mit beiden Händen umfing, um nichts zu verschütten.

«Keith, bringst du unsere Besucherin gleich mit?», rief eine zierliche Frau in einem grünen Strickkleid meiner neuen Bekanntschaft zu.

«Klar, Delilah», erwiderte er und streckte die Hand aus. «Hier entlang bitte.»

Wenige Augenblicke später saßen wir zu acht in dem von mir gefürchteten Stuhlkreis und schwiegen uns an, während ein paar aus der Gruppe mir verstohlen argwöhnische Blicke zuwarfen.

«Keith», ergriff Delilah das Wort. «Möchtest du heute

vielleicht anfangen, nachdem du unseren Neuzugang bereits kennengelernt hast?»

Verwirrt zuckte mein Blick zu dem Mann neben mir. *War er etwa gar nicht der Leiter dieser Gruppe, sondern die zierliche Brünette, die mir schräg gegenübersaß?*

«Gern. Die meisten von euch wissen ja bereits, dass ich erst vor ein paar Monaten meine langjährige Beziehung hinter mir gelassen habe. Ich bin stolz darauf, seit zwei Wochen endlich den Gedanken aus meinem Kopf verbannt zu haben, dass ich ihr etwas schuldig bin. Stück für Stück möchte ich weiter in ein Leben ohne die ständigen Anschuldigungen gehen, ohne die verbalen Ausfälle und ohne ...» Er stockte und schluckte schwer. Wenig später setzte er erneut an: «Ohne die Verletzungen, die sie mir zugefügt hat, wenn ihre Eifersucht die Oberhand gewann.»

Mit ungläubig aufgerissenen Augen starrte ich den Muskelkoloss neben mir an. Eine Frau hatte ihm Verletzungen zugefügt? Wie zur Hölle war das denn möglich gewesen? War er physisch nicht klar im Vorteil gewesen? War seine Exfreundin etwa *She-Hulk*?

Seine Augen trafen auf meine und ich beeilte mich, den Blick zu senken. Dabei streifte ich seine Unterarme und die unzähligen Narben, die sich darauf abzeichneten. *Hatte sie ihm das angetan? Wie viele Schnitte mussten das gewesen sein – und wie tief waren sie gewesen, dass sie so deutliche Spuren hinterlassen hatten? Außerdem war sein Arm übersäht mit weißen kreisrunden Narben, die ich nicht konkret zuordnen konnte. Waren es vielleicht Verbrennungen?*

# 35

Völlig aufgelöst stürmte ich aus dem Gemeindezentrum. Ein kurzer Blick auf die Uhr ließ mich erstarren. Ich hatte es gerade einmal 25 Minuten durchgehalten und dabei selbst nicht ein einziges Wort gesagt.

Direkt vor der Tür holte ich ein paar Mal tief Luft, bis ich schließlich wieder das Gefühl hatte, atmen zu können – ohne dieses bleierne Korsett um meinen Brustkorb, gegen das meine Rippen bei jedem Atemzug angekämpft hatten. Besser. Viel besser.

Mein Blick glitt hinüber zu dem Café, das ich bereits bei meiner Ankunft ausgemacht hatte. Es waren kaum Gäste dort, was vermutlich der Uhrzeit geschuldet war. Wer trank schon abends gegen halb sieben einen Kaffee? Die Ruhe, die die spärlich besetzten Tische und die Bedienungen, die fast schon gelangweilt am Tresen lehnten, ausstrahlten, zog mich magisch in ihren Bann. Ehe ich mich versah, trat ich bereits durch die Tür und das unerwartete Bimmeln, das eine kleine Glocke am Eingang erklingen ließ, riss mich zurück ins Hier und Jetzt.

«Hallo, kann ich helfen?», fragte eine der Bedienungen mit einem aufgesetzten Lächeln. Wahrscheinlich hielt sie mich für ein bisschen minderbemittelt, nachdem ich in der offenen Tür wie vom Blitz gerührt stehengeblieben war und unschlüssig in den Raum starrte.

Ich schüttelte den Kopf, um einen halbwegs klaren Gedanken fassen zu können, und erwiderte scheu: «Einen

Kaffee, vielleicht?»

«Dafür sind wir da, Kleines», antwortete eine robust gebaute Endvierzigerin, die ebenfalls eine Kellneruniform trug. «Nur rein in die gute Stube.»

«Danke.» Ich glitt durch die Tür und verschwand zögerlich in der nächsten Nische, die mich von den anderen Gästen im Café abschirmte.

«Was darf's denn sein?», fragte die Bedienung mit der festeren Figur, die mir gefolgt war. Das Namensschild wies in schwungvollen Lettern ihren Vornamen aus. Dolores. «Ein Americano? Cappuccino? Espresso?» Ihre mit dunkelblauem Lidschatten umrandeten Augen musterten mich.

«Einen Americano, schwarz, ohne Zucker, bitte», orderte ich.

«Darf ich noch ein Glas Wasser dazu bringen?»

«Sehr gern.»

«Sonst noch etwas? Kuchen, Torte, Gebäck?» Sie deutete in Richtung Verkaufstresen.

«Nein, danke.»

Sie nickte und verschwand mit den Worten: «Kommt sofort.»

Wenig später rührte ich teilnahmslos in meinem Kaffee und ließ meine Augen das rege Treiben vor dem Fenster verfolgen. Die Geschichten der anderen hatten mich derart überrollt, dass ich einiges zu verarbeiten hatte, während ich auf meinen Vater wartete. Zwar hatte er angeboten, mich früher abzuholen, aber irgendwie war es mir peinlich, ihn anzurufen und ihm gegenüber damit einzugestehen, wie schnell ich von dem Treffen geflüchtet war. Ich konnte mir ja kaum selbst gegenüber zugeben, wie sehr mich das alles überforderte. Außerdem wollte ich auf keinen Fall seine Sorge noch mit meiner Schwäche untermauern. Schließlich war ich eine erwachsene Frau und durchaus im Stande, meine Probleme selbst zu lösen – oder zumindest glaubte ich, es können zu müssen.

Als ich den vertrauten Wagen vorfahren sah, sprang ich von meinem Platz auf, knallte das Geld für meinen Kaffee auf den Tisch und sprintete in Richtung Tür.

Ich würde meinem Vater einfach sagen, dass das Treffen ein paar Minuten früher zu Ende war, und ich deshalb in dem Café gewartet hatte. Blieb nur zu hoffen, dass die anderen Teilnehmer nicht genau dann herausströmen würden, wenn ich ihm meine Notlüge auftischte.

Den Blick immer noch fest auf das Auto geheftet, das mein Vater gerade an den Straßenrand lenkte, riss ich die Tür auf und knallte mit voller Wucht gegen eine Wand, die sich plötzlich vor mir aufgebaut hatte. Erschrocken zuckte mein Blick nach vorn und erfasste einen Mann mit dunklen, verstrubbelten Haaren und einem nun nahezu leeren Kaffeebecher in der Hand.

«Oh, Entschuldigung», stotterte ich. «Das tut mir leid.»

«Schon gut, ich bin ja selbst schuld.» Er zuckte mit den Achseln, als wäre es völlig normal, auf dem Weg in ein Café von einer unbekannten Frau umgerannt zu werden. Ein riesiger, dunkler Kaffeefleck fraß sich durch den Stoff seines weißen Hemds und wurde von Sekunde zu Sekunde größer – wie meine Augen, die das Schauspiel hilflos verfolgten. «Hätte ich den Zucker nicht vergessen, wären wir nicht ineinander gerauscht.»

Erst da fiel mir auf, dass er ja mit dem vollen Kaffeebecher auf dem Weg ins Café gewesen war und nicht hinaus.

«Jetzt macht das Ganze auch mehr Sinn», meinte ich und deutete auf den Becher. «Kann ich den Kaffee wenigstens bezahlen?»

«Nein, danke. Nur keine Umstände.» Er trat beiseite und hielt mir die Tür auf. «Hatte den Anschein, als hätten Sie es ziemlich eilig und ich muss auch nicht auf den Laufsteg.» Er warf mir ein warmes Grinsen zu und um seine strahlend grünen Augen legten sich zarte Fältchen.

«Ja, stimmt», presste ich hervor. Warum fühlten sich meine Wangen plötzlich so heiß an? «Danke, ich muss dann auch weiter.»

Dann eilte ich zum Auto, riss die Beifahrertür auf und ließ mich in den Sitz fallen.

«Wo kommst du denn plötzlich her?», wunderte sich mein Vater. Seine Hand lag auf der Brust, die sich hektisch hob und senkte.

«Tut mir leid, dass ich dich erschreckt habe. Wir waren früher fertig und ich habe im Café dort drüben auf dich gewartet», ratterte ich meine Ausrede viel zu schnell herunter. «Waren ja nur ein paar Minuten.»

«War sicher nicht leicht für dich heute», meinte er und fasste mir mitfühlend an die Schulter.

«Ja, da hast du recht», stimmte ich ihm zu. «Und jetzt kann ich es kaum erwarten, nach Hause zu kommen und mich auszuruhen. Ich muss das erst einmal für mich verdauen.»

«Das kann ich gut verstehen.» Er nickte mir liebevoll zu.

«Sehr gut, dann nichts wie los», drängte ich ihn. Die Angst, dass sich jeden Moment die Tür zum Gemeindezentrum öffnen und meine Lüge aufdecken könnte, saß mir im Nacken.

Mein Vater warf mir einen verständnisvollen Blick zu und fuhr los. Das Lächeln, das seine Lippen umspielte, wirkte wissend und brachte meine Gedanken zum Rasen. Hatte er mich durchschaut?

«Und wie war es?», fragte er nach einigen Minuten, die

wir schweigend nebeneinandergesessen hatten.

«Belastend», gestand ich. «Ich wusste ja, dass es mir nicht leichtfallen würde, und ich hatte auch großen Respekt vor dieser Sache. Aber ich habe nicht damit gerechnet, dass mich die Geschichten der anderen so mitnehmen, wenn ich ehrlich bin. Ich dachte, der schwierige Part wäre selbst etwas zu erzählen.»

«Ich kann mich noch gut erinnern», erzählte er, den Blick stur auf die Straße gerichtet. «Ich habe mehrere Anläufe gebraucht, um damals überhaupt durch diese Tür zu treten und bei meinem ersten Treffen habe ich es nicht länger als zehn Minuten ausgehalten.»

«Was?», entfuhr es mir. «Du?» Fassungslos sah ich ihn an. Mein Vater war schon immer ein stolzer, starker Mann gewesen. Niemals hätte ich mir ausmalen können, dass es ihm bei seinem ersten Treffen in der Selbsthilfegruppe ganz ähnlich ergangen war wie mir.

«Ja.» Er nickte. «Es war einfach nur schrecklich und hat mich völlig überrollt. Auch ich hatte gedacht, dass der schwere Part wäre, selbst über die eigenen Erlebnisse zu erzählen. Doch am Ende waren es die Geschichten der anderen, die mich so mitgenommen haben, dass ich Hals über Kopf davongestürmt bin, ehe das Treffen überhaupt richtig begonnen hat.»

«Und was hat dich dann dazu gebracht, es weiter zu versuchen? Es war ja vermutlich nicht gerade leichter, nachdem du davongestürmt bist.»

Er warf mir einen Seitenblick zu und seine Mundwinkel zuckten. «Du.»

«Ich?»

«Ja, du bist ein paar Wochen später mit deinen Rollschuhen gestürzt und hast dir das Knie aufgeschlagen. Weißt du noch?»

«Ja, die Narbe habe ich immer noch. Mitten auf der rechten Kniescheibe.» Ich nickte und deutete auf besagtes Knie. «Aber wie hat dich das denn wieder zur Selbsthilfegruppe gebracht?»

«Weißt du denn noch, was du zu mir gesagt hast, als ich dich fragte, ob ich dich nach Hause tragen soll?» Er zog erwartungsvoll die Brauen hoch.

«Ja, bitte? Und irgendwas in Richtung: Ich will ein Eis?» Ich hatte wirklich keine Ahnung mehr.

«Du hast gesagt, dass du selbst nach Hause fahren kannst.»

«Wirklich?» Aus großen Augen sah ich ihn an.

«O ja. Du meintest, wenn man hinfällt, muss man eben so oft wieder aufstehen und es noch einmal versuchen, bis man es am Ende kann.»

Stumm wie ein Fisch und mit leicht offenstehendem Mund stierte ich auf das Profil meines Vaters. Solche Weisheiten hatte ich damals auf Lager gehabt?

«Genau das hast du damals gesagt und das hat mir die Kraft gegeben, weiter zu den Treffen zu gehen.»

«Hat es denn geholfen?», fragte ich mit wackliger Stimme.

«Nicht sofort. Aber von Mal zu Mal wurde es besser. Und am Ende hat mir die Selbsthilfegruppe den Rückhalt und die Stärke gegeben, die ich brauchte, um mit dem Tod meines kleinen Bruders zurechtzukommen.»

«Gib Bescheid, wenn dir noch mehr Weisheiten einfallen, die ich mit acht Jahren so von mir gegeben habe», teilte ich ihm lachend mit. «Ich war offenbar ein Genie.»

«Na ja, nicht immer.» Er zwinkerte mir liebevoll zu. «Du warst damals auch der Meinung, dass es eine gute Idee wäre, Cola mit Schoko-Cornflakes zu mischen.»

«O Gott! Das war so furchtbar! Dass du mich davon nicht abgehalten hast.»

Er lachte auf. «Es gibt eben Erfahrungen, die jeder für sich selbst machen muss. Was wäre ich für ein Vater, wenn ich dich bei jeder Kleinigkeit zurückgehalten hätte?»

# 36

Ein paar Abende später saßen Jamie und ich entspannt bei unserer beider Lieblingspasta beisammen. Er war schon die ganze Zeit über ungewohnt schweigsam und schob die Nudeln auf seinem Teller umher, anstatt wie üblich eine nach der anderen aufzuspießen und in Rekordzeit zu verschlingen.

«Ist alles in Ordnung?», erkundigte ich mich. So kannte ich ihn gar nicht. Er wirkte grüblerisch und verschlossen – und in all den Jahren, die wir uns nun kannten, hatte er noch nie Penne zucchine e gamberetti verschmäht.

«Ich bin mir nicht sicher», wich er aus und stocherte weiterhin mit der Gabel auf seinem Teller herum.

«Was ist denn passiert?», startete ich einen neuen Versuch, ihm aus der Nase zu ziehen, was ihn belastete.

«Ich habe vielleicht irgendwie Mist gebaut.» Er hielt die Augen gesenkt und ich konnte förmlich spüren, wie unangenehm ihm das Thema war, das hoffentlich folgen würde, ehe ich vor Neugier platzte.

«Jetzt sag schon, Jamie. Du machst mir Angst. Ist was im Job passiert? Musst du mich aus der Wohnung werfen? Was ist los?»

Er straffte die Schultern und atmete tief durch. Anschließend griff er kurzentschlossen nach seinem Weinglas und nahm einen tiefen Schluck des roten Bardolino, den wir vor wenigen Minuten geköpft hatten.

«Ja-a-amie», drängte ich ihn, endlich mit der Sprache rauszurücken. Das war ja kaum zu ertragen, wie er herumdruckste und jede Gelegenheit ergriff, die Antwort hinauszuzögern. «Du weißt, dass du mit mir über absolut alles sprechen kannst. A-a-l-l-e-es!»

«Okay, dann leg ich mal los.» Er räusperte sich nervös und starrte weiter auf den Teller. «Ich weiß, dass du das nicht wolltest. Aber ich war gestern mit einem Bekannten unterwegs und der hat mir sein Herz ausgeschüttet, dass er eine Allrounderin an seiner Seite bräuchte, die ihn als Geschäftsführer sowohl bei Projekten als auch an allen Fronten unterstützt. Kurzum, die flexibel, schnell verfügbar und absolut vertrauenswürdig ist. Wie er es sagte: Einfach jemanden, der es so richtig draufhat.»

Ich verstand nur Bahnhof. Was genau war daran jetzt so schlimm, dass es ihm den Appetit verdarb? Irritiert legte ich meine Stirn in Falten und riet drauf los: «Und dann hast du deinen Job im Affekt hingeschmissen und ihm zugesagt? Und das bereust du jetzt?»

«Nein!» Zum ersten Mal heute Abend lachte Jamie und zeigte mir die kleinen Grübchen, die sich dabei auf seinen Wangen bildeten. Doch augenblicklich sanken seine Schultern wieder in sich zusammen und seine Augen fixierten erneut das Essen. Kaum hörbar nuschelte er: «Ich habe dich vorgeschlagen.»

«Du hast was?» Mir rutschte die Gabel aus der Hand und das laute Klirren, als sie auf dem Teller aufschlug, verlieh meinem Ausruf die entsprechende Dramatik.

«Ich weiß, ich weiß.» Er wedelte hilflos mit beiden Händen durch die Luft. «Aber ich konnte nicht anders. In dem Moment war ich mir sicher, es wäre eine Win-win-Situation. Ich wollte euch beiden helfen und er sucht schon seit Monaten händeringend jemanden, der ihn unterstützt und ihm einiges an Last abnimmt. Da ist es mir irgendwie rausgerutscht und ich kam erst wieder halbwegs zu Sinnen, als ich mich selbst dabei beobachtete, wie ich deine Nummer in sein Handy tippte.»

Fassungslos und mit offenstehendem Mund starrte ich Jamie an. Er hatte diesem Mann meine Nummer gegeben?

«Tut mir leid, Marley. Ich weiß, du wolltest das für dich selbst machen und keine Beziehungen nutzen, um eine Chance zu bekommen.»

Ich nickte. Denn im Moment war ich so überrumpelt, dass ich kein einziges Wort herausbrachte.

«Das respektiere ich auch, glaub mir.» Er warf mir einen flehenden Blick zu, als er sich endlich überwand, mich anzusehen. «Aber Kim war so froh, als ich von dir erzählt habe. Da konnte ich keinen Rückzieher machen.»

«Kim?», würgte ich hervor. «Ist das nicht eines deiner ehemaligen Betthäschen?»

«Ja – und mittlerweile einer meiner engsten Freunde. Außerdem ist Kim der Gründer und CEO von HardBeat.»

«Der Agentur?», platzte es aus mir heraus und ich musste mich zurückhalten, nicht über den Tisch direkt in Jamies Gesicht zu springen.

«Ja, genau. Hauptsächlich beschäftigen sie sich zurzeit mit Radio und ...»

«Hörbüchern», schrie ich dazwischen.

«Genau.» Jamie nickte grinsend. Von seiner zurückhaltenden Vorsicht und der reuevollen Scheu von eben war keine Spur mehr zu erkennen. «Es ist also was für dich, hm?»

Ich biss mir fest auf die Unterlippe. So leicht würde ich es ihm nicht machen. Gedehnt antwortete ich: «Ich würde es mir eventuell überlegen.» Um meine Aufregung zu überspielen, griff ich nach der Gabel, die vergessen auf meinem Teller lag, und schob mir eine Portion Nudeln in den Mund.

*HardBeat! Das wäre meine absolute Traumfirma.* Über

Kim Won hörte man nur das Allerbeste, vor allem was seine Führungsqualitäten betraf. Er legte laut dem, was in den Medien über ihn auffindbar war, extrem viel Wert auf Diversität und Chancengleichheit.

«Also ist es okay, wenn Kim sich in den nächsten Tagen bei dir meldet?»

«Wenn er mir ein passables Angebot macht, ziehe ich es in Betracht. Auch wenn ich dir ausdrücklich verboten habe, dich in meine Jobsuche einzumischen.»

In letzter Sekunde gelang es mir noch, das freudige Quietschen zu unterdrücken, das meine Kehle hinaufkroch. Jamie hatte mit dieser Empfehlung bewusst meine Grenzen überschritten und dafür wollte ich ihn zumindest ein paar Minuten leiden lassen. Es war falsch gewesen und ich wollte ihm keinen Freibrief geben, sich über meine Wünsche und Bitten hinwegzusetzen – auch wenn ich es in diesem Fall sehr zu schätzen wusste.

«Alles klar. Dann schreibe ich ihm am besten gleich noch einmal kurz, dass er lieber das Angebot seines Lebens auf den Tisch bringen sollte, wenn er dich für sich gewinnen will.» Seine Hand zuckte zum Handy.

«Auf gar keinen Fall», platzte es da aus mir heraus. «Bist du denn völlig durchgeknallt?»

«Du willst den Job also?» Ein verräterisches Schmunzeln offenbarte sich auf seinem Gesicht, als er das Kinn leicht anhob und mir in die Augen sah.

«Natürlich will ich den Job!», quietschte ich mit glänzenden Augen. «Ich bin schließlich nicht bescheuert! Jeder, absolut jeder würde diesen Job wollen.» Ich boxte ihm spielerisch gegen den Oberarm. «Kim Won ist dafür bekannt, seine Mitarbeiter zu fördern und vor allem auch ein Auge darauf zu haben, weiblichen Kollegen in verantwortungsvollen Positionen eine Chance zu geben. Es wäre ein Traum, für ihn zu arbeiten.»

«Ja, das kann ich nur bestätigen. Kim ist ein toller Mensch.»

«Und? War er einer deiner unzähligen One-Night-Stands?»

Verträumt schweiften Jamies Augen ab und ein glasiger Film legte sich über das kräftige Dunkelbraun darin. Er zog einen imaginären Reißverschluss über seine Lippen und zwinkerte mir kokett zu.

«Du hast wirklich mit ihm geschlafen!»

«Ich habe nichts gesagt.» Seine Augenbrauen tanzten neckend.

Ein breites Grinsen legte sich auf meine Lippen. «Gibt es irgendeinen Mann in dieser Stadt, mit dem du nicht im Bett warst?»

Er legte gespielt nachdenklich die Stirn in Falten. «Hm ... Spontan fällt mir da keiner ein.»

«Du schamloser Casanova», presste ich lachend hervor. «Ich kann nicht glauben, dass die alle mit dir befreundet bleiben, nachdem du ihnen die kalte Schulter zeigst.»

«Ich bin eben kein Kind von Traurigkeit und ein Ausbund an Charme.»

«Und du nimmst keinen zweimal mit ins Bett», ergänzte ich.

«Fast keinen», räumte er vielsagend ein.

«Fast keinen?», wiederholte ich. Kurz darauf dämmerte es mir. «Moment mal, heißt das etwa, was ich glaube, dass es heißt?»

«Keine Ahnung, was in deinem hübschen Kopf so vor sich geht», wich er aus. «Da musst du schon konkreter werden.»

«Oh, das weißt du ganz genau, mein Guter!» Sanft stupste ich ihn an der Schulter an. «Dave?»

«Grohl?» Er genoss es sichtlich, mich auf die Folter zu

spannen.

«Nein, ich meine nicht den Sänger der Foo Fighters.»

«Wen denn dann?»

«Ich meine Dave, den knuffigen Pseudotürsteher von meiner Geburtstagsüberraschungsparty.»

«Ach so, den.» Er lächelte verträumt und seine Augen leuchteten vielsagend.

«Uh, du musst mir alles erzählen.» Freudig klatschte ich in die Hände.

«Alles?» Er zog eine Augenbraue nach oben.

«Vielleicht nicht ganz alles. Aber die jugendfreie Disney-Variante wäre ganz nett», korrigierte ich meine Aussage.

«Was soll ich sagen ... Ich glaube, es hat mich erwischt.»

«Ich wusste es!», kreischte ich und hüpfte völlig außer mir auf meinem Stuhl auf und ab. «Unglaublich!»

Erst die Nachricht, dass Jamie mir ein Kennenlerngespräch für meinen absoluten Traumjob besorgt hatte, und dann noch diese Neuigkeit. Jamie hatte sich verliebt!

Endlich ging es in meinem Leben wieder steil bergauf. Solche Nachrichten konnten gern weiter bei mir eintrudeln. Sie gaben mir Kraft und Hoffnung und füllten mein zersplittertes Herz mit so viel Freude, dass ich Angst hatte, es würde erneut an den Stellen bersten, die ich gerade erst notdürftig mit Kitt versehen hatte.

Jamie sprang auf, umrundete den Tisch in Rekordzeit, schlang die Arme um mich und drückte mich fest an sich.

«Es tut so gut, dich endlich wieder lächeln zu sehen!», raunte er mir ins Ohr. «Also ehrlich und so, dass man spüren kann, dass es aus tiefstem Herzen kommt. Nicht dieses unheimliche Zombielächeln, das du die letzten Monate aufgesetzt hast, wenn du glaubtest, es zu müssen. Ich habe dich vermisst.»

«Aber ich war doch nie weg», flüsterte ich gerührt von

Jamies plötzlichem Gefühlsausbruch.

«O doch, Liebes. Das warst du. Ich hatte schon Angst, wir hätten dich für immer verloren.»

Ich schloss die Augen und schluckte schwer. Ich hatte keine Ahnung, dass es so offensichtlich gewesen war. Jamie drückte mich fest an sich, als hinge sein Leben davon ab, und ich spürte seine warmen Tränen auf meiner Wange. Es zerriss mir fast das Herz – doch auf eine heilsame Art. Diese Art von Schmerz fühlte sich gut an und härtete den notdürftigen Kitt, der die Risse wieder zusammenfügte.

# 37

Gerade einmal drei Tage nach dem Gespräch mit Jamie hatte ich einen Termin zum persönlichen Kennenlernen mit niemand Geringerem als Kim Won in den Büroräumen von HardBeat.

«Marley, du siehst fantastisch aus, Kim ist eine Seele von Mensch und jetzt hol' dir den Job, Tiger!», johlte Jamie hochmotiviert ins Telefon, als ich ihn vor dem Gebäude noch einmal per Videocall anrief. Vor Nervosität war ich kurz davor, wieder kehrtzumachen.

«Danke, Jamie», gab ich zur Antwort. «Genau das habe ich jetzt gebraucht.» Ich straffte die Schultern, warf eine Kusshand in Richtung Display und legte auf. «So, und jetzt reiß dich zusammen, Marley Cedar. Alles oder nichts.»

Sorgfältig strich ich mein Etuikleid und den Blazer ein letztes Mal glatt, warf noch einen prüfenden Blick in die dank der Sonne wunderbar spiegelnde Scheibe des Bürokomplexes und ging durch die Tür ins angenehm klimatisierte Innere des Gebäudes.

«Ms. Cedar?», fragte eine zierliche Frau, die in der weitläufigen Empfangshalle hinter einem imposanten Tresen platziert war.

«Ja, das bin ich», bestätigte ich. «Ich habe einen Termin mit dem Geschäftsführer, Kim Won.»

«Genau.» Sie stand auf und trippelte mit kleinen Schritten um den Tresen herum. «Wenn Sie mir bitte folgen möchten.»

«Gern.»

Für eine kleine Frau auf High Heels legte sie ein enormes

Tempo an den Tag. Ich hielt durch einige Gänge mit ihr Schritt, bis wir schließlich in einem stilvoll eingerichteten Konferenzraum ankamen.

«Darf ich Ihnen eine Kleinigkeit zu trinken anbieten, solange Sie warten?», erkundigte sie sich in flötendem Tonfall.

«Vielleicht einen Kaffee?», fragte ich mehr als darum zu bitten.

«Sehr gern. Cappuccino, Espresso, Macchiato ...»

«Americano, schwarz, ohne Zucker, bitte», kürzte ich ihre Frage ab.

«Natürlich. Kommt sofort.»

«Danke.»

Sie eilte aus dem Zimmer und ließ mich allein mit meiner Aufregung und den einschüchternden Gedanken.

Einige Zeit später öffnete sich die dunkle Tür erneut und anstelle der zierlichen Empfangsdame trat Kim Won durch die Tür. Ich sprang von meinem Stuhl hoch und streckte ihm die Hand höflich entgegen.

«Guten Tag, Mister Won. Vielen Dank, dass Sie sich Zeit für mich nehmen.»

Statt seiner Hand reichte er mir eine Tasse Kaffee und nickte mir zum Gruß zu.

«Hallo. Mein Name ist Kim und ich brauche dringend Hilfe.»

Mit einem breiten Grinsen nahm ich ihm den Kaffee ab und wir beide setzten uns. Meine Aufregung hatte sich bereits deutlich gelegt. Zumindest lief ich nicht mehr Gefahr, den Inhalt meiner Tasse zu verschütten, sollte ich sie nicht mit beiden Händen fest umklammert halten.

«Marley – darf ich Marley sagen?»

Ich nickte zur Bestätigung.

«Sehr gut. Jamie hat mir schon viel über dich erzählt und mir in den höchsten Tönen vorgeschwärmt, dass du die optimale Unterstützung für mich wärst.»

«Das beruht auf Gegenseitigkeit. Mir hat er im Gegenzug von dir und deinem Unternehmen vorgeschwärmt. Allerdings hätte er sich das im Grunde auch sparen können. Ich bin ein großer Fan von HardBeat und würde mich glücklich schätzen, hier arbeiten zu dürfen. Ich hoffe nur, dass Jamie den Mund nicht zu voll genommen hat, als er von mir sprach.» Verlegen sah ich auf meine Hände hinunter, die ich haltsuchend um die Tasse geschlungen hatte.

«Das werden wir gleich sehen. In erster Linie achte ich bei meinen Angestellten darauf, Persönlichkeiten und kluge Köpfe an Bord zu haben, die meine Firma bereichern. Die genauen Prozesse und Abläufe kann man sich schließlich mit der Zeit aneignen. Den grundlegenden Charakter oder die Einstellung einer Person zu verändern, fällt da schon deutlich schwerer.»

Wieder nickte ich stumm.

«Vielleicht erzähle ich dir einmal kurz in meinen Worten, was genau du für die Position als meine rechte Hand mitbringen solltest, und dann kannst du loslegen und mir sagen, inwiefern du dich da wiederfindest oder wovon du vielleicht eine eigene Vorstellung hast. Wäre das in Ordnung für dich?»

*Wow!* Am liebsten wäre ich Kim genau in diesem Moment um den Hals gefallen und hätte augenblicklich den Vertrag unterschrieben. Das klang auf jeden Fall nach einem guten Start. Abgesehen davon, konnte ich es ohnehin kaum erwarten, Teil des Teams zu werden.

Zwei Stunden später hatten Kim und ich uns ausführlich kennengelernt und ausgetauscht. Ich bildete mir sogar ein, ein erstes Gefühl für ihn als Menschen und in der Position als Geschäftsführer bekommen zu haben. Er gewährte mir auf jeden Fall tiefreichende Einblicke und ich genoss den Austausch geradezu. Außerdem zeigte er mir die Büroräume und stellte mich den Kollegen als Bewerberin auf die Assistenzposition vor.

«Dann melde ich mich so bald wie möglich bei dir mit einem konkreten Vertragsangebot, sofern du noch an der Stelle interessiert bist», schloss er das Gespräch, nachdem er mich zurück in die Lobby begleitet hatte.

«Ich freue mich schon darauf, von dir zu hören, und würde am liebsten sofort starten», gab ich mit strahlenden Augen zur Antwort.

«Das höre ich sehr gern.» Er reichte mir die Hand zum Abschied. «Melde dich bitte jederzeit bei mir, sollten noch offene Fragen auftauchen oder wenn durch das Angebot noch Redebedarf aufkommt.»

«Das mache ich, vielen Dank.»

«Und richte Jamie schöne Grüße von mir aus. Ich werde mich die Tage bei ihm melden und mich persönlich bedanken, dass er den Kontakt hergestellt hat.» Er schenkte mir ein offenherziges Lächeln.

«Richte ich ihm aus. Ich wünsche dir noch einen erfolgreichen Arbeitstag und hoffe, bald von euch zu hören.»

«Auf jeden Fall.»

Kaum hatte Kim sich abgewandt, zückte ich mein Handy und warf einen Blick auf das Display, das mir einen verpassten Anruf sowie eine Mitteilung der Mailbox anzeigte.

«Hi, ich bin es», hörte ich Jamies Stimme zögerlich sagen,

als ich die Nachricht abhörte. «Ich schaffe es leider doch nicht, dich abzuholen. Tut mir leid. Natürlich übernehme ich die Kosten für ein Taxi oder Uber für dich.»

«So weit kommt es noch», sagte ich zu mir selbst und legte auf. Eilig tippte ich:

*Kein Problem, ich finde schon nach Hause.*

Beschwingt von dem positiven Bewerbungsgespräch entschied ich mich, den Bus zu nehmen. Der Weg zu Jamies Wohnung war kurz und ein kleiner Spaziergang zur nächsten Haltestelle schadete nicht. Die Sonne schien und ich genoss die warmen Strahlen auf meinem Gesicht. Auch das letzte bisschen Anspannung fiel von mir ab und ich drehte mich grinsend und mit geschlossenen Augen einmal im Kreis. Dabei schwelgte ich in dem angenehm kribbeligen Gefühl, das mein Gespräch mit Kim hinterlassen hatte.

«Vorsicht!», riss mich eine männliche Stimme, begleitet von hektischem Klingeln aus meinem Hochgefühl. «Aufpassen! Aaaahhh!»

Noch ehe ich die Augen aufschlagen konnte, hörte ich lautes Poltern und schmerzerfülltes Aufstöhnen. Direkt vor mir lag ein dunkelhaariger Mann auf dem Boden. Erschrocken sah ich zu ihm herab. Seine Beine waren seltsam mit einem Fahrrad verknotet und die hellblaue Jeans hatte auf Höhe des linken Knies einen großen Riss abbekommen. Schockiert starrte ich auf den Stoff darum, der sich bereits in leuchtendem Rot tränkte. Das war allein meine Schuld!

«Oh, verdammt», entfuhr es mir. «Das tut mir leid.» Ich beugte mich herunter und half dem Mann, sich unter dem Fahrrad hervorzukämpfen. «Ich habe nicht aufgepasst und stand im Weg ...», faselte ich zutiefst erschrocken vor mich hin.

«Halb so wild», wiegelte er ab und strich sich den Straßenstaub vom dunkelblauen Hemd. Sein schmerzverzerrtes Gesicht sagte allerdings etwas anderes. «Ich habe selbst den Kopf in den Wolken gehabt und genauso wenig auf meine Umgebung geachtet. Ist bei Ihnen alles in Ordnung?» Er musterte mich prüfend.

«Natürlich. Ich bin nur erschrocken. Den Schaden haben ganz allein Sie abbekommen.» Hilflos sah ich an ihm hinab. «Kann ich Sie irgendwohin bringen? Ich glaube, das sollte sich jemand ansehen.» Ich deutete zitternd auf die Wunde an seinem Knie.

«Sind Sie denn mit dem Auto hier?», fragte er vorsichtig.

«Nein, aber ich wollte mir sowieso ein Uber rufen», flunkerte ich. Vermutlich würde er es sonst ausschlagen, wenn ich anbot, für ihn eine Mitfahrgelegenheit zu übernehmen.

«Das sieht sicher schlimmer aus als es ist. Ich will auch keine Umstände machen.»

«Ach, Unsinn. Das ist ja wohl das Mindeste, das ich tun kann. Außerdem wäre es überhaupt kein großer Umweg, wenn wir einen Abstecher zum Krankenhaus machen. Wirklich.» Wieso kam mir dieser Typ eigentlich so bekannt vor?

«Dann gern», lenkte er ein.

«Und was stellen wir mit Ihrem Fahrrad an?»

«Das stelle ich hier an den Rand.» Er stellte das Fahrrad an die nächstgelegene Häuserfront und sperrte es mit leicht bebenden Händen ab. «Darum kümmere ich mich später. Danke, dass Sie mich mitnehmen.»

«Wie gesagt, das ist das Mindeste, das ich anbieten kann.»

«Ich hoffe, ich habe Ihnen jetzt den Tag nicht versaut.» Er

presste entschuldigend die Lippen zusammen.

«Auf keinen Fall», gab ich grinsend zurück. Dann zog ich mein Handy wieder hervor und orderte uns ein Uber zum nächstgelegenen Krankenhaus.

Eine Viertelstunde später stiegen wir aus dem rostigen Wagen, der auffällig nach Hanf und Tabak stank.

«Soll ich Sie begleiten?», bot ich unbeholfen an. Der Unfall war mir immer noch extrem unangenehm und ich konnte das Gefühl nicht abschütteln, dass ich dem Fahrradfahrer schon einmal über den Weg gelaufen war.

«Nein, danke», lehnte er ebenfalls ein wenig scheu ab. «Ich bin ja schon groß. Ab hier komme ich klar.»

«Ich will mich auch nicht aufdrängen.» Hektisch wedelte ich mit den Händen vor meiner Brust umher. «Wollen Sie meine Telefonnummer oder Adresse?»

Überrascht lächelte mich mein Gegenüber an. «Da wäre ich nicht abgeneigt.»

«Ich meine, für die Versicherung», beeilte ich mich klarzustellen. Hatte er wirklich gedacht, ich würde mit ihm flirten? Hatte ich ihm eventuell sogar Grund dazu gegeben?

«Nur keine Umstände», wehrte er mit leicht geröteten Wangen ab. «Danke und einen schönen Tag noch. Ich komme schon zurecht.» Hastig entfernte er sich und gab mir keine Chance, uns beide weiter in Verlegenheit zu bringen.

Ich wandte mich zur Straße um und bestellte mir ein weiteres Uber zu Jamies Wohnung. Gerade, als ich die Daten abgeschickt hatte, nahm ich im Augenwinkel schemenhaft einen blonden, gut trainierten Mann wahr und zuckte augenblicklich zusammen. Die feinen Härchen in meinem Nacken reagierten und jagten mir einen eiskalten Schauer über den Rücken. Meine Schritte beschleunigten sich wie von selbst und ich wagte es nicht, mich noch einmal umzudrehen, um nachzusehen, ob es wirklich Avery gewesen war, an dem ich eben vorbeigelaufen war.

# 38

«Du hast aber lange nach Hause gebraucht.» Jamie sah von der Paprika hoch, die er gerade in feine Streifen schnitt, als ich durch die Tür polterte.

«Ich habe noch einen kleinen Umweg gemacht.» Ich wurde Schuhe und Tasche los und trat näher heran. «Und du kochst heute?»

«Na klar. Es gibt immerhin etwas zu feiern. Oder nicht?» Er hielt kurz inne, das Messer verharrte auf halbem Weg in der Luft und er musterte mich mit hochgezogenen Brauen.

«Eigentlich noch nicht», gab ich zur Antwort. «Das Gespräch ist zwar richtig gut gelaufen und ich würde am liebsten gleich morgen anfangen, aber Kim hat sich noch nicht für mich entschieden und auch vertraglich ist nichts in trockenen Tüchern.»

«Ach so, das.» Er fuchtelte wild mit dem Messer durch die Luft. «Das sind doch Kleinigkeiten. Schnöder Papierkram.»

Ich schnaubte ungläubig. «Diese Kleinigkeiten und der Papierkram entscheiden am Ende darüber, ob ich bald einen neuen Job habe oder nicht, Jamie.»

«Du solltest ganz klar an deinem Selbstwertgefühl arbeiten, meine Liebe», erwiderte er schmunzelnd. «Ich habe natürlich längst mit Kim gesprochen, um ein wenig vorzufühlen. Sonst wäre ich hier vermutlich vor Neugier in meine Einzelteile zerfallen, nachdem du offenbar in Zeitlupe nach Hause gelaufen bist.»

«Ach», stieß ich aus. «Und was hat er dir gesagt?»

«Was wohl! Er meinte, dass er mir unendlich dankbar ist,

dass ich dich ins Spiel gebracht habe und dass er direkt nach eurem Gespräch mit der Personalabteilung gesprochen hat. Die Kollegen dort bereiten gerade den Vertrag vor. Er hat sofort erkannt, was er an dir hat, und wäre ja völlig bescheuert, wenn er da nicht schnell zuschlagen würde, ehe ein anderer Arbeitgeber dich ihm wegschnappt.»

«Wirklich?» Nervös tippelte ich mit den Füßen auf den Boden. «Das hat er gesagt?»

«In seinen Worten klang das natürlich geschäftsmäßiger. Aber ja, im Grunde hat er genau das gesagt. Morgen Mittag solltest du ein Vertragsangebot in deinen Mails finden, Marles.»

Kaum hatte er den letzten Satz zu Ende gesprochen, gab es kein Halten mehr für meine Freude. Ich begann wie eine Irre auf der Stelle zu springen und «ja, ja» zu kreischen.

«Du freust dich also?», hakte Jamie grinsend nach.

Ich lief um die Küchenzeile herum, packte ihn an beiden Armen und hüpfte völlig außer mir weiter auf und ab. Dabei quietschte ich vor Freude, meinen Traumjob bereits in greifbarer Nähe zu wissen.

Eines war klar: Heute Nacht würde ich kein Auge zutun. Hoffentlich hatte Jamie nichts missverstanden oder Kims Worte eine Idee zu frei interpretiert. Außerdem betete ich, dass das Angebot gut genug wäre, dass ich es annehmen und mich auf Wohnungssuche begeben könnte. Ich wollte meinem besten Freund nicht länger als unbedingt notwendig zur Last fallen.

«Erde an Marley?» Jamie hatte sich nach vorn gebeugt und musterte mich aus zusammengezogenen Augen.

«Entschuldige, ich kann es noch gar nicht richtig fassen. Das wäre der absolute Hammer, wenn es wirklich klappt.»

«Das habe ich bemerkt.» Er stupste mir die Nase. «Und das hat jetzt ein Ende.»

«Was genau hat ein Ende?» Unverwandt sah ich ihm entgegen.

«Dein ewiges Tiefstapeln, junge Dame», klärte er mich auf. «Ich wusste bereits in dem Moment, als ich dich ihm vorgeschlagen habe, dass er dir ein Angebot machen wird. »

«Es ist eben nicht jeder so heillos optimistisch wie du, Jamie», versuchte ich, ihn wieder auf den Boden der Tatsachen zurückzuholen. «Ich habe lange Zeit nur Teilzeit gearbeitet und das in einem alles andere als fordernden Umfeld – zumindest, was die Inhalte meiner Arbeit anging. Da ist es nicht selbstverständlich, dass eine so unfassbar coole Firma wie HardBeat mir eine Chance gibt.»

«Aber du hast es einfach drauf. Ich kenne niemanden, der so organisiert und gleichzeitig so flexibel ist wie du. Aus jeder Situation weißt du das Beste zu machen und effizient das meiste für alle Beteiligten herauszuholen. Es gibt ein Problem, du findest die Lösung. Es tut mir nur in der Seele weh, dass du dir dessen gar nicht bewusst bist.»

«Nicht immer», räumte ich kleinlaut ein und dachte an meine Zeit mit Avery. «Die vielen Absagen zeigen auch, dass es nicht verkehrt war, Demut zu zeigen und mir nicht allzu viele Hoffnungen zu machen.»

Jamie legte den Kopf schief und musterte mich «Vielleicht hast du aber auch mit deinen Befürchtungen unbewusst dafür gesorgt, dass du so viele Absagen erhältst.»

«Wie das denn? Ich habe bei den meisten noch nicht einmal die Chance auf ein Erstgespräch erhalten.» Geknickt schob ich mir ein Stück Paprika in den Mund.

«Hey», beschwerte sich Jamie. «Die sind für das Thai Curry!»

«Die eine werden wir später schon nicht vermissen.» Ich zuckte mit den Schultern.

«Mag sein. Aber zurück zum eigentlichen Thema.

Vielleicht hast du in deinen Bewerbungen deine negativen Schwingungen und Ängste unbewusst formuliert und so den Eindruck vermittelt, dass du dir nicht genug für die ausgeschriebene Position zutraust.»

Ich riss mich von dem Anblick los, wie Jamie gekonnt das Gemüse kleinschnitt, während er mir einen Vortrag hielt. «Das glaube ich nicht. Das wäre mir sicher aufgefallen.» Mit ratlosem Blick wartete ich auf seine Antwort.

«Vermutlich hat es schon gereicht, dass du negativ an die Sache herangegangen bist.»

«Jetzt komm mir nicht mit der Macht des positiven Denkens.» Mein Blick wanderte genervt zur Zimmerdecke.

«In diesem Fall wohl eher des negativen Denkens», korrigierte er mich und gab die Paprikastreifen in den Wok auf dem Herd.

«Abe–»

Er hob die Hand und würgte mich damit mitten im Wort ab. «Ah, ah! Ich habe recht und damit ist die Diskussion beendet.»

«So ist das also?» Skeptisch zog ich die rechte Braue hoch.

«Ja, genau. So ist das. Ich habe gekocht, der Wein ist bereits eingeschenkt und wir haben etwas zu feiern. Damit ist die Diskussion sowieso hinfällig. Schließlich bekommst du morgen ein vielversprechendes Angebot zugeschickt und bist damit den ganzen Bewerbungszirkus los.»

«Dem kann ich nichts entgegensetzen», lenkte ich mit einem Lächeln ein. «Was für einen Wein gibt es denn zu unserem Thai Curry? Ich hätte ja eher auf Saft getippt.»

«Ja, dazu gibt es natürlich Saft.» Jetzt war es an ihm die Augen zu verdrehen, wie ich nur auf den abwegigen Gedanken kommen konnte, dass es Wein zum Essen gäbe. «Aber davor gönnen wir uns einen Pflaumenwein. Zum Anstoßen.»

«Aahh», erwiderte ich gedehnt. «Natürlich.» In einer

übertriebenen Geste klatschte ich mir die Hand auf die Stirn. «Was habe ich mir nur gedacht.»

«Manchmal bist du echt schwer von Begriff, Liebes», kommentierte er sarkastisch. Dann schloss er fest beide Arme um mich und fügte hinzu: «Und genau deshalb liebe ich dich, mein allerliebster Lieblingsmensch.» Ein dicker, feuchter Schmatzer landete auf meiner Wange.

«Ich dachte immer, du kannst Leute, die schwer von Begriff sind, nicht leiden», konterte ich lachend.

«Touché.» Mit einer wirbelnden Geste seiner Hand unterstrich er seine Aussage. Kurz darauf schnappte er sich die beiden vollen Schnapsgläser von der Ablage und hielt mir eines davon entgegen. «Stoßen wir jetzt auf deinen neuen Job an oder nicht?»

«Natürlich. Das lasse ich mir nicht zweimal sagen.» Ich rammte schwungvoll mein Glas gegen seines. «Auf mein neues Leben!»

«Auf dich!»

Fast hätte ich über dem grandiosen Abendessen und meiner Vorfreude auf den neuen Job die unheimliche Begegnung vor dem Krankenhaus vergessen. Aber eben nur fast. Als wir das Geschirr gespült und uns müde in unser jeweiliges Bett geschleppt hatten, tauchte Averys Gesicht wieder vor meinem inneren Auge auf.

*War es tatsächlich er gewesen, dem ich in der Auffahrt begegnet war? Warum hatte er mich nicht zur Rede gestellt, mich wüst beschimpft oder am Ende sogar erneut Hand an mich gelegt? Hatte er mich vielleicht gar nicht gesehen? Und falls doch, war er mir gefolgt? Wusste er jetzt, wo ich beziehungsweise wo Jamie wohnte?*

Unruhig wälzte ich mich von einer Seite auf die andere und die Gedanken rasten im Kreis. Was würde ich tun, wenn er mir eines Tages vor der Tür auflauerte? Sollte ich Jamie von der Begegnung heute erzählen? Andererseits wollte ich auch die Pferde nicht unnötig scheu machen. Ich war mir ja nicht einmal sicher, ob es wirklich er gewesen war. Es könnte genauso gut irgendein x-beliebiger Mann gewesen sein, der ihm zufälligerweise ähnlich sah. Selbst wenn es tatsächlich er war, hieß das nicht automatisch, dass er Himmel und Hölle in Bewegung setzte, um sich an mir zu rächen oder mich zurückzugewinnen. Für ihn lag die Sache sicher längst in der Vergangenheit und ich interessierte ihn gar nicht mehr. Immerhin hatten sowohl er als auch Lianne keinen Hehl daraus gemacht, dass ich nicht in seiner Liga spielte und es ein Leichtes für ihn war, deutlich attraktivere Frauen für sich zu gewinnen.

Am Ende hatte unsere Trennung mich am Ende mehr getroffen als ihn. Er teilte wahrscheinlich längst mit einer anderen das Bett. Eine, die besser war als ich. Schlanker. Selbstbewusster. Weniger anstrengend und bemitleidenswert. Nicht so schwach und peinlich. Eine Frau, die ihm guttat, anstatt den Dämon in ihm hervorzukitzeln.

# 39

«Hallo Marley», begrüßte mich Keiths rauchige Stimme. Er winkte mir erfreut zu, als ich mich durch die Tür des Gemeindezentrums schob. «Ich habe dir schon einen Kaffee und einen Platz gesichert.»

«Danke.» Mit einem Lächeln nahm ich ihm das Heißgetränk aus der Hand und setzte mich auf den freien Stuhl neben ihm. Von Mal zu Mal fiel es mir leichter, an den Treffen der Selbsthilfegruppe teilzunehmen. Es fühlte sich mittlerweile fast schon gut an. Endlich war ich Teil von etwas, ohne mich selbst dafür verstellen oder meine Werte verkaufen zu müssen.

«Americano, schwarz, ohne Zucker», imitierte Keith mich mit einem breiten Grinsen, als ich vorsichtig an meinem Becher roch.

«Perfekt», seufzte ich und lehnte mich auf dem Stuhl zurück.

«Hast du über mein Angebot nachgedacht?» Angespannt wartete er meine Antwort ab.

«Du meinst, ob wir offiziell Tandempartner sein wollen?», fragte ich, um Zeit zu schinden.

«Hier nennt man das Buddies», korrigierte er mich. «Aber ja, das meinte ich.» Immer noch verharrten seine Augen forschend auf mir.

«Hm ...» Ich nahm einen Schluck Kaffee, als müsste ich erst noch darüber nachdenken. Keith lehnte sich wie von selbst weiter vor und schien jeden Moment vor Neugier zu platzen. «Sind wir das nicht längst?» Mit einem frechen

Lächeln zwinkerte ich ihm zu. «Ich meine, wir telefonieren nachts stundenlang, wenn wir uns einsam fühlen. Wir tauschen uns regelmäßig über unsere Ängste und Sorgen aus und stehen dem anderen bei, wenn er einen schwachen Moment hat. Ich glaube, niemand kennt die Abgründe meiner Seele so wie du.»

Erleichtert atmete er auf. «Darauf hatte ich gehofft. Es gibt niemanden, der mich so versteht wie du. Mit dir fühle ich mich sicher.»

«Das kann ich nur zurückgeben», ließ ich ihn wissen und streckte ihm unbeholfen die Hand entgegen. Erst sah er mich mit gerunzelter Stirn an, doch dann griff er danach und schüttelte sie.

«Da haben sich wohl wieder zwei Buddies gefunden», hörte ich eine weibliche Stimme in meinem Rücken sagen. «Tragt euch später gern in der offiziellen Liste ein, Keith und Marley.» Delilah nickte uns optimistisch zu und setzte sich auf einen freien Platz in der Runde. «Dann wollen wir anfangen. Wer möchte uns an seinen aktuellen Erfolgen oder Rückschlägen teilhaben lassen?»

Mit einem Selbstbewusstsein, das ich vor wenigen Wochen nicht einmal ansatzweise an den Tag gelegt hatte, hob ich die Hand.

«Dann leg mal los, Marley.» Delilahs Augen strahlten wie die einer stolzen Mutter.

«Ich werde demnächst umziehen und zum ersten Mal allein leben. Im Augenblick habe ich noch keine Zusage, aber es fühlt sich unglaublich an, bald auf eigenen Beinen zu stehen.» Ich konnte die Tränen an meinen Augenrändern spüren, die vor Freude in mir aufstiegen. «Außerdem habe ich mir Keith offiziell als meinen Buddy gekrallt und freue mich darauf, sowohl hier in der Gruppe als auch zu zweit weiter an mir zu arbeiten.»

«Das sind großartige Neuigkeiten!» Delilah klatschte aufgeregt in die Hände. «Herzlichen Glückwunsch zu diesem Entschluss, Marley. Das nenne ich einen großen Erfolg und einen tollen Start in unser heutiges Treffen.»

«Danke. Ich freue mich schon sehr darauf, die Wohnung nach meinen Vorstellungen zu gestalten.» Mit einem Nicken gab ich zu verstehen, dass ich damit für heute alles gesagt hatte.

«Wer möchte sonst noch etwas mit uns teilen?» Delilahs Blick schweifte über jedes einzelne Gesicht in unserem Stuhlkreis und blieb schließlich an Ricks hängen, das verdächtig tiefe Augenringe zeigte. «Rick, möchtest du?»

«Ich weiß nicht ...», meinte der ältere Mann, der in sich zusammengesunken auf einen Punkt auf dem Boden starrte. «Meine Woche lief nicht so gut und ich will die gute Stimmung nicht zerstören.»

«Soll ich zuerst von meinem Tief diese Woche erzählen?», bot Keith mitfühlend an. «Dann ist die Stimmung ohnehin getrübt und es fällt dir vielleicht leichter.» Fragend sah er zu Rick.

Dieser nickte, ohne den Blick zu heben. «Ich glaube, das würde helfen. Ja.»

«Ich war diese Woche kurz davor, Samantha anzurufen.» Mein Kopf zuckte erschrocken zu ihm herum. Davon hatte er mir gar nichts erzählt. «Mittwoch am späten Abend habe ich mich einsam und wertlos gefühlt und war versucht, wieder in das alte Muster zu verfallen und zu ihr zu fahren.» Seine Augen zuckten zu mir. «Doch dann hat sich Marley bei mir gemeldet, weil sie sich mit jemandem austauschen wollte, und hat mich auf andere Gedanken gebracht.»

«Wirklich?», entfuhr es mir versehentlich.

«Ja. Danke, Marley.» Er nickte und ein Blick in seine Augen verriet mir, dass er die Wahrheit sagte.

«Und ich dachte, ich störe dich wahrscheinlich beim Training oder bei etwas anderem und gehe dir mit meinen Sorgen auf die Nerven.»

«Kein bisschen. Du darfst mich jederzeit anrufen.» Mit einem Zwinkern fügte er noch hinzu: «Buddy.»

# 40

Seine glühenden Augen bohrten sich tief in meine Seele. Die Intensität, mit der er mich musterte, erstickte den Schrei, der sich seinen Weg meine Kehle hinauf bahnte. Mein Mund öffnete sich zwar, jedoch kam kein einziger Laut über meine Lippen. Wie gebannt lag ich auf dem Bett und wagte es nicht, auch nur zu blinzeln. Mein Atem ging stockend und hektisch und mein Herz schlug in doppeltem Takt.

«Hast du mich vermisst?», raunte er mir zu. Sein heißer Atem strich meine Wange und ich fröstelte.

«Wie …», krächzte ich kaum hörbar und verstummte augenblicklich. Mir fehlten der Mut und die Kraft, weiterzusprechen. Seine Augen funkelten düster und schienen direkt in meine Seele zu blicken.

«Du hast doch nicht wirklich gedacht, dass ich dich so einfach gehen lasse.» Ein hämisches Lachen begleitete seine Worte und ließ die wohlvertraute Übelkeit in mir aufsteigen. Ich war ihm hilflos ausgeliefert. Erneut.

Wie konnte ich so einfältig sein, auch nur eine Sekunde zu glauben, dass es vorbei war. Niemals würde ich ihn einfach so hinter mir lassen. Das wusste er zu verhindern, wie ich jetzt am eigenen Leib erfuhr.

Spielerisch glitten seine Finger über meinen Bauch hoch über das Brustbein direkt zu der kleinen Kuhle, wo die beiden Schlüsselbeinknochen sich trafen, und raubten mir so den Atem. Die Übelkeit steigerte sich ins Unermessliche und dunkle Flecken tanzten in meinem Sichtfeld. Ich konnte spüren, wie er jeden einzelnen Moment genoss und das grausame Finale gezielt hinauszögerte. Die Angst, die sich in seinen vor Lust geweiteten Pupillen widerspiegelte, lag tonnenschwer auf meiner Brust und schnürte mir die Kehle zu. Auf ihn wirkte sie offensichtlich aphrodisierend. Er leckte sich langsam über die Lippen und sog tief die wenige Luft ein, die noch zwischen uns lag.

«Du riechst so gut, wenn du vor Angst zitterst», raunte er. Ich spürte deutlich, wie er zwischen meinen Schenkeln immer härter wurde, und die Galle stieg mir in den Mund.

Dieses Mal würde er mir nicht den Gefallen erweisen, mich vorher an den Rand der Bewusstlosigkeit zu prügeln. Dafür schwelgte er viel zu sehr in seiner Macht über mich – und ich bestärkte ihn noch darin. Jeder zittrige Atemzug, jedes Beben meiner Lippen, jedes noch so kleine Schaudern spornte ihn weiter an. Es gefiel ihm. Daran ließ er keinen Zweifel.

«Marley!», hörte ich aus der Ferne eine Stimme rufen. Eine warme, vertraute Stimme. Eine freundliche Stimme, die sich vor Sorge überschlug. «Wach auf, Süße! Bitte, wach auf!»

Ich schlug die Augen auf und blickte direkt in die meines besten Freundes, der panisch an meiner Schulter rüttelte. «Gott sei Dank!» Er ließ die Hand von meinem Arm sinken.

«Jamie?», fragte ich verwirrt.

«Du hast geträumt», klärte er mich auf. «Und es muss ein wirklich übler Traum gewesen sein. Dir stand der Schweiß auf der Stirn und du hast wild hin und her gezuckt. Ich war kurz davor, einen Exorzisten zu holen.»

Der Schreck stand ihm noch deutlich ins Gesicht geschrieben. Er musste durch die Hölle gegangen sein, ehe er mich wachbekommen hatte.

«Tut mir leid», entschuldigte ich mich reflexartig. «Es war nur ein böser Traum, nichts weiter. Jetzt bin ich ja wach.»

«Ging es um ihn?», wollte Jamie wissen. Seine Stirn lag immer noch in tiefen Falten und ein kaum merkliches Zittern begleitete seine Atemzüge.

«Nein», stritt ich das Offensichtliche ab.

«Und das soll ich dir glauben?» Er zog die Augenbrauen nach oben und musterte mich zweifelnd. «Worum ging es dann?»

«Um kleine chinesische Fellkreaturen, die ich nach Mitternacht gefüttert und anschließend mit Wasser bespritzt habe.»

«Gremlins.» Er lachte. Doch etwas Nervöses lag darin.

«Ja, eine ganze Meute davon.» Ich holte mit beiden Armen aus und unterstrich mit einer übertriebenen Geste, wie viele es gewesen sein mussten. «Und weil ich sie mit Wasser bespritzt habe, wurden es jeden Wimpernschlag unzählige mehr. Es war der absolute Horror.»

«Kein Wunder, dass du aussahst, als hätte dein letztes Stündchen geschlagen.»

«Du hast ja keine Vorstellung.»

Wir beide kicherten unsicher. Die Situation war ihm offenbar ebenso unangenehm wie mir. Er hatte keine Ahnung, wie er mir beistehen sollte, und ich wusste nicht, wie ich seine Hilfe annehmen konnte, falls ihm doch noch etwas einfiel.

«Soll ich uns Frühstück machen?»

«Das klingt nach einer guten Idee. Ich springe noch schnell unter die Dusche und wasche diesen Traum ab.» Problem gelöst. Jamie musste nicht mehr ratlos vor mir sitzen und ich seinen besorgten Blicken nicht weiter ausweichen. Ein Gewinn für alle Seiten.

Nach einer ausgiebigen Dusche kuschelte ich mich in Jamies Bademantel und tapste in die Küche.

«Wow, das riecht ja großartig», staunte ich.

«Geht es dir besser?», fragte Jamie verhalten und schob mir einen Teller über die Anrichte zu.

«Viel besser.» Ich streckte mich ausgiebig. «Wie neugeboren.»

«Das freut mich.»

«Sind das etwa ...», entfuhr es mir, als ich die dampfenden Teigfladen auf dem Teller erfasste.

«Ja, das sind die besten Blaubeer-Pancakes der Stadt», bestätigte Jamie meinen Satz, ehe ich zu Ende sprechen konnte.

«Du warst in unserem Lieblingscafé?», quiekte ich eine Oktave höher als gewöhnlich.

«Du warst eben ziemlich lange unter Dusche.»

«O mein Gott!» Ich hüpfte, den Teller in der Hand, von einem Fuß auf den anderen, wobei die Pancakes bedrohlich hin und her rutschten. «Ich liebe dich!»

«Das weiß ich doch längst. Und jetzt pass auf! Bei dem rauen Seegang auf deinem Teller, klaust du mir gleich meine Portion, weil deine jede Sekunde auf den Boden klatscht.»

«Vielleicht klaue ich mir deine Portion ja so oder so.»

«Das wagst du nicht!»

Mit einem vielsagenden Grinsen schnappte ich mir die Gabel vom Teller und holte in Richtung seiner Pancakes aus. Gekonnt wehrte er mich mit seiner eigenen Gabel ab und ein eifriges Duell nahm seinen Lauf.

Einige Minuten später sanken wir beide erschöpft und schwer atmend auf die Couch und schaufelten unser Frühstück in uns hinein.

«Ich muss dir noch etwas zeigen», meinte Jamie, als ich

gerade die letzte Blaubeere aufspießte und in meinen Mund schob.

«Was denn?» Neugier und böse Vorahnung rangen miteinander um die Vorherrschaft in meiner Gefühlswelt.

«Moment.» Jamie sprang auf und räumte die leeren Teller in die Küche. Auf dem Rückweg schnappte er sich den Laptop vom Sideboard und stellte ihn vor uns auf den Couchtisch. «Hier. Siehst du?» Er deutete auf den Bildschirm.

«Krav Maga – die Kunst der Selbstverteidigung», las ich die Überschrift der geöffneten Homepage laut vor. Unsicher, was ich damit anfangen sollte, suchte ich seinen Blick.

«Hast du Lust?» Wieder dieses kaum merkliche Zittern in seiner Stimme. Er hatte Angst vor meiner Reaktion.

«Hm ...» Meine Gedanken rasten. Verzweifelt durchforstete ich mein Gehirn nach einer schlagfertigen Antwort. «Hast du etwa Angst, wenn Rowena allein von der Bar nach Hause geht?»

Er lachte auf. «Da habe ich eher Angst um die potentiellen Angreifer als um Rowena.»

«Ja, ich auch», stimmte ich ihm ebenfalls lachend zu. «Wahrscheinlich nehmen die schon Reißaus, sobald sie um die Ecke stolziert.»

«Ich sehe sie vor meinem inneren Auge erschrocken zusammenzucken und schleunigst das Weite suchen. Mit Rowena legt sich keiner an.»

Das Grinsen auf meinem Gesicht wurde breiter. «O ja! Bei der Vorstellung bekomme ich fast schon ein wenig Mitleid mit den dubiosen Gestalten, die sich nachts auf unseren Straßen herumtreiben.»

«Aber jetzt mal im Ernst», brachte Jamie das Gespräch wieder auf das ursprüngliche Thema zurück. «Hättest du Lust, mit mir zusammen hinzugehen?»

«Traust du dich nicht allein?» Ich warf ihm einen

vielsagenden Blick zu. Es war offensichtlich, warum er mir den Kurs vorschlug, und ich war nicht sicher, ob ich dankbar oder wütend darüber war. Ich hasste es, wenn man mich bevormundete. Aber natürlich würde ich mich deutlich sicherer fühlen, wenn ich den einen oder anderen Trick beherrschte, um mich im Ernstfall zu verteidigen.

Jamie senkte den Blick wie ein Hund, den man gerade in seine Schranken verwiesen hatte. Kleinlaut murmelte er: «Ich dachte, es könnte dir vielleicht guttun und dein Selbstvertrauen stärken.»

«Jamie, ich weiß deine Sorge wirklich zu schätzen, aber ...» Ich stockte. Plötzlich hatte ich keine Ahnung, wie ich den Satz beenden sollte. Aber was eigentlich?

«Ich weiß, Marley», kam er mir entgegen. «Ich würde allerdings tatsächlich gern mitmachen und es könnte auch irgendwie Spaß machen, wenn wir zusammen hingehen. Oder was meinst du? Wenn es blöd ist, halte ich auch die Klappe. Ehrenwort.»

Ich zögerte. Es wäre ein weiteres Eingeständnis, wie schwach mich die Zeit mit Avery in meinen Inneren hatte werden lassen. Allerdings wäre es auch eine Chance, mein Schicksal wieder in die eigene Hand zu nehmen. Mich sicherer zu fühlen.

«Kann ich darüber nachdenken?»

«Natürlich.» Erleichtert stieß er die angehaltene Luft aus. «Gib einfach Bescheid, wenn du dich entschieden hast. Man kann sich jederzeit anmelden.»

«Alles klar. Ich würde gern ein bisschen in mich gehen und vielleicht sogar mit meiner Selbsthilfegruppe darüber sprechen. Könnte also ein oder zwei Tage dauern.»

«Was auch immer sich richtig für dich anfühlt, Marles. Mach dir wegen mir keinen Stress und sag mir bitte, wenn ich dich zu sehr in eine Richtung dränge. Ich weiß, ich kann manchmal ganz schön zur Helikoptermutter werden.»

«Da widerspreche ich dir nicht», erwiderte ich grinsend. «Aber manchmal hat es auch sein Gutes. Zum Beispiel, wenn ich deshalb mein Lieblingsfrühstück serviert bekomme.»

Heute Abend würde ich zu einem Treffen gehen und den Kurs dort ansprechen. Vielleicht hatte der eine oder andere Lust, sich anzuschließen. Keith zum Beispiel.

# 41

«Bereit, vermöbelt zu werden?», fragte ich Keith mit gespieltem Selbstbewusstsein.

«Langsam mit den jungen Pferden», bremste Jamie mich aus. «Das ist unsere erste Stunde. Ich denke, wir werden uns erst einmal mit jeder Menge Grundlagen herumschlagen müssen, bevor es ans Vermöbeln geht. Außerdem wage ich es zu bezweifeln, dass du diejenige sein wirst, die austeilen kann.» Er beäugte mich skeptisch von oben.

«Okay, okay.» Meine Arme wedelten wild durch die Luft. «Im Vergleich zu euch riesigen Muskelpaketen mag ich klein wirken. Aber bei Krav Maga geht es angeblich nicht um körperliche Überlegenheit. Da kann ich kleiner Minion mich durchaus gegen auch Hünen durchsetzen.» Ich tippte mir großkotzig an die Schläfe. «Da geht es nämlich nur um das hier.»

«Grips?» Jamie legte die Stirn in Falten.

«Nein», stöhnte ich. «Um Willenskraft.»

«Werden wir ja gleich sehen.» Keith ließ seine Fingergelenke knacken und linste unsicher durch die Glastür in den dahinterliegenden Trainingsraum. Die Anspannung war ihm deutlich ins Gesicht geschrieben.

«Wollen wir?», fragte ich und legte ihm beruhigend die Hand auf die Schulter.

«Ready to rumble!» Mit selbstbewussten Schritten lief Jamie voraus und hielt uns die Tür auf. «Dann wollen wir den Kurs mal ordentlich aufmischen.»

«Hallo», begrüßte uns eine große blonde Frau mit

Pferdeschwanz freundlich. «Mein Name ist Rachel. Herzlich willkommen zu eurer ersten Trainingseinheit.»

Wir stellten uns ebenfalls kurz vor und bald darauf rief uns Rachel bereits auf den mit dünnen Matten ausgekleideten Bereich, der vermutlich die Trainingsfläche darstellte. Jamies Blick blieb immer wieder an einem strammen Mittzwanziger mit langen, zu einem Man Bun zusammengebundenen Haaren hängen, der einem stolzen Wikinger glich. *Das war so typisch für ihn. Obwohl er vergeben war, konnte er die Augen nicht bei sich behalten. Zum Glück verhielt es sich mit den Händen anders.*

«Sieht aus, als würden wir zusammen üben», flüsterte ich Keith mit einem Nicken in Jamies Richtung zu. Er antwortete mit einem wissenden Grinsen und nickte leicht.

«Bevor ich euch die eine oder andere Übung demonstriere, bitte ich euch, erst an einem festen Stand zu arbeiten», erklärte Rachel der übersichtlichen Gruppe. «Findet euch hierfür in Zweierpaarungen zusammen. Einer stellt sich etwa hüftbreit, die Füße leicht versetzt, hin. Der andere versucht ihn dann umzustoßen. Ein fester Stand ist Grundvoraussetzung für Krav Maga.»

Jamie warf mir einen fragenden Blick über die Schulter zu, als er bereits auf den Mann zueilte, den er von Anfang an ins Visier genommen hatte. Ich nickte kaum merklich und wandte mich zu Keith um.

«Wollen wir?», fragte ich unsicher.

«Ladies first.» Mit einer ausladenden Geste unterstrich er seine Worte und ließ mir den Vortritt.

Ich bemühte mich, jede von Rachels Instruktionen haargenau umzusetzen und verankerte mich mit beiden Beinen fest im Boden.

«Bist du so weit?» Keith sah mich aus großen Augen an.

Ich prüfte meinen Stand ein letztes Mal und antwortete:

«Ja, du kannst loslegen.» Innerlich wappnete ich mich dafür, dass Keith mich gleich anfassen würde. Seit meinem Auszug bei Avery hatte mich kein heterosexueller Mann mehr berührt. Selbst mein Vater hatte es nicht gewagt, mich in den Arm zu nehmen. Die Angst, er könnte damit eine unsichtbare Grenze überschreiten, hatte ihn zurückgehalten. Die gleiche Angst sah ich nun in Keiths Augen. Also nickte ich erneut und presste fest die Lippen aufeinander. Ich war bereit.

«Okay», seufzte mein Gegenüber und stupste mich leicht an. Seine Augen zuckten sofort zu meinen. Er wartete ab, ob es mir gut ging. Erstaunlicherweise war ich nicht einmal zusammengezuckt.

«War das alles, was du draufhast?», fragte ich mit spielerisch erhobenen Fäusten. Angestautes Adrenalin flutete meine Adern und verlieh mir ein absolutes Hochgefühl. Ich war stark und selbstbewusst. Nahezu unbesiegbar.

«Es geht hierbei darum, den Stand des Gegenübers zu prüfen», ermahnte die Trainerin die Gruppe. Offenbar war Keith nicht der Einzige, der bei seinem ersten Versuch zu zaghaft gewesen war. «Sanft anstupsen wird euch hier keine Sicherheit geben. Der ganze Körper muss fest gespannt sein und eure Trainingspartner sollen mit allen Mitteln versuchen, euch umzuschubsen. Also traut euch ruhig und legt euch richtig ins Zeug.»

«Bist du dafür bereit?», erkundigte sich Keith vorsichtig bei mir. Seine Stimme klang belegt und ich konnte nur zu gut erahnen, was gerade in ihm vorging. Er hatte Angst davor, dass die Übung zu weit ging.

«Ja, ich bin bereit», erwiderte ich mit festem Blick. «Versuch mich mit aller Kraft umzuwerfen. Ich kann das ab.» Ein sanfter Schubser folgte und ich zog eine beleidigte Schnute. «Mach schon, Keith.»

«Sicher?» Fragend sah er mich an.

«So sicher wie das Amen in der Kirche und jetzt leg dich gefälligst ins Zeug!», herrschte ich ihn an. «Sonst können wir auch gleich wieder gehen.»

«Ist gut, ich mach ja schon», gab er zur Antwort. Nach kurzem Zaudern, das ich mit einem Nicken beendete, stieß er seine Hände mit voller Wucht an meine Hüften und warf mich um. Ich knallte rücklings auf die Matte und spürte, wie sich tief in mir etwas löste. Lautes Lachen drang aus meiner Kehle und brachte Keith nach einem kurzen Schreckmoment dazu, erleichtert miteinzustimmen.

«Du hast es nicht anders gewollt», brachte er kurzatmig hervor, als er mir die Hand entgegenstreckte.

«Ja, erst reiße ich groß den Mund auf und ehe ich schauen kann, liege ich auf dem Rücken und weiß nicht, wie mir geschieht.» Grinsend packte ich seinen Unterarm und ließ mir aufhelfen. «Da muss ich wohl noch üben.»

«Nicht nur du», mischte sich Jamie mit ein, der ebenfalls gerade wieder auf die Beine kam.

Sein Trainingspartner klopfte ihm freundschaftlich auf den Rücken. «Noch ist kein Meister vom Himmel gefallen. Für die erste Stunde stellt ihr euch schon ganz gut an.»

«Ich wüsste ein bisschen Nachhilfe durchaus zu schätzen», erwiderte Jamie und leckte sich vielsagend über die Lippen.

«Tut mir leid», gab der Wikinger zur Antwort. «Meine Freundin hat mir verboten, mich mit fremden Männern zu treffen.»

«Zu schade», seufzte Jamie enttäuscht und zwinkerte mir zu. *Als ob er auch nur einen Gedanken daran verschwendet hätte, Dave tatsächlich fremdzugehen.*

Am Ende der Stunde sammelten wir verschwitzt und außer Atem unsere Sachen zusammen.

«Dass ich einmal miterleben darf, wie du eine Abfuhr kassierst, hätte ich mir nie träumen lassen.» Ich stupste Jamie verspielt mit dem Ellenbogen an.

«Tja, ich hätte auch nicht gedacht, dass ich mal dabei bin, wenn du flachgelegt wirst», konterte er mit einem breiten Grinsen.

«Ihr zwei und eure Wortgefechte», stöhnte Keith und verdrehte die Augen. Doch das amüsierte Zucken an seinen Mundwinkel verriet mir, dass er scherzte.

«Oh, Entschuldigung», entfuhr es dem Mann, der mich im Vorbeigehen gerade angerempelt hatte, und ich erstarrte. Diese Augen.

«Marley, willst du nach Hause fahren zum Duschen?», hörte ich Jamie gedämpft fragen.

Doch mein Blick folgte immer noch dem jungen Mann, der bereits um die nächste Biegung lief. Dieses strahlende Grün ...

«Marley?» Zwei besorgte Augenpaare musterten mich gebannt, als mich Jamies Stimme wieder ins Hier und Jetzt zurückbrachte.

«Nein, alles gut. Mit Rachel in der Gemeinschaftsdusche kann mir nichts passieren, denke ich.» Ich zwinkerte den beiden zu und verschwand in der Damenumkleide.

# 42

Endlich war mein großer Tag gekommen. Ich stand vor Jamies mannshohem Spiegel im Flur und überprüfte zum mindestens zehnten Mal mein Outfit. Es sollte dem Anlass angemessen, aber nicht völlig übertrieben sein. Mein Blick glitt hinunter zu der schwarzen Bügelfaltenhose und den halbhohen Stiefeletten. Dann prüfte ich erneut den Sitz des türkisen Blusentops und schloss den Knopf an dem hellgrauen Blazer. Die Haare hatte ich zu einem klassischen Chignon zusammengebunden und das Make-up war zwar deutlich zu sehen, aber dennoch schlicht gehalten.

«Trinkst du wenigstens noch einen Kaffee mit mir, bevor es losgeht?», rief mir Jamie aus der Küche zu.

Um das Frühstück, das gut und gern fünf äußerst hungrige Bären gesättigt hätte, war ich herumgekommen. Nicht einen Bissen konnte ich jetzt herunterwürgen. Ich war viel zu nervös und mein Magen zog sich auch ohne fettigen Speck und zuckersüße Waffeln schmerzhaft zusammen, wenn ich daran dachte, dass ich in wenigen Minuten in einen neuen Lebensabschnitt startete. Zwar freute ich mich wahnsinnig auf meinen ersten Arbeitstag, allerdings müsste ich mich in den nächsten Wochen erst einmal profilieren und Kim und meinen Kollegen zeigen, dass ich keine Fehlbesetzung war.

«Lieber nicht», antwortete ich und atmete tief durch.

«Kamillentee?» Jamie kam mit einer Tasse um die Ecke und hielt sie mir mit einem wissenden Schmunzeln entgegen. Heißer Dampf stieg empor und umspielte meine Nase mit dem frischen Duft nach Kräutern. Ich schnupperte kurz und spürte, wie sich bereits allein durch den Geruch eine gewisse Ruhe in mir ausbreitete.

«Du meinst wohl eher Pfefferminz», zog ich ihn auf, als ich die Tasse entgegennahm.

«Ich habe leider keinen Kamillentee da, dachte aber, dass du etwas für die Nerven brauchst.» Entschuldigend zog er die Schultern hoch. «Und da du an deinem ersten Tag leicht angeheitert nicht den besten Eindruck bei HardBeat hinterlassen würdest ...» Er ließ den Satz ohne ein weiteres Wort ausklingen.

«Pfefferminz ist genau richtig», versicherte ich ihm. «Das ist auch gut für meinen nervösen Magen und macht den Kopf gleich ein wenig frisch. Genau das, was ich jetzt brauche. Danke.»

Erleichtert atmete er auf. «Und du bist sicher, dass ich dich nicht bringen soll?»

«Natürlich bin ich mir sicher. Früher oder später muss ich mich sowieso daran gewöhnen, mit dem Bus zur Arbeit zu fahren, und der Verkehr ist um diese Zeit die Hölle. Wahrscheinlich würde ich viel zu spät kommen, wenn du mich mit dem Auto mitnimmst.»

Ich wusste sein Angebot zu schätzen, doch irgendwie brauchte ich im Moment das Gefühl, es allein zu schaffen. Jamie hatte mir schon dabei geholfen, den Job überhaupt an Land zu ziehen. Da wollte ich wenigstens meinen ersten Tag ohne Hilfe bestehen. Ich brauchte die Sicherheit, die ich damit erlangen würde, mehr als ich zugeben wollte.

«Da muss ich dir wohl oder übel recht geben. Dann mal los, junge Anwärterin!»

Ich warf ihm einen irritierten Blick zu. «Anwärterin?»

Er nickte, offenbar stolz auf seinen Einfall.

«Anwärterin worauf?», hakte ich nach. Ganz eindeutig stand ich gerade auf dem Schlauch.

«Noch bist du ja keine erfahrene Kriegerin, die das Chaos im Berufsverkehr spielend zu meistern weiß», gab er zurück und nahm mir die Tasse ab, die ich inzwischen geleert hatte. «Noch bist du eine Anwärterin auf diesen Titel. Wie eine junge Jedi, die noch keine Kontrolle über die Macht erlangt hat, die ihr innewohnt.»

Ich lachte laut auf. «Okay, die Referenz hat zwar ein paar Umwege genommen, ist jetzt aber angekommen. Dann mache ich mich besser gleich auf ins Getümmel. Ich will meinen Bus ja nicht wegen der Kämpfe im Untergrund verpassen.»

«Warte!», rief er mir über die Schulter zu und eilte davon.

Wie geheißen verharrte ich an Ort und Stelle und prüfte noch ein letztes Mal mein Spiegelbild, dessen einziger Makel der unsichere Blick war, den ich mir selbst zuwarf.

Jamie schlitterte auf seinen Socken um die Kurve und kam mit einem strahlenden Grinsen und stolzgeschwellter Brust vor mir zum Stehen. Dann zog er hinter seinem Rücken eine kleine grüne Tüte hervor und hielt sie mir entgegen.

«Was ist das denn?»

«Wonach sieht es denn aus?», fragte er mit einem schelmischen Zwinkern.

Ich musterte die Tüte genauer und bewunderte die aufgeklebte Spitzenbordüre und die unzähligen Comicstickern darauf. Am oberen Rand war außerdem noch ein Stück Krepppapier angebracht, das eine Schleife aus Bast zusammenhielt, um den Inhalt zu verbergen.

«Ich habe nicht die geringste Ahnung.» Aus großen Augen starrte ich das Ding an.

«Das ist eine Schultüte.» Seine Augen leuchteten mir aufgeregt entgegen, als müsste der Begriff mir etwas sagen. «Also in dem Fall ist es deine Erste-Arbeitstag-Tüte. Habe ich selbst gebastelt.»

«Ach, deswegen ist sie so ...» – Ich ließ absichtlich eine

längere Pause, bis Jamies Mundwinkel leicht zu zittern begannen – «absolut perfekt! Danke, Jamie! Ich habe zwar keine Ahnung, was genau es damit auf sich hat. Aber danke!» Stürmisch zog in ihn an mich und presste ihm einen dicken Knutscher auf die Wange.

«Ich dachte mir schon, dass du heute etwas nervös bist, und wollte dir eine kleine Freude machen. Einer meiner Exfreunde ist doch Deutscher und der meinte, dass in seiner Heimat Kinder am ersten Schultag so etwas bekommen. Die Idee fand ich zu gut, um sie nicht zu nutzen.»

«Mission erfüllt», erwiderte ich. «Ich freue mich wahnsinnig und bin gespannt, was ich in der Tüte alles finde.» Ich warf einen kurzen Blick auf die Uhr. «Und jetzt muss ich wirklich los, wenn ich keinen schlechten ersten Eindruck machen will.»

Ich winkte Jamie zum Abschied noch einmal zu, schnappte mir meine Schultüte und eilte die Treppen hinunter und aus dem Wohngebäude, vor dem ich mitten im Schritt erstarrte.

«Hallo, Marley», begrüßte mich der Schatten, der aus dem Nichts vor mir aufgetaucht war und mir nun den Weg versperrte.

Mit einem Mal war mein Kopf vollkommen leer. Fort war jegliche Erinnerung an die ersten beiden Stunden Krav Maga und aus dem Augenwinkel sah ich, wie die grüne Tüte zu Boden glitt. Jeder Hauch von Selbstbewusstsein, den ich mir in den letzten Wochen mühsam erkämpft hatte, war wie weggeblasen. Nichts war mehr übrig von der neuen, starken Marley, die ich mit jedem Tag ein kleines bisschen mehr aufbaute. Meine Knie verwandelten sich in Wackelpudding und das Atmen fiel mir schwer.

Vor mir stand mein schlimmster Albtraum und ich war ihm hilflos ausgeliefert. Warum nur hatte ich Jamies Angebot ausgeschlagen, mich zur Arbeit zu fahren?

«Was willst du hier?», flüsterte ich kaum hörbar und schluckte schwer.

«Ich hatte gehofft, wir könnten reden», gab Avery zur Antwort.

Obwohl ich nichts lieber wollte, als loszulaufen – weg von ihm, raus aus dieser Situation, einfach nur weg – verharrte ich wie festgeteert an Ort und Stelle. Meine Beine fühlten sich bleischwer an und waren fest mit dem Boden verschmolzen. In meinem Mund herrschte Dürre und mein Verstand hatte einen kompletten Systemabsturz.

«Was glaubst du, was du hier treibst», hörte ich Jamie hysterisch schreien, der im selben Moment hinter mir aus der Tür kam. «Verschwinde, du elender Mistkerl!»

«Ich wollte nur reden», stotterte Avery ungewohnt verunsichert. «Nichts weiter. Nur reden.»

«Du hast kein Recht, mit ihr zu reden! Und jetzt sieh zu, dass du Land gewinnst! Die Polizei ist bereits informiert.»

«Die Polizei?», hörte ich mich selbst fragen.

«Natürlich, Marley. Wir haben eine einstweilige Verfügung gegen ihn erwirkt. Er darf dir nicht zu nahe kommen.»

Das hatte ich völlig vergessen. Dr. Cardenas und Jamie hatten mich am Ende doch noch überzeugt, mir Avery zumindest vorerst vom Leib zu halten, indem ich ihn anzeigte und ein Näherungsverbot beantragte. Avery durfte mir nicht mehr näher als 500 Meter kommen oder musste mit den Konsequenzen rechnen.

«Bitte!» Er hob beschwichtigend die Hände und sein Blick hatte etwas Flehendes. «Ich will doch nur reden.»

«Sie will aber nicht mit dir reden, du verfluchtes Arschloch!», grollte Jamies Stimme bedrohlich hinter meinem Rücken. «Und jetzt verschwinde endlich! Oder muss ich selbst dafür sorgen?» Mit erhobener Faust und entschlossenem Ausdruck schritt Jamie an mir vorbei und auf Avery zu.

«Schon gut», lenkte dieser ein und wich resigniert ein paar Schritte zurück. Doch ehe er das Feld endgültig räumte, wandte er sich noch einmal mir zu: «Bitte ruf mich an, wenn du bereit dazu bist. Ich würde dir gern alles erklären, Marley. Ich flehe dich an!»

«Zisch ab, ehe ich mich vergesse», knurrte Jamie und Avery machte sich davon.

Zwei starke Hände schlossen sich fest um meine Arme. «Geht es dir gut, Marley?», fragte Jamie. Seine Augen waren noch vor Schreck geweitet und bohrten sich in meine.

Wie ferngesteuert nickte ich und der Griff um meine Arme lockerte sich ein wenig. Ich sah, wie Jamie mit prüfendem Blick die Umgebung absuchte. Offensichtlich zufrieden mit dem Ergebnis seiner kurzen Erkundung, senkte er die Augen, bis sie meine trafen.

«Bist du dir sicher, dass es dir gut geht?»

Wieder nickte ich stumm. In meinen Ohren rauschte das Blut so laut, dass ich ihn kaum verstand. Die Welt um mich herum nahm ich nur verschwommen und wie aus großer Distanz wahr. Ich fühlte mich fremd und nicht zugehörig, fast so, als würde ich mir einen Film ansehen. Unfähig zu einer Regung. Unfähig, etwas um mich herum zu beeinflussen.

Jamie legte einen Arm um mich und schob mich in Richtung Tür. Erst da gelang es mir, mich aus meiner Starre zu befreien. Ich stockte und er hielt automatisch mit mir inne.

«Wo willst du hin?», erkundigte ich mich heiser.

«Zurück in die Wohnung. Wohin denn sonst?»

«Nein, auf keinen Fall!», entfuhr es mir etwas lauter als geplant. Ein paar Passanten warfen uns prüfende Blicke zu und eine junge Frau zückte sogar ihr Handy, um uns zu filmen.

Augenblicklich ließ Jamie mich los und wich einen Schritt zurück. Erst jetzt begriff ich, in was für eine Situation ich ihn manövriert hatte. Behutsam legte ich eine Hand auf seine Schulter, doch ehe ich etwas sagen konnte, ergriff er erneut das Wort: «Ich verstehe, wenn du dich in meiner Wohnung nicht mehr sicher fühlst, jetzt, wo Avery hier war.»

«Das ist es nicht», meinte ich und schüttelte entschlossen den Kopf.

«Was dann?» Verständnislos sah er mich an.

«Ich muss zur Arbeit», klärte ich ihn auf.

«So ein Unsinn. Ich rufe Kim an und sage ihm, was passiert ist. Er wird sicher Verständnis für deine Situation haben. Dann fängst du eben ein paar Tage später an als gedacht. Was ist schon dabei?»

«Das will ich aber nicht», sagte ich klar und deutlich. «Diese Macht will ich ihm nicht geben.»

«Aber du kannst doch jetzt unmöglich zur Arbeit gehen und so tun, als wäre nichts gewesen. Marley, niemand könnte das.»

Ich atmete tief durch, umfasste sein Gesicht mit beiden Händen, um meinen nächsten Worten mehr Eindringlichkeit zu verleihen, und sagte: «Ich weiß deine Sorge zu schätzen. Wirklich, Jamie. Aber ich kann nicht zulassen, dass er mir das hier kaputt macht. Ich will es nicht. Genau diese Macht hatte er früher über mich und ich muss mir selbst beweisen, dass das Vergangenheit ist. Verstehst du?»

Ich ließ ihn wieder los und wartete mit einer Entschlossenheit, die ich mir selbst nicht zugetraut hatte, darauf, dass die Worte zu ihm durchdrangen.

Es dauerte ein paar Sekunden, bis er zustimmend nickte.

«Darf ich wenigstens bei Kim anrufen, dass wir uns verspäten und dich fahren?»

# 43

«Und du bist dir wirklich sicher?», fragte Jamie ein letztes Mal, als ich mich abschnallte.

«Ja, alles gut», gab ich zur Antwort.

«Marley», raunte er vielsagend.

Es bestand nicht die geringste Chance, dass ich aus dem Wagen stieg, ohne ihn vorher mit irgendetwas zu betrauen, das er für mich tun konnte.

«Wenn du mir wirklich helfen willst ...», fing ich an, um ein wenig Zeit zu gewinnen.

«Ja?» Er war ganz Ohr.

Gut, das war meine Chance, Jamie eine Aufgabe zu geben. Nur welche? Ihn darum zu bitten, mir etwas zu essen zu besorgen, wäre nicht ausreichend. Außerdem käme er dann zu spät zu seinem eigenen Job – und dort würde er vermutlich auf weniger Verständnis treffen als ich bei Kim. Es musste etwas sein, das sein Helfersyndrom befriedigte, aber auch keine nervige große Geste war, die mich aus dem Konzept brachte. Irgendetwas Kleines, aber äußerst Hilfreiches.

«Du könntest nachsehen, wann heute Abend ein Treffen ist und mich hinbringen, wenn du möchtest», schlug ich den Geistesblitz vor, der mich gerade getroffen hatte.

«Klar, Marley.» Er nickte eifrig. «Das mache ich sehr gern.»

«Perfekt. Dann kann ich mich ganz auf meinen ersten Arbeitstag konzentrieren und heute Abend setze ich mich dann mit dem auseinander, was gerade passiert ist und wie ich damit umgehe.»

«Das klingt nach einem soliden Plan», stimmte er mir zu. «Ich bin echt stolz auf dich.» Er legte mir brüderlich die Hand auf die Schulter, um seine Worte zu unterstreichen. «Dann mal los! Ich wünsche dir einen grandiosen ersten Arbeitstag.»

«Danke.»

Ich schnallte mich ab und hatte die Hand bereits am Griff der Tür, als er mich noch einmal zurückhielt: «Du kannst dich jederzeit melden, wenn du etwas brauchst oder reden möchtest, Marles.»

«Das weiß ich, Jamie», meine Stimme brach fast bei den Worten. Seine grenzenlose Unterstützung und Liebe berührten mich zutiefst. Hastig blinzelte ich die Tränen weg, die mir in die Augen stiegen, warf ihm eine Kusshand zu und sprang aus dem Wagen. «Bis später.»

«Bis später, Liebes. Ich denke an dich.» Er winkte mir zum Abschied zu.

Ein dicker Kloß bildete sich in meiner Kehle und ich eilte in das Gebäude. Ich musste weg von Jamie und seiner Sorge. Weg von den mitfühlenden Blicken, die mich an diesen fürchterlichen Moment vor der Tür erinnerten. Weg von all dem, das ich mit mir herumschleppte.

Entschlossen schritt ich durch die Eingangstür in die Lobby. Auf keinen Fall würde ich zulassen, dass Avery mir das hier zerstörte. Er hatte einen so großen Teil meiner Seele gefressen und mich damit fast vernichtet. Niemals würde ich ihm diese Macht erneut in die Hände legen. Es war mein erster Schritt in ein vollkommen neues, selbstbestimmtes Leben. Das würde ich mir nicht nehmen lassen, schon gar nicht von ihm.

«Guten Morgen, Marley», rief mir die zierliche Empfangsdame zu, die mich auch am Tag meines Bewerbungstermins begrüßt hatte.

«Guten Morgen ...» Mein Blick glitt auf das kleine Schild

am Revers ihres Blazers. «Stella.»

«Willkommen in der HardBeat-Familie», säuselte sie mir mit einem breiten Lächeln zu und überreichte mir eine Tüte, auf der das Firmenlogo prangte. «Kim bat mich, dir alles zu zeigen, weil er leider in einer Besprechung ist, die er nicht verschieben konnte.»

«Vielen Dank.» Neugierig linste ich in die Tüte.

«Hier ist alles Mögliche für dich drin», erklärte sie. «Deine Zugangskarte findest du in dem schwarzen Umschlag zusammen mit deinem Mitarbeiterausweis und einigen Logindaten, die du nach der ersten Anmeldung gern ändern darfst. Außerdem haben wir hier ein bisschen Merch für dich wie zum Beispiel ein T-Shirt, Stifte, einen Block, einen USB-Stick und vieles mehr.»

«Wow, ich bin beeindruckt!»

«Aber zuerst zeige ich dir das Herz unserer Firma.» Ich sah sie fragend an. «Die Kaffeeküche. Bitte hier entlang.»

Eine geschlagene Stunde später kamen wir auf unserer Tour an meinem Schreibtisch an. Stella hatte mich durch das gesamte Bürogebäude geführt und an der einen oder anderen Stelle haltgemacht, um mir einige Kollegen vorzustellen, die allesamt einen unsagbar aufgeschlossenen und freundlichen Eindruck hinterließen.

«So, hier ist dein Reich», schloss sie die Tour. «Du kannst dir alles einrichten, wie es für dich angenehm ist. Wenn du irgendetwas brauchst, kannst du dich jederzeit direkt an mich oder Kim wenden. Wir helfen dir gern oder stellen den Kontakt zu der Person her, die dir weiterhelfen kann. Du wirst dich sicher im Handumdrehen einleben und wir freuen uns, dich an Bord zu haben.»

«Danke», presste ich hervor. Noch nie war ich so herzlich an einem neuen Arbeitsplatz empfangen worden.

«Ich muss dann leider wieder weiter», entschuldigte sie sich und machte auf dem Absatz kehrt. «Der Empfang sollte nicht länger als eine Stunde unbesetzt sein, auch wenn ich das hier dabeihabe.» Sie deutete auf ein mobiles Telefon, das an ihrem Gürtel befestigt war.

«Warte kurz», traute ich mich, sie zurückzuhalten.

«Brauchst du noch etwas?», erkundigte sie sich.

«Nicht direkt.» Ich deutete auf den zweiten Schreibtisch in meinem Büro. «Verrätst du mir noch, wer hier sitzt?»

«Ach, das hätte ich fast vergessen. Entschuldige bitte. Du teilst dir das Büro mit Quirky. Sie wird sicher jeden Moment hier sein und dir alles über HardBeat erzählen, ob du sie danach fragst oder nicht. Sie ist unser Wirbelwind und hat Kim an der einen oder anderen Stelle bislang unter die Arme gegriffen. Allerdings möchte sie sich in Zukunft mehr als Hörbuchsprecherin versuchen und leitet nebenher noch eines unserer Produktteams.»

Aus großen Augen starrte ich Stella entgegen. Diese Quirky ließ mich jetzt bereits vor Ehrfurcht im Boden versinken, auch wenn ich den Namen sonderbar fand.

«Keine Sorge, du wirst sie mögen», rief mir Stella über die Schulter zu und verschwand im Gang.

Erschöpft von den vielen Eindrücken ließ ich mich auf den Bürostuhl sinken und legte mein Gepäck ab. Seufzend schnappte ich mir die Tüte mit dem HardBeat-Logo und holte gespannt all die Goodies heraus, die sie beherbergte. Als ich gerade den letzten Artikel auf dem Tisch ablegte, rauschte eine blasse, rothaarige Frau ins Zimmer. Sie hielt einen riesigen Becher in der Hand, an dessen Strohhalm sie eifrig saugte.

Ich sprang vom Stuhl, streckte ihr meine Hand entgegen

und stellte mich vor: «Hallo, ich bin –» Weiter kam ich nicht.

«Ahh!», rief sie und griff sich eilig an die Schläfe. «Hirnfroooooost!»

Das Lachen platzte nur so aus mir heraus und nach wenigen Sekunden stimmte sie mit ihrem glockenhellen Klang mit ein. Es dauerte ein paar Augenblicke, bis wir uns wieder unter Kontrolle hatten und das Lachen abrupt erstarb.

«Bitte entschuldige», meinte sie und streckte mir nun ihrerseits die Hand entgegen. «Ich bin Ginny und wir teilen uns dieses Büro, bis ich endgültig in meiner neuen Karriere als Sprecherin durchstarte. Herzlich willkommen.»

«Hallo, ich bin –», setzte ich erneut an.

«Marley. Ich weiß. Schon seit Tagen spricht Kim von nichts anderem und wie sehr er sich auf dich freut. Ich bin auch extrem happy, dich endlich an Bord zu wissen. Mein Schreibtisch quillt im Moment völlig über vor Arbeit.»

Ich warf einen verstohlenen Blick auf das heillose Durcheinander auf ihrem Tisch und schluckte. Würde das alles auf mich zukommen?

«Oh, keine Sorge. Das alles ist nur meinem ganz persönlichen Arbeitsstil geschuldet.» Sie machte eine ausladende Geste. «Der überquellende Schreibtisch war mehr im übertragenen und nicht im wortwörtlichen Sinne gemeint – und das ja auch nur, weil ich auf drei bis vier Hochzeiten gleichzeitig tanze. Das ganze Chaos hier bin einfach nur ich.»

«Das hoffe ich», flüsterte ich ein wenig überfordert.

«Es gibt aufgeräumte, strukturierte Leute, die alles fest im Griff haben. Und dann gibt es mich.» Sie zog die Nase kraus, die einige freche Sommersprossen zierten, und zwinkerte mir zu. «Aber jetzt genug von mir. Erzähl mir alles über dich. Wer bist du? Was macht dich aus? Hast du einen Freund? Oder Haustiere? Hobbys?»

Plötzlich brach absolute Dunkelheit über mich herein und

ich zersprang förmlich in meine Einzelteile. Die Frage nach meinem Freund hatte mich eiskalt erwischt. Bilder von heute Morgen vor Jamies Wohnung überrannten mich von einer Sekunde auf die andere und brachten das letzte Quäntchen Stärke, das ich soeben noch verspürt hatte, zu Fall.

Ich gab mein Bestes, mir nichts anmerken zu lassen, öffnete den Mund, um etwas zu erwidern, und brach in unkontrolliertes Schluchzen aus. Tränen rannen mir über die Wangen und ich sank kraftlos und beschämt auf den Stuhl – unfähig die Angst und Hilflosigkeit zurückzudrängen, die unaufhaltsam aus mir herausströmten.

«Ach du Schande», entfuhr es Ginny erschrocken. «Habe ich etwas Falsches gesagt?» Ich hörte Schritte auf mich zukommen und spürte zarte Arme, die sich schützend um mich schlangen. «Kann ich irgendetwas tun?»

«Guinevere McLeary», donnerte eine Stimme von der Tür in unsere Richtung. «Was zur Hölle hast du mit meiner Assistentin angestellt?»

«Ich weiß es nicht», erwiderte Ginny aufgelöst. «Offenbar habe ich irgendetwas Falsches gesagt, aber ich weiß nicht, was.»

Ich versuchte, mich zu fassen, um Kim zu erklären, dass es nicht ihre Schuld war. Doch weiterhin kam nur dieses peinliche, wimmernde Schluchzen heraus, wenn ich den Mund öffnete.

«Ginny, besorg uns doch bitte eine Tasse Kaffee», wies Kim meine Kollegin deutlich ruhiger als gerade eben an.

Ihre Schritte entfernten sich eilig, dafür kamen seine näher. Er ging neben mir in die Hocke, um einen Blick auf mein Gesicht zu erhaschen, und ich wäre am liebsten auf der Stelle im Boden versunken. Eine warme Hand legte sich beschützend auf meinen Oberarm.

«Alles ist gut, Marley», raunte er. «Mach dir keine Sorgen.

Ginny wird gleich mit dem Kaffee zurückkommen. Soll ich sie dann wieder wegschicken?»

Ich schüttelte den Kopf. Hoffentlich zeigte ihm das, dass meine neue Kollegin nichts falsch gemacht hatte.

«Gut. Soll ich wieder gehen und euch beide allein lassen?»

Wieder schüttelte ich energisch den Kopf. Seine Ruhe und Wärme strömten direkt von seiner Hand in meinen Körper und ich fühlte mich sicher in seiner Gegenwart. Auf gar keinen Fall wollte ich, dass er ging und mich allein mit dieser Dunkelheit und Furcht zurückließ.

«In Ordnung», stimmte Kim zu. «Dann warten wir, bis es dir wieder besser geht und reden über das, was gerade vorgefallen ist. Mir ist sehr wichtig, dass sich in der Firma jeder wohl fühlt und in Ruhe seiner Arbeit nachgehen kann. Ich werde dich nicht allein lassen. Wir sind ein Team und ich unterstütze dich, wo ich nur kann. Okay?»

Ich nickte zaghaft. *Wie konnte er nur so viel Mitgefühl und Verständnis aufbringen, obwohl er doch noch nicht einmal wusste, was los war? Warum warf er mich nicht hochkant wieder aus der Firma? Ich war mir sicher, dass er sich eine belastbare, starke Assistentin wünschte, die sich nicht gleich an ihrem ersten Tag in ein schluchzendes Chaos verwandelte, nur weil ihre Kollegin sie herzlich willkommen hieß und mehr über sie wissen wollte.*

# 44

«Ich habe dir doch gleich gesagt, dass es keine gute Idee war, zur Arbeit zu fahren, nachdem Avery dir aufgelauert hat», meinte Jamie besorgt und zog mich in seine Arme.

«Avery?», hakte Kim nach.

«Ihr Exfreund.»

«Klingt nicht gerade nach einem gewöhnlichen Exfreund, wenn er ihr vor deiner Wohnung auflauert und es sie so aus der Bahn wirft», mischte sich Ginny ins Gespräch ein.

Jamie strich mir sanft über den Rücken und ich war erleichtert, dass Kim ihn angerufen hatte, als ich mich auch nach einiger Zeit immer noch nicht in den Griff bekommen hatte. Endlich fühlte ich wieder, dass sich meine Lunge mit Luft füllte, wenn ich einatmete, und auch das lästige Schluchzen hatte aufgehört. Allerdings waren meine Hilflosigkeit und Verzweiflung übergangslos in bodenlose Peinlichkeit umgeschlagen, sobald ich mich ein wenig gefangen hatte.

«Die Beziehung hatte gegen Ende einige Tiefen und Marley hat sie nicht einvernehmlich beendet», fasste Jamie erstaunlich nüchtern und sachlich zusammen, ohne dabei ins Detail zu gehen.

Ich rechnete es ihm hoch an, dass er Kim, entgegen seiner eigenen Meinung, tatsächlich nicht das Geringste von Avery erzählt hatte und auch jetzt nur das Nötigste preisgab. Obwohl mein neuer Vorgesetzter zu Jamies engsten Freunden zählte, war ihm kein Wort über die Lippen geschlüpft.

Umso mehr beeindruckte mich Kims Feingefühl. Ich war mir nicht sicher, ob ich an seiner Stelle so einfühlsam und entgegenkommend gewesen wäre. Wir kannten uns schließlich kaum und ich war ihm an meinem ersten Tag im Betrieb mehr Hindernis als Unterstützung. Hoffentlich legte Jamie ein gutes Wort für mich ein und rettete mir damit den Job. Denn ich wollte hier arbeiten. Unbedingt.

«Danke nochmal, dass du so schnell hier warst.» Kim nickte Jamie anerkennend zu. «Ich denke, es ist für alle am besten, wenn ihr nach Hause fahrt, damit Marley wieder etwas zur Ruhe kommen kann.»

«Das denke ich auch», stimmte Ginny ihm zu. «Melde dich, falls du irgendetwas brauchst. Egal was.» Sie legte eine Karte mit ihrer Nummer neben meine Handtasche. «Ich bin jederzeit für dich da. Und entschuldige bitte, dass ich das Ganze ausgelöst habe. Manchmal bin ich ein absoluter Trampel.»

«Danke», krächzte ich. Mehr brachte ich im Augenblick nicht hervor. Auch wenn ich ihr gern gesagt hätte, dass sie sich selbst Unrecht tat. Das würde bis morgen warten müssen.

«Dann wollen wir dich mal nach Hause bringen», flüsterte Jamie mir ins Ohr. Zögerlich ließ er mich los.

«Aber ich ...» Meine Stimme brach mitten im Satz.

«Nimm dir bitte so viel Zeit, wie du benötigst», wies Kim mich an. Er stand bereits in der Tür und bedachte uns mit bedeutsamem Blick. «Falls du dich in der Zwischenzeit etwas ablenken möchtest, Marley, pack gern deinen Laptop ein. Dann kannst du dich schon mal ein wenig orientieren, wenn du möchtest.»

«Danke», flüsterte ich erneut.

«Aber nur, wenn es dir hilft, dich auf andere Gedanken zu bringen», mahnte Kim mich. «Ansonsten möchte ich, dass du dir Zeit für dich nimmst, um wieder auf die Beine zu kommen. Verstanden?»

Ich nickte stumm.

«Falls du Fragen hast oder ich dir etwas zeigen soll, kannst du mich jederzeit kontaktieren», wiederholte Ginny ihr Angebot und zwinkerte mir aufmunternd zu.

Jamie stopfte alles, was sich auf meinem Schreibtisch befand, in eine Tasche, die Ginny ihm gereicht hatte. Dann zog er mich fest an sich und brachte mich zum Auto, das direkt vor dem Gebäude in der Feuerwehreinfahrt stand. Er hatte sich nicht einmal die Mühe gemacht, einen Parkplatz zu suchen. Gerührt sank ich noch tiefer in seine Arme und ließ mich von ihm nach Hause bringen. So hatte ich mir meinen ersten Arbeitstag eindeutig nicht vorgestellt.

«Hey, Süße.» Jamie kam vorsichtig ins Wohnzimmer geschlichen. «Geht's dir etwas besser?»

Ich saß im Schneidersitz auf dem Sofa, die Tasse mit heißem Kräutertee mit beiden Händen fest umschlungen und starrte in die Leere.

«Ja, viel besser», erwiderte ich. Keine Ahnung, wie lange ich schon so dagesessen hatte, aber meine Knie schmerzten und ich hatte nicht bewusst wahrgenommen, wie Jamie mir zwischenzeitlich nachgeschenkt hatte. «Hast du wegen des Treffens heute Abend nachgesehen?»

«Ja, es ist eines um 18 Uhr in der Nähe und ein anderes etwas weiter weg um 20 Uhr.»

«Gut.»

«Bis 18 Uhr ist noch ausreichend Zeit, falls du zu deiner gewohnten Gruppe möchtest. Ich bringe dich hin und warte draußen auf dich.»

«Das klingt gut. Danke.» Selbst in meinen Ohren klang ich wie ein Roboter.

«Möchtest du vielleicht etwas essen?»

«Ich habe im Moment keinen Hunger. Später vielleicht.»

«In Ordnung», lenkte Jamie ein.

«Ich hoffe, du hast keinen Ärger bekommen, weil du einfach abgehauen bist», erkundigte ich mich. Erst jetzt war mir der Gedanke gekommen, dass Jamie vollkommen überstürzt von der Arbeit aufgebrochen war.

«Mach dir keine Sorgen, Marles. Die verstehen das.»

Die Neugierde siegte schließlich über die Lethargie, die sich über mich gelegt hatte. Ich riss meinen Blick von der Leere vor mir los und wandte mich zu Jamie um, der schräg hinter mir stand und auf eine Regung von mir zu hoffen schien.

«Hast du nochmal mit Kim gesprochen?» Ich war mir nicht sicher, ob ich die Antwort verkraften würde, doch die Ungewissheit lastete so schwer auf mir, dass ich es einfach wissen musste.

«Ja, natürlich. Er lässt dich grüßen und hofft, dass es dir bald besser geht.»

«War er sehr enttäuscht von meiner Vorstellung heute Morgen?» Meine Mundwinkel zuckten unkontrolliert und ich spürte die brennenden Tränen, die meine Augen zu fluten drohten.

«Er ist sehr besorgt um dich und er wünscht sich von Herzen, dass es dir bald besser geht. Aber er ist nicht im Geringsten enttäuscht. Wie kommst du denn darauf?»

«Ich bin es», hauchte ich.

«Das solltest du aber nicht. Nicht viele hätten die Kraft gehabt, es überhaupt zu versuchen. Du hast es bis dorthin geschafft. Das ist ein riesiger Kraftakt gewesen. Kein Wunder, dass du irgendwann nicht mehr konntest. Ich bin ehrlich gesagt wütend auf mich selbst, dass ich dich nicht abgehalten habe. Kein Mensch auf dieser Welt hätte seinen ersten Arbeitstag nach diesem Schock überstanden. Kein einziger Mensch!» Eindringlich bohrten sich seine dunklen Augen in meine, als könnte er mir so seine Gedanken direkt ins Herz pflanzen.

Doch ich fühlte mich schwach und beschämt. Ich war zutiefst enttäuscht von mir selbst und konnte immer noch nicht fassen, dass Kim mich weiter in seinem Team behielt. Das war mir ein absolutes Rätsel. Der einzige Grund, den ich mir für sein überdimensionales Verständnis und Entgegenkommen erschließen konnte, war die Freundschaft zwischen Jamie und Kim.

Das Klingeln des Festnetztelefons riss mich aus meinen Gedanken.

«Ich gehe schon», rief Jamie und beeilte sich, abzuheben.

Auf seinem Gesicht spiegelte sich Verwirrung wider, als sich die Person am anderen Ende der Leitung zu Wort meldete. Ich glaubte zu erkennen, dass es eine weibliche Stimme war.

«Ich halte das im Moment für keine gute Idee», meinte Jamie entschlossen und wandte sich von mir ab. Wenig später erwiderte er erneut: «Da bin ich anderer Meinung. Ich denke, Sie sollten es gut sein lassen.»

Neugierig, wer da am Telefon war und was genau die Person von Jamie wollte, horchte ich auf und versuchte, einen Fetzen des Gesprächs zu erfassen. Doch alles, was ich hörte, waren Jamies Antworten.

«Ich glaube, das kann ich im Augenblick deutlich besser einschätzen als Sie», knurre er. «Haben Sie doch endlich ein Einsehen!»

Was auch immer die andere Person von ihm wollte, es gefiel ihm ganz und gar nicht.

«Nein, ich hole sie jetzt auf keinen Fall ans Telefon, Mrs. Flynn!», donnerte seine Stimme durch den Raum.

Mrs. Flynn? Etwa Karla Flynn? Averys Mutter?

«Jamie, wer ist dran?», erkundigte ich mich mit erstaunlich fester Stimme.

«Niemand.»

«Jamie», ermahnte ich ihn. Wie von selbst sprang ich von der Couch auf und stand im nächsten Augenblick direkt hinter ihm.

«Das erkläre ich dir später, Marley. Okay?»

Doch es war bereits zu spät. Mit einer gewandten Bewegung riss ich ihm das Telefon aus der Hand und rannte damit zurück zum Sofa, ehe er es mir wieder abnehmen konnte.

«Karla?», fragte ich atemlos.

«Marley? So ein Glück, dass du mit mir sprichst.» Sie klang tatsächlich erleichtert. Von der sonst so hochtrabend arroganten Art konnte ich nicht einen Hauch hören. «Ich wollte unbedingt mit dir reden.»

«Woher haben Sie Jamies Nummer?», erkundigte ich mich. Die Tatsache, dass ich ihr diese Telefonnummer nie gegeben hatte, machte mich stutzig.

«Ich habe Lianne dazu überredet, sie mir auszuhändigen.» *Natürlich.* «Ich möchte mich in aller Form für das Verhalten meines Sohnes bei dir entschuldigen. Ich bin nicht sicher, was zwischen euch beiden vorgefallen ist. Aber ich habe gehört, dass er dich heute Morgen vor Jamies Haus überrumpelt hat.»

Ich schluckte schwer. «Woher wissen Sie das?», fragte ich tonlos.

«Das tut nichts zur Sache. Es tut mir auf jeden Fall schrecklich leid und ich werde dafür sorgen, dass das nicht wieder vorkommt.»

«Danke, das weiß ich sehr zu schätzen.» Meine Stimme bebte leicht und mein Herz schlug mir bis zum Hals. Lange würde ich dieses Gespräch nicht mehr führen können, ehe mir der Kloß in meiner Kehle die Stimme abschnitt. Doch irgendetwas sagte mir, dass das noch nicht alles war. Aus purer Intuition heraus fügte ich hinzu: «Aber dafür werde ich selbst sorgen. Ich spreche mit ihm und bringe das in Ordnung.»

Jamies Gesicht verzerrte sich zu einer Fratze aus purer Besorgnis und er stürmte zu mir. Ich machte eine abwehrende Geste mit der Hand, die ihn hoffentlich vorerst beruhigte. Dieses Gespräch mit Karla war mir wichtig und ich würde es zu Ende führen. Er hielt inne und starrte mich verständnislos an.

«Bitte tu das nicht, Marley», hörte ich Karla heiser antworten.

«Wie bitte?» Hatte ich das eben richtig verstanden? Karla wollte nicht, dass ich mit Avery sprach und alles klärte?

«Tu das bitte nicht.» Ihre Stimme hörte sich ebenso wackelig und brüchig an wie meine eigene.

«Warum?»

«Es wird nicht besser werden», raunte sie. In den wenigen Worten schwang so viel Schmerz, dass ich sie am liebsten in den Arm genommen hätte.

«Was wird nicht besser werden?», hakte ich nach.

«Marley, ich war vor einigen Jahren genau dort, wo du heute bist.» Sie brauchte einen Moment, ehe sie weitersprach. «Und ich bin schwach geworden und wieder zu ihm zurückgegangen. Es wird nicht besser. Ganz im Gegenteil. Je mehr du ihm zugestehst, desto schlimmer wird es. Ich hatte so gehofft, dass mein Sohn –», sie schluchzte, «Dass Avery anders wäre. Aber er ist genau wie er.» Im letzten Wort schwangen so starke Emotionen mit, dass mich ein kalter

Schauer erfasste. Hass, Wut, Abscheu, Schmerz und grenzenlose Furcht. Eine Furcht, die mir nur allzu vertraut war.

«O mein Gott!», entfuhr es mir. «Karla.» Betroffen schlug ich mir die Hand vor den Mund und Tränen brannten in meinen Augen. Mitgefühl schnürte mir die Kehle zu.

«Mach nicht den gleichen Fehler wie ich damals», flüsterte sie.

«Es tut mir so leid», erwiderte ich kaum hörbar. Ein leises Klicken in der Leitung verriet mir, dass sie aufgelegt hatte, und ich ließ die Hand mit dem Telefon kraftlos sinken.

«Bitte sag mir, dass das eben nicht dein Ernst war», flehte Jamie mich an.

Ich schüttelte heftig den Kopf. «Natürlich nicht», presste ich hervor, auch wenn ich nicht sicher sagen konnte, dass es der Wahrheit entsprach.

# 45

Nervös rannte ich im Flur auf und ab. Das Warten auf Jamie trieb mich an den Rand des Wahnsinns. Obwohl ich die letzten Tage von zuhause aus gearbeitet und mich mit Ginnys Unterstützung in meine Themenbereiche nach und nach eingefunden hatte, schlug mir das Herz bis zum Hals und meine Beine fühlten sich an, als bestünden sie aus Marshmallowcreme.

«Kommst du endlich?», fragte ich mindestens zum fünften Mal.

«Ja, sofort», hallte Jamies Stimme aus der Küche zu mir in den Flur. «Nur noch eine Sekunde.»

«Das sagst du seit Stunden», maulte ich ungeduldig.

«Jetzt übertreibst du aber», meldete sich Jamie zu Wort, dessen Gesicht im Türrahmen auftauchte.

«Nicht wirklich.»

«Marley, wir sind erst vor knapp einer Stunde aufgestanden.» Skeptisch musterte er mich, während er sich das letzte Stück Bagel in den Mund schob.

«Es fühlt sich aber so an, als wäre das schon eine Eeeewigkeit her», jammerte ich. «Und jetzt komm endlich!»

«Moment, ich hole nur noch schnell mein Handy und dann geht es los.» Er verschwand wieder im Inneren der Wohnung.

«Jamie!», beschwerte ich mich. «Bitte! Ich sterbe sonst noch vor Aufregung!»

«Aber du kennst die wichtigsten Leute doch schon und arbeitest seit Tagen mit ihnen zusammen.»

«Ja, aber heute ist der erste Tag, wo ich vor Ort bin seit ...» Ich stockte.

Erst jetzt wurde mir der Grund für meine übersteigerte Nervosität bewusst. Ich fürchtete die Blicke der anderen und das Getuschel hinter meinem Rücken, das mir erspart geblieben war, solange ich von Jamies Wohnzimmer aus gearbeitet hatte. Vor allem aber hatte ich Angst, erneut wegen irgendeiner lapidaren Frage oder einer anderen Nichtigkeit vor den Augen aller zusammenzubrechen und mich wieder in das bebende, schluchzende Knäuel zu verwandeln, das ich bei meinem letzten Besuch in den Firmenräumen gewesen war.

«Marley», beruhigte mich mein bester Freund.

Kurz darauf kam er mit Handy und Autoschlüssel bewaffnet aus dem Wohnzimmer geschlendert. Ob er dabei bewusst langsam ging, um mich auf die Palme zu bringen, konnte ich nicht sagen. «Deine Kollegen lieben dich bereits abgöttisch und nichts wird sich ändern, nur weil du heute persönlich vor ihnen stehst.»

«Das kannst du nicht wissen», konterte ich. «Außerdem möchte ich trotzdem nicht zu spät kommen, sondern sie mit meiner Professionalität und absoluten Pünktlichkeit beeindrucken.»

«Wenn das so ist, nichts wie los!»

«Wurde auch Zeit», fauchte ich und bedeutete ihm mit einem entnervten Schnauben, vorauszugehen.

Einer weiteren bösen Überraschung, wie vor wenigen Tagen, wollte ich lieber nicht ohne Vorwarnung in die Arme laufen. Auch wenn ich mir sicher war, dass Jamie mehr als nur einen prüfenden Blick aus dem Fenster geworfen hatte, bevor wir den Schutz der Wohnung hinter uns ließen. Doch Vorsicht war besser als Nachsicht und ich konnte schlecht wieder so einen schwachen Auftritt bei der Arbeit hinlegen wie an meinem ursprünglich geplanten ersten Tag.

Kaum hatte Jamie den Wagen an den Bordstein gelenkt, gab ich ihm einen dicken Knutscher auf die Wange und sprang aus dem Auto. Natürlich war mein Plan, deutlich früher als meine Kollegen in der Firma aufzuschlagen, dank Jamie nicht aufgegangen und Stella begrüßte mich mit einem entgegenkommenden Lächeln, als ich durch die Tür trat.

«Hallo Marley!», rief sie mir zu. Dann eilte sie um den Tresen herum und überraschte mich mit einer festen Umarmung. «Herzlich willkommen zurück.»

«Hallo Stella», erwiderte ich die Begrüßung, als ich wieder Luft bekam. «Schön, wieder hier zu sein.»

«Dann wollen wir dich mal nach oben bringen.»

«Danke, bloß keine Mühe», wehrte ich ihr Angebot ab. «Ich kenne den Weg ja schon.»

«Ich wollte dort sowieso etwas abholen», beharrte Stella darauf, mich zu begleiten. «Ist also überhaupt kein Umstand.»

«Wenn das so ist, freue ich mich natürlich über deine Begleitung», lenkte ich ein.

«Wollen wir uns unterwegs gleich noch einen Kaffee holen?» Aus großen Augen flehte sie mich stumm an, zuzustimmen, und ich tat ihr den Gefallen.

«Aber ich habe leider keine Zeit, ihn mit dir in der Küche zu trinken», stellte ich klar. «Ich habe heute eine Menge vor und nehme die Tasse direkt mit an den Platz.»

«Natürlich. Bei so viel Tatendrang will ich dir nicht im Weg stehen.» Sie zwinkerte mir verschwörerisch zu, zückte ihr Handy und tippte eine kurze Nachricht.

Auf dem Weg zur Küche kam uns Ginny entgegen, die fast die Hälfte ihres Getränks verschüttete, während sie über den

Flur hetzte. Selbst die Begrüßung fiel für ihre Verhältnisse mehr als knapp aus.

Vermutlich war sie wieder einmal spät dran für ein wichtiges Meeting. In den letzten Tagen hatte ich sie um einiges besser kennengelernt und es war mir ein absolutes Rätsel, wie sie ihren Tagesablauf annähernd im Griff behielt. Sie war ein heilloses Chaos auf zwei Beinen. Aber wenn es darauf ankam, haute sie die anderen um wie ein Wirbelsturm.

Stella und ich bewaffneten uns jeweils mit einer Tasse Kaffee und steuerten auf mein Büro zu. Vor der verschlossenen Tür hielten wir kurz inne.

«Danke für deine Begleitung, Stella», verabschiedete ich sie, während ich mit der freien Hand nach der Klinke griff.

«Immer gern. Freut mich sehr, dass es dir wieder besser geht.» Sie nickte mir beherzt zu, verharrte allerdings hinter mir anstatt ihres Weges zu gehen.

«Kann ich noch etwas für dich tun?», erkundigte ich mich verwundert.

«Nein, alles gut. Bis später und melde dich, wenn ich etwas für dich tun kann.» Sie blieb weiterhin an Ort und Stelle stehen.

Verwirrt zuckte ich mit den Schultern, wandte mich zu meinem Büro um und öffnete die Tür.

«Herzlich willkommen!», riefen mehrere Stimmen wild durcheinander. Erschrocken wich ich instinktiv zurück, doch im nächsten Moment zupfte bereits ein Lächeln an meinen Mundwinkeln.

Der Konfetti- und Luftballonregen legte sich schließlich und ich erkannte Kim, Ginny und noch ein paar andere Kollegen, denen ich bislang nur in Videocalls begegnet war. Zum Glück hatten die anderen dadurch mein zu Tode erschrockenes Gesicht nicht gesehen.

«Wow! Die Überraschung ist euch gelungen.» Mit einem

breiten Grinsen trat ich über die Schwelle. Stella überholte mich und schnappte sich eine Flasche Sekt, die neben Kim auf meinem Schreibtisch bereitstand. Der Korken knallte und kurz darauf stießen wir gemeinsam auf meinen zweiten Anlauf in der Firma an.

«Es tut mir sehr leid, dass dein ursprünglicher erster Tag bei uns nicht so gut verlaufen ist», ergriff Kim das Wort. «Darum wollten wir dich heute umso herzlicher willkommen heißen und hoffen, dass dieser Start umso besser für dich läuft und du dich wohl bei uns fühlst.»

Ginny zog noch ein paar Cupcakes hinter ihren drei Monitoren hervor und verteilte das Gebäck in der Runde. «Auch von mir noch einmal ein herzliches Willkommen, Marley. Du hast mir und Kim in den letzten Tagen bereits so viel Last von den Schultern genommen. Ich freue mich, dass wir uns jetzt auch wieder von Angesicht zu Angesicht gegenüberstehen.»

Freudentränen trübten meine Sicht und ich brachte vor Rührung kein Wort heraus. Also nickte ich stattdessen dankbar und grinste in die Runde. Morgen würde ich mich mit einer riesigen Torte für das warmherzige Willkommen revanchieren, so viel war klar.

# 46

Der Tag verlief nach der kurzen Begrüßungsfeier ohne große Zwischenfälle. Meine Kollegen behandelten mich vor Ort, entgegen meinen Befürchtungen, nicht anders als bislang über Videocall und die Zusammenarbeit mit Kim und Ginny machte mir großen Spaß, auch wenn sie mich von Minute zu Minute vor neue Herausforderungen stellte. Stella gesellte sich zum Mittagessen zu uns und wir sprachen über Gott und die Welt. Es hatte etwas unglaublich Befreiendes an sich, endlich auf eigenen Beinen zu stehen und mich in einem gesunden und fordernden Umfeld behaupten zu können.

Mit einem zufriedenen Seufzen klappte ich abends den Laptop zu und packte meine Sachen zusammen.

«Hey Marley?» Fragend sah mich Ginny an.

«Ja?» *Hatte ich vorschnell den PC heruntergefahren und sie hätte noch etwas von mir gebraucht?* Bereit, den Laptop wieder aufzuklappen und mich in die Arbeit zu stürzen, erwiderte ich ihren Blick.

«Hättest du Lust, mit mir noch auf einen kleinen Absacker in eine Bar in der Nähe zu gehen?», lud sie mich ein. Ich zögerte einen Augenblick und sie fügte hastig hinzu: «Wir müssen schließlich auf dich und den ersten Tag, den du live mit uns Chaoten überstanden hast, anstoßen.»

Ich biss mir auf die Lippe, unsicher, wie ich reagieren sollte. Nach kurzem Herumdrucksen beschloss ich, es vorsichtig mit der Wahrheit zu versuchen und erwiderte: «Das würde ich wirklich gern. Aber ich möchte mich diese Woche voll und ganz auf die Arbeit konzentrieren und will nicht gleich am zweiten richtigen Arbeitstag mit einem Kater auftauchen.»

Meine Augen scannten ihr Gesicht nach einem Hinweis auf Wut oder Geringschätzung. Doch alles, worauf ich stieß, war ein Hauch Enttäuschung, der ihre Mundwinkel kurz zucken ließ.

«Schade», erwiderte sie leise und senkte den Blick. Ihr Tonfall versetzte mir einen Stich.

«Aber gern können wir am Freitag zusammen etwas trinken gehen, wenn das für dich okay ist», wagte ich einen Vorstoß, um meine Absage wieder gutzumachen.

Ginnys Gesicht hellte sich augenblicklich auf und ihre grauen Augen leuchteten förmlich. «Das klingt fantastisch! Wohin wollen wir gehen? Sollen wir Kim und Jamie einladen? Oder vielleicht Stella?» Die Worte blubberten nur so aus ihr heraus, während ihr Blick mich unruhig musterte.

«Oh, ich weiß nicht», zog ich mich wieder in mein Schneckenhaus zurück und stoppte damit das freudige Wippen von Ginnys Beinen. «Ich dachte eher an einen kleinen, entspannten Rahmen.»

«Verstehe.» Sie nickte übertrieben. «Natürlich hast du keine Lust, deinen Chef am Freitagabend auch noch betüdeln zu müssen. Also Jamie und Stella? Möchtest du sonst noch jemanden dabeihaben? Es gibt da eine neue Bar in der Umgebung, die total fancy sein soll. Ich besorge uns einen Tisch, wenn du möchtest.»

«Danke», gab ich von ihrem Redeschwall überfordert zur Antwort. «Vielleicht gehen wir mit Stella, Kim und den anderen Kollegen einmal zusammen etwas trinken, wenn ich mich besser eingewöhnt habe.»

Sie verstand den Hinweis sofort. «Also einen Tisch für drei im Caracas.» Ohne dass ich es bemerkt hatte, war ein Handy in ihrer Hand aufgetaucht. Sie wählte bereits, als sie mir einen prüfenden Blick zuwarf.

«Für vier wäre toll», folgte ich einer spontanen Eingebung. Ich hatte Chloe, Jamies Schwester, schon seit einer halben Ewigkeit nicht mehr gesehen und ein wenig zusätzliche Rückenstärkung würde bei Ginnys übersprudelnder Energie nicht schaden.

«Alles klar», bestätigte sie. «Dann für vier Personen. Das ist megacool dort, soweit ich gehört habe. Man muss wissen, wo der Eingang ist und geht in einem verborgenen Winkel eine Wendeltreppe nach unten. Dort taucht man in eine völlig neue Welt ein.» Ich stutzte kurz, was Ginnys wachsamen Augen nicht entging. «Stimmt etwas nicht?»

«Dann vielleicht doch nur wir drei», meinte ich ein wenig enttäuscht. Die kurze Beschreibung eben klang alles andere als barrierefrei.

Ginny ließ die Hand mit dem Telefon sinken, als eine männliche Stimme aus dem Lautsprecher flötete: «Willkommen beim Caracas, der tropischen Insel direkt vor deiner Haustür. Mein Name ist Joel, was kann ich für Sie tun?»

«Sorry, kein Bedarf», rief sie der Stimme zu und legte auf. Mit sorgenvoller Miene wandte Ginny sich wieder mir zu. «Stimmt etwas mit dem Caracas nicht?»

«Nein, alles gut.» Das unsichere Lächeln, das meine Worte begleitete, ließ mein Gegenüber nur noch mehr stutzen.

Mit zusammengezogenen Augen lehnte sie sich zu mir und fragte in verschwörerischem Ton: «Ist es wegen *ihm*?»

«Nein, damit hat das gar nichts zu tun», klärte ich sie auf und ihre Schultern entspannten sich augenblicklich. «Ich wollte nur Jamies Schwester einladen.»

«Und die hat Angst vor Kellergewölben», riet Ginny drauflos. «Oder sie hasst tropisches Flair, fürchtet sich vor sexy Barkeepern mit Blumenketten oder ist allergisch auf sommerliche Drinks? Nein, jetzt hab ich's! Sie leidet unter einem posttraumatischen Belastungssyndrom, weil sie in ihrem letzten Urlaub auf Hawaii von sexy Limbotänzern umschwärmt wurde.»

Früher oder später müsste ich Ginny aufklären, ehe sie sich in noch abwegigere Gründe verrannte, warum Chloe nicht ins Caracas mitkam. «Chloe sitzt seit einigen Jahren im Rollstuhl und eine enge Wendeltreppe klingt nicht gerade einladend. Jamie müsste sie und den Rollstuhl nach unten tragen und das wäre sicher alles andere als angenehm für sie.»

«Ach so», erwiderte Ginny erleichtert. «Ich hatte schon Angst, sie wäre irgendeine mystische Kreatur, die sich in Kellergewölben in ein grausames Spinnenmonster verwandelt oder so.»

«Du liest eindeutig zu viele billige Horrorgeschichten», gab ich lachend zurück und stieß sie leicht an der Schulter an.

«Das ist deine Sicht der Dinge ...»

«Und was hast du dem entgegenzusetzen?»

«In meinen Augen liest du nicht genug davon», gab sie grinsend zur Antwort.

«Ich gelobe Besserung.» Theatralisch presste ich die Hand auf Höhe des Herzens an meine Brust. «Empfehlungen kannst du mir jederzeit zukommen lassen.»

«Das ist ein Anfang.» Ginny nickte zufrieden. «Aber das bringt uns auch nicht weiter, was eine Bar für Freitag betrifft.» Sie warf mir einen entschuldigenden Blick zu. «Über Barrierefreiheit habe ich mir bislang noch nie Gedanken gemacht.»

«Kein Problem», übernahm ich das Kommando. «Vielleicht ist es ohnehin besser, wenn wir uns zuerst unter vier Augen besser kennenlernen.» Verlegen senkte ich den

Blick.

«Tut mir leid», stieß sie mit großen Augen aus. «Habe ich dich überrumpelt?»

«Ein kleines bisschen vielleicht», räumte ich ein. «Aber ich würde mich sehr freuen, mich mit dir auf einen Kaffee zu treffen.» Ich steckte den Laptop ein, schulterte meinen Rucksack und war schon fast an der Bürotür, als mich Ginny mit einem lauten Räuspern zurückhielt. Mit eingezogenen Schultern wandte ich mich noch einmal zu ihr um.

«So kommst du mir nicht davon.» Mit erhobenem Zeigefinger und einem breiten Grinsen sah sie mich an. «Hast du Lust auf ein Wasser oder eine Cola?»

Erleichtert atmete ich auf: «Gleich heute?» Sie nickte. «Das geht leider nicht. Jamie holt mich ab und wartet sicher schon auf mich.» Ich warf ihr einen entschuldigenden Blick zu.

«Kein Problem. Dann reserviere ich etwas in der Nähe für morgen Abend.» Mit strahlenden Augen zog sie ihr Handy heraus – wahrscheinlich, um ihren Worten Taten folgen zu lassen. «Und jetzt erst einmal einen schönen Feierabend. Jamie dreht im Auto sicher schon durch, weil du ihn seit zwanzig Minuten warten lässt.»

«Oh, verflixt!», entfuhr es mir.

Ein kurzer Blick auf das Handy verriet mir, dass er in der Tat gerade vor Sorge völlig am Rad drehte. Ganze fünf Nachrichten und drei Anrufe hatte ich verpasst. Eilig tippte ich eine Entschuldigung und ließ ihn wissen, dass ich auf dem Weg zu ihm war.

«Ich freue mich schon sehr auf morgen», rief ich Ginny über die Schulter zu.

«Bis dann, Marley.» Nach einer kurzen Pause rief mir Ginny noch hinterher: «Ach ja, und Freunde nennen mich Quirky.»

«Dann bis morgen, Quirky!», nahm ich ihr Angebot an und rannte, so schnell meine Beine mich trugen, in Richtung Ausgang. Auf halbem Weg schoss jemand aus einem der Büros und riss mich von den Füßen. Mit einem lauten Knall fiel ich ungebremst auf den Boden.

«Oh f…», hörte ich jemanden erschrocken aufschreien. Ich spürte, wie eine warme Hand mich an der Schulter berührte und hörte die gleiche Stimme deutlich näher fragen: «Alles in Ordnung? Haben Sie sich verletzt?» Das leichte Timbre kam mir vertraut vor.

Mein Schädel pochte und der Teil meines Brustkorbs, den der Fremde in vollem Lauf gerammt hatte, schmerzte. Aber ansonsten ging es mir gut. Ich schlug die Augen auf und erkannte ein Paar grüne Augen, die mich besorgt studierten. Ein verdächtig bekanntes Paar grüne Augen.

«Tut mir leid», stieß er noch einmal hervor und streckte mir seine Hand entgegen.

«Wir müssen aufhören, uns so zu treffen», stöhnte ich. Dankend griff ich danach und ließ mich wieder auf die Beine ziehen.

«Geht's?», erkundigte er sich noch einmal.

Ich griff mir prüfend an den Hinterkopf. «Ohne Beule werde ich vermutlich nicht davonkommen. Aber sonst ist alles in Ordnung.»

Als ich mich wieder etwas gefasst hatte, glitt mein Blick wie von selbst zu seiner Hand, die immer noch mein Handgelenk umschlungen hielt, und ich zuckte instinktiv zurück, als hätte ich mich daran verbrannt.

«Ich muss jetzt wirklich los», presste ich hervor und rannte, die dröhnenden Kopfschmerzen ignorierend, davon.

Bilder und Fragen überschlugen sich in meinem Kopf. Hände, die mich packten und herunterdrückten. Das finstere Funkeln in seinen Augen, als er wie besessen auf mich einschlug. Das eisige Blitzen, ehe die Dunkelheit mich umschloss.

Was machte dieser Typ hier überhaupt? Verfolgte er mich etwa? Was wollte er von mir? Wie war er ins Gebäude gekommen? Und dazu kam die allgegenwärtige Angst, die mir die Kehle zuschnürte und meine Schritte beschleunigte. Warum auch immer wir wieder und wieder ineinander rannten … Ich musste weg von diesem Mann.

# 47

«Kommst du, Quirky?», fragte ich ungeduldig. «Oder sollen wir es verschieben?»

«Kommt gar nicht in Frage», protestierte der rothaarige Wirbelwind und klappte endlich den Laptop zu. «Ich versetze dich doch nicht wie ein zweitklassiges Date. Los geht's!»

Den ganzen Tag lang hatte sich die Aufregung bereits in mir aufgestaut und nun war es so weit. Ich ging mit meiner neuen Arbeitskollegin etwas trinken. Gott, wie ich mich darauf freute, diese Powerfrau besser kennenzulernen! Doch mindestens genauso groß wie meine Vorfreude war auch die Angst davor, sie zu enttäuschen. *Was, wenn sie mich am Ende nicht mochte?*

«Na, wer trödelt jetzt herum?», riss mich Ginnys Stimme aus den Gedanken. Sie hatte ihre Handtasche bereits geschultert und wartete in der offenen Tür.

«Entschuldige. Ich dachte, ich hätte etwas vergessen», redete ich mich heraus und schnappte mir meinen Rucksack, den mir Jamie bei meinem Geburtstagsbummel geschenkt hatte.

«Du wirst die Bar lieben!» Ginny hüpfte gut gelaunt vor mir die Treppen hinunter und ich hatte Mühe, mit ihr Schritt zu halten, obwohl sie ein Stückchen kleiner war als ich.

«Gibt es dort auch eine Kleinigkeit zu essen?», erkundigte ich mich. Zu Mittag hatte ich nur einen Joghurt verschlungen und ich war mir nicht sicher, ob das flaue Gefühl im Magen von meiner Aufregung kam oder ein Anzeichen von Hunger war.

«Natürlich», flötete sie grinsend. «Ich lasse doch nicht zu, dass du verhungerst.» Ich zog einen dünnen Schal hervor, um ihn mir für den Weg umzulegen. «Den brauchst du nicht. Es ist nicht weit.» Ohne ein Wort packte ich ihn wieder weg.

Wir verließen das Firmengebäude und tatsächlich befand sich die Bar keine hundert Meter von der Tür entfernt. Wir traten ein und augenblicklich fühlte ich mich wohl. Der übersichtliche Innenraum war in gedimmtes Licht gehüllt und leise Musik ließ die Anspannung aus meinen Schultern weichen. Die dunklen Holztische, die dicht an dicht standen, verliehen dem Raum etwas Heimeliges.

Ein rundlicher Mann in meiner Größe stand hinter dem Tresen und hieß uns mit einem warmen Lächeln willkommen. «Hallo Ginny, wen hast du uns denn da mitgebracht?»

«Das ist Marley», erwiderte sie mit einem kurzen Blick auf mich. «Wir arbeiten zusammen.»

«Natürlich, was auch sonst», stöhnte er halb im Scherz. «Was darf es für euch sein?»

Unsicher zuckten meine Augen zu Ginny, die dem Wirt zurief: «Lass uns doch erst einmal ankommen. Wir sind schließlich zum Spaß hier.»

«Aber sicher doch. Macht es euch gemütlich und ich bringe euch die Karte.»

«Danke.» Ich zögerte und ließ damit Ginny den Vortritt, die kurzentschlossen auf einen Tisch in der Ecke zusteuerte.

«Das ist mein Stammtisch», erklärte sie mir, als wir uns setzten. «Ist das in Ordnung für dich?»

«Klar», gab ich zur Antwort. «Du kommst also öfter hierher?»

«Ich gehöre quasi schon zum Inventar.» Sie zuckte mit den Schultern. «Wenn ich Überstunden mache, komme ich abends gern noch vorbei und sichere mir eine feste Mahlzeit. Garry macht für mich auch ab und an eine Ausnahme, wenn ich zu spät dran bin und die Küche offiziell schon zu ist.»

«Du machst ganz schön viele Überstunden, oder?» Aus großen Augen sah ich sie an und dachte daran, dass ich sie oft spät abends noch online gesehen hatte, wenn ich den Laptop noch einmal kurz hochgefahren hatte, um etwas zu nachzusehen.

«Im Moment schon.» Ihr Kiefer spannte sich leicht an und ich befürchtete, mich zu weit vorgewagt zu haben. «Aber das liegt nur daran, dass ich gerade zwischen zwei Jobs festhänge und deshalb mehr zu tun habe als sonst.» Mit der Hand winkte sie ab, als wäre das nicht weiter schlimm.

«Stimmt, du sprichst ja zusätzlich zu deiner Teamlead-Funktion auch noch Texte ein.»

«Ja, das macht so viel Spaß.» Ihr Blick wurde unklar und schweifte in die Ferne. «Da kann ich mich mit meinem kreativen Chaos frei ausleben und mein ganzes emotionales Ungleichgewicht loswerden. Denn beim Einsprechen kann ich toben und schreien, aber auch lachen und quietschen ... Hach!» Sie seufzte mit einem breiten Lächeln auf den Lippen und ihr Blick fand wieder meinen. «Das solltest du auch mal ausprobieren.»

«Ich bin mir nicht sicher, ob ich mich damit wohlfühle», gab ich zu bedenken. «Nicht jeder kann so aufdrehen wie du.»

«Du musst dich ja nicht gleich für ein Projekt verpflichten. Aber du kannst mich gern begleiten, wenn ich das nächste Mal in die Tonkabine gehe, und dich ganz ohne Druck ausprobieren. Wenn es keinen Spaß macht, kannst du jederzeit aufhören.»

«Ich will dir deine Zeit nicht rauben», lehnte ich ab. «Du rotierst auch so schon ziemlich.»

«Das Angebot steht jedenfalls. Überleg es dir und gib Bescheid, wenn du Lust hast.»

«Bitte, die Damen», unterbrach der Wirt das Gespräch

und drückte jeder von uns eine kleine Karte in die Hand.

Der Abend verlief großartig und ich schaffte es, nach und nach über meinen Schatten zu springen und die anfängliche Schüchternheit zu überwinden, die mich zurückgehalten hatte. Ginny und ich lachten, tanzten und hatten jede Menge Spaß. Ein rundum gelungener Abend und ich hatte keine Ahnung, wo plötzlich dieser Funken der alten Marley hervorgekrochen war. Doch das Geplänkel mit Ginny ließ mich in frühere Muster verfallen. Mit Lianne hatte ich nie einen so unbeschwerten Abend erlebt wie mit meiner neuen Freundin.

Auf einmal wurde Ginnys Blick dunkel und sie sah mich aus tiefgründigen Augen und mit ernster Miene an. «Darf ich dich etwas fragen?»

«Hast du das damit nicht schon?», konterte ich und lachte unsicher. Der Knoten in meinem Magen verriet mir, dass gleich etwas Unangenehmes folgen würde.

«Ich möchte nicht übergriffig sein ...» Sie zögerte und ich wusste sofort, was sie beschäftigte. Der Kloß in meinem Hals schmerzte und ich hatte Mühe, zu schlucken.

Ehe sie noch etwas sagen konnte, brachte ich mühsam hervor: «Du willst über ihn reden.» Mit einem Mal war es viel zu stickig im Raum und Tränen brannten in meinen Augen. Die Leichtigkeit war verpufft und ein schwerer Schleier hatte sich über mich gelegt. «Früher oder später hättest du es sowieso erfahren.» Meine Stimme klang fremd in meinen Ohren und die Worte, die aus meinem Mund geschlüpft waren, überraschten mich.

«Ich will dich nicht bedrängen», ruderte Ginny zurück und biss sich auf die Lippe, als wollte sie sich jeden Moment für ihre Frage entschuldigen.

Ich kratzte allen Mut zusammen, den ich in mir finden konnte, atmete tief durch und begann zu erzählen: «Ich komme aus einer toxischen Beziehung.» Ginny griff mitfühlend nach meinem Arm und ich war nicht sicher, ob sie mich oder sich selbst damit Halt verschaffte. «Es ist noch nicht lange her, dass ich da rausgekommen bin, und deshalb kämpfe ich damit, es zu erzählen. Aber ich habe Hilfe und muss mich langsam daran gewöhnen, dass die Sache eben Teil meines Lebens ist.»

«Es tut mir schrecklich leid», keuchte Ginny mit geröteten Augen. Ihre Hand zitterte leicht auf meiner Haut. «Ich wollte dich wirklich nicht ...» Ich hob die Hand und brachte sie damit zum Verstummen.

Mit belegter Stimme sagte ich: «Ich möchte es mit dir teilen.» Dann fing ich an, ihr alles zu erzählen.

# 48

«Bist du dir sicher, dass du nichts überstürzt?», wollte meine Mutter wissen. «Jamie meinte, dass die Wohnung nicht gerade in der besten Gegend liegt und auch ziemlich übersichtlich ist.»

«Mama», seufzte ich und verdrehte die Augen. «Ich weiß, du meinst es nur gut und machst dir Sorgen. Aber die Wohnung liegt nicht mitten im Kriegsgebiet mehrerer Gangs, sondern eben nur nicht im Villenviertel. Dafür verkürzt sich mein Arbeitsweg um etwa die Hälfte.»

«Aber sie hat nur ein Zimmer.» Ihre Stirn legte sich in tiefe Falten und die Finger ihrer rechten Hand verkrampften sich um den Umschlag, den sie hielt. «Und sie ist auch nicht im besten Zustand.»

«Jeder muss eben mal klein anfangen», setzte ich ihr entgegen. «Die Wohnung wird sicher nicht für die Ewigkeit sein. Aber im Moment ist es nun einmal das, was ich mir leisten kann, wenn ich noch die gesamte Einrichtung aus dem Nichts herbeizaubern muss.»

«Hattest du nicht gesagt, du verdienst gut bei diesem Kim?», mischte sich auch noch mein Vater ins Gespräch ein. «Lass dich nicht wieder ausbeuten!»

«Nein, das tue ich nicht.» Wieder wanderten meine Augen begleitete von einem Stöhnen in Richtung Zimmerdecke. «Die Firma bezahlt mich gut, aber ich arbeite dort erst seit Kurzem und konnte mir noch nichts auf die Seite legen.»

«Unser Angebot, in der ersten Zeit etwas beizusteuern, gilt noch», deklarierte er und lehnte sich ein kleines Stück nach vorn. Zwei Augenpaare sahen mich erwartungsvoll an, als würde ich gleich verkünden, wer dieses Jahr den Oskar gewonnen hatte.

«Das weiß ich auch zu schätzen und nur deswegen nehme ich das Geld für die Kaution von euch an. Das zahle ich innerhalb der nächsten Monate allerdings zurück.»

«Musst du nicht, Sternchen. Das weißt du hoffentlich?» Weiterhin stierten sie mich eindringlich an.

«Ist mir bewusst, akzeptiere ich aber nicht.» Provokant verschränkte ich die Arme vor der Brust.

«Versprich bitte, dass du dir wenigstens Zeit mit dem Zurückzahlen nimmst», flehte mich meine Mutter an. «Wir wollen nicht, dass du dir das Geld vom Mund absparst, nur um es schnellstmöglich zurückzuzahlen. Hast du verstanden?»

«Versprochen», lenkte ich ein. Dann streckte ich fordernd die Hand nach dem Kuvert aus. «Vorausgesetzt, ich bekomme es heute überhaupt noch von euch.»

«Jetzt gib ihr schon den Umschlag, Karen. Wir wollen ja nicht, dass es sich der Vermieter am Ende anders überlegt, weil sie nicht zur Übergabe auftaucht.»

«Danke, Dad», seufzte ich erleichtert.

Zögerlich reichte meine Mutter mir das Geld. Ehe sie endgültig losließ, betonte sie aber noch: «Nur unter einer Bedingung.»

«Und die wäre?», presste ich zähneknirschend hervor.

«Dass du uns zu dir einlädst, wenn du dich eingerichtet hast, und du das Geld annimmst, das wir dir für die Einrichtung heute Morgen überwiesen haben.»

«Das sind zwei Bedingungen.»

Meine Mutter zog den Umschlag ein kleines Stück zurück und hob die Brauen mit gespielter Skepsis. «Sicher, dass du jetzt auf solche Kleinigkeiten beharren möchtest?»

«Na gut, na gut», stimmte ich eilig zu. «Ich erfülle beide Bedingungen, wenn ich mich jetzt nur endlich mit der Kaution auf den Weg machen darf, bevor mir ein anderer die Wohnung wegschnappt.»

«Einverstanden», erwiderte sie mit einem breiten Grinsen. «Ich hoffe, dass alles gut läuft, und melde dich, wenn du Hilfe brauchst.» Sie verabschiedete sich mit einem Kuss auf die Wange.

«Alles Gute, Liebes», rief mir mein Vater von der Couch herüber.

«Danke!» Ich warf ihnen noch ein Lächeln über die Schulter zu, während ich bereits in Richtung Eingangstür lief. «Ich liebe euch.»

«Bis bald», konnte sich meine Mutter nicht verkneifen.

«Bis bald.»

«Hätte ich gewusst, dass ihr da drinnen noch gemütlich Kaffee trinkt, wäre ich mit reingekommen», neckte mich Jamie, als ich zu ihm ins Auto stieg.

«Meine Mutter hatte mal wieder Probleme mit dem Loslassen. Jetzt ist aber alles in Ordnung.»

«Hast du das Geld für die Kaution mitgenommen oder kommen sie uns gleich hinterhergelaufen?»

«Jap, hier ist es.» Zum Beweis schwenkte ich den Umschlag durch die Luft. «Also auf zu meiner neuen Wohnung!»

«Was das angeht ...» Jamie machte eine Pause und senkte betroffen den Blick.

«Was ist los?» In meinem Kopf schrillten alle Alarmglocken. Hatte mein zukünftiger Vermieter abgesagt? Hatte Avery irgendwie in Erfahrung gebracht, wo die neue

Wohnung lag? War das Haus abgebrannt, in dem sie sich befand? Was zur Hölle hatte das Universum mir diesmal in den Weg geworfen?

«Da muss ich dir noch etwas beichten.»

Erwartungsvoll hob ich die Hände. «Jetzt rück schon raus mit der Sprache! Was ist passiert?»

«Lass dich einfach überraschen», meinte Jamie nichtssagend und startete den Motor.

«Das kannst du mir nicht antun! Jamie, ich habe jetzt schon ganz, ganz übles Kopfkino. Das halte ich auf keinen Fall die ganze Fahrt lang aus. Du hast ja keine Ahnung, wo sich das noch hinsteigern kann.» Ich warf ihm einen flehenden Blick zu und hoffte inständig, dass er den Mund aufmachte.

«Ach ja?», fragte er stattdessen und lenkte den Wagen aus der Einfahrt meines Elternhauses. «Was hast du denn bisher so an Gedanken im Kopf?»

«Eine Termitenplage hat das Haus vernichtet, die Avengers haben irgendein Alien-Raumschiff in dem Straßenzug besiegt und deshalb liegt der ganze Block in Schutt und Asche. Mein Vermieter ist ein Betrüger und ihm gehört die Wohnung gar nicht. Ein Tsunami hat alles unter Wasser gesetzt.»

«Dann kann ich dich beruhigen.» Ein amüsiertes Schmunzeln ließ seinen rechten Mundwinkel zucken. «Das alles kannst du schon mal ausschließen.»

«Sag es mir», quengelte ich, als er nicht weitersprach. «Biiiiittteee!»

«Nein.» Er genoss es sichtlich, mich im Unklaren zu lassen, denn ein breites Grinsen hatte sich auf sein Gesicht gelegt.

«Du elender Schuft!» Grob boxte ich gegen seine Schulter. «Ich werde unterwegs vor Neugier platzen und dir deine Ledersitze versauen.»

«Das Risiko ist es mir wert.»

«Gibst du mir wenigstens einen klitzekleinen Hinweis?» Flehend hob ich die Hände. «Biiittee?»

«Es ist eine schöne Überraschung und du wirst dich freuen.» Etwas leiser fügte er hinzu: «Hoffe ich zumindest.»

«Was heißt hier, hoffst du?» Diesmal boxte ich ihn fester.

«Hey! Ich fahre, Marley.»

«Na und?», schnauzte ich zurück.

«Und ich würde es begrüßen, wenn wir heil ankommen und nicht deinetwegen im Graben landen.»

«Dafür kann ich nicht garantieren.» Beleidigt verschränkte ich die Arme.

«Solltest du aber, wenn du bei deiner neuen Wohnung ankommen willst», murmelte er.

«Du hast die Abbiegung verpasst», teilte ich ihm tonlos mit.

«Ups.» Gleichgültig zuckte er mit den Schultern.

«Jamie», knurrte ich. Die Neugier brachte mich um. Wie ich meinen besten Freund kannte, würde er kein Sterbenswörtchen mehr verraten, bis wir da waren. Immerhin hatte er mir verraten, dass es keinen Grund zur Sorge gab, auch wenn mich das nur begrenzt beruhigte. Dieses kleinlaute «hoffe ich» schwang in meinen Gedanken nach und ließ mich nicht los.

Einige Zeit später lenkte Jamie das Auto an den Fahrbahnrand und parkte. Ich hatte bis jetzt mit verschränkten Armen und schmollend nach vorn geschobener Unterlippe auf dem Beifahrersitz zum Fenster hinausgestarrt, während Jamie sich auf den Verkehr konzentriert und mein eingeschnapptes Schweigen mit einem wissenden Kopfschütteln zur Kenntnis genommen hatte.

«Sind wir jetzt da?», fragte ich und ließ den Blick über die Häuserfronten gleiten. Das war ganz eindeutig nicht die Gegend, in der meine neue Wohnung lag.

«Ja», gab Jamie knapp zur Antwort. «Steig aus und komm mit.»

«Wenn das hier irgendein geschmackloser Scherz ist und wir deswegen die Schlüsselübergabe verpassen, bist du ein toter Mann, mein Freund», knurrte ich missmutig, trottete aber brav hinter ihm her.

«Darum musst du dir keine Sorgen machen, Marles. Vertrau mir einfach.»

«Leichter gesagt als getan», konterte ich. «Hier kann ich mir ganz sicher keine Wohnung leisten.» Ehrfürchtig musterte ich die hellen Fassaden, hinter denen sich allem Anschein nach sündhaft teure Wohnungen verbargen. Vermutlich wohnten hier ausschließlich Schönheitschirurgen und Investmentbanker.

«Kommst du trotzdem oder bewunderst du den Straßenzug und die Fassaden noch länger?», wollte Jamie von mir wissen.

«Hier kann ich mir nicht einmal die Miete für einen Pflasterstein leisten», beschwerte ich mich.

«Da wären wir schon», meinte er wenige Schritte später vor einem imposanten mehrstöckigen Gebäude mit Portier.

«Willst du mich auf den Arm nehmen?», schrie ich ihn an. «Was zur Hölle tun wir hier überhaupt?»

«Du wirst schon sehen.»

«Jamie!», mahnte ich ihn.

«Du glaubst mir nicht?» Fragend zog er eine Braue in die Stirn.

«Wie soll ich dir das denn glauben?» Ich warf frustriert die Hände in die Luft. «Offenbar ist das eine äußerst gehobene Gegend und ich kann mir gerade mal einen Schuhkarton von

Wohnung in einem deutlich weniger betuchten Viertel leisten. Da ist es schon ziemlich viel verlangt, dass ich dir vertraue. Findest du nicht? Es geht hier um meine Zukunft! Um mein Zuhause!» Bei den letzten Worten überschlug sich meine Stimme hysterisch. Mein Puls raste, die Hitze stieg mir ins Gesicht und ich bebte förmlich vor Wut.

«Hier ist der Schlüssel.» Jamie streckte mir einen Transponder entgegen, den ich mit einem Schnauben ans Türschloss hielt.

Erstaunt zuckte ich zurück, als ich das leise Klicken hörte. Jamie drückte die Tür auf und bedeutete mir, einzutreten.

«Worauf wartest du?»

«Jamie, ich werde das Gefühl nicht los, dass wir hier einbrechen.» Zögerlich trat ich dennoch ein. «Woher hast du den Transponder?»

«Von einem Freund», gab er grinsend zur Antwort und schob mich in Richtung der Aufzüge.

«Guten Tag, Mister Scott», grüßte der Portier. Er tippte sich an die Kappe, die der eines Chauffeurs ähnelte. «Guten Tag, Ms. Cedar. Herzlich willkommen.»

Zur Antwort nickte ich unsicher in seine Richtung und folgte Jamie in die Aufzugskabine.

«Woher weiß der Portier meinen Namen?» Unruhig tippte ich mit dem Zeigefinger auf meinen Oberarm. Langsam wurde mir das Ganze mehr als unheimlich.

«Warte doch noch einen Augenblick ab. Es wird sich gleich alles klären.»

Ich schnaubte angespannt und bedachte Jamie mit einem vorwurfsvollen Blick.

Der Aufzug hielt im vierten Stock und mein bester Freund führte mich zu einer der drei Türen auf der Etage. Stolz deutete er noch einmal auf meinen Transponder.

«Versuch es!», ermutigte er mich, da ich immer noch

zögerte.

Mit zitternden Händen hielt ich das kleine Plastikteil an die vorgesehene Fläche. «Wenn wir hierfür eingebuchtet werden, mache ich dir das Leben zum Albtraum», knurrte ich durch zusammengepresste Zähne. Erneut klickte es leise und Jamie öffnete die Tür.

«Überraschung!», riefen Kim, Ginny und Jamie im Chor, als ich unsicher über die Schwelle trat.

«Was genau wird das hier?» Das Herz schlug mir bis zum Hals und mein Blick scannte unsicher die Gesichter vor mir nach einem Hinweis ab, was hier gerade vor sich ging.

Jamie räusperte sich neben mir. «Also irgendwie haben wir uns deine Reaktion ganz anders vorgestellt.»

«Meine Reaktion worauf?» Verwirrt sah ich mich in der Penthouse-Wohnung um, deren Wände moderne Kunstwerke zierten.

«Ich bin über das Wochenende unterwegs», erklärte Kim gelassen.

«Das ist deine Wohnung?» Ich schluckte und nahm das Sektglas entgegen, das mir Jamie in die Hand drückte.

Er nickte und setzte an, noch etwas zu sagen. Aber Ginny war schneller: «Wir dachten uns, so könntest du dich in sicherer Umgebung etwas an das Alleinsein gewöhnen – und Ebenezer wäre auch gut versorgt.»

«Wer oder was ist Ebenezer?» Überrollt von ihrem Enthusiasmus blinzelte ich mehrmals und bemühte mich, Fassung zu bewahren.

«Das ist meine Schildkröte.» Kim drehte betreten den Stiel seines Glases zwischen den Fingern hin und her. «So wollten wir zwei Fliegen mit einer Klappe schlagen. Ebenezer wäre gut versorgt und du könntest dich in sicherer Umgebung–»

Ich warf Jamie einen wutentbrannten Blick zu und Kim

verstummte mitten im Satz. «Du hast es ihm erzählt?» Meine Stimme überschlug sich vor Fassungslosigkeit. Das Herz schien mir jeden Augenblick aus der Brust zu springen und das Gefühl von Verrat fraß sich in meine Eingeweide.

Mit geweiteten Augen wich Jamie einen Schritt zurück. «Es tut mir leid, Marles. Es ist mir letztens irgendwie rausgerutscht.» Er schluckte hörbar.

«Wirklich? Na dann ist ja alles gut.» Selbst in meinen Ohren klang ich hysterisch, doch mein Zorn ließ sich nicht herunterschlucken. Jamie hatte Kim von Avery erzählt. «Habe ich mich unklar ausgedrückt, als ich dir gesagt habe, dass ich das nicht will?»

Abwehrend hob mein bester Freund die Hände, während die anderen beiden uns mit offenstehenden Mündern anstarrten. «Marles, es –»

«Ich will es nicht hören», unterbrach ich ihn. Geschlagen ließ er die Schultern sinken. «Sag mir jetzt bloß nicht», ich bohrte meinen Zeigefinger in seine Brust, «dass ich wegen eurer Aktion meine Wohnung verloren habe.»

«Nein, natürlich nicht», sprang Ginny heiser in die Bresche. «Jamie hat den Schlüssel besorgt und wir hatten vor, deine neue Wohnung für dich herzurichten, während du hier bist.»

«Das kann ich sehr gut allein», knurrte ich mit mahlenden Kiefern.

«Wir haben es nur gut gemeint.» Kim legte mir besänftigend seine Hand auf die Schulter, aber ich schlug sie hastig beiseite. Ich wollte jetzt nicht vernünftig sein.

«Das ging offenbar zu weit», murmelte Jamie mit gesenktem Blick.

«Ach, glaubst du?» Mit hochgezogenen Brauen musterte ich ihn. In mir tobte ein Vulkan und wenn ich nicht auf der Stelle von hier wegkäme, konnte ich für nichts mehr garantieren. Mein gesamter Körper vibrierte förmlich vor Wut. Mit einem frustrierten Aufschrei machte ich auf dem Absatz kehrt, stellte das Sektglas auf die Anrichte und ergriff die Flucht.

Jamies Rufe hinter mir ignorierte ich geflissentlich. Ich konnte mich im Moment nicht weiter mit ihm auseinandersetzen. Selbst mit ihm im gleichen Raum zu sein, war zu viel.

Als ich hektische Schritte hinter mir hörte, ballte ich die Hände zur Faust. Warum brauchte dieser verfluchte Lift nur so lang?

«Warte, Marley!», hörte ich Ginnys Stimme.

«Quirky, es ist genug», fauchte ich, ohne mich umzudrehen.

«Darf ich dich zu deiner Wohnung bringen?» Etwas klimperte hinter meinem Rücken. «Ich habe die Schlüssel.»

Ich schloss die Augen und atmete tief durch. «Okay.» Mehr brachte ich nicht über die Lippen.

# 49

«Entschuldige nochmal wegen der Aktion mit der Wohnung.» Ginny sah mich schuldbewusst an.

«Quirky, du musst jetzt nicht jeden Tag deswegen zu Kreuze kriechen», gab ich zur Antwort und drückte den Knopf für schwarzen Kaffee am Vollautomaten. «Es ist ja auch schon fast eine Woche her und hat sich am Ende in Wohlgefallen aufgelöst.»

«Danke», seufzte sie erleichtert.

«Soll ich dir gleich deinen heißgeliebten Mochaccino rauslassen?», fragte ich. Grinsend schob ich Ginnys Tasse unter die Ausgabe des Vollautomaten, ohne ihre Antwort abzuwarten.

«Ja, gern. Wie geht es dir denn mittlerweile in deiner neuen Wohnung?» Die Verachtung, die im letzten Wort mitschwang, war nicht zu überhören. Der defekte Aufzug und das heruntergekommene Innere hatten scheinbar einen bleibenden Eindruck hinterlassen.

«Gut», antwortete ich ein wenig zu schnell und vor allem zu knapp. Ginnys Brauen schossen nach oben und sie lehnte sich hellhörig nach vorn. Kleinlaut fügte ich hinzu: «Es ist noch etwas ungewohnt, ganz allein dort zu sein – vor allem nachts. Aber ich gewöhne mich daran.»

«Ich denke ja nach wie vor, dass wenigstens ein neues Türschloss dir eine gewisse Sicherheit geben könnte. Hast du denn vorher überhaupt schon einmal allein gewohnt?», hakte Ginny neugierig nach.

Zahlreiche Bilder fluteten augenblicklich meinen Kopf.

Glückliche Erinnerungen an die Zeit, als ich bei meinen Eltern gelebt hatte. Abendessen mit ihnen, hitzige Diskussionen, wunderschöne Weihnachtsfeste, der erste Liebeskummer und meine Mutter, die mich tröstend in den Arm nahm. Unzählige kleine und große Momente, in denen wir gemeinsam gelacht, gebangt und gelitten hatten. Stets eine feste Einheit, voll gegenseitigem Rückhalt, angetrieben von bedingungsloser Liebe. Schließlich die Tränen beim Auszug und die innere Anspannung, als ich mit ihm ein neues Leben begann.

Hastig schüttelte ich den Kopf und versuchte, sein Bild vor meinem inneren Auge zu vertreiben. Auf keinen Fall wollte ich mich erneut am Arbeitsplatz in ein zitterndes Häufchen Elend verwandeln. Schon gar nicht wegen einer so harmlosen Frage. Das würde ich weder mir noch Ginny antun.

«Alles in Ordnung?» Besorgt berührte sie mich an der Schulter und ich zuckte zusammen, ehe ich begriff, dass es Ginny war. Sie musterte mich mit großen Augen.

«Ja.» Ich nickte kurz. «Ich habe nur gerade realisiert, dass ich noch nie allein gelebt habe.»

Ihre Schultern entspannten sich und ein Lächeln legte sich auf ihre Lippen.

«Dann wird es sicher eine Weile dauern, bis du dich daran gewöhnt hast – vor allem mit der Inneneinrichtung.»

Ich warf ihr einen warnenden Blick zu und reichte ihr das Heißgetränk.

«Schon gut», wehrte sie ab. «Die Jungs und ich haben dazugelernt, keine Sorge.» Sie nahm den Kaffee mit einem dankbaren Nicken entgegen und ließ den Blick in die Ferne schweifen. «Ich weiß noch genau, wie es mir ging, als ich ausgezogen bin. Teilweise habe ich nachts laut Musik gehört oder den Fernseher laufen lassen, damit ich mich nicht so einsam fühlte. Sehr zum Leidwesen meiner Nachbarn.» Sie lachte. «Schließlich hatte ich fast jede Nacht einen One-Night-Stand zuhause, weil ich mich allein irgendwie gruselte. Jedes Knacken im Eisfach, jeder noch so leise Laut hat mich zusammenzucken oder aus dem Bett hochfahren lassen. Das war grauenvoll – und meine erste Wohnung war ein absoluter Traum im Vergleich zu deiner.» Sie nippte an ihrer Tasse mit dem bunten Einhorn-Print und gab mir damit die Möglichkeit, mich wieder ins Gespräch einzubringen. Wenn Ginny redete, war es schwer, selbst zu Wort zu kommen.

«Ja, damit hadere ich auch noch. Aber es wird, denke ich. Meistens schlafe ich mit einem Hörbuch ein. Dann fühle ich mich nicht so einsam und fürchte mich auch nicht vor jedem kleinen Geräusch. Die Ausstattung muss leider noch warten. Wahrscheinlich muss ich diesen Monat auch so die Zähne gehörig zusammenbeißen.»

«Können dir deine Eltern oder Jamie nicht aushelfen?»

Vehement schüttelte ich den Kopf. «Das möchte ich nicht.»

Einen Moment legte sich betretenes Schweigen zwischen uns.

«Sag nicht, du lädst dir immer noch regelmäßig One-Night-Stands ein», platzte es dann aus mir heraus. Überrascht von meinen eigenen Worten, hielt ich mir die Hand vor den Mund. Doch zu spät, sie waren ja bereits herausgeschlüpft. «Ups.»

Ginny zwinkerte mir vielsagend zu. «Manchmal verfalle ich durchaus in alte Muster.»

In dem Moment schwang die Tür auf und ein Mann kam in die Kaffeeküche gerauscht.

«Guten Morgen», begrüßte er uns und ich erstarrte, als ich die strahlenden grünen Augen erkannte.

«Ich muss dann auch wieder an den Schreibtisch», murmelte ich eilig und drückte mich an Ginny vorbei zur Tür.

«Warte kurz», meinte er. Mit der Hand fasste er an meine Schulter, um mich zurückzuhalten.

Seine Berührung durchzuckte mich wie ein Blitz. Heiß und bedrohlich. Ich erstarrte mitten in der Bewegung und schluckte schwer. Meine Beine drohten jeden Augenblick unter mir nachzugeben und ich spürte ein seltsames Kribbeln, das sich von der Stelle, an der er mich berührte, über meinen ganzen Körper ausbreitete. Mein Herzschlag flatterte unregelmäßig und mein Magen krampfte sich schmerzhaft zusammen.

«Ich wollte mich noch für neulich entschuldigen», erklärte er sich. Unfähig mich zu bewegen, starrte ich ihn unverwandt an. «Als ich dich auf dem Flur umgerannt habe. Da habe ich dir einen ganz schönen Schrecken eingejagt, befürchte ich.»

Er nahm die Hand weg und brach damit den Bann, der mich an Ort und Stelle hielt. Ohne ein Wort rannte ich aus dem Zimmer. So schnell meine wackeligen Beine mich trugen, lief ich zurück zu meinem Schreibtisch. Dort angekommen stellte ich die mittlerweile fast leere Kaffeetasse ab, deren Inhalt ich bei meinem Sprint hierher achtlos auf dem Flur verteilt hatte, und schloss für einen Moment die Augen.

Vorsichtig klopfte es an der Tür und Ginnys roter Lockenschopf schob sich ins Zimmer. Mit prüfendem Blick musterte sie mich. Vermutlich überlegte sie, ob es sicher war, einzutreten.

«Was war das eben?», fragte sie zaghaft.

«Das weiß ich auch nicht so genau», überwand ich mich, nach ein paar Sekunden zu antworten. «Der Typ ist irgendwie gruselig.»

«Jake?» Ginnys Stimme überschlug sich fast. Offenbar war es in ihrer Welt absolut unnachvollziehbar, wie man vor diesem Mann Angst haben konnte.

«Ja, er taucht immer wieder völlig unvermittelt vor mir auf und entweder renne ich in ihn oder er in mich», quasselte ich mir die nervöse Energie von der Seele, die das Aufeinandertreffen in der Küche in mir freigesetzt hatte. «Anfangs dachte ich mir nichts dabei, es hätte ja auch ein seltsamer Zufall sein können. Aber mittlerweile haben wir uns so oft unvermittelt getroffen, dass es schon an ein Wunder grenzt, wenn das tatsächlich dem Zufall geschuldet ist. Ich habe Angst, dass er mich vielleicht verfolgt. Das ist echt total unheimlich.» Auf Ginnys Gesicht breitete sich ein wissendes Lächeln aus, das ein paar Wimpernschläge brauchte, bis es zu mir durchdrang. «Moment mal, du kennst ihn?»

«Ja, natürlich», erwiderte sie. «Jeder hier kennt ihn.»

«Na, ich offenbar nicht», entgegnete ich und spürte, wie mir die Hitze in die Wangen stieg.

«Jake ist Stellas Cousin», erbarmte sich Ginny, mich aufzuklären. «Er springt oft ein, wenn Not am Mann ist. Keine Ahnung, was er sonst beruflich tut. Vermutlich ist er selbstständig oder irgendwie so was.» Sie zuckte mit den Schultern. «Wie du weißt, waren gerade Kim und ich in letzter Zeit ziemlich am Schwimmen und Stella hat uns oft vom Empfang aus geholfen. Eines Tages kam Jake vorbei, um Stella abzuholen, und hat ihr unter die Arme gegriffen, weil sie noch nicht fertig war. Kim hat das mitbekommen und war zuerst weniger erfreut, dass irgendjemand vertrauliche Firmenunterlagen in den Händen hatte.»

«Das kann ich mir vorstellen», warf ich ein. Wie ich Kim bisher kennengelernt hatte, war er zwar großherzig und eine Seele von Chef, aber dumm oder leichtfertig war er nicht.

«Sie haben Kim dann kurzerhand mit zum Abendessen genommen und die Sache geklärt.»

«Und seitdem hilft Jake hier also aus?»

«Genau. Es gab Tage, da hätten wir ohne ihn unsere

Sachen packen können.»

«Gott! Wie peinlich!» Ich verbarg das Gesicht in meinen Händen. «Und ich habe ihn quasi beschuldigt, ein Stalker zu sein.»

«Tut mir leid, das ist meine Schuld. Ich hätte dir von ihm erzählen sollen.» Ginny fummelte an ihrer Kaffeetasse herum. «Für uns war das nur so gewohnt, dass ich gar nicht daran gedacht habe, dir von unserem freien Mitarbeiter zu erzählen.» Geknickt verzog sie das Gesicht.

«Du konntest ja schlecht ahnen, dass ich mich gleich in irgendeine Wahnvorstellung hineinsteigere, wenn ich ihn hier sehe. Das ist mir unsagbar peinlich. Manchmal sehe ich Gespenster.»

Sie winkte ab. «Unsinn! Außer uns beiden weiß es doch niemand und ich verspreche, dass es auch dabei bleibt. Vielleicht solltest du dich bei der nächsten Gelegenheit dennoch ihm gegenüber erklären. Er war ganz schön verdutzt, als du einfach so davon gestürmt bist.»

Beschämt biss ich mir auf die Lippe. «Sicher. Aber was soll ich ihm denn sagen? Entschuldige, ich dachte, du bist ein perverser Triebtäter, der es auf mich abgesehen hat?»

«Das wäre eine Option, aber vermutlich würde das nicht allzu gut bei ihm ankommen.» Sie schmunzelte. «Für den Anfang reicht vielleicht, dass du einen Termin vergessen hast und es dir in dem Augenblick wieder eingefallen ist. Das erklärt deinen überstürzten Abgang und bringt keinen von euch in eine unangenehme Situation.»

«Danke!», stöhnte ich. «Das klingt schon um Welten besser. Damit versuche ich es, wenn ich ihm das nächste Mal begegne.»

# 50

«Marley, kann ich dich kurz sprechen?», meldete sich Kim ein paar Stunden nach meinem Zusammentreffen mit Jake bei mir.

Sofort schrillten in meinem Kopf die Alarmglocken. Hitze strömte mir in die Wangen und mein Herz pochte so laut, dass ich kaum etwas anderes wahrnahm. Hoffentlich gab sich Kim mit einer Standpauke darüber zufrieden, dass ich Kollegen mit Respekt und unvoreingenommen entgegentreten sollte. Mit Sicherheit war ihm die Sache in der Zwischenzeit zu Ohren gekommen und ich konnte mich glücklich schätzen, wenn ich auf diese Weise quasi glimpflich davonkam. Es gab nur wenig, das Kim nicht tolerierte. Die Art und Weise, wie ich Jake ohne ein Wort in der Küche hatte stehen lassen, zählte allerdings klar dazu.

«Ich bin sofort bei dir», antwortete ich knapp und Kims Gesicht verschwand aus dem Spalt in der Tür.

Ginny war gerade in einem Videocall mit ihrem Team, was sie allerdings nicht davon abhielt, beide Daumen untermalt von einem fast schon psychotischen Grinsen nach oben zu halten. Irritiert schüttelte ich den Kopf, schnappte mir meinen Laptop und machte mich auf den Weg in Kims Büro. Was genau daran toll sein sollte, dass mein Chef mich aller Wahrscheinlichkeit nach abmahnte, konnte ich nicht nachvollziehen. Allerdings hatte Ginny manchmal die Angewohnheit, Gesten in einem völlig anderen Zusammenhang zu verwenden, als es allgemein üblich war. Vielleicht wollte sie mir damit also anzeigen, dass ich den

Kopf nicht hängen lassen sollte oder dass sie mir Glück wünschte.

Mit meinem schlechten Gewissen im Gepäck schlurfte ich in Zeitlupe über den Gang, wobei ich mich zu jedem einzelnen Schritt zwang. Einzig und allein der Gedanke, dass gar nicht aufzukreuzen und dem Gespräch auszuweichen die schlechteste Wahl darstellte, trieb mich an.

Vor Kims Tür hielt ich kurz inne, straffte meine Schultern und atmete zweimal tief durch, ehe ich mit zitternder Hand an die Tür klopfte.

«Komm rein.»

Ich zögerte. «Jetzt stell dich nicht so an», rügte ich mich selbst. «Je schneller du da reingehst, umso schneller hast du es hinter dir.»

«Marley?», ertönte erneut Kims Stimme hinter der Tür. *Verdammt! Hatte er mich etwa gehört?*

Ich nahm mir ein Herz, legte meine Finger auf die Klinke und überwand mich, die Tür zu öffnen. Mit devot gesenktem Kopf schob ich mich in das Büro meines Chefs und meinte kleinlaut: «Du wolltest mich sprechen?»

«Danke, dass du dir gleich Zeit genommen hast.» Er deutete auf den Stuhl, der ihm gegenüber an seinem Schreibtisch stand. «Bitte setz dich.»

Mit diesen Worten wich jegliche Hoffnung, dass er nur eine kurze Information von mir einholen wollte oder Unterlagen benötigte, an denen ich gerade arbeitete. Innerlich wappnete ich mich für das kommende Gespräch und ließ mich schwerfällig in den Stuhl sinken.

«Es gibt da etwas, über das ich gern mit dir sprechen würde», setzte Kim an.

«Es tut mir wirklich sehr leid», fiel ich ihm ins Wort, ehe er zu Ende gesprochen hatte. Den Blick heftete ich fest auf meinen Schoß und meine Finger zupften unruhig aneinander.

«Es tut dir leid?», erkundigte sich Kim lachend. «Das will ich aber nicht hoffen.»

«Wie bitte?» Unverwandt starrte ich ihn an.

«Du hast dich hier so schnell eingewöhnt, dass du dich innerhalb weniger Wochen bereits als unverzichtbar für uns herausgestellt hast. Gerade in unserem aktuellen Projekt hast du dich in erstaunlich kurzer Zeit gleich an vorderster Front bewiesen und deshalb möchte ich mich herzlich bei dir bedanken.»

«Was?» Mit offenem Mund und fassungslos aufgerissenen Augen stierte ich meinen Chef an. «Ist das dein Ernst?»

«Natürlich, über so etwas scherze ich nicht.» Ich suchte nach einem verräterischen Zucken in seinem Gesicht oder einem anderen Anzeichen dafür, dass Kim mich gerade auf den Arm nahm. Stattdessen fragte er: «Geht es dir gut?»

«Ja, klar ... Ich denke schon ...», stammelte ich immer noch völlig perplex.

«Das freut mich», gab er zur Antwort. «Außerdem habe ich mir erlaubt, mit der Personalabteilung zu vereinbaren, dass du nach Bestehen deiner Probezeit eine Gehaltsanpassung bekommst. Wie klingt das für dich?»

«Traumhaft», entfuhr es mir, ehe ich mich versah. Etwas zurückhaltender korrigierte ich mich zu einem leisen «Danke».

«Da musst du dich schon bei dir selbst bedanken. Du hast es dir redlich verdient»

«Ich freue mich wahnsinnig», quietschte ich eine Idee zu schrill. Auf der anderen Seite hatte ich jeden Anschein von Professionalität ohnehin bereits eingebüßt.

«Wir freuen uns sehr, dich an Bord zu haben, Marley. Weiter so!»

«Super, danke», wiederholte ich. Dann sprang ich aus dem Stuhl und ging wippenden Schrittes in Richtung Tür.

Als ich die Hand auf die Klinke legte, hielt Kim mich zurück: «Ach, eine Sache wäre da noch ...»

Ich zuckte wie unter Schmerzen zusammen. Hatte ich wirklich geglaubt, er würde mich ohne ein Wort davonkommen lassen? Natürlich würde er mir wegen Jake ins Gewissen reden. Was hatte ich denn auch erwartet?

«Ja?», fragte ich mit wackliger Stimme und warf ihm einen unsicheren Blick über die Schulter zu.

«Ich komme später noch wegen der Statistiken von gestern auf dich zu. Da bräuchte ich ein kurzes Update vor dem heutigen Call mit unseren Stakeholdern.»

«Gern», gab ich zurück und ließ die Luft entweichen, die ich wohl unbewusst angehalten hatte. «Komm einfach vorbei oder gib Bescheid, wenn du soweit bist.»

«Perfekt, bis später.»

Ich beeilte mich, das Büro zu verlassen, ehe Kim vielleicht doch noch auf den Zwischenfall in der Küche zu sprechen kam und schloss mit einem erleichterten Seufzen die Tür hinter mir.

«Alles in Ordnung?» Stella betrachtete mich mit gerunzelter Stirn, als ich zu ihr herumfuhr.

«Ja, alles in bester Ordnung. Danke.»

«Du siehst irgendwie blass aus, Marley.» Sie beugte sich mir ein Stück entgegen und musterte mich erneut.

«Keine Sorge, alles gut. Ich hatte nur mit einer Standpauke gerechnet, als Kim mich zu sich gerufen hat.»

«Mit einer Standpauke?», fasste Stella meine Worte ungläubig auf. «Wieso das denn? Ich warte noch auf den Moment, wo wir den Mitarbeiter des Monats einführen und jeden Monat dein Bild den Aushang ziert.»

«Wegen der Sache mit Jake heute», räumte ich ein und meine Augen wanderten beschämt zu Boden.

«Was für eine Sache mit Jake?»

Hatte er ihr gegenüber tatsächlich nichts erwähnt? Das konnte doch gar nicht sein. Die beiden waren schließlich verwandt.

«Er hat mich in der Kaffeeküche etwas gefragt und ich habe ihn ohne Antwort stehen lassen», klärte ich sie auf. «Ich weiß auch nicht, was da in mich gefahren ist. Vor allem tut es mir sehr leid, ihn so vor den Kopf gestoßen zu haben.»

«Davon hat er mir kein Sterbenswörtchen gesagt», meinte Stella. Nachdenklich fuhr sie sich mit der Hand über das Kinn, schüttelte dann entschlossen den Kopf und meinte: «Das hat er dir offensichtlich nicht übel genommen. Wahrscheinlich hat er sich denken können, dass das keine Absicht war und du einfach unter Zeitdruck standest.»

«Ja, wahrscheinlich», stimmte ich ihr zu. «Richte ihm gern aus, dass es mir leidtut, falls du ihn später siehst.»

«Sicher, kein Problem», erwiderte sie. Dann glitt ihr Blick an mir vorbei und ihre Lippen schmolzen zu einem Lächeln. «Oder du sagst es ihm gleich selbst.» Sie deutete neben mich und als ich der Geste mit dem Blick folgte, erkannte ich Jake, der direkt auf uns zulief.

# 51

«Was kann sie mir gleich selbst sagen?», fragte er und baute sich neben Stella auf.

Mein Blick zuckte zwischen den beiden hin und her, während die Gedanken sich in meinem Kopf überschlugen. Doch egal, wie ich es drehte und wendete, aus der Nummer kam ich nicht mehr heraus. Erneut auf dem Absatz kehrtzumachen und vor Jake Reißaus zu nehmen, war keine Option. Vor allem jetzt, da ich wusste, dass ich ihm im Büro regelmäßig in die Arme laufen würde.

«Dass ich heute Vormittag so schnell weg war», nuschelte ich undeutlich. Meine Hand glitt zu dem zarten Ankeranhänger meiner Kette, den ich nervös hin- und herzuschieben begann.

«Das ist doch nicht der Rede wert», tat er die Sache ab und machte es mir damit ein wenig leichter. «Du hattest es vermutlich sehr eilig, nachdem du auf dem Weg sogar einen großen Teil deiner Koffeinzufuhr eingebüßt hast.»

«Sehr zu meinem Leidwesen übrigens», beschwerte sich Stella. «Das Putzpersonal ist fast ausgeflippt, weil der Fleck schon fast eingetrocknet war, als ich ihn entdeckt habe. Nächstes Mal sag mir bitte gleich Bescheid.» Ein kurzes Zwinkern signalisierte mir, dass sie nicht halb so angefressen war, wie sie klang.

«Das tut mir leid.» Ich biss mir auf die Unterlippe. «Kommt nicht wieder vor, Stella.»

«Da bin ich mir sicher.»

«Und wegen meiner überstürzten Flucht», wandte ich das

Wort wieder an Jake und griff die Ausrede auf, die er mir zugespielt hatte. «Mir ist da brühendheiß etwas eingefallen und deswegen bin ich so schnell verschwunden. Tut mir leid, falls das einen falschen Eindruck erweckt hat.»

«Nein, kein Problem. Das habe ich mir schon gedacht. Eigentlich wollte ich auch nur die Gunst der Stunde nutzen und mich bei dir entschuldigen.» Seine Mundwinkel zuckten nach oben. «Neulich Abend habe ich dir einen ganz schönen Schrecken eingejagt, glaube ich, als ich aus dem Nichts in dich hineingerauscht bin. Ich hoffe, dir geht es gut und du hast dich nicht verletzt?»

«Nein, nein, mir geht's gut», beruhigte ich ihn. Mit den Händen fuchtelte ich abwehrend in der Luft.

Warum fühlte ich mich in seiner Gegenwart nur so unsicher und verletzlich? Es war verflixt. Immer, wenn ich ihm begegnete, vibrierte ich förmlich im Inneren und brachte kein vernünftiges Wort über die Lippen.

«Dann bin ich beruhigt», gab er zur Antwort. «Trotzdem schulde ich dir wenigstens den verschütteten Kaffee. Was meinst du?» Ein verschmitztes Grinsen schlich sich auf sein Gesicht.

«Wenn man es genau nimmt, bin ich selbst schuld daran», stellte ich richtig. «Außerdem sind wir in meinen Augen bereits quitt.»

Bei unserer ersten Begegnung war ich schließlich frontal in ihn hineingelaufen und hatte dabei Kaffee über sein Hemd verteilt.

«Dann entschädigen wir uns gegenseitig und das Karma ist wieder im Lot», bot er an. «Ich kenne einen kleinen Coffeeshop in der Nähe mit legendärem Kaffee.»

«Du meinst das Bean&Spoon, oder?» Stella strahlte über das ganze Gesicht. «Das kannst du dir nicht entgehen lassen, Marley! Deren Kaffee ist tatsächlich legendär!»

Sie stieß mir vor Aufregung ihre Faust ein wenig zu fest in die Rippen, sodass mir ein erschrockenes Keuchen entfuhr.

Jake nutzte den Moment und deklarierte: «Dann hole ich dich später in deinem Büro ab, wenn ich diese Akten losgeworden bin. Bis dann.»

Ehe ich etwas erwidern oder ihm widersprechen konnte, war er bereits davongeeilt und hatte mich mit einer bis über beide Ohren grinsenden Stella im Flur zurückgelassen. Sie starrte mich vielsagend an und biss sich auf die Lippe.

«Was?»

«Jake hat schon lange niemanden mehr um ein Date gebeten», erklärte sie und ihre Augen funkelten verheißungsvoll.

«Das ist ja auch keine Einladung zu einem Date, Stella», stellte ich klar. «Wir gehen nur etwas trinken, damit es nicht komisch zwischen uns wird und unsere bisherigen unglücklichen Begegnungen aus der Welt sind.»

«O Süße», mischte sich Ginny ins Gespräch, die gerade im Gang aufgetaucht war. «Zwischen euch ist es doch längst mehr als komisch.» Sie lachte und Stella stimmte mit ein.

«Trotzdem ist es kein Date», beharrte ich auf meinem Standpunkt und verschränkte die Arme.

«Es fängt an mit einem Kaffee, dann wird es ein Drink, ein Dinner, eine Einladung zu einem kleinen Absacker und schon hat es einen erwischt und es ist etwas Festes», schwärmte Ginny, wobei ihre grauen Augen verträumt in die Ferne schweiften. Diese romantische Ader kannte ich noch gar nicht an ihr.

«Genauso ist es», pflichtete Stella ihr bei. «Ich freue mich ja so für Jake und dich. Ihr könnt beide jemanden brauchen, auf den Verlass ist. Das wird wundervoll, glaub mir.»

«Wenn ihr so weiter macht, sage ich ihm ab», knurrte ich. Innerlich hatte ich die Augen bereits so weit verdreht, dass ich vermutlich einen Migräneanfall erlitten hätte, wenn ich die Reaktion ausgelebt hätte.

«Nein, das darfst du nicht», entfuhr es Stella. Sie packte mich am Arm und starrte mich eindringlich an. «Versprich, dass du ihm nicht absagst!»

Ich wich instinktiv einen Schritt zurück. «Langsam machst du mir Angst, Stella. Warum ist es denn so wichtig für dich, dass Jake und ich zu unserem Kaffeedate gehen?»

Ginny quietschte auf und klatschte freudig in die Hände, während sie wie ein kleines Kind auf und ab hüpfte, das einen großen Eisbecher spendiert bekommen hat. «Sie hat es gesagt! Sie hat es selbst gesagt! Es ist ein Daaaate!»

Ich schüttelte den Kopf und musterte meine neue Freundin, die offenbar das letzte Fünkchen Verstand über Bord geworfen hatte.

«Du hast Date gesagt», wiederholte sie. «Jake und Marley haben ein Date! Ein richtiges Date! Juhu!»

Ich stöhnte auf und rollte nun tatsächlich mit den Augen. Sie taten gerade so, als würden Jake und ich uns jeden Moment das Ja-Wort geben.

«Leute, ihr seid echt kindisch!»

«Wieso?», fragte Stella mit großen Augen. «Wir freuen uns doch nur für euch.»

«Also entweder ihr beide übertreibt gerade gnadenlos und steigert euch da viel zu sehr hinein – oder Jake und ich sind dermaßen hoffnungslose Fälle, dass ihr davon ausgeht, dass es unsere letzte Chance ist, es miteinander zu versuchen.»

Sie nickten wie zwei übermotivierte Seelöwen, vor deren Nase jemand mit einem Fisch wedelte.

«Das wird nicht passieren, Mädels», versuchte ich sie wieder auf den Boden der Tatsachen zurückzuholen. «Was auch immer ihr euch da bereits im Kopf zusammengesponnen habt, wird nicht eintreten. Verstanden?»

Wieder nickten sie eifrig, was mir deutlich aufzeigte, dass sie eben nicht verstanden hatten.

«Nochmal ganz langsam. Es – wird – nicht – passieren!» Immer noch sah ich in zwei verklärte Augenpaare und selig lächelnde Gesichter. «Wir werden uns beieinander entschuldigen, unseren Kaffee trinken und dann wie vorher unserer Wege gehen. Das war's, mehr wird es nicht. Nichts mit Beziehung, Liebe, Glück und Hochzeit. Nada, niente, nichts.» Eifrig unterstrich ich die Worte mit heftig wedelnden Arme.

«Ja, klar, schon verstanden», ergriff Ginny das Wort. «Mach dir keinen Stress. Geh einfach mit ihm ins Bean&Spoon und schau ganz ohne Druck, wohin das führt. Das ist meistens eh am besten.»

«Quirky!», mahnte ich sie. «Ich fühle mich noch nicht einmal wohl in seiner Gegenwart, da verknall' ich mich doch nicht nur wegen eines läppischen Kaffees.»

«Das sind bloß die Schmetterlinge in deinem Bauch.» Ginny grinste breit. «Deswegen fühlst du dich in seiner Gegenwart nicht ganz wohl. Aber das legt sich, wenn ihr euch erst besser kennengelernt habt.» Stella pflichtete ihr hektisch nickend bei.

«Versprich einfach, dass du ihm nicht absagst», flehte Stella mich an.

«Okay, versprochen.» Ein schweres Seufzen begleitete meine Worte. «Aber macht euch nicht zu große Hoffnungen.»

Kreischend fielen die beiden sich in die Arme und begannen wild im Kreis zu hüpfen.

# 52

Eine halbe Stunde später saß ich mit Jake an einem Tisch im Bean&Spoon und rührte verlegen in meinem Kaffee. Seine Nähe verschlug mir fast den Atem und meine Hände zitterten. Ein leichtes Flattern begleitete jeden meiner Herzschläge und ich wäre am liebsten aufgesprungen und davongelaufen.

«Danke, dass du mitgekommen bist», sagte er.

Seine Augen waren wie meine hochkonzentriert auf die eigene Tasse gerichtet und auf seinen Wangen lag ein zarter rötlicher Schimmer. Konnte es sein, dass er sich genauso unwohl und unsicher mit mir fühlte wie ich mich mit ihm?

Kurz bevor wir aufgebrochen waren, hatte ich versucht, Keith anzurufen. Entgegen aller Logik hatte ich gehofft, ihn in den Coffeeshop bestellen zu können, um ihm dann *zufällig* zu begegnen und damit genau der Situation zu entgehen, in der ich mich nun wiederfand. Dass außer uns beiden nahezu niemand hier war, machte die Sache nicht besser.

Normalerweise war ich um kein Wort verlegen, vor allem, wenn ich jemanden Neues kennenlernte. Doch im Augenblick war mein Kopf wie leergefegt und nicht einmal die üblichen Smalltalkfloskeln wollten sich meiner erbarmen. Also starrte ich in die schwarze Flüssigkeit vor mir, in der sich mein angespanntes Gesicht widerspiegelte.

«Wie gefällt es dir so bei HardBeat?», startete Jake einen neuen Versuch, mich zum Reden zu bringen und die Stille zwischen uns zu füllen.

«Gut», presste ich heiser hervor und nippte an meinem Kaffee. *Was für eine Leistung, ein ganzes Wort.*

«Cool.» Er nickte. Seine Finger tanzten nervös am Rand der Tasse entlang. Das leise Klimpern schien das einzige Geräusch im Raum zu sein.

*Wow, Marley! Jetzt hält er dich vermutlich für geistesgestört. Nur ein absoluter Soziopath spricht nicht mehr als einzelne Silben mit seinem Gegenüber. Komm schon! Noch kannst du es retten. Stell ihm wenigstens eine Gegenfrage!*

Nachdem immer noch Strohbälle durch mein Hirn rollten, das einer Geisterstadt mitten in der ausgestorbenen Steppe entsprach, entschied ich mich, die Frage zurückzuspielen: «Und dir?» Immerhin schon ganze zwei Wörter. Wir steigerten uns also ...

Seine Schultern entspannten sich eine Idee und er atmete auf. «Mein Einstieg war mehr ein Unfall, würde ich sagen. Aber seitdem komme ich von Kim und seiner Firma nicht mehr los. Es macht Spaß, diesem chaotischen Haufen zur Hand zu gehen.»

«Geht das denn neben deinem Hauptjob so einfach?» Neugierig lehnte ich mich ihm ein Stück entgegen und auf einmal konnte ich ein kleines bisschen freier in seiner Gegenwart atmen.

«Ich kann mir meine Arbeit im Hauptjob zum Glück relativ frei einteilen und dadurch kriege ich das ganz gut unter einen Hut. Ansonsten wäre es ein Ding der Unmöglichkeit.»

«Was genau machst du denn hauptberuflich?», entwischte mir die Frage, ehe ich sie zurückhalten konnte. Im Grunde ging mich das überhaupt nichts an. Aber jetzt waren mir die Worte schon aus dem Mund geschlüpft und ich konnte sie ja schlecht wieder einsaugen.

«Ich habe mich als Grafikdesigner selbstständig gemacht.»

«Klingt spannend.» Ich umfasste meine Tasse mit beiden

Händen und lehnte mich ihm noch ein wenig weiter entgegen.

«Wenn man tagtäglich damit zu tun hat, ist es ein Job wie jeder andere, denke ich», gab er sich bescheiden. «Alles wird irgendwann zur Routine und auch Kreativität hat ihre Grenzen, wenn man sie als Dienstleistung anbietet.»

«Das kann ich mir kaum vorstellen», gestand ich. «Ich habe die letzten Jahre in einem sehr konservativen und ungesunden Umfeld gearbeitet, wo im Grunde fast alles nach Schema F ablief. Ein absoluter Albtraum für jeden kreativen Geist.»

«Dann tut es jetzt vermutlich richtig gut, sich bei Kim auszutoben.» Er schmunzelte und umfasste ebenfalls seine Tasse. Unsere Finger berührten sich fast. Am liebsten hätte ich mich auf der Stelle zurückgezogen, doch irgendetwas hielt mich dort.

«Ja, auch wenn ich noch einiges zu lernen habe, macht es mir großen Spaß, gefordert zu werden. Ich habe auch das Gefühl, dass ich mich im Laufe der Zeit noch mehr austesten und im Zweifel auch an anderer Stelle einbringen kann. Das fühlt sich ziemlich gut und irgendwie befreiend an.»

«Das klingt großartig!», stimmte er mir zu. «Und bei Kim bist du sicher auch an einer der besten Adressen, um dich selbst im Job zu verwirklichen. Quirky hat sich auch vor Kurzem erst verändert und ist glücklicher denn je. Zumindest macht es den Eindruck.»

«Das habe ich auch schon zu hören bekommen.»

«Vermutlich mehr als dir lieb ist», ergänzte er. «Sie kann einen manchmal ganz schön überrollen mit ihrem unaufhörlichen Wortschwall.»

Ich lachte auf. «Da hast du recht. Manchmal übertreibt sie es etwas.»

«Etwas?» Er zog die Brauen hoch und musterte mich aus weit aufgerissenen Augen. «Letztens hat sie mich sage und schreibe eine geschlagene Stunde zugetextet, als ich eigentlich auf dem Sprung war. Ich wäre vor Hunger fast aus den Latschen gekippt.»

«Haha, genau deswegen habe ich mittlerweile immer einen Müsliriegel und etwas zu trinken dabei», stimmte ich mit ein. «Man weiß nie, wann ihr Monolog endet.»

«Und *ob* er endet ... Was hat dich angetrieben, den Wechsel in einen neuen Job zu wagen? Hat Kim dich abgeworben oder hast du nur kurz deine Hilfe angeboten und bist ihm dann verfallen wie ich?»

Mein Mund fühlte sich auf einmal trocken an. «Nichts davon», antwortete ich. Einen Moment verschlug es mir die Sprache, als mir der tatsächliche Grund für meinen beruflichen Neustart nur zu klar vor Augen schwebte. Avery.

«Alles okay?»

Eine warme Hand berührte mich sacht. Reflexartig zuckte ich zurück und stieß dabei gegen meine Tasse, sodass sich der Kaffee über den Tisch ergoss.

Erschrocken sprang Jake auf, während er «tut mir leid» rief. Geistesgegenwärtig griff er nach einigen Servietten und warf sie auf die schwarze Flut, die mittlerweile auf den Boden tropfte.

«War ja nicht deine Schuld», antwortete ich.

Beide wischten wir in hektischen Kreisen über das Holz und taten unser Bestes, die Katastrophe in den Griff zu bekommen. Natürlich berührten sich in dem Chaos unsere Hände erneut und ich hatte Mühe, mich auf dem Stuhl zu halten, als ich dieses Mal wieder zurückzuckte.

«Entschuldige, ich wollte dir nicht zu nahe treten», entfuhr es Jake, der mindestens genauso blass wurde wie ich selbst.

«Ist nicht deine Schuld. Ich bin einfach sehr ...», ich überlegte kurz, wie ich es am besten ausdrücken konnte, ohne mehr über meine Vergangenheit preisgeben zu müssen, «schreckhaft.»

«Und du hast es oft ziemlich eilig», ergänzte er mit einem breiten Grinsen. Die Grübchen, die sich dabei an seinen Mundwinkeln kräuselten, ließen mein Herz höherschlagen.

«Oft», wiederholte ich mit belegter Stimme.

Seine Augen hielten meine in ihrem Bann gefangen und er lehnte sich langsam über den Tisch zu mir. Mein Herz sprang mir beinahe aus der Brust, als sein Blick zu meinen Lippen zuckte und sich seine Pupillen vor Sehnsucht weiteten. Ich konnte seinen Atem auf meinen Wangen spüren, was sie förmlich zum Glühen brachte.

Doch kurz bevor unsere Lippen aufeinandertrafen, erfasste ich das dunkle Funkeln in seinen Augen und riss mich los. Mein Herz schlug mir immer noch bis zum Hals, doch lief es mir jetzt eiskalt den Rücken herunter, als sich die grüne Iris vor mir zu einem eiskalten Blauton wandelte und sein Gesicht vor mir auftauchte. Mein Atem stockte, als die grausame Fratze des Dämons vor mir aufblitzte.

Ein Stromschlag raste durch meinen Körper und befreite mich aus der Starre, die mich erfasst hatte. Ich zuckte zurück und sprang hastig auf. Wie aus weiter Ferne hörte ich den Stuhl auf den Boden fallen, als ich kurz darauf zur Tür hinauslief.

So schnell mich meine Beine trugen, rannte ich ziellos davon. Ich spürte den Regen kaum, der auf meine nackten Arme herunterprasselte, während ich durch die Straßen hetzte. Ich lief und lief. Ohne Rast, ohne Ziel, ohne den geringsten Plan. Solange bis meine Beine unter mir versagten und ich mitten auf dem Gehsteig kraftlos in mich zusammensackte. Den Aufprall meiner Knie auf dem harten Asphalt spürte ich kaum. Laut schluchzend rang ich nach Atem.

Passanten bedachten mich teils mit abschätzigen, teils mit mitfühlenden Blicken, was sie jedoch nicht davon abhielt, einen weiten Bogen um mich zu machen. Ich konnte es ihnen nicht verübeln. Vermutlich gab ich ein ziemlich befremdliches Bild ab.

Es dauerte einige Zeit, bis ich mich wieder so weit gefasst hatte, dass ich vom Boden aufstehen konnte. Mit zittrigen Beinen schleppte ich mich zum nächsten Treppenabsatz und begutachtete meine zerrissene Hose, die mir eine großzügige Aussicht auf die aufgeschlagenen Knie bot. Das Blut wurde vom Regen über den Asphalt in den nächsten Gully gespült, wie meine Chancen, Jake jemals davon zu überzeugen, dass ich ein normaler Mensch war. Denn sollte er jetzt nicht deutliche Zweifel an meiner geistigen Gesundheit haben, müsste ich mir vermutlich Gedanken darüber machen, wie es um seine bestellt war.

«Verdammt nochmal, Marley!», schrie ich lauthals, was mir weitere skeptische Blicke der Passanten einbrachte. «Wieso kannst du dich nicht ein einziges Mal verhalten wie ein normaler Mensch? Nur ein einziges Mal. Das kann doch nicht so schwer sein, verdammt!»

«Ruf sie halt an und frag sie», fauchte mich ein Mann in heruntergekommener Kleidung an, der am Straßenrand mit einem Schlafsack kampierte.

«Hab mein Telefon vergessen», murmelte ich peinlich berührt und hievte mich hoch.

«Hier rumschreien wird deine Frage aber auch nicht beantworten.»

Erst da fiel mir das Schlimmste an meiner Situation auf. Ich hatte bei meinem überstürzten Aufbruch nicht nur meine Jacke im Coffeeshop zurückgelassen, sondern auch meinen Rucksack. Demnach stand ich hier ohne Geld, ohne Wohnungsschlüssel und ohne Handy.

Es führte kein Weg daran vorbei, dass ich zurückmusste. *Verflixt! Wieso hatte ich nicht einfach nach dem Rucksack gegriffen, ehe ich zur Tür hinausgestürmt war? Blieb nur zu hoffen, dass Jake bereits gegangen war. Ich hatte nicht die geringste Ahnung, wie ich mich verhalten sollte, falls er am Tisch auf meine Rückkehr wartete.*

# 53

Möglichst unauffällig quetschte ich mich in den Verkaufsraum des Bean&Spoon, vor dem ich zuvor eine halbe Ewigkeit nervös auf und ab getigert war. Die Glocke gab einen verhaltenen Ton von sich, der mich erschrocken zusammenfahren ließ. Diese Tür war eindeutig nicht dafür gemacht, dass Frauen, die mehr auf den Rippen hatten als ein Zahnstocher, sich hindurchschlichen. Mein Blick zuckte blitzschnell durch den Raum.

«Keine Sorge, er ist weg», rief mir der Barista vom Verkaufstresen aus zu.

Ich war mir nicht sicher, ob ich erleichtert war oder mich das noch mehr in die Bredouille brachte. Wenn Jake meine Sachen mitgenommen hatte, würde ich einer Szene am Arbeitsplatz nur schwerlich entgehen. Auf der anderen Seite beruhigte es mich ungemein, dass ich mich ihm nicht jetzt stellen musste. Es war mir zwar bewusst, dass ich den peinlichen Moment lediglich hinauszögerte. Dennoch spürte ich, wie sich ein riesiger Betonklotz von meinem Herzen löste und mich aufatmen ließ.

«Er hat uns gebeten, auf deine Sachen aufzupassen, bis du wiederkommst», ergänzte das junge Mädchen, das gerade einen leeren Tisch mit einem feuchten Lappen abwischte. «Ein wahrer Gentleman.»

«Danke», stöhnte ich auf und ließ den Kopf in den Nacken fallen. Ein Glück, dass Jake sich das beklommene Aufeinandertreffen ebenfalls ersparen wollte. Wahrscheinlich hatte ich ihm einen riesigen Schrecken eingejagt. Das konnte ich ihm wohl kaum übelnehmen. Ganz im Gegenteil, an seiner Stelle würde ich mir auch lieber aus dem Weg gehen. Schließlich hatte ich ihm klar und deutlich vor Augen geführt, dass so einiges nicht mit mir stimmte.

«Hier, bitte.» Der Barista legte Rucksack und Jacke auf die Theke.

«Vielen Dank!» Mit einem vorsichtigen Lächeln schlängelte ich mich an den Tischen vorbei und griff nach den Sachen. Aus dem Rucksack zog ich eilig ein paar Dollar und steckte sie in das bunte Trinkgeldglas, das den ansonsten leeren Tresen zierte.

«Ich habe zu danken», erwiderte der Barista mit einem breiten Grinsen. «Und lassen Sie den Kerl nicht zu lange zappeln. Er ist ein Guter.»

«Danke.»

Sofort stieg mir die Hitze in die Wangen und ich eilte mit hochrotem Kopf aus dem Coffeeshop. Vor der Tür schlüpfte ich in meine dünne Wolljacke, die mich, durchnässt wie ich bereits war, im strömenden Regen nur begrenzt warmhalten würde, und schulterte meinen Rucksack. Am liebsten wäre ich auf der Stelle im nächsten Gullydeckel verschwunden. So sehr schämte ich mich für mein Verhalten.

Mein Blick flog über die Häuserbuchten. Ich konnte nicht zurück ins Büro. Nicht jetzt. Die Chance, Jake zu begegnen war viel zu hoch. Auch Stella und Ginny wollte ich im Moment lieber nicht über den Weg laufen. Ich müsste mich erst wieder einkriegen, ehe ich mich ihren bohrenden Fragen nach dem schiefgelaufenen Date stellte.

An einer überdachten Treppe blieben meine Augen schließlich hängen. Zielstrebig überquerte ich die Straße und ließ mich erleichtert auf den kalten Betonstufen nieder. Besonders komfortabel war mein Unterstand zwar nicht, dafür schirmte er mich zuverlässig vor dem Regen ab und schützte mich vor dem rauen Wind, der durch die Straßen fegte.

Ich zog mein Handy heraus und wählte die nur allzu vertraute Nummer. Nach kurzem Klingeln wurde abgehoben. Seufzend ließ ich die Schultern sinken, als ich die Stimme meiner Mutter hörte: «Hallo Schatz. Schön, dass du dich meldest. Wie geht es dir?»

«Wenn ich das nur wüsste», entflohen die Worte aus meinem Mund, bevor ich sie zurückhalten konnte.

«Dann erzähl mal, Liebes», forderte sie mich auf. «Was ist passiert?»

«Ich weiß gar nicht, wo ich anfangen soll», raunte ich in den Lautsprecher. «Es ist einfach alles so verquer.»

«Brauchst du etwas?» Die Stimme am anderen Ende der Leitung triefte vor Sorge und Mitgefühl. So war meine Mutter eben. Sie hatte zwar noch nicht die geringste Ahnung, was eigentlich los war, blieb aber trotzdem geduldig und ließ mir Zeit, mich zu sortieren.

«Im Job und mit der neuen Wohnung läuft es bisher super», fing ich mit den positiven Dingen an. «Ich habe mich gut eingelebt, habe die wichtigsten Möbelstücke zuhause und teilweise noch das Gefühl, zu schweben. Es ist einfach zu schön, um wahr zu sein. Ich habe mein eigenes kleines Reich und werde bei Hardbeat unterstützt und gefordert. Ich habe auch schon zwei wirklich tolle Freundinnen dort und genieße es sehr. Es macht jede Menge Spaß und ich habe das Gefühl, langsam endlich wieder auf die Beine zu kommen.»

«Das freut mich, mein Liebling.» Ihre Worte waren Balsam auf meiner Seele und hüllten mich in ein warmes Gefühl der Sicherheit. Meine Mutter hatte es schon immer verstanden, mir Rückhalt zu geben, ohne mich zu bedrängen. Für mich war sie wie heiße Schokolade mit Marshmallows und einem kleinen Schuss Rum. Sie strahlte eine unumstößliche Geborgenheit aus wie kein anderer Mensch, dem ich in meinem Leben begegnet war.

Eine Weile genoss ich die Stille zwischen uns und atmete die Unterstützung und vorbehaltlose Liebe ein, die sie mir selbst übers Telefon zu vermitteln verstand.

«Aber da ist noch etwas anderes», fasste ich mir schließlich ein Herz. Ich wusste, dass es mir augenblicklich besser ginge, hätte ich meine Sorgen erst mit ihr geteilt. Außerdem stand mir klar vor Augen, wie meine Mutter wahrscheinlich mit dem Telefon in der Hand unruhig auf und ab lief, während sie all ihre Kraft aufwandte, sich nicht anmerken zu lassen, dass sie vor Neugier und Sorge geradezu platzte. Ich bildete mir ein, ihr nervöses Trippeln durch den Hörer zu hören.

«Da ist auch noch Jake.» Ich stöhnte schwer und begann damit, meine Haarspitzen einzudrehen. Eine nervöse Angewohnheit, von der ich dachte, dass ich sie seit der High School abgelegt hatte.

«Jake?», fragte meine Mutter zögerlich.

«Ja, Jake», wiederholte ich und stieß einen frustrierten Laut aus.

«Der dich offenbar in den Wahnsinn treibt», deutete sie lachend meine Reaktion.

«Du hast ja keine Vorstellung!»

«Erzähl mir von ihm, Liebes.»

«Ich weiß auch nicht. Irgendwie ist da diese Spannung zwischen uns und ich möchte ihn gleichzeitig fest an mich ziehen und vor ihm davonlaufen. Verstehst du?»

«O ja, Marley.» Ich konnte ihr sanftes Lächeln hören. «Das verstehe ich nur zu gut.»

«Wirklich?», hakte ich unsicher nach. «Ich zweifele nämlich langsam an meiner geistigen Gesundheit.»

«Ich befürchte, das ist völlig normal», beruhigte sie mich.

«Er hat irgendetwas an sich, das ich nicht richtig greifen kann», erleichterte ich weiter mein Herz. «Aber manchmal macht er mir auch unheimlich große Angst. Und ich habe keine Ahnung, wie ich ihm nach heute Nachmittag noch einmal unter die Augen treten soll.»

«Ach, Schatz», seufzte sie. «Das ist sie, die wahre Liebe.»

«Was genau? Dass ich weglaufen will? Dass ich das Gefühl habe, durchzudrehen? Dass er mich in den Wahnsinn treibt? Wie kann das wahre Liebe sein? Ich kenne ihn ja kaum.»

«Genauso wie du habe ich mich nach meinem ersten Date mit deinem Vater gefühlt.»

«Was?», kreischte ich eine Idee zu schrill in den Hörer. «Mit Dad?» Vor meinem inneren Auge tauchten Bilder von meinem Vater auf, dessen Blick stets dieses besondere Leuchten bekam, wenn er meine Mutter ansah.

«Ja, mit deinem Vater», bestätigte sie geduldig. «Er war früher ein sexy Draufgänger, der mich ohne ein Wort um den Finger gewickelt hat.»

«Bist du dir sicher, dass das nicht umgekehrt war?» Ich hatte meine Mutter immer als diejenige angesehen, die in der Beziehung den Ton angab. Mein Vater war ihr treuherzig ergeben und las ihr nahezu jeden Wunsch von den Augen ab. Da war es schwer, sich vorzustellen, dass sie beim ersten Date mit ihm nervös gewesen war – und er ein sexy Draufgänger.

«Er hat damals alle Register gezogen und glaub mir, er war – zumindest nach außen – einer der Bad Boys. Doch dann ist er schnell aufgetaut und zu dem liebevollen Mann geworden, den du kennst.»

«Da tun sich ja Abgründe auf», stieß ich überrascht aus. Allerdings hatte ich nach wie vor Probleme, mir meinen Dad mit seinen Pu-der-Bär-Hausschuhen und dem gemütlichen Hausmannstil, der jeden Sonntag lachende Blaubeergesichter auf die Pancakes legte, als Bad Boy à la James Dean auszumalen.

«Und was hast du jetzt angestellt, dass du denkst, Jake nicht mehr unter die Augen treten zu können?»

«Na ja ... ich ...», stammelte ich. «Kann sein, dass ich ein Date mit ihm hatte und mittendrin vom Stuhl gesprungen und weggelaufen bin.»

Das glockenhelle Lachen meiner Mutter drang an mein Ohr.

«Mom!», rügte ich sie. «Das ist nicht lustig!»

«Ein kleines bisschen schon», kicherte sie.

«Mom!», fauchte ich erneut und das Lachen erstarb.

«Entschuldige, Sternchen. Aber du hast mich daran erinnert, was mir bei meinem ersten Date mit deinem Vater passiert ist.»

«Glaub mir, peinlicher als meine Aktion kann das nicht gewesen sein», murmelte ich gedrückt. «Ich habe ihn erst mit Kaffee beschüttet und bin dann ohne ein weiteres Wort vom Stuhl gesprungen und davongerannt wie eine Irre.»

«Warum machst du denn so was?»

«Nicht absichtlich», stellte ich klar. «Ich bin erschrocken, als wir uns näherkamen, und habe meine Tasse umgestoßen.»

«Das ist doch halb so wild, mein Schatz», wiegelte sie meine Vollkatastrophe ab. «Ich bin mir sicher, das wird sich klären.»

«Hast du gerade nicht zugehört?» Nach einer kurzen Pause siegte die Neugier. «Was ist dir bei deinem Date mit Dad denn passiert?»

«Ich habe mich auf seine Schuhe übergeben.»

«Du hast was?» Schockiert starrte ich das Handydisplay an. Hatte ich sie gerade richtig verstanden?

«Wir waren in einer Bar. Ich hatte noch nie Alkohol getrunken und habe vorher vor Nervosität keinen Bissen herunterbekommen. In der Bar bestellte er mir Rotwein und ich stürzte zwei Gläser von dem Teufelszeug hinunter.»

«Und dann hast du ihm auf die Schuhe gekotzt?», unterbrach ich sie.

«Ja. Wir haben die Bar verlassen und uns auf einem verlassenen Spielplatz auf je eine Schaukel gesetzt. Ich wäre fast heruntergefallen, als der Rotwein zuschlug. Dein Vater ist aufgesprungen, um mir zu helfen, und ich habe mich auf seine teuren Lederschuhe übergeben. Er sah danach aus, als hätte er einen Besuch im Schlachthaus hinter sich.»

«Wie das? Nur wegen der Schuhe?»

«Könnte sein, dass ich sein strahlend weißes Hemd und die Hose auch erwischt habe», gestand sie. «Trotzdem hat er mich nach Hause gebracht und konnte es nicht erwarten, mich wiederzusehen. Kopf hoch, Liebes. Wenn Jake der Richtige ist, wird er es verstehen.»

# 54

Die nächsten Tage bat ich Kim unter einem Vorwand, aus dem Homeoffice arbeiten zu dürfen, was er problemlos ermöglichte. Falls er sich über meine Bitte wunderte, ließ er sich nichts anmerken und ich war ihm dankbar dafür.

Abgesehen von der Tatsache, dass ich mich entgegen dem Rat meiner Mutter zuhause vor einem gewissen jungen Mann versteckte, den ich mit Kaffee begossen und dann im Regen stehengelassen hatte, tat es auch unglaublich gut, meine ersten eigenen vier Wände in vollen Zügen zu genießen. Jamie hatte die Wohnung mit ein paar Freunden – sprich Männern, denen er das Herz gebrochen hatte, die aber dennoch in seinem Leben geblieben waren – auf Vordermann gebracht. Das Bad war renoviert, die Wände erstrahlten in meiner Lieblingsfarbe und den Boden zierte nun Laminat in Parkettoptik.

Die eingesparte Fahrtzeit zum Büro nutzte ich, um noch ein paar Möbel aufzubauen und der Wohnung den letzten Schliff zu verleihen. Natürlich durfte es auch an Deko nicht fehlen. Neben ein paar Wandtattoos, die meinem neuen Zuhause Leben einhauchten, erstand ich auch einige Poster, die ich gerahmt an der Wand im Wohnzimmer aufhängte.

Zum ersten Mal in meinem Leben konnte ich alles genauso einrichten und schmücken, wie ich es wollte. Auch wenn mich das zugegebenermaßen anfangs maßlos überforderte, wuchs ich in mein Zuhause hinein und hatte mittlerweile große Freude daran, hier und da noch eine Pflanze oder ein Bild zu platzieren.

Ich freute mich schon darauf, am Wochenende meinen Eltern voller Stolz mein kleines Reich präsentieren zu können. Natürlich hatte ich bereits heimlich einen Dauerauftrag eingerichtet, der in ein paar Monaten starten und erst enden würde, wenn ich auch den letzten Cent an sie zurückgezahlt hätte. Insgeheim freute ich mich schon auf die Standpauke, die spätestens beim nächsten Weihnachtsfest genau deshalb auf mich einprasseln würde.

Auf eigenen Beinen zu stehen erfüllte mich und es tat mir unendlich gut. Inzwischen meisterte ich auch die Nächte, die ich allein in meinen vier Wänden verbrachte, immer besser und tagsüber fühlte ich mich stark und genoss es, Königin über mein Reich zu sein.

Das Klingeln des Telefons ließ mich von meiner Präsentation für das nächste Stakeholder-Meeting aufsehen. Wer rief denn tagsüber auf meinem Festnetzanschluss an? Ein kurzer Blick auf das Display brachte auch keine Klarheit, da es sich um eine mir unbekannte Nummer handelte.

Zögerlich griff ich nach dem Hörer und hob ab.

«Hallo?», fragte ich leise.

«Marley, bist du es?», erkundigte sich eine vage vertraute, männliche Stimme.

«Jake?» Meine Stirn legte sich in tiefe Falten und ich nahm den Hörer vom Ohr, um verwirrt auf das Display zu starren.

«Ja, ich bin es», drang es nun deutlich leiser zu mir durch. «Eigentlich wollte ich dich im Büro in einer ruhigen Minute abpassen. Aber du warst seit Tagen nicht vor Ort und ich habe Angst, dass das irgendwie meine Schuld ist.»

Woher hatte Jake meine Nummer? Ich hatte die Festnetznummer lediglich meinen Eltern, Jamie und Ginny gegeben. Soweit ich wusste, hatten wir sie nirgendwo offiziell eintragen lassen, damit mir eine weitere Avery-Eskapade erspart blieb. Bis heute hatte ich mich in dieser Hinsicht auch sicher gefühlt.

Die feinen Härchen in meinem Nacken stellten sich auf und ein Frösteln durchzuckte meinen Körper. Wenn Jake an meine Nummer kommen konnte, wie lange würde es dann dauern, bis Avery mir eines Tages vor der Tür auflauerte?

«Hallo? Marley?», hörte ich Jakes Stimme fragen. «Bist du noch dran?»

«Ja ... ich ...», stammelte ich, unfähig, einen klaren Gedanken zu fassen. Ich schüttelte den Kopf, um das Wirrwarr darin abzuschütteln und die Panik, die sich in mir auszubreiten drohte, niederzukämpfen. Ich schluckte den Kloß in meinem Hals herunter und fragte: «Woher hast du diese Nummer?» Meine eigene Stimme kam mir fremd vor. Sie klang heiser und ungewohnt kalt.

«Marley, es tut mir leid, wenn ich damit eine Grenze überschritten habe», begann Jake sich zu rechtfertigen. «Ich wollte nur mit dir reden ... Über das, was im Coffeeshop passiert ist.»

Sein Tonfall hatte etwas Flehendes an sich, doch ich konnte an nichts anderes denken als den Moment, in dem Avery vor Jamies Wohnung auf mich gewartet hatte. Allein bei der Vorstellung schüttelte es mich und mein Puls begann zu rasen. Der Kloß in meinem Hals setzte sich erneut fest und raubte mir die Luft zum Atmen. Mit zitternden Händen ließ ich den Hörer sinken.

«Marley?», fragte Jake noch einmal und ich drückte auf das kleine rote Symbol auf dem Telefon.

Ich konnte jetzt nicht mit ihm sprechen. Es war zu viel. Kraftlos ließ ich den Hörer fallen und sank auf mein Sofa. Das erneute Klingeln des Telefons ignorierte ich und starrte wie vom Blitz getroffen an die gegenüberliegende Wand.

Warum passierte mir das schon wieder? Konnte ich nicht

ein paar Minuten in meinem Leben einfach verschnaufen und mich daran erfreuen, dass es gut für mich lief? Musste jedes Mal, wenn ich so etwas wie Glück empfand, irgendwoher ein düsterer Schatten auf mich zuspringen und mir alles kaputt machen?

Müde ließ ich mich auf dem Sofa zur Seite fallen, schnappte mir das nächstbeste Kissen und presste es wie zum Schutz an meine Brust. Ich konnte nicht fassen, wie leichtsinnig ich gewesen war. Natürlich war nicht alles vorbei, nur weil ich einen anderen Job und eine neue Wohnung hatte. Wie könnte es auch?

Etwas Salziges berührte meine Lippen und erst jetzt bemerkte ich, dass mir Tränen übers Gesicht rannen. Einmal mehr war ich Sklavin meines eigenen unkontrollierten Schluchzens, das ich in den letzten Monaten hassen gelernt hatte. Mein gesamter Körper bebte und zitterte – einmal mehr fühlte ich mich hilflos und ausgeliefert. Schwach, einsam und zerbrochen.

Donnerndes Klopfen an meiner Tür ließ mich von der Couch hochfahren. Am liebsten hätte ich mich zu einer festen Kugel zusammengerollt und so getan, als hörte ich das Hämmern nicht. Doch das würde mir nicht weiterhelfen.

«Marley, mach bitte auf», rief eine Stimme von draußen. Ein panischer Unterton schwang darin und sie überschlug sich förmlich vor Sorge «Ich bin es.»

Als ich weiterhin nicht reagierte, folge noch deutlich sanfter: «Keith.»

«Keith?», krächzte ich kaum hörbar.

«Jamie hat mich angerufen», klärte er mich durch die geschlossene Tür auf. «Er meinte, ich solle mal nach dir sehen.»

«Du?», fragte ich verwirrt.

«Ja, keine Ahnung», gab er zur Antwort. «Könnten wir das vielleicht drinnen besprechen?»

«Moment.»

Ich hievte mich hoch, warf auf dem Weg zur Tür noch einen kurzen Blick in den Spiegel und wischte mir die gröbsten Mascaraschlieren von den Wangen, ehe ich ihm öffnete.

«Ist alles in Ordnung?», erkundigte sich Keith mit besorgtem Blick auf mein Gesicht, während er über die Schwelle trat.

Erneut spürte ich Tränen in meine Augen steigen und ehe ich mich versah, warf ich mich an seine Brust und wimmerte: «Ich weiß es nicht.»

«Ganz ruhig», raunte er. Die Tür fiel hinter ihm ins Schloss und er bugsierte mich zurück zum Sofa. «Was ist denn passiert?»

«Er ...» Ich schniefte wenig damenhaft und wischte mir mit der Hand über das tränenverlaufene Gesicht. «Er hat angerufen.»

«Wer? Avery?» Ich konnte spüren, wie sich Keiths Muskeln spannten.

«Nein», brachte ich hervor und nach einem heftigen Schluchzer ergänzte ich: «Jake.»

«Aber ...» Keith wirkte verwirrt und auch ein wenig überfordert. «Ist das nicht irgendwie gut?»

«Nein, gar nicht!», wimmerte ich und seine festen Arme schlossen sich warm und schützend um mich.

Schweigend genoss ich seine Nähe einige Minuten und fühlte, wie die Verzweiflung langsam aus meinen Venen wich und mein Herz sich allmählich beruhigte. Der Duft seines Deodorants nach Limette und Sandelholz trug sein Übriges bei und der Knoten in meiner Brust schmolz dahin.

Als ich endlich das Gefühl hatte, wieder frei atmen zu können, löste ich mich vorsichtig von Keith und sah zu ihm auf. Deutlich ruhiger, aber immer noch mit einem kleinen Wackeln in der Stimme sagte ich: «Ich weiß nicht, woher er meine Nummer hat.»

«Verstehe.» Keith nickte. «Das ist wirklich etwas seltsam.» Er überlegte kurz und meinte dann: «Hast du ihn gefragt, woher er die Nummer hat?»

«Ja», erwiderte ich knapp.

«Und wie hat er reagiert?»

«Ich glaube, er ist gar nicht darauf eingegangen.» In Gedanken rekapitulierte ich das Gespräch noch einmal. Hatte Jake etwas dazu gesagt?

«Sicher?» Offenbar hatte Keith mein kurzes Zögern richtig gedeutet.

Entschlossener als gerade eben sagte ich: «Ja, ich bin mir sicher.»

«Hattest du nicht erwähnt, dass ihr in der gleichen Firma arbeitet?» Ich nickte zustimmend. «Könnte er über die Arbeit an deine Nummer gekommen sein?»

«Vermutlich», räumte ich ein. «Eine Kollegin hat sie. Trotzdem fühle ich mich nicht wohl damit, dass er sich die Nummer hinter meinem Rücken und ohne mein Einverständnis besorgt hat. Irgendwie ist das doch übergriffig, findest du nicht?»

Keith überlegte einen Augenblick und antwortete dann vorsichtig: «Für uns mag es sich deutlich so anfühlen. Ich bin mir aber nicht sicher, ob jemand ohne unsere Vorerfahrungen es genauso sieht. Vielleicht hat er sich nichts weiter dabei gedacht.»

«Das macht es nicht besser», beharrte ich auf meinem Standpunkt.

«Nein, das nicht. Aber vielleicht ein bisschen verständlicher.» Sanft strich er über mein Haar. Die Geste hatte etwas unendlich Tröstendes an sich.

«Vielleicht», flüsterte ich matt.

«Hat er dich denn zu irgendetwas drängen wollen?»

«Hm?»

«Jake. Als er angerufen hat. Wollte er dich zu etwas drängen? Hat er dich niedergemacht oder eingeschüchtert?»

«Er hat sich entschuldigt», antwortete ich kaum hörbar.

# 55

Nachdem Keith gegangen war, bestellte ich mir ein wenig Comfort-Food und machte mich daran, die verlorene Zeit wieder aufzuarbeiten. Ich stürzte mich mit vollem Elan in die Arbeit, um die Gedanken an Jake und seinen Anruf aus dem Kopf zu verbannen – und die an Avery gar nicht erst zuzulassen.

Wie eine Wahnsinnige traf ich Terminvereinbarungen und erstellte Präsentationen. Die Arbeit gab mir ein Gefühl von Kontrolle und Sicherheit und hielt mich davon ab, wieder in dem Strudel zu landen, der mich hatte zusammenbrechen lassen. Solange ich wild in die Tasten tippte und mich auf Teufel komm raus ablenkte, konnte ich noch etwas Zeit schinden, ehe ich mich früher oder später meinen inneren Dämonen stellte.

Als ich schließlich mit einem schwermütigen Seufzen den Laptop zuklappte, war es bereits weit nach 22 Uhr. Ich schnappte mir eine kalte Frühlingsrolle von meinem nachmittäglichen Buffet, biss missmutig hinein und tapste zum Lichtschalter. Bei all der Arbeitswut hatte ich gar nicht bemerkt, dass es draußen stockdunkel geworden war.

In der Küche bewaffnete ich mich mit Eiscreme und einem Glas Wein, um es mir damit auf dem Sofa gemütlich zu machen. Ich zog mir die Decke bis zu den Ohren hoch, obwohl es dafür eigentlich noch nicht kalt genug war, und suchte mir eine Kitschkomödie in meiner Streaming-Liste, die mich bei Laune halten sollte.

Doch bei jedem Rumpeln im Treppenhaus, bei jedem noch

so kleinen Geräusch auf der Straße oder auch nur dem Knacken des Kühlschranks, ertappte ich mich selbst dabei, wie ich innerlich zusammenfuhr und mich tiefer in die Decke kuschelte.

Ein prüfender Blick auf die Uhr verriet mir, dass es bereits nach ein Uhr nachts war. An Schlaf war in diesem Zustand nicht einmal zu denken.

«Ein wenig Sport schadet ja nicht», sagte ich zu mir selbst.

Tapfer wühlte ich mich aus meinem Deckenfort und kramte die Yogamatte heraus. Nach den ersten Übungen fühlte ich mich wieder deutlich mehr wie ich selbst – eine viel diszipliniertere, gesündere Version von mir, um ehrlich zu sein. Aber nach kurzen fünfzehn Minuten sank ich verschwitzt und kraftlos auf die Matte. Vielleicht sollte ich Ginnys Rat am Ende doch endlich beherzigen, regelmäßig Sport zu treiben. Wäre ich mehr in Übung, hätte ich vermutlich noch eine Weile länger durchgehalten. Doch am Ende wäre es so oder so nicht von Dauer gewesen.

Eine lauwarme Dusche war jetzt genau das Richtige, um den Schweiß loszuwerden und mich danach angenehm dösig und müde zu fühlen. Ich hoffte darauf, dass das warme Wasser mir nach der kurzen Sporteinheit den Rest gab und ich selig wie ein kleines Kind einschlief.

Aber da hatte ich die Rechnung ohne mein dämliches Hirn gemacht. Ich schaffte es nicht einmal, mich bei Festbeleuchtung unter die Dusche zu stellen. Was wenn jemand einbrach und ich es wegen des laufenden Wassers nicht hörte? Was wenn der Einbrecher dann zu mir in die enge Kabine käme, mich an die kalten Fliesen presste und sich Erleichterung verschaffte? Ich hätte nicht die geringste Möglichkeit mich zur Wehr zu setzen oder zu fliehen.

Meine Brust zog sich beim Gedanken daran, hilflos und ausgeliefert in der Duschkabine zu stehen, zusammen und das Atmen fiel mir von Sekunde zu Sekunde schwerer.

Da traf sie mich, die Erkenntnis. Ich würde diese Nacht allein nicht überstehen. Ich brauchte jemanden an meiner Seite – und zwar sofort. Jemanden, dem ich vertraute. Jemanden, der mich verstand. Dem ich mich nicht erklären müsste.

Meine Eltern konnte ich um diese Uhrzeit nicht anrufen, ohne das Risiko einzugehen, dass einer der beiden einen Herzinfarkt erlitt. Jamie wollte ich das nicht schon wieder antun. Denn ihn hatte ich in den ersten Wochen fast jede Nacht angerufen und zu mir bestellt. Tag für Tag hatte er mir Gesellschaft geleistet, wenn ich zu feige und zu schwach gewesen war, um allein zu sein.

Ich seufzte schicksalsergeben und wählte eine mir in der letzten Zeit viel zu vertraut gewordene Nummer. Bereits nach dem zweiten Klingeln meldete sich seine angenehm raue Stimme, die mich so oft durch den Alltag begleitete.

«Marley, alles in Ordnung?»

«Nein», hauchte ich in den Hörer.

«Soll ich vorbeikommen?»

«Ja», presste ich hervor.

«Ich bin in zwanzig Minuten da. Melde dich, wenn du in der Zwischenzeit reden möchtest.»

«Danke.» Ich ließ den Hörer kraftlos sinken.

Auf die Sekunde genau zwanzig Minuten später klingelte es an meiner Tür. Ich wickelte mir die Decke um den nackten Körper und drückte auf den Summer. Schritte eilten die Treppen nach oben und wenig später klopfte es an meine Wohnungstür. Meine Hand lag bereits auf der Klinke. Ich öffnete und sah in besorgte dunkelblaue Augen.

«Ich bin da», raunte er und schloss mich fest in seine starken Arme. «Ich bin da.»

«Danke.»

Nach einigen Minuten, die ich schweigend in seinen Armen verbracht hatte, löste ich mich von Keith und ließ ihn in meine Wohnung eintreten.

«Du hast Sport gemacht?», fragte er mit einem skeptischen Blick zur Yogamatte.

«Ja, ein wenig», erwiderte ich mit gesenktem Blick.

«Und jetzt hast du Angst, ungeschützt unter der Dusche zu stehen?»

«Ja.» Dass er mich ohne Worte verstand, war Balsam für meine geschundene Seele.

«Ich bin da», wiederholte er. «Du kannst unter die Dusche hüpfen und ich halte hier die Stellung.»

«Danke.»

«Soll ich den Fernseher anmachen, damit es nicht so still ist?»

«Nein.» Ich zögerte einen Moment, weil mir die Bitte trotz der gemeinsamen Zeit, die Keith und ich uns bereits gegenseitig eine Stütze waren, unangenehm war. «Aber du könntest vielleicht singen», brachte ich am Ende doch über die Lippen.

«Okay», gab er zur Antwort und lehnte sich neben der Badezimmertür an die Wand. Ohne ein weiteres Wort begann er *Pieces* von Rob Thomas zu singen. Das Lied hatte seit Monaten einen festen Platz auf meiner Playlist.

Erleichtert schlüpfte ich durch die Tür, ließ die Decke fallen und sprang unter den warmen Wasserstrahl, der mich zärtlich umfing. Der heiße Dampf und Keiths Stimme, die aus dem Flur zu mir ins Badezimmer drang, hüllten mich in einen Kokon der Geborgenheit.

«Soll ich heute Nacht bleiben?», fragte Keith, als ich im Pyjama wieder aus dem Bad kam.

«Das wäre toll.»

«Kein Problem.»

# 56

Am nächsten Morgen führten Keith und ich beim Frühstück unseren Disput der letzten Nacht fort. Ich hatte uns ein paar Croissants aufgebacken, die fast allesamt er verschlang.

«Ich sage ja nicht, dass es ausgerechnet heute sein muss, Marley», murmelte er undeutlich. Dass er dabei auf einem mit Marmelade bestrichenen Stück Croissant herumkaute, war nicht gerade hilfreich. «Aber früher oder später musst du dich dem stellen.»

«Das weiß ich», räumte ich kleinlaut ein.

«Und ich denke, dass es nur schwerer wird, je länger du zögerst.»

«Das weiß ich auch.» Unentschlossen schob ich die Krümel auf meinem Teller hin und her.

«Dann frage ich dich also noch ein letztes Mal: Soll ich dich heute zur Arbeit fahren, Marley?»

Ich warf hilflos die Hände in die Luft. «Ich weiß es nicht!»

«Also ja?» Keith grinste verschmitzt.

«Du bist gnadenlos», knurrte ich und boxte ihm in den Oberarm.

«Das war immer noch keine Antwort auf meine Frage.»

Ich stöhnte und warf angestrengt den Kopf in den Nacken. «Keeeeiiith!»

«Ja.»

«Genügt ein vielleicht?» Mit großen Augen sah ich zu ihm auf.

«Nein, Marley. Ich möchte, dass du es klar und deutlich

sagst.»

«Okay», seufzte ich und gab mich geschlagen. «Ich möchte, dass du mich – zu meinem Besten und entgegen meinem derzeitigen Befinden – damit quälst, dass du mich zur Arbeit fährst, sodass ich mich dort meinen aktuellen Dämonen stellen kann.»

«Schon viel besser», lobte er mich. «Dann nichts wie los.»

«Kein Wunder, dass du dich gegen unsere Verkuppelungsversuche mit Jake so zur Wehr setzt, wenn du diesen Hotty am Start hast», flüsterte mir Ginny zu, als ich das Büro betrat.

Keith und ich hatten uns direkt vor der Tür mit einer Umarmung verabschiedet, was Stella und Ginny offenbar hochinteressiert von innerhalb des Gebäudes durch die große Glasfront beobachtet hatten.

«Keith?», fragte ich.

«Wie auch immer Mr. Knackarsch heißt», gab Ginny mit einem Zwinkern zur Antwort. «Den würde ich auch nicht von der Bettkante stoßen.»

«Wir sind nur Freunde», wiegelte ich ab.

«Nur Freunde, hörst du Stella?» Ginny malte mit den Händen Anführungszeichen in die Luft. «Ich glaube nicht, dass ich mit so einem Traumbody nur befreundet sein könnte.»

«Tja, dann habe ich dir etwas voraus», konterte ich frech.

«Ich dachte, du willst dich lieber etwas austoben und nicht auf einen Mann festlegen, Quirky?», mischte sich Stella ins Gespräch.

«Wer hat denn hier was von Festlegen gesagt?», erwiderte Ginny. «Aber durch die Lappen gehen lassen würde ich mir so einen Mann sicher nicht.»

«Glaub mir, der ist zu gut für One-Night-Stands, Quirky.»

«Also habt ihr doch was miteinander?» Sie biss sich auf die Unterlippe und warf mir einen vielsagenden Blick zu. «Nur zu verständlich.»

Ich schüttelte den Kopf. «Nein, haben wir nicht. Trotzdem ist er nicht für was Lockeres zu haben.»

«Und das weißt du genau?»

«Ja, das weiß ich genau.» Fragend zuckte ihre rechte Braue nach oben.

«Was für eine Verschwendung», seufzte sie enttäuscht. «Aber wenn dieser heiße Typ nicht der Grund ist, wieso gehst du Jake dann aus dem Weg?»

«Hat er was gesagt?» Sofort keimte die Angst in mir auf. Dass er an meine Nummer gekommen war und mich angerufen hatte, als wäre nichts weiter dabei, beunruhigte mich nach wie vor. Aber war ich bereit dazu, mit meinen beiden neuen Freundinnen darüber zu sprechen?

«Nicht wirklich», antwortete Stella. «Aber er sah so geknickt aus, dass ich Quirky gebeten habe, ihm deine Nummer zu geben, damit er sich bei dir melden kann.»

«Ihr wart das?», entfuhr es mir. Die beiden zuckten vor mir zurück, als ich sie mit funkelnden Augen ins Visier nahm. «Ihr habt ihm meine Festnetznummer gegeben?»

«Ja. Er war am Boden zerstört und ist wie ein Zombie durch die Gänge gewandert. Du hättest ihn sehen müssen, Marley. Ich bin mir sicher, du hättest ihm deine Nummer dann selbst gegeben.»

«Echt jetzt?», fauchte ich. «Ich bin zu Tode erschrocken, als er mich auf dem Festnetz angerufen hat. Die ganze Nacht lag ich wach, weil ich Angst hatte, dass es eine Möglichkeit gibt, einfach so an meine Nummer zu kommen, wenn man will.»

«Tut mir leid», entgegnete Ginny zerknirscht. Unsicher wechselte sie Blicke mit Stella, die mit eingezogenen

Schultern neben ihr stand und keinen Pieps hervorbrachte. «Ich habe mir nichts weiter dabei gedacht.»

«Ginny!» Ich seufzte. «Ich dachte, er wäre ein geistesgestörter Stalker, der mich nun ins Visier genommen hat. Keith musste mir die Nacht über Gesellschaft leisten, weil ich Todesangst hatte wegen dieses Anrufs.»

Erschrocken schlug Stella sich die Hand vor den Mund. «Das wussten wir nicht. Tut mir schrecklich leid. Ich hatte nur solches Mitleid wegen seiner Vorgeschichte und –» Mitten im Satz brach sie ab, als hätte sie bereits zu viel gesagt.

«Was für eine Vorgeschichte?» Nun hatte sie meine Neugier geweckt. Gab es vielleicht am Ende tatsächlich einen Grund für Jakes Übergriff, wie Keith annahm?

«Es ist nicht an uns, dich darüber ins Bild zu setzen», beeilte sich Stella klarzustellen, ehe sie sich ein weiteres Mal verplapperte. «Ich bin mir sicher, er erzählt es dir früher oder später ... Wenn du ihm die Chance dazu gibst.»

«Was ist denn nun eigentlich bei eurem Kaffeedate schiefgelaufen?», wollte Ginny wissen und wechselte damit das Thema.

«Ich weiß es nicht genau.» Hilflos warf ich die Arme in die Luft. Ich konnte den beiden ja schlecht erklären, dass ich schon wieder vor Jake davongelaufen war. Vor allem, da es aus ihrer Sicht betrachtet keinen nachvollziehbaren Grund dafür gab.

«Komm, wir holen uns einen Kaffee und du erzählst uns alles», schlug Stella vor. Mit einer geschmeidigen Bewegung schnappte sie sich das Mobiltelefon vom Tresen, das auch mit der Klingelanlage des Gebäudes verbunden war.

«Ich bin nicht sicher, ob ich das kann», gab ich zu. Meine Finger spielten nervös mit der Schnalle meines Rucksacks.

«Erst sorgen wir für Kaffee», meinte Ginny. «Dann kommt der Rest schon von selbst.» Sie packte mich kurzentschlossen am Arm und zog mich mit sich in Richtung Küche.

«Wartet auf mich», schrie Stella uns hinterher. Doch ich hörte bereits, wie ihre trippelnden Schritte uns folgten.

Wenige Augenblicke später saßen wir auf den mit Kunstleder überzogenen Küchenstühlen und die beiden starrten mir erwartungsvoll entgegen.

«Jetzt erzähl doch endlich», quengelte Ginny, als ich nicht von selbst loslegte.

Ich umschloss meine Tasse mit beiden Händen und ließ die beruhigende Wärme auf mich übergehen. «Hat Jake dir denn gar nichts erzählt?», erkundigte ich mich, um noch ein wenig Zeit zu schinden.

«Nein, nicht ein Wort.» Stella schüttelte hastig den Kopf. «Er war nur ziemlich deprimiert.»

«Und wir haben ihn ordentlich in die Mangel genommen», ergänzte Ginny.

«Das glaube ich gern.» Eine Spur der Erleichterung durchfuhr mich, als sich ein wissendes Schmunzeln auf mein Gesicht schlich.

Vermutlich hatten die beiden den armen Jake bereits ins Kreuzverhör genommen – und irgendwie schmeichelte es mir, dass er ihnen dennoch nichts verraten hatte. Es wäre sicherlich leichter für ihn gewesen, ihnen sein Herz auszuschütten und von meiner überstürzten Flucht zu erzählen. Ich war mir nicht sicher, ob ich an seiner Stelle ebenfalls geschwiegen hätte.

«Marley, du lenkst ab», mahnte mich Ginny ungeduldig. «Was ist passiert?»

«Jake hat mich abgeholt und wir sind zusammen in den Coffeeshop gegangen», fing ich an zu erzählen.

«Und dann hat er es verbockt, wenn ich seine Niedergeschlagenheit richtig deute», fiel mir Stella ins Wort.

«Nein, eigentlich nicht ... Denke ich.» Meine Finger tanzten unruhig über den Rand meiner Tasse.

«Wie soll ich das jetzt wieder verstehen?» Ginny starrte mich unverwandt an und auch auf Stellas Gesicht erschien ein riesiges Fragezeichen.

«Wir haben uns einen Kaffee geholt und uns an einen Tisch gesetzt. Ich glaube, wir waren beide ein wenig nervös und haben versucht, in ein gemeinsames Gespräch zu finden.»

«Und dann saß er da wie ein stummer Fisch, du hast die Geduld verloren und das Date war beendet?», riet Ginny drauflos.

«Oder er hat dich an die Wand geredet, weil er so nervös war, und du kamst gar nicht zu Wort?», spekulierte Stella. Nachdenklich strich sie sich dabei übers Kinn und ließ ihren Blick in die Ferne schweifen.

«Ich war eigentlich diejenige, die keinen Ton herausgebracht hat und irgendwie habe ich es dann plötzlich mit der Angst zu tun bekommen ...»

«Wie meinst du das?», erkundigte sich Ginny.

«Ich weiß auch nicht. Er war so nah und dann bin ich irgendwie durchgedreht, schätze ich.» Eilig senkte ich den Blick und nestelte weiter am Rand meiner Tasse herum.

«Du hast ihn also sitzen lassen?» Stellas Tonfall hatte etwas Ungläubiges an sich.

«Schätze schon», nuschelte ich undeutlich, den Blick immer noch fest auf die Tischplatte geheftet. Um keinen Preis der Welt könnte ich den beiden jetzt in die Augen sehen. Ich spürte die Hitze, die meine Wangen zum Glühen brachte, und wäre am liebsten in einem großen schwarzen Loch im Boden versunken, anstatt weiterhin Rede und Antwort stehen zu müssen.

«O Gott, Marley! Du musst mit ihm reden.» Stellas

Stimme klang ungewohnt eindringlich. «Wirklich. Du musst ihm das erklären. Er dreht wahrscheinlich gerade völlig am Rad und weiß gar nicht wohin mit sich. Bitte, sprich mit ihm!»

«Ich weiß nicht, ob ich das kann», flüsterte ich unsicher. Allein beim Gedanken daran, ihm gegenübertreten zu müssen, stieg Übelkeit in mir auf.

«Bitte», beharrte nun auch Ginny. «Er stirbt gerade vermutlich tausend Tode. Seine Exfreundin –»

«Kein Wort, Quirky», fauchte Stella mit gefährlich aufblitzenden Augen. «Ich warne dich.»

Ginny schlug sich die Hände vor den Mund. «Entschuldige!» Dann wandte sie sich wieder mir zu: «Rede mit ihm, Marley. Bitte.»

# 57

Seit dem Gespräch in der Kaffeeküche waren sechs Stunden vergangen und ich konnte an nichts anderes denken als Jake und Stellas Anspielung. Meine Gedanken überschlugen sich förmlich, fanden jedoch keine endgültige Antwort. Schließlich konnte ich im Stillen unendlich vor mich hingrübeln und mir den Kopf darüber zerbrechen, was zwischen ihm und besagter Exfreundin vorgefallen war. Ich würde am Ende zu keinem befriedigenden Ergebnis kommen, ohne die Auflösung zu kennen.

Zum hundertsten Mal öffnete ich eine Nachricht an Jake. Den ganzen Tag über hatte ich kurze Mitteilungen an ihn ins Handy getippt und wieder gelöscht, ohne sie abzuschicken. Denn im letzten Moment hatte ich jedes Mal den Schwanz eingezogen und gekniffen, wenn es darum ging, auf den Senden-Button zu klicken.

*Hallo Jake, wir müssen reden. Bitte triff mich in einer Viertelstunde im Bean&Spoon. Marley*

«Marley!», quietschte Ginny aufgeregt, als sie ins Zimmer stürmte.

*Klick.*

«Nein!», schrie ich auf. Ungläubig starrte ich auf die Worte Nachricht gesendet. Das durfte nicht wahr sein. Panisch versuchte ich, meine Nachricht zurückzurufen, die ich durch Ginnys unerwarteten Auftritt versehentlich versandt hatte.

«Marley, du hörst ja gar nicht zu», beschwerte sie sich und

baute sich mit in die Seiten gestemmten Armen vor meinem Schreibtisch auf.

«Warte kurz», murmelte ich. «Ich muss nur schnell die Nachricht löschen, die ich im Schreck ... Verflucht!»

«Was ist denn?» Neugierig beugte sich meine Freundin über den Laptopbildschirm und versuchte so, einen Blick auf meine Misere zu erhaschen.

«Er hat sie gelesen.»

«Wer hat was gelesen?»

«Ich habe Jake eine Nachricht geschrieben», erklärte ich, was Ginny dazu veranlasste, freudig auf- und abzuhüpfen.

«Aber das ist ja fantastisch!»

«Daran ist überhaupt nichts fantastisch», knurrte ich. «Weil du hier wie eine Irre hereingestürmt bist, bin ich so erschrocken, dass ich die Nachricht versehentlich verschickt habe.»

«Und jetzt?» Erwartungsvoll musterten mich ihre grauen Augen.

«Jetzt muss ich mich gleich mit ihm im Coffeeshop treffen oder ihn versetzen.»

«Aber das ist doch großartig», meinte sie und sprang wieder durch die Gegend. «So könnt ihr euch endlich aussprechen!»

«Das ist kein bisschen großartig, Quirky.» Ich schnaubte entnervt. «Jetzt muss ich mich mit ihm treffen, obwohl ich noch nicht so weit war.»

«Warum hast du ihm dann geschrieben?»

«Weil ich ihn und die ganze Sache nicht aus dem Kopf bekomme – vor allem, seit du heute Morgen diese seltsamen Anspielungen auf die Geschichte mit seiner Ex gemacht hast. Mein Hirn lässt mich an nichts anderes denken und treibt mich noch in den Wahnsinn.»

«Ein Grund mehr, dich endlich mit ihm auszusprechen»,

beharrte Ginny auf ihrem Standpunkt. «Wann hast du dich denn mit ihm verabredet?»

«In knapp zehn Minuten», seufzte ich.

«Dann solltest du langsam los, wenn du vor ihn nicht versetzen willst – und übrigens: Gern geschehen!» Sie klopfte mir selbstgefällig auf die Schulter.

«Du hast ja keine Ahnung, wie sehr ich dich im Moment hasse», gab ich mit zusammengebissenen Zähnen zur Antwort.

Ginny zog zwar ihre Hand zurück, doch das breite Grinsen hielt sich hartnäckig in ihrem Gesicht.

«Ach, das hält sicher nicht lange an.» Sie machte eine wegwerfende Handbewegung. «Spätestens, wenn ihr geredet habt, wirst du mir dankbar sein. Da bin ich sicher.»

«Da wäre ich mir an deiner Stelle nicht ganz so zuversichtlich.» Meine Blicke spießten sie förmlich auf.

Doch alles Murren und Maulen änderte nichts daran, dass ich mich tatsächlich auf die Socken machen sollte, wenn ich Jake nicht das Gefühl geben wollte, ich hätte ihn auf den Arm genommen. Also packte ich meine Handtasche und machte mich schweren Herzens auf den Weg ins Bean&Spoon.

Ein kurzer Blick durch das Fenster verriet mir, dass Jake bereits auf mich wartete. Sein Fuß wippte unruhig auf und ab und mit den Händen nestelte er unentwegt an einer bereits ziemlich in Mitleidenschaft gezogenen Serviette herum. Ich spürte eine leichte Woge der Erleichterung dabei, zu sehen, dass er ebenfalls nervös war. Also kratzte ich all meinen Mut zusammen und trat mit einem beherzten Schritt durch die Tür. Sein Kopf fuhr nach oben und unsere Blicke trafen sich.

Am liebsten hätte ich auf der Stelle kehrtgemacht und

wäre davongelaufen. Alles in mir vibrierte, als ich in seine grünen Augen blickte, die mich mit einer Intensität fixierten, dass mir schwindelig wurde. Den gesamten Weg vom Eingang bis zum Tisch verfolgten sie jede meiner Regungen und brachten mein Herz zum Rasen. Mein Körper pochte und das Blut rauschte mir so laut in den Ohren, dass ich seine Begrüßung kaum verstand.

«Hallo, Marley.»

Ich zwang mich dazu, mich ihm gegenüberzusetzen und verfluchte Ginny innerlich dafür, dass sie mich in diese Situation gebracht hatte – auch wenn es keine Absicht gewesen war.

«Hallo», presste ich heraus und schluckte schwer. Wo sollte ich anfangen?

Er legte hastig die malträtierte Serviette beiseite und schien ebenfalls das letzte Quäntchen Mut zusammenzukratzen, das er finden konnte.

«Marley, es tut mir leid», setzte er an. «Stella hat bereits angedeutet, dass ich mit meinem Anruf eine Grenze überschritten habe.»

Ich nickte stumm. Der bleierne Kloß in meiner Kehle ließ mir ohnehin keine andere Wahl.

«Ich war mir dessen nicht bewusst, dass das ...», er suchte verzweifelt nach einem passenden Wort, «... unangenehm für dich war.»

Wieder nickte ich, immer noch unfähig auch nur eine einzige Silbe hervorzubringen. Ich rieb unauffällig meine schwitzigen Handflächen an meiner Strickjacke trocken und hoffte, dass er das Gespräch vorerst weiterhin allein bestritt. Denn ich wollte wissen, was er zu sagen hatte. Ich wollte erfahren, was genau zwischen uns vor sich ging. Nur im Moment war ich nicht in der Lage, etwas dazu beizutragen.

«Ich habe mir absolut nichts dabei gedacht, als Ginny mir

deine Nummer gab. Ganz im Gegenteil, ich war einfach nur dankbar, dass ich dich irgendwie sprechen konnte, dass ich einen Weg aufgezeigt bekommen habe, mich bei dir zu entschuldigen. Denn ich habe das Gefühl, dass dich irgendetwas, das ich bei unserem letzten Treffen hier gesagt oder getan habe, in die Flucht getrieben hat.»

Ich räusperte mich, merkte aber, dass mir meine Stimme weiterhin den Dienst versagen würde, und schüttelte statt einer Antwort den Kopf.

«Möchtest du etwas trinken?», erkundigte er sich aufmerksam.

Ich nickte wieder.

«Einen Americano, schwarz, ohne Zucker?» Er lächelte vielsagend und ich nickte erneut, als wäre ich stumm. Langsam begriff ich, wie hilflos sich Arielle im zugehörigen Disneyfilm gefühlt haben musste.

Jake eilte zum Verkaufstresen und kam wenig später mit zwei dampfenden Tassen zurück an den Tisch. Ich war mir nicht sicher, ob ich es mir nur einbildete, aber für einen Augenblick glaubte ich, zu sehen, dass auch er die kurze Unterbrechung zu schätzen wusste.

Ich nahm einen kleinen Schluck des tiefschwarzen Getränks, das Jake mir überreicht hatte, und genoss das Gefühl der wohligen Wärme, die meine Kehle hinabrann und meine Sinne wieder mit Leben durchflutete.

«Dass ich beim letzten Mal so überstürzt Reißaus genommen habe, war nicht deine Schuld», schaffte ich nun endlich, ihm mitzuteilen.

«War es nicht?»

Er runzelte verwundert die Stirn und umfasste seine Tasse mit beiden Händen. Ganz offensichtlich war ich nicht die Einzige von uns beiden, der dieses Treffen schwerfiel. Das Wissen darum, dass auch er mit der Situation zu kämpfen hatte, nahm mir ein wenig das Gewicht von den Schultern, das mich zu erdrücken drohte.

«Nein», wiederholte ich mit fester Stimme. Um Zeit zu schinden, nahm ich einen weiteren Schluck Kaffee. Dann senkte ich den Blick verlegen zur Tischplatte und sprang endlich über meinen Schatten. «Ich habe eine schwere Zeit hinter mir und manches davon leider noch nicht so verarbeitet, wie ich mir das wünsche.»

«Das kann ich nachempfinden.» Diesmal war er es, der beipflichtend nickte.

«Aber ich habe schon große Schritte nach vorn geschafft und möchte irgendwann zurück in ein normales Leben finden.» Unruhig schob ich meine Tasse vor mir hin und her. «Und ich denke, dass mir Situationen – wie die jetzt gerade – da nicht erspart bleiben und ich mich ihnen stellen muss.»

«Das sehe ich genauso.» Sanft legte er eine Hand auf meine. Ein heißer Blitz durchzuckte mich und ich kämpfte gegen den Reflex an, sie zurückzuziehen und ein weiteres Mal aus dem Coffeeshop zu stürmen.

«Ich würde mir wünschen, dass wir noch einmal ganz von vorn beginnen, wenn du das kannst.» Sein Blick hatte etwas Flehendes an sich, als ich zu ihm aufsah. «Vielleicht sollte ich dir vorher aber noch erklären, warum ich so aufdringlich war und dabei versehentlich deine Grenzen überschritten habe.»

«Das wäre hilfreich, denke ich.» Innerlich platzte ich vor Neugier, doch ich wollte ihn nicht bedrängen. Immerhin überließ er es auch gänzlich mir, ob ich ihm von meinem Ballast erzählen wollte.

«Ich hatte vor ein paar Jahren eine Freundin», begann er zu erzählen. «Wir hatten eines Abends einen heftigen Streit und sie zog es vor, mit ein paar Freundinnen auszugehen, anstatt unseren Disput weiter auszutragen.» Er nahm einen tiefen Schluck seines Cappuccinos und fand erneut meinen

Blick. Die Hand, mit der er meine zärtlich umfangen hielt, bebte leicht. Das strahlende Grün in seinen Augen betonte die roten Äderchen, die mir zeigten, wie schwer es ihm fiel, darüber zu sprechen. «Sie erlitt einen schweren Unfall und kam deshalb nie zuhause an.» Ich konnte die Tränen sehen, die seinen Blick verschleierten. Er stockte.

«Das muss schrecklich gewesen sein.» Sanft strich ich mit dem Daumen über seine Finger. «Deshalb war es dir so wichtig, die Sache zwischen uns zu klären, oder?» Er nickte, weiterhin sichtlich darum bemüht, die Kontrolle über sich zurückzuerlangen. «Das tut mir leid.»

«Danke», raunte er. «Deshalb wollte ich unbedingt mit dir sprechen, als du davongerannt bist. Für mich war das Schlimmste an Helens Tod, dass wir uns zuvor so hässliche Dinge an den Kopf geworfen haben und nie mehr die Chance bekamen, unseren dämlichen Streit beizulegen. Das Wissen darum, dass sie sich meiner Liebe nicht sicher sein konnte, als sie für immer ihre Augen schloss, hat mich fast umgebracht.»

Die Tränen bahnten sich den Weg über sein Gesicht und ich konnte nicht anders, als alle Ängste über Bord zu werfen und um den Tisch zu laufen. Ich zog ihn fest in meine Arme und es brach mir das Herz, den tiefen Schmerz zu sehen, der ihn erfüllte.

# 58

«Marley, bekomme ich heute noch was präsentiert?», fragte Jamie ungeduldig vom Sofa aus.

Ich zwängte mich im Badezimmer gerade in das elfte Outfit, wobei ich bislang keines für angemessen befunden hatte, um es ihm vorzuführen.

«Gleich», rief ich ihm zu. «Ich bin ja schon dabei.»

«Also wenn das kein altviktorianisches Kleid mit mindestens fünf Unterröcken ist, habe ich keine Ahnung, was da so lange dauert», meldete sich nun auch Ginny zu Wort.

«Ist es nicht», erwiderte ich knapp. «An mir sieht absolut nichts gut aus.»

«Ich dachte, du hättest uns eingeladen, damit wir das für dich beurteilen», stellte Jamie fest. «Vielleicht solltest du das anziehen, was du vorbereitet hast, und uns dann urteilen lassen.»

«Mir gefällt aber nichts davon», jammerte ich. «Zumindest nicht an mir.»

«Zum Shoppen ist es jetzt aber zu spät, Süße. Zieh doch einfach mal irgendetwas von dem Haufen da drinnen an und zeig es uns, damit wir endlich etwas beurteilen könne.» Ginny klang fast genauso angespannt, wie ich mich fühlte.

«Okay.» Ich zog den feinen Häkelpullover über, der ganz oben auf dem Stapel vor mir lag, und schlich mit gesenktem Kopf ins Wohnzimmer, um mich dem vernichtenden Urteil meiner Jury zu stellen.

«Seht ihr?» Genervt deutete ich an mir herab. «Mir steht absolut nichts davon. In den meisten Kleidern wirke ich wie das Michelin-Männchen.»

«Das ist jetzt wirklich nicht gerade der Hammer», pflichtete Jamie mir bei. «Du siehst aus wie die keusche Bibliothekarin aus irgendeiner Sci-Fi-Serie.»

Ginny verkniff sich das Lachen und nickte zustimmend. «Nicht gerade dein bestes Outfit», brachte sie kichernd hervor.

«Es reicht», ergriff Jamie wieder das Wort. «Du setzt dich jetzt zu deiner Freundin und ich suche in dem Kleiderberg etwas für dich. Du hast absolut keinen Sinn für Stil, mein Herz.»

Ohne eine Antwort abzuwarten, schob er sich an mir vorbei ins Bad.

«Möchtest du?» Ginny hielt mir ein Glas Sekt entgegen. «Das beruhigt die Nerven.» Sie hatte sichtlich gerötete Wangen und ihre Worte klangen leicht verwaschen.

«Nein, danke», lehnte ich das Angebot ab. «Ich muss nicht auch noch beschwipst im Lokal ankommen. Schlimm genug, dass ich aussehe wie eine gut ausgestopfte Vogelscheuche.»

«Ach, ein Schlückchen schadet nicht.» Sie rempelte mich deutlich fester als vermutlich beabsichtigt mit der Schulter an.

«Ich glaube, du hast schon genug für uns beide intus», gab ich lachend zurück.

«Ich weiß nicht, was du meinst.» Schockiert sah sie mir entgegen.

«Wie viele Gläser hattest du denn schon?»

«Noch nicht genug», behauptete sie und goss sich nach. Das leichte Schwanken und das Maß an Konzentration, das sie aufwandte, um ihr Glas zu füllen, sprachen Bände.

Ich grinste stumm in mich hinein und rief in Richtung Bad: «Siehst du! Da ist einfach nichts Vernünftiges dabei.»

«Von wegen», folgte prompt die Antwort. Keinen

Wimpernschlag später kam Jamie mit einem lauten «Taadaaa!» aus dem engen Badezimmer getänzelt und präsentierte uns eine dunkelblaue Stretchjeans, ein weit ausgeschnittenes waldgrünes Oberteil und ein schwarzes Bolerojäckchen. «Von wegen, da wäre nichts Anständiges dabei. Hierin wirst du fantastisch aussehen.»

«Der Ausschnitt geht mir fast bis zum Bauchnabel», protestierte ich vehement. «Das ziehe ich auf keinen Fall an!»

«So was in der Art dachte ich mir schon», flötete er mit einem frechen Zwinkern. «Du warst schon immer ein bisschen prüde. Deshalb habe ich noch dieses kleine Etwas aus dem Stapel gefischt.» Er hielt ein schwarzes Tanktop mit Spitze am oberen Ausschnitt in die Höhe. «Für die leicht verklemmte, aber sexy Bibliothekarin von heute.»

«Du solltest mal über deinen Bibliotheksfetisch nachdenken», maulte ich. Allerdings musste ich zugeben, dass seine Kleiderwahl wie immer nicht zu beanstanden war.

«Soll ich dir die Haare hochstecken?», fragte Ginny, die Jamies Vorschlag für ein Outfit mit aufgeregtem Klatschen kommentierte.

«Ich denke, ich lasse sie einfach offen», gab ich zur Antwort.

Enttäuscht griff Ginny wieder nach ihrem Sektglas und presste schmollend die Lippen aufeinander. «Spielverderberin», nuschelte sie undeutlich.

«Nächstes Mal. In Ordnung?» Ich bedachte sie mit einem prüfenden Blick. «Es muss ja schließlich eine Steigerung geben.»

«Da hast du recht. Aber dann lässt du mich eine atemberaubende Frisur zaubern.»

Ich nickte.

«Versprich es!», forderte sie.

«Versprochen», gab ich mich geschlagen. «Nächstes Mal.

Vorausgesetzt du bist dann noch nüchtern.»

«Juhu!», grölte sie völlig außer sich und fuhr dann an Jamie gewandt fort: «Hast du gehört? Sie hat versprochen, dass es ein zweites Date mit Jake gibt!»

«Das habe ich nicht», setzte ich mich empört zur Wehr.

«O doch. Das hast du.» Jamie grinste mich vielsagend an. «Gerade eben. Wir haben es beide gehört, Marley. Einen Rückzieher gibt es also nicht für dich.»

«Aber –», setzte ich an und wurde sofort von Jamie unterbrochen.

«Da kommst du jetzt nicht mehr raus. Keine Chance, Liebes.» Er betonte seine Worte mit einer Geste, die so viel aussagte wie *«So ist das Leben»* und ich gab es auf, zu widersprechen.

Sollte es tatsächlich zu einem weiteren Date mit Jake kommen, wäre die Diskussion ohnehin für die Katz‘, und sollte es nicht zu einem zweiten Treffen kommen, könnte ich mich immer noch mit ihren Überzeugungsversuchen herumschlagen.

Ohne weiteren Protest nahm ich also die Kleidung von Jamie entgegen und schlüpfte im Bad hinein. Ein kurzer Blick in den Spiegel bestätigte mir, was ich ohnehin schon wusste. Mein bester Freund hatte wie immer die perfekte Wahl für mich und meine Kurven getroffen. Selbst ich musste zugeben, dass ich umwerfend aussah. Ich frischte noch schnell meinen Lippenstift auf und trat vor die Jury, die schon gespannt auf dem Sofa wartete.

Die beiden klatschten voll übertriebener Begeisterung und trommelten mit den Füßen auf den Boden, begleitet von zustimmenden Rufen ihrerseits und genervtem Gepolter aus der Wohnung unter mir.

«Ich sehe euch schon vor den Altar schreiten», quietschte Ginny mit sich überschlagender Stimme.

«Moment mal, ganz langsam», bremste ich sie aus. «Ich habe mich maximal zu einem zweiten Date verpflichtet. Mehr nicht – und selbst das fechte ich an.»

«Ja, noch», erwiderte sie und ließ ihre Augenbrauen tanzen.

Ich stöhnte und beschloss, nicht weiter auf die Worte meiner angetrunkenen Freundin einzugehen. Morgen hätte sie den größten Teil unserer Unterhaltung ohnehin aller Wahrscheinlichkeit nach vergessen.

«Du solltest langsam los», wies mich Jamie mit einem kurzen Blick auf die Uhr hin.

«Du hast recht. Drückt mir die Daumen, dass alles gut läuft, und danke!» Ich schlüpfte in meine Schuhe, schnappte mir die Handtasche von der Kommode und machte mich auf den Weg zur Tür.

«Tu nichts, was ich nicht auch tun würde», rief Ginny mir hinterher.

Kopfschüttelnd murmelte ich: «Das schließt praktisch nichts aus.»

«Genauuu! Wir warten auch nicht auf dich!»

«Viel Spaß, Liebes», gab mir Jamie noch mit auf den Weg, ehe die Tür hinter mir ins Schloss fiel.

# 59

«Das fängt ja gut an», murmelte ich vor mich hin. Seit einer geschlagenen halben Stunde stand ich vor dem Restaurant und wartete auf Jakes Eintreffen.

Hätte ich Jamies Angebot doch nur angenommen, mich zu fahren, dann wäre ich jetzt wenigstens nicht allein und würde mich nicht zum Gespött der Leute machen. Außerdem wäre ich dann nicht jetzt schon am absoluten Limit meiner Belastbarkeit angekommen. Die Busfahrt hatte mich mehr mitgenommen, als ich mir selbst eingestehen wollte. Aber ich setzte alles daran, mein Leben so normal wie möglich zu halten. Ich wollte nicht wie eine verwöhnte Prinzessin mit dem Uber vorfahren. Genauso wenig wie ich mich von einem Freund bringen lassen wollte, als hielte ich Jake für einen potentiellen Axtmörder und traute mich nicht allein zu unserem Date.

Doch jetzt, wo ich hier ganz auf mich gestellt vor dem Restaurant auf einem stark frequentierten Gehsteig stand und ich den Anschein, dass ich versetzt wurde, langsam nicht mehr ignorieren oder schönreden konnte, hätte ich gern einen Freund an meiner Seite. Immerhin war ich nicht mehr im überfüllten Bus mit irgendwelchen Halbstarken, die mich von allen Seiten beäugten, und abgehalfterten Typen, die kein Gefühl für persönliche Grenzen hatten. Beim Gedanken zurück an meine Anfahrt schüttelte es mich.

Das Handy in meiner Tasche vibrierte und riss mich aus meinen Gedanken. Eilig zog ich es heraus und öffnete Jamies Nachricht.

*Hallo Marley, Jake hat gerade angerufen und gefragt, wo du bist. Bitte melde dich kurz. Ist alles in Ordnung? xo*

«Will der mich verarschen!», entfuhr es mir, was mir irritierte Blicke einiger Passanten einbrachte. Eilig tippte ich noch ein paarmal auf das Display und hob das Telefon zum Ohr. Jamie hob sofort ab.

«Marley, Gott sei Dank! Ich habe schon sonst was gedacht.»

«Hat der sie noch alle?», schrie ich in mein Handy. Der gesamte Stress der letzten Stunde entlud sich mit einem Mal. «Er fragt, wo ich bin? Allen Ernstes? Ich bin seit einer halben Ewigkeit vor dem Lokal und werde schon von allen Seiten doof angestarrt, weil ich mir hier die Beine in den Bauch stehe, wie bestellt und nicht abgeholt. O warte, das ist ja auch noch zutreffend!»

«Marley, beruhige dich», beschwichtigte mich Jamie.

Doch es tat zu gut, all dem Ärger Luft zu machen, der sich auf der Fahrt hierher und in der langen Wartezeit mehr und mehr in mir aufgestaut hatte. Es fühlte sich befreiend an, all die Ängste und Sorgen herauszuschreien, die ich bis jetzt stillschweigend ertragen und in mich hineingefressen hatte.

«Ich will mich aber nicht beruhigen, Jamie», fauchte ich. «Er wollte dieses Treffen und ich habe mich darauf eingelassen, weil mir alle eingeredet haben, er wäre ja ein ach so toller Typ und ich müsste ihm unbedingt eine Chance geben. Und jetzt? Jetzt stehe ich hier und er versetzt mich, weil das offenbar alles nur ein Egotrip für ihn war. Vermutlich sitzt er zuhause und lacht sich halb tot über mich. Ich kann nicht fassen, dass ich so dumm war und darauf hereingefallen bin.»

«Das glaube ich nicht», bremste Jamie mich erneut aus. «Er klang ernsthaft besorgt.»

«Und wenn er so besorgt war, warum hat er mich dann nicht angerufen? Hm?»

«Er meinte, er hätte deine Handynummer nicht und wollte nicht wieder hinter deinem Rücken jemanden darum bitten.»

«Oh», meinte ich kleinlaut. Ein Teil meiner Wut verrauchte bei dem Gedanken. «Das macht Sinn.»

«Er sagte mir, dass er seit Viertel vor acht vor dem Restaurant steht und dich nirgends ausmachen kann.»

«Dann ist er offenbar unsichtbar», gab ich zur Antwort. «Ich stehe seit fünf vor acht vor dem Haupteingang. Viele Möglichkeiten, sich nicht über den Weg zu laufen, gibt es nicht gerade.» In meinem Kopf überschlugen sich die Gedanken. Wenn er tatsächlich hier war, warum hatten wir uns dann nicht gesehen? Ich war schließlich mehrmals um das Restaurant herumgetigert. Es war in meinen Augen absolut unmöglich, dass wir beide hier waren ohne uns in die Arme zu laufen.

«Warte, ich rufe ihn schnell zurück und versuche, euch zueinander zu lotsen», bot Jamie an. Im Hintergrund hörte ich ihn bereits wählen.

Ungeduldig wackelte ich auf meinen Absätzen hin und her, während ich Jamies gedämpfter Stimme lauschte, die sich für mich unverständlich mit jemandem unterhielt – vermutlich mit Jake.

Wenig später wandte sich mein bester Freund wieder an mich. Klar und deutlich sagte er: «Marley, bist du noch dran?»

«Ja», antwortete ich knapp.

«Siehst du den kleinen Asiamarkt an der Ecke schräg gegenüber?»

Verwirrt sah ich mich um und drehte mich mehrfach um die eigene Achse. Nichts. Kein Asiamarkt.

«Marley?», hakte Jamie ungeduldig nach.

«Ich sehe keinen Asiamarkt», klärte ich ihn auf. «Nicht einmal ein Schild, das auf einen verweisen könnte. Nichts.»

«Seltsam», murmelte er. «Jake meinte, den könne man quasi nicht übersehen. Er wäre hell erleuchtet und die Schaufenster ziemlich bunt dekoriert.»

«Jamie», knurrte ich. «Wenn ich sage, hier ist kein Asiamarkt, ist da auch keiner.»

«Ja, aber ...»

«Jetzt nimmt er dich auch noch hoch. Was für ein verfluchtes Arschloch!» Wieder erntete ich das eine oder andere Kopfschütteln der Passanten um mich herum.

«Ich glaube nicht.» Wieder nuschelte Jamie etwas zu jemand anderem, das ich nicht verstehen konnte. «Wie heißt das Lokal, vor dem du stehst, Marley?», fragte er mich schließlich.

«*Enter the Dragon - Dim Sum und Sushi*», teilte ich ihm genervt mit.

Erneut murmelte er etwas in die andere Leitung und lachte dann erleichtert auf.

«Du stehst vor dem falschen Lokal», klärte er mich auf. «Jake steht vor dem *Enter the Dragon – Thai and Vietnamese Kitchen*.»

«Es gibt zwei Asiaten mit dem gleichen Namen?» Das konnte doch nicht wahr sein. Natürlich hatte ich mir nur den Hauptnamen des Restaurants gemerkt, als Jake mich einlud.

«Keine Sorge, das haben wir auch gerade erst herausgefunden.»

«Na toll. Und jetzt?» Ungeduldig wippte ich mit dem rechten Fuß.

«Jetzt kommt Jake zu dir. Er ist schon unterwegs und

sollte in Kürze da sein.»

«Okay», murmelte ich enttäuscht von meiner eigenen Dummheit. «Danke, Jamie. Ich warte dann solange auf ihn.»

«Gern.» Kurz bevor ich auflegte, setzte er noch hinzu: «Ach, und Marley?»

«Ja?» Gespannt hielt ich inne.

«Du solltest ihm endlich mal deine Nummer geben.»

«Idiot», warf ich ihm grinsend entgegen und wir beide lachten.

«Ich liebe dich, Süße», verabschiedete sich Jamie schließlich. «Viel Spaß euch beiden. Ich hoffe, ihr könnt endlich alles klären.»

«Danke, Jamie. Ich melde mich morgen mit allen Details bei dir.»

Zwanzig Minuten später fuhr ein Uber vor und Jake sprang ungeachtet des Verkehrs hinaus. Kein Wunder, dass ich so oft in ihn hineingelaufen war, wenn er jedes Mal so wenig Umsicht walten ließ.

«Es tut mir so leid!», rief er, als er die letzten Meter zu mir hinter sich brachte.

«Schon in Ordnung.» Unsicher zuckte ich mit den Schultern. «Ist einfach dumm gelaufen, schätze ich.»

«Dann lass uns mal reingehen», schlug er vor. «Dein Magen knurrt sicher schon.»

Ich ließ mich von ihm durch die Tür führen. Nach einem kurzen Blick in den brechend vollen Raum schwante mir bereits Böses, was wenig später von einem der Mitarbeiter bestätigt wurde. Sie waren komplett ausgebucht. Mit hängenden Schultern und enttäuschten Mienen schlurften wir zurück auf die Straße.

«Tut mir leid», entschuldigte ich mich. «Hätte ich gewusst, dass es zwei Enter the Dragon Restaurants in der Stadt gibt, würden wir jetzt gemütlich an einem Tisch sitzen und darüber diskutieren, was wir zum Dessert bestellen.»

«Das war doch nicht deine Schuld. Ich hätte dir ja auch die Straße nennen oder mich früher melden können. Aber ich wollte dich nicht noch einmal so erschrecken und mir ungefragt deine Handynummer geben lassen.»

«Wieso hast du es dann eigentlich bei mir zuhause versucht?», wollte ich wissen.

Er warf die Hände in die Luft. «Keine Ahnung. Pure Verzweiflung schätze ich. Ich war total überrascht, als Jamie abgehoben hat.»

Mein Magen knurrte lautstark und ich sah verlegen zur Seite.

«Wir sollten auf jeden Fall dafür sorgen, dass wir unsere knurrenden Mägen beruhigen. Hast du denn noch Lust, mit mir gemeinsam zu essen?» Sein flehender Blick ließ mir kaum eine andere Wahl, als zuzustimmen.

«Warum nicht», erwiderte ich. «Kennst du denn etwas in der Gegend, wo wir um diese Uhrzeit an einem Freitagabend noch einen Tisch bekommen?» Ein kurzer Blick auf die Uhr verriet mir, dass es bereits nach halb neun war.

«Das wird in der Tat nicht ganz einfach», stimmte er mir zu. Doch gleich darauf leuchteten seine Augen vielversprechend auf und er fragte mich: «Magst du Burritos?»

«Ich liebe mexikanisches Essen.»

«Sehr gut. Dann habe ich eine Idee. Komm mit!»

Er griff nach meiner Hand und zog mich mit sich. Zuerst wäre ich fast zurückgezuckt. Doch er hielt mich gerade so fest, wie nötig, und die Wärme, die von seiner Hand auf meine überging, fühlte sich erstaunlich gut an. Statt loszulassen, verstärkte ich den Griff und folgte ihm. In meinem Magen spürte ich ein aufgeregtes Flattern, doch ich redete mir ein, dass es lediglich dem Hunger geschuldet war.

«Hier gibt es die besten Burritos der Stadt», posaunte Jake stolz heraus, als wir vor einem winzigen Laden zum Stehen kamen. Lediglich eine schmale Theke und ein Schild wiesen darauf hin, dass es dort etwas zu essen gab. Ich war mir sicher, dass ich den Straßenverkauf nicht wahrgenommen hätte, selbst wenn ich tagtäglich daran vorbeilaufen würde.

Jake wandte sich bei der Bestellung kurz zu mir um. «Marley, was möchtest du?»

Völlig perplex starrte ich ihn einen Moment lang an. Avery hatte mich in all den Jahren nie gefragt, was ich essen wollte. Er hatte über meinen Kopf hinweg für mich mitbestellt. Irgendwie war ich daran so gewöhnt, dass mich Jakes einfache Frage überforderte.

«Ähm ... Das Gleiche wie du», stammelte ich schnell.

«Alles klar», erwiderte er und erweiterte die Bestellung.

Kein Blick auf meine zu breiten Hüften. Kein Hinweis darauf, dass ich kräftig gebaut war und deshalb keine volle Portion essen sollte. Einfach nur «Zweimal, bitte». Das Date begann mir langsam zu gefallen. Nur eine Frage war in meinen Augen noch offen.

«Du wunderst dich sicher darüber, wo wir jetzt essen», wandte sich Jake an mich, als er die Burritos entgegengenommen und bezahlt hatte.

«Kannst du Gedanken lesen?» Beeindruckt starrte ich ihn an.

«Nein, aber das hätte ich mich an deiner Stelle auch gefragt», klärte er mich auf.

«Und wo essen wir?»

«Vertraust du mir?», fragte er verheißungsvoll.

Überrascht stellte ich fest, dass ich versucht war, mit «Ja» zu antworten.

«Ich bin mir nicht sicher», sagte ich stattdessen.

«Vermutlich auch klüger so», gab er mit einem Schulterzucken von sich. «Wir haben zwei Optionen. Hier vorn», er deutete schräg vor sich, «gibt es einen kleinen Park mit Springbrunnen. Da könnten wir uns auf eine Bank setzen. Aber hier hinten», er deutete nun über seine Schulter, «wohne ich und wir könnten die Dachterrasse des Gebäudes nutzen und den Blick über die Stadt genießen. Ich bin mit beidem einverstanden. Du entscheidest.»

Ich überlegte kurz, stellte dann aber fest, dass es keinen großen Unterschied machen würde, ob er in einem lauschigen, einsamen Plätzchen im Park oder auf der Dachterrasse über mich herfiel, falls er ein Perverser oder Serienkiller war.

«Ich denke, wir könnten uns auf die Dachterrasse wagen.»

«Das wäre auch meine Präferenz gewesen», meinte er mit einem freudigen Lächeln auf den weich geschwungenen Lippen.

«Vorausgesetzt, wir müssen dazu nicht in deine Wohnung», fügte ich noch als Bedingung hinzu. Es war mir wichtig, von vorneherein klarzustellen, dass das kein Angebot auf eine gemeinsame Nacht darstellte.

«Nein, keine Sorge. Ich bringe dich nach oben und hole uns anschließend noch ein paar Gläser. Du musst natürlich nicht mit reinkommen.»

«Gut.» Ich nickte zustimmend.

Kurz darauf fand ich mich auf der Dachterrasse seines Wohnhauses wieder, wo ich auf Jakes Rückkehr wartete. Wie vorab besprochen, war er noch einmal hinuntergegangen, um Gläser zu holen.

«Ich dachte, die könntest du brauchen», raunte er, als er

mit Geschirr, Besteck und einer warmen Decke wieder auftauchte. «Es ist ganz schön zugig hier oben und deine Jacke ist recht dünn.»

«Danke», flüsterte ich, als er mir die Decke zärtlich um die Schultern legte. Wieder begannen die Schmetterlinge in meinem Bauch zu flattern und ich kam nicht mehr umhin, mir selbst einzugestehen, dass sie vielleicht doch etwas mit Jake zu tun hatten. Mit der Art, wie er mich ansah. Mit der Wärme, die er ausstrahlte. Mit der uneingeschränkten Aufmerksamkeit, die er mir zukommen ließ.

Grinsend biss ich in meinen Burrito und genoss das Gefühl, etwas zu essen, ohne den stummen Vorwurf in den Augen meines Gegenübers zu spüren.

«Habe ich zu viel versprochen?»

Ich schüttelte den Kopf und schluckte hastig den ersten Bissen hinunter. «Nein. Es schmeckt großartig!» Ein großer Klecks Sauce tropfte auf die Decke. Erschrocken fuhr ich zusammen und versuchte, den Schaden bestmöglich zu beheben. «Das tut mir schrecklich leid.» Mein Magen zog sich zu einem schmerzhaften Klumpen zusammen.

«Halb so wild.» Lachte Jake etwa? Langsam hob ich den Blick und sah in seine freundlichen Augen, an deren Winkel sich kleine Fältchen gebildet hatten.

«Sicher?» Pure Unsicherheit schwang in dem Wort mit und verlieh meiner Stimme ein ängstliches Vibrato.

«Klar. Das wäscht sich schon raus.» Als ich ihn immer noch mit großen Augen musterte, fuhr mit dem Finger über seinen Burrito und schmierte die Sauce ebenfalls auf die Decke. Mit gespielter Empörung stöhnte er auf. «O nein! Wie ungeschickt. Ich bin ja so ein Tölpel!»

Das flaue Gefühl in meinem Bauch wich von einer Sekunde auf die andere reiner Erleichterung, die in einer Woge befreiten Lachens aus mir herausbrach.

Bis in die frühen Morgenstunden saßen wir zusammen auf dem Dach und unterhielten uns über Gott und die Welt. Seit Langem war es das erste Gespräch mit einem Mann, das sich nicht um mein Trauma mit Avery oder die Arbeit drehte – und es fühlte sich unsagbar gut an. Jake schien jedes Wort aufzusaugen, das ich zu sagen hatte. Er interessierte sich für mich, meine Meinung, meine Träume. Nichts davon versuchte er, kleinzureden oder herunterzuspielen – oder, noch schlimmer, für mich in die Hand zu nehmen. Er hörte mir einfach nur zu und vermittelte mir das Gefühl, interessant und einzigartig zu sein. Die Zeit mit ihm war wunderschön und verging wie im Flug. Insgeheim wünschte ich mir, dass die Nacht über den Dächern der Stadt niemals endete. Ich erzählte ihm sogar von Avery und der Therapie und nicht einen Moment lang verurteilte er mich dafür. Aus seinen Augen sprachen ausschließlich Wärme und Verständnis. Bei ihm war ich fast wieder die Frau, von der ich angenommen hatte, dass sie innerhalb der letzten Jahre verschwunden war.

Morgens sahen wir uns gemeinsam den Sonnenaufgang an. Ich lag fest an ihn gekuschelt in seinen schützenden Armen und ich spürte seinen gleichmäßigen Atem, an dessen Rhythmus ich mich ohne mein Zutun angepasst hatte. Es war perfekt – wären da nicht dieses leise Kribbeln in meinem Bauch und die Stimme in meinem Kopf, die mir zuraunte, dass ich niemandem vertrauen durfte, nicht einmal ihm.

Vorsichtig beugte er sich zu mir herab, umschloss mein Gesicht mit beiden Händen und brachte mich so dazu, ihm tief in die Augen zu sehen. Mein Puls schoss in die Höhe und meine Wangen glühten förmlich.

«Darf ich dich küssen?», hauchte er und kam langsam näher. Den Blick unsicher auf mich geheftet, verharrte er kurz bevor wir uns berührten. Sein Atem strich heiß über meine Haut.

Ich schluckte den Kloß in meinem Hals herunter und willigte mit einem zögerlichen Nicken ein. Ich *wollte* es. Ja, ich verzehrte mich geradezu danach – auch wenn das Flüstern in meinem Hinterkopf mir weismachen wollte, dass ich noch nicht bereit dazu war.

Seine weichen Lippen trafen auf meine – erst zaghaft und unsicher. Doch als ich mich nicht wehrte, sondern mich stattdessen seufzend gegen ihn sinken ließ und den Kuss erwiderte, fordernder und voller Leidenschaft. Hitze breitete sich in meinem Körper aus und vertrieb die Kälte der Nacht.

Ich blickte zu ihm auf, in seine dunklen Augen, die mich fokussierten, als wäre ich das Einzige auf der Welt, das in diesem Moment für ihn zählte. Sah, wie sich seine Pupillen weiteten, und ein Blitz fuhr mir durch Mark und Bein, als sich das Bild des Dämons über Jakes Gesicht schob und mich erschaudern ließ. Panik erfasste mich plötzlich. Ich schreckte zurück, stieß ihn von mir und rannte davon.

Wie aus einer anderen Welt hörte ich Jake hinter mir meinen Namen rufen, als ich von ihm weg stolperte. Doch ich wagte nicht, mich noch einmal zu ihm umzudrehen. Mein Herz schlug mir bis zum Hals und meine Beine zitterten. Ich hatte Angst, dass sie mir jeden Moment den Dienst versagten, und war froh, die Tür zu erreichen, ohne dass sie unter mir nachgaben. Trotzdem lief ich weiter und weiter. Lief weg vor ihm, vor dem Kuss, vor meinen Gefühlen. Ich durfte nicht zurücksehen, durfte nicht stehenbleiben und ihm noch einmal ins Gesicht sehen. Ich konnte es einfach nicht.

# 60

Das ganze Wochenende wartete ich unruhig auf eine Nachricht von Jake. Doch er meldete sich nicht. Vermutlich hatte er die Nase gestrichen voll davon, dass ich jedes Mal weglief, sobald wir uns nur einen Hauch näherkamen. Wenn ich ehrlich war, ging es mir selbst genauso. Meine Geduld mit mir war am Ende und ich hatte nicht das geringste Verständnis für diesen dummen Fluchtreflex, der mir ein weiteres Date mit Jake ein für alle Mal verdorben hatte.

Ich war eine erwachsene, selbstständige Frau und Erwachsene liefen nun einmal nicht davon, wenn ihnen eine Situation Angst machte. Sie stellten sich der Furcht und überwanden so ihre Ängste. Zumindest ernstzunehmende Erwachsene. Ich verhielt mich stattdessen wie ein kleines Kind – und ich hasste mich dafür.

Immerhin hatte ich mich heute Morgen dazu aufgerafft, mich trotz des Montagsblues und des schlaflosen Wochenendes ins Büro zu schleppen. Die Hoffnung darauf, Jake dort über den Weg zu laufen und meinen Fehler vielleicht doch wiedergutmachen zu können, hatte dabei eine nicht unerhebliche Rolle gespielt.

«Guten Morgen, Marley», begrüßte mich Stella mit einem strahlenden Lächeln, das bei meinem Anblick sofort verblasste. «Ist alles in Ordnung? Du siehst ja furchtbar aus!»

«Dir auch einen guten Morgen», antwortete ich bedrückt. «Das ist mein ganz normales Montagsgesicht. Kein Grund zur Sorge.»

«Marley, deine Augenringe reichen bis nach Nebraska.»

Besorgt musterte sie mich. «Und deine Haare sehen matt und strohig aus. Da steckt mehr dahinter als ein normaler Montagmorgen. Kann ich irgendetwas für dich tun?»

Konnte es sein, dass Jake ihr gegenüber wieder kein Wort über unser Katastrophendate verloren hatte?

«Kaffee», stöhnte ich. «Du könntest dir mit mir zusammen einen Kaffee holen.»

«O ja!» Das Strahlen kehrte augenblicklich zurück. «Dann kannst du mir auch alles über dein Date mit Jake erzählen.»

«Hat er denn gar nichts gesagt?», erkundigte ich mich vorsichtig.

«Nein, der Mistkerl hat mich das ganze Wochenende schmoren lassen», gab sie zur Antwort und schnaubte. «Allerdings sieht er genauso müde aus wie du. Jetzt fehlt mir nur noch die Info, ob das Date so gut oder so schlecht lief, dass ihr am Wochenende kein Auge zugemacht habt.»

«Beides», entfuhr es mir, ehe ich mich bremsen konnte.

«Beides?» Ihre Augenbrauen schossen verwundert in die Höhe.

«Ich verspreche, dir alles zu erzählen. Aber vorher brauche ich unbedingt etwas Koffein. Bitte!»

«Na gut», lenkte sie ein. «Warte kurz, ich gebe nur schnell Quirky Bescheid, dass wir uns in der Küche treffen.»

«Sie ist schon hier?» Ich warf einen demonstrativen Blick auf meine Uhr.

«Ja, sie ist schon seit einer halben Stunde da. Vermutlich wollte sie den Date-Bericht nicht verpassen.»

Keine fünf Minuten später saßen Stella, Ginny und ich in der Küche. Jede von uns hatte das Heißgetränk ihrer Wahl vor sich und meine Freundinnen starrten mich gespannt an, während ich sie bis ins kleinste Detail über mein chaotisches Date mit Jake ins Bild setzte. Obwohl ich mir große Mühe gab, keine noch so winzige Kleinigkeit auszulassen, stellten Ginny und Stella immer wieder neugierige Zwischenfragen wie: «Welche Farbe hatte sein Hemd?», «Welchen Burrito habt ihr gegessen?», «Wo genau auf dem Dach habt ihr gesessen?».

«... und dann bin ich weggelaufen», endete ich meine Ausführungen und erntete ungläubige Stille.

Ginny schaffte es als Erstes, sich aus der Starre zu lösen. «Du bist was?» Entsetzen und purer Unglauben schwangen in ihrer Stimme. Die weit aufgerissenen Augen, aus denen sie mich anstarrte, unterstrichen ihre Fassungslosigkeit. «Das kann unmöglich dein Ernst sein, Marley.»

Stella beließ es hingegen bei mehrfachem Kopfschütteln.

«Leider schon», gab ich kleinlaut zur Antwort.

«Aber ... aber warum?», stammelte Ginny. Das war das erste Mal, das ich sie dermaßen um Worte ringen sah. Wie ein Fisch öffnete sie immer wieder den Mund, um noch etwas zu sagen, schloss ihn dann allerdings gleich wieder und schüttelte nun ebenfalls den Kopf.

«Ich weiß es nicht.» Ich verbarg mein Gesicht in beiden Händen und seufzte. «Ich weiß es einfach nicht.»

«Hast du seitdem mit ihm gesprochen?», meldete sich Stella sanft zu Wort.

«Nein.»

«Aber wieso denn nicht?»

«Ich habe mich nicht getraut», gab ich zu. «Irgendwie hatte ich gehofft, dass er sich Samstag oder Sonntag bei mir meldet. Aber als das nicht passiert ist, war mir klar, dass ich alles kaputtgemacht habe.»

«Was für ein ausgemachter Unsinn», widersprach mir Ginny. «Warum solltest du damit alles kaputtgemacht haben?»

«Ich bin schon wieder weggelaufen», jammerte ich. «Selbst ich habe von diesem Fluchtreflex die Nase voll. Natürlich hat Jake mittlerweile keine Nerven mehr dafür. Das ist doch völlig klar.»

«Völlig klar ist in meinen Augen nur, dass ihr dringend miteinander reden müsst», mischte sich Stella wieder ein. «Jake schlurft wie ferngesteuert durch die Gegend und verzieht keine Miene. Vermutlich denkt er, dass er irgendetwas falsch gemacht hat und du deswegen Reißaus genommen hast. Du musst auf der Stelle mit ihm reden, Marley.»

«Das sehe ich genauso», stimmte Ginny ihr zu. «Jake weiß doch inzwischen, dass du in Sachen Beziehung ziemlich vorbelastet bist. Er hat sicher Verständnis für deine Ängste und Sorgen. Vermutlich wollte er nicht wieder übergriffig oder aufdringlich wirken und hat sich deshalb nicht bei dir gemeldet. Er wollte dir die Chance geben, in deiner Geschwindigkeit auf ihn zuzugehen.»

«Ich muss zugeben, dass das durchaus Sinn ergeben könnte», murmelte ich nachdenklich vor mich hin. «Vielleicht hatte er wirklich nur Angst, mich zu sehr zu bedrängen.»

«Ja!», riefen beide wie aus einem Munde. Dann gab Ginny mir einen leichten Schubs. «Und jetzt sieh zu, dass du ihn findest und euch beide aus dieser unerträglichen Trübsal erlöst! Das hält doch keiner aus, wie ihr hier wie ein Schluck Wasser in der Kurve hängt.»

«Hol ihn dir, Süße», rief Stella mir begeistert hinterher, als ich mit beherzten Schritten aus der Kaffeeküche verschwand. Von Ginny hörte ich noch ein «wurde aber auch mal Zeit», ehe die Tür hinter mir ins Schloss fiel.

Ich eilte auf der Suche nach Jake durch die Stockwerke des

HardBeat Gebäudes – doch ohne Erfolg. Es war verflixt. Er war weder in der Lounge noch in einem der Büros und auch nicht am Empfang oder in einer der Küchen. Es schien fast so, als hätte er sich in Luft aufgelöst.

Als ich gerade einen Blick in ein leerstehendes Büro warf, prallte ich schwungvoll gegen einen unerwarteten Widerstand. Erschrocken wandte ich den Kopf nach vorn und sah in ein Paar dunkler, mandelförmiger Augen, das mich halb belustigt, halb besorgt musterte.

«Immer ruhig mit den jungen Pferden», meinte Kim. Ein amüsiertes Schmunzeln breitete sich auf seinem Gesicht aus.

«O Gott! Das tut mir leid. Ist alles in Ordnung, Kim?»

«Das Gleiche wollte ich dich gerade fragen. Ich sehe dich schon den halben Vormittag durch die Gänge irren. Kann ich dir helfen?»

«Ich bin auf der Suche nach Jake. Ich muss dringend mit ihm sprechen.»

«Das tut mir leid, den hast du verpasst. Er meinte vorhin, es ginge ihm nicht so gut und ich habe ihn nach Hause geschickt. Kann ich dir vielleicht weiterhelfen?»

«Nein, schon okay», wehrte ich ab. «Ich komme schon klar. Danke.»

«Es war also eher privater Natur?», vermutete Kim.

Mit feuerroten Wangen und gesenktem Blick antwortete ich: «Ja, irgendwie schon.»

«Ich maile dir nachher mal seine Nummer. Dann kannst du ihn anrufen, falls es ihm morgen nicht besser geht.»

«Danke, Kim. Aber ist das denn in Ordnung? Ich möchte nicht …»

«Das ist schon okay. Er hat mir schon vor Wochen erlaubt, dir seine Nummer zu geben, falls du danach fragen solltest.» Er zwinkerte mir vielsagend zu und verschwand um die nächste Biegung.

Am gleichen Abend fand ich mich auf meiner Couch wieder, das Telefon in der Hand, und rang mit mir, ob ich Jakes Nummer wählen sollte oder besser nicht. Genauer gesagt, ob ich auf die Taste mit dem grünen Hörer drücken sollte, nachdem ich die Nummer unzählige Male eingegeben und gekniffen hatte.

«Komm schon, Marley. Ruf ihn an. Da ist absolut nichts dabei. Tu es einfach.» Doch mein Zeigefinger schwebte zitternd über der Taste und rührte sich keinen Millimeter.

«Du elendiger Feigling!», schrie ich mich selbst an und warf das Telefon frustriert auf die Couch.

«Wie kann man nur so erbärmlich sein?», wetterte ich weiter vor mich hin und machte all der Enttäuschung Luft, die mich erfüllte. «Du dumme, dumme Frau! Es ist nur ein Telefon. Nichts weiter.»

Die Türklingel riss mich aus meiner Schimpftirade. Erschrocken fuhr ich herum. Wer konnte das sein? Ich hatte kein Essen bestellt und erwartete auch sonst niemanden heute Abend.

Da dämmerte es mir. Vermutlich war es Jake, der nun doch nicht mehr warten wollte und darauf bestand, dass ich ihm Rede und Antwort stand, warum ich ihn auf dem Dach im Regen stehen gelassen hatte. Natürlich. Wer auch sonst?

Mit einem erleichterten Grinsen drückte ich auf den Türsummer. Auch wenn mein Herz nervös auf- und abzuhüpfen schien, fühlte es sich ungewohnt gut an, zu wissen, dass ich nun Gelegenheit hatte, mich zu erklären. Ich lehnte mich voller Vorfreude, Jake wiederzusehen in die offene Tür und wartete, bis er die Treppen zu mir nach oben gelaufen war.

Allerdings irritierte mich, dass er mit sportlichen Sprüngen die Treppen hinaufeilte. Irgendwie hatte ich angenommen, dass Jake eher unsportlich war. In der Arbeit hatte ich ihn noch kein einziges Mal die Treppen nehmen sehen.

Wenig später sah ich einen Schatten auf den letzten Stufen und erstarrte, als dieser mehr und mehr Gestalt annahm. Das war nicht Jake. Der Schatten war zu trainiert und auch ein ganzes Stück zu groß. Doch irgendwie kam er mir seltsam vertraut vor.

Mit zusammengekniffenen Augen starrte ich in den dunklen Gang und beinahe zu spät erkannte ich ihn. Mit einem erschreckten Aufschrei knallte ich die Tür direkt vor seiner Nase zu. Mein Herzschlag überschlug sich fast und es fühlte sich an, als hätte mir jemand eine bleierne Schärpe umgehängt. Nur unter Protest gelang es mir überhaupt noch, meine Lungen mit Luft zu füllen. Panisch sah ich mich um. Gab es irgendetwas hier in meiner direkten Umgebung, mit dem ich mich verteidigen konnte, falls er es durch die Tür schaffte?

«Marley», hörte ich seine dunkle Stimme im Flur. «Lass uns reden.»

Auf gar keinen Fall. Meine Gedanken rasten. Wen konnte ich anrufen? Meine Eltern? Die waren heute Abend im Theater. Jamie? Er hatte mich gestern vorgewarnt, dass er heute bei einem wichtigen Kunden war und entsprechend schlecht erreichbar wäre. Keith war übers Wochenende zu seiner Großmutter gefahren und kam erst Mittwoch oder Donnerstag wieder zurück. Verflucht!

«Marley, bitte! Jetzt stell dich doch nicht so an. Wir haben beide Fehler gemacht. Lass uns wie Erwachsene darüber reden.»

Alles in mir schrie «Nein» und ich spürte, wie meine Beine

unter mir nachgaben. Kraftlos sank ich an der Tür entlang zu Boden. In meinen Augen brannten bereits die ersten Tränen.

«Marley!», drang es deutlich ungehaltener durch die Tür als gerade eben. Ein heftiger Schlag ließ das Holz in meinem Rücken beben. «Mach die verfluchte Tür auf!»

Jake!

Hastig kroch ich zum Sofa und fischte mit zittrigen Händen das Telefon von der Sitzfläche. Draußen hämmerte Avery so fest gegen die Tür, dass mir das Handy vor Schreck beinahe aus der Hand glitt.

«Mach jetzt verflucht nochmal auf, Miststück!»

Ich wählte die Nummer, die ich in den letzten Minuten praktisch auswendig gelernt hatte, und wartete. Bereits nach dem zweiten Klingelton hob er ab.

«Hallo?»

«Jake», presste ich hervor. Avery schlug erneut mit voller Kraft gegen die Tür und ich zuckte wimmernd zusammen.

«Marley? Ist alles in Ordnung?» Die Sorge in Jakes Stimme war Balsam auf meiner Seele.

«Nein», flüsterte ich kurzatmig.

«Was ist los?»

«Er ist hier.» Erneut fuhr ich winselnd zusammen, als ein weiterer von Averys Faustschlägen die Tür erzittern ließ.

«Bleib, wo du bist», wies Jake mich an. «Ich bin gleich da.»

«Danke.»

«Schick mir nur kurz deine Adresse», bat er mich. «Ich rufe von unterwegs die Polizei.»

«Okay.»

# 61

Sanft nahm mich Jake in den Arm, als die Polizei Avery weggebracht hatte. Zum Glück hatte er es nicht durch die Tür geschafft und die einstweilige Verfügung gegen ihn hatte für glasklare Verhältnisse gesorgt, auch ohne dass ich groß etwas sagen musste. Jakes warmer Duft nach Sommerregen legte sich beruhigend über meine Sinne und ließ mich allmählich wieder aufatmen. Sein ruhiger, gleichmäßiger Atem tat sein Übriges und ich spürte, wie auch ich langsam wieder zur Ruhe fand.

«Ist gut, Marley», raunte er mir ins Haar. «Er ist weg. Er kann dir nichts mehr tun.»

Ich nickte und verfluchte das Zittern, das immer noch die Kontrolle über meinen Körper hatte. «Tut mir leid», brachte ich gegen den riesigen, schmerzhaften Kloß in meiner Kehle hervor.

«Es gibt nichts, das dir leidtun müsste», erwiderte er und zog mich tiefer in seine Arme. Wohlig seufzend ließ ich mich enger an seine Brust sinken.

«Du tust gut», flüsterte ich heiser und schloss die Augen. Ich wusste selbst nicht, warum ich mich in seiner Nähe auf einmal derart geborgen fühlte. Aber ich brauchte die Wärme, mit der er mich umschloss.

Ich konnte das Lächeln förmlich sehen, das sich auf seinem Gesicht ausbreitete. Zum ersten Mal, seit wir uns begegnet waren, verspürte ich nicht den Impuls, zurückzuzucken oder davonzulaufen. Ganz im Gegenteil, ich konnte mich gar nicht fest genug an ihn schmiegen und saugte die Ruhe, die er ausstrahlte, mit jedem Atemzug in mich ein, bis ich schließlich in seinen Armen einschlief.

Lautes Knurren direkt an meinem Ohr riss mich aus tiefem Schlaf. Erschrocken fuhr ich hoch und starrte im nächsten Moment in das tiefe Grün von Jakes Augen, die mich entschuldigend ansahen.

«Tut mir leid», murmelte er schläfrig.

«Ich habe auch noch nichts gegessen», räumte ich ein, ehe mein Magen mich ebenfalls verraten konnte.

«Hast du denn Lust auf etwas zu essen?», fragte er unsicher.

«Ja, ich könnte schon etwas vertragen», meinte ich. Mein Blick sank hinab zu seinem Bauch und ich fügte hinzu: «Außerdem kann ich dich ja schlecht verhungern lassen, nachdem du mich gerettet hast.»

«Gerettet hast du dich schon selbst», widersprach er mir. «Ich hatte lediglich die Ehre, dir Beistand leisten zu dürfen.»

«Und dafür kann ich dir gar nicht genug danken», seufzte ich immer noch ein wenig schläfrig.

«Wollen wir etwas bestellen?», schlug Jake vor.

«Auf jeden Fall!», gab ich zur Antwort. «Diesmal suche ich aus und du öffnest die Tür.»

«Klingt fair für mich», stimmte er zu.

Ich bestellte bei meinem Lieblings-Thairestaurant gefühlt die halbe Karte und eine Flasche Reiswein. Heute Abend brauchte ich jeden Zuspruch, den ich finden konnte. Denn ich war fest entschlossen, Jake ab heute zu vertrauen und mich ihm endlich zu öffnen. Er hatte diese Chance mehr als verdient.

Wir unterhielten uns bis tief in die Nacht, wobei wir uns immer wieder einen Happen Essen aus den Kartons fischten und nach und nach die gesamte Flasche Reiswein leerten. Noch nie hatte ich mich von einem Mann so vorbehaltlos akzeptiert und geliebt gefühlt wie in dieser Nacht.

Wir tauschten all unsere Unsicherheiten und schlechten Erfahrungen aus, kuschelten uns bei einem Film zusammen und lachten über unseren ruckeligen Start.

Ich fühlte mich unendlich wohl an seiner Seite und freute mich darauf, am nächsten Tag Stella und Ginny von dieser Nacht erzählen zu dürfen. Jeden gemeinsamen Augenblick genossen wir in vollen Zügen und es fühlte sich selbstverständlich und natürlich zwischen uns an. Keiner musste sich verstellen, niemand dem anderen etwas vorspielen oder sich ausschließlich von seiner besten Seite zeigen. Ganz im Gegenteil, wir zeigten uns von unserer verletzlichsten Seite und blühten in dem Wissen auf, dass wie einander aus tiefstem Herzen verstanden.

Zum ersten Mal in meinem Leben spürte ich das, was einige Menschen als Seelenband umschrieben. Ich war bis über beide Ohren verliebt und diese Liebe gab mir Halt. Jake hatte bis in die tiefsten Abgründe meiner Seele herabgeblickt und mich genauso akzeptiert – und ich ihn im Gegenzug. Er hielt mein Herz in beiden Händen und dort fühlte es sich sicher und geborgen. Beschützt. Zuhause.

# Epilog

«Marley, kommst du?», fragte Jake ungeduldig und schnappte sich den Autoschlüssel von der Anrichte.

«Bin schon da», antwortete ich. Mit einer dramatischen Geste präsentierte ich ihm mein extravagantes Outfit.

«Wow!» Mit offenem Mund starrte er mich an und bewunderte sichtlich, wie sich der dunkelblaue Stoff an jede meiner Kurven schmiegte und sie so zur Geltung brachte.

«Umwerfend? Fantastisch? Grandios?», neckte ich ihn. «Nur falls dir gerade die Worte fehlen.»

«All das und noch viel mehr», gab er grinsend zur Antwort. «Lass mich raten, ein Rowena Diamond Original?»

«Klar, was sonst?» Ich nahm ihm mit einer galanten Drehung den Schlüssel aus der Hand. «Du hast doch nicht wirklich gedacht, dass du heute fährst, oder?»

«Nein, nicht wirklich», erwiderte er mit einem Zwinkern. «Aber ich wollte es zumindest versucht haben.»

«Da muss ich dich enttäuschen.» Ich grinste breit. «Du weißt ja, mein Baby gehört zu mir.»

«Gib es zu, du hast dein Cabriolet nur deshalb Francis genannt, damit du diesen Satz bei jeder sich bietenden Gelegenheit loswerden kannst.»

«Als eingefleischter *Dirty Dancing* Fan verweigere ich die Aussage.»

Wir beide lachten auf dem Weg nach draußen.

«Hallo Marley, hey Jake», begrüßte uns Ginny, als wir eine knappe Stunde später bei der Location eintrafen. «Ich kann noch gar nicht glauben, dass heute unser großer Tag ist.»

«Und genau deswegen solltest du hier nicht am Eingang herumstehen und alle Gäste empfangen, Quirky», rügte ich meine Freundin. «Wo zur Hölle ist deine erste Brautjungfer, um das zu verhindern?»

«Die flirtet da vorn mit unserem Chef», gab Ginny lachend zur Antwort.

«Das ist nicht dein Ernst», stöhnte Jake neben mir. «Nicht noch jemand, der heiratet, bevor ich dieser wilden Schönheit hier zumindest einen Verlobungsring an den Finger schmuggeln konnte.»

«Und wo ist Jamie, wenn man ihn braucht?», seufzte ich halb im Scherz, halb ernst.

«Du meinst wohl eher die atemberaubende Rowena», erwiderte Stella, die gerade hinter uns aufgetaucht war. «Sie übernimmt heute den kreativen Part und wird später noch einen kleinen Auftritt hinlegen.»

«Einen kleinen Auftritt?» Ich zog beide Augenbrauen skeptisch nach oben. «Da kennst du Rowena schlecht. Das wird ein spektakuläres Glitzermassaker mit musikalischer Untermalung.»

«Quirky, du kommst jetzt mit», meinte Stella bestimmt und packte unsere Freundin am Arm. «Du wirst dich jetzt schön brav in dein Brautkleid zwängen und dann so lange geduldig warten, bis die Zeremonie losgeht und dein Zukünftiger am Altar auf dich wartet.»

«Schon gut», maulte Ginny. «Ich bin ja brav.»

«Jake, Marley, ihr haltet hier die Stellung», rief Stella uns über die Schulter zu. «Und passt auf, dass der Bräutigam hier nicht auch noch irgendwelchen Unfug treibt.»

«Wir geben unser Bestes», erwiderte ich und sah mich nach dem glücklichsten Mann des heutigen Tages um. «Wo ist denn der Mann der Stunde?»

«Keith?», fragte Kim und gesellte sich zu uns. «Ich habe gehört, der ist ganz artig oben und macht sich fertig. Rowena greift ihm dabei wohl tatkräftig unter die Arme.»

«Das klingt gut.» Ich strahlte über das ganze Gesicht. «Ich freue mich für die beiden. Sie sind so ein tolles Paar.»

«Du und Jake aber auch», erwiderte Kim mit einem vielsagenden Blick auf meine Hand. «Du solltest dir langsam ein Herz nehmen und endlich mal ja sagen, wenn er dich fragt.»

«Ich habe mir fest vorgenommen, es ihm nicht so leicht zu machen», gab ich zur Antwort. «Aber beim nächsten Mal sage ich ja. Versprochen.»

«Gut.» Er nickte zufrieden.

«Was habe ich da gehört?», fragte eine warme Stimme in meinem Rücken. «Halt mal, Kim.» Jake drückte meinem Chef unsere zwei Champagnerflöten in die Hand, ging auf ein Knie herunter und zog die kleine dunkle Samtbox aus der Tasche, die mir nur allzu bekannt vorkam.

«Marley Cedar» setzte er an.

«Das kann unmöglich dein Ernst sein», entfuhr es mir. «Du kannst doch nicht überall mit diesem Ring herumlaufen, Jake.»

«Allzeit bereit», gab er frech zur Antwort. «Und jetzt lass mich ausreden. Mir hat gerade ein Vögelchen gesungen, dass meine Angebetete mich heute nicht abweisen wird.»

«Tu, was du nicht lassen kannst, Spinner», seufzte ich. Doch das Strahlen auf meinem Gesicht strafte jedes einzelne Wort eine Lüge.

«Marley Cedar», begann er erneut und diesmal

unterbrach ich ihn nicht. «Wirst du dein Versprechen Kim gegenüber einlösen und mich zum glücklichsten Mann auf der Welt machen? Wirst du mich in guten wie in schlechten Zeiten für dich da sein lassen, mich nur davonstoßen, wenn ich in meine Schranken verwiesen werden muss, und endlich diesen verfluchten Ring von mir annehmen?»

«Ja», gab ich zur Antwort und spürte, wie ich vor Glück geradezu überzulaufen drohte.

## Ende

# Danksagung

Zuerst ein riesiges Danke an dich! Vielen Dank, dass du Marley auf ihrer Reise weg von Avery und hin zu einem deutlich erfüllenderem Leben begleitet hast, obwohl es phasenweise sicher nicht einfach war. Ich hoffe, die Geschichte hat dich gepackt und dir viel Freude bereitet, auch wenn es keine Romance im klassischen Sinn ist. Lass mich gern auf Social Media oder über das Kontaktformular auf meiner Homepage wissen, wie dir das Buch gefallen hat. Auch ehrliche Rezensionen auf den üblichen Plattformen sind herzlich willkommen.

Tausend Dank an meine Testler:innen Jana, Sabrina und vor allem Barbara, die mich vom ersten Buch an begleitet. Ihr habt mir mit euren Gedanken und vor allem eurer Liebe zu der Geschichte die nötige Kraft gegeben, um daran zu arbeiten und sie auf ein anderes Level zu bringen.

Als Nächstes bedanke ich mich herzlich bei meiner Lektorin Sarah Kastens vom Lektorat Zeilenkarussell, die mich tatkräftig unterstützt hat. Deine Liebe zum Detail hat Marleys Geschichte sehr bereichert und ich weiß jede noch so kleine Anmerkung von dir zu schätzen. Danke, dass du Marley bei der Überarbeitung so viel Aufmerksamkeit und Liebe entgegengebracht hast.

Außerdem danke, liebe Lisi Hocke! Die Arbeit und Fürsorge, die du bei der Korrektur an den Tag gelegt hast, hat mich zutiefst gerührt. Auch hinter den Kulissen hast du mich uneingeschränkt unterstützt und bist zu einem großen Teil verantwortlich dafür, dass es dieses Buch in die Welt geschafft hat. Ohne deine Anmerkungen und Motivationsschubser hätte ich das nicht geschafft.

Liebe Konstanze von Coverboutique, ich kann gar nicht in Worte fassen, wie dankbar ich dir für das zauberhafte Design bin, das mein Buch umschließt. Du hast das perfekte Cover für Marley entworfen und ich verliebe mich mit jedem Blick noch mehr.

Last but not least möchte ich mich bei meinen Kolleg:innen von der Writers Lounge bedanken. Der rege Austausch mit euch hat eine Stelle in meinem Herzen gefüllt, von der ich zuvor nicht wusste, dass sie leer war. Ich bin stolz, Teil dieser wunderbaren Gruppe beeindruckender Autor:innen zu sein, und kann es gar nicht erwarten, euch auf der nächsten Buchmesse fest in die Arme zu schließen. Ihr seid die Besten!

## Über die Autorin

Die unter dem Pseudonym Mae Fall tätige Autorin lebt zusammen mit ihren drei Katzen Milena, Yuna und Ylvi in der Nähe von München.

Neben ihrer tief verankerten Liebe für Bücher, hat sie außerdem einen ausgeprägten Sinn für guten Whisky und hegt eine große Leidenschaft für Irish Pubs und die dort häufig vertretene Live-Musik. Ihre Urlaube verbringt sie vorzugsweise in Irland und hier vor allem in und um Dublin.

# Veröffentlichungen

## Die Kíolesh-Trilogie:

Zauber und andere Missgeschicke *(Band 1)*
Verhängnisvolle Verwicklungen *(Band 2)*
Höllenpforten und andere Sorgen *(Band 3)*

## Katzenseelen *(Einzelband)*

## SoulFire-Trilogie

Broken *(Band 1) – erschienen März 2023*
Tamed *(Band 2) – in Planung*
Caged *(Band 3) – in Planung*

Printed in Poland
by Amazon Fulfillment
Poland Sp. z o.o., Wrocław

24841327R00244